JAZMÍN™

AF274868

ALICE SHARPE

BÚSCAME UNA CITA

HARLEQUIN™

Editado por Harlequin Ibérica.
Una división de HarperCollins Ibérica, S.A.
Avenida de Burgos, 8B - Planta 18
28036 Madrid
www.harlequiniberica.com

© 2025 Harlequin Ibérica, una división de HarperCollins Ibérica, S.A.
N.º 589 - 15.9.25

© 2004 Alice Sharpe
Búscame una cita
Título original: Make Me a Match

© 2004 Jessica Steele
Los planes del jefe
Título original: Her Boss's Marriage Agenda

© 2004 Harlequin Enterprises ULC
Reglas de compromiso
Título original: Rules of Engagement
Publicadas originalmente por Harlequin Enterprises, Ltd.
Estos títulos fueron publicados originalmente en español en 2004, 2004 y 2005

I.S.B.N.: 979-13-7000-853-6
Depósito M-14344-2025
Impreso en España por Liber Digital
Fecha impresión Argentina: 14.3.26
Distribuidor exclusivo para España: LOGISTA
Distribuidores para Argentina: Interior, DGP, S.A. Pienovi 211 - Avellaneda
Cap. Fed./Buenos Aires y Gran Buenos Aires, VACCARO HNOS.

MIXTO
Papel | Apoyando la silvicultura responsable
FSC
www.fsc.org
FSC™ C134275

LORA GIFFORD, que sujetaba un furioso gato atigrado en los brazos, se preguntó quién diablos sería el guapo que entraba a la sala de consulta. ¡Aquél no era el veterinario a quien ella quería interrogar... ejem, conocer!

Para empezar, aquel hombre no parecía necesitar el amor de una buena mujer. Segundo, ella sabía de buena tinta que el doctor Reed era sesentón y aquel hombre parecía tener la mitad de esa edad. Además, con su bronceado caribe y su aspecto, parecía más un actor de cine que un veterinario, hasta en la forma de quitarse las gafas de fina montura. ¡Cuernos!

De acuerdo, tendría que adoptar el plan B. Lo que tendría que hacer ahora sería encontrar una buena excusa para marcharse. Él le sonrió y a ella se le ocurrió que quizá él le pudiese dar información. Tal vez valiese la pena quedarse y preguntar.

—¿Quién es usted? —preguntó, y, para no parecer acusadora, añadió—: Es que esperaba que fuese el doctor Víctor Reed.

El señor Hollywood guardó las gafas en el bolsillo y alargó la mano.

—Víctor no está. Soy Jon Woods. Con gusto le echaré una mirada a su gato.

Cuando Lora sujetó el gato con una mano para alargar la otra y estrechársela al veterinario, Boggle aprovechó para intentar escaparse, clavándole las garras en el hombro.

Jon Woods le desenganchó el gato con suavidad y lo puso en la mesa de acero inoxidable con una firmeza que el animal pareció aceptar a regañadientes. Le acarició las orejas y le habló en voz baja, como si lo hiciese en algún lenguaje secreto. Lora intentó entender lo que decía, pero no pudo distinguir ninguna palabra. Finalmente, sujetando con firmeza al rebelde paciente, Jon le clavó a Lora una mirada penetrante.

—¿Qué problema tiene su gato? —preguntó.

Lora sabía que a Boggle no le pasaba nada que un tranquilizante para caballos no pudiese solucionar. No había ido allí por el gato, que era simplemente su tapadera. De hecho, ni siquiera era suyo.

—Prefiero esperar hasta que vuelva el Dr. Reed.

—Pues, tendrá que esperar un buen rato. Le han operado un pie, así que estará de baja unas semanas.

—¿Está internado?

—Sí...

—¿En «El Buen Samaritano»?

—¿Es otra de sus admiradoras? —le preguntó él, con expresión socarrona en sus ojos castaños—. No, espere, ¿acaso no es su primera visita a la consulta?

—No lo conozco —dijo ella. Haciendo caso omiso a la curiosidad del rostro masculino, añadió, intentando parecer despreocupada—: Entonces, ¿cuánto cree que estará internado?

—Unos días. Luego acabará la recuperación en su casa.

Un nuevo plan se comenzó a fraguar en la mente de Lora. Le devolvería a Boggle a su vecina, iría a la tienda, haría un arreglo floral y lo entregaría ella misma. Sería mejor que se cerciorase de qué hospital se trataba. Contenta por la flexibilidad de su plan, hizo además de volver a agarrar al gato.

—Le aseguro —dijo Jon, apoyando su mano sobre la de ella—, que estoy cualificado...

—Oh, no me refería a que no fuese capaz de «ocuparse» de Boggle.

—Lo siento —dijo él, confuso—, le tendrían que haber dicho en la recepción que tenía que pedir una cita para esa operación.

Le gustó cómo el rostro masculino reflejaba sus emociones y la forma en que el cabello desteñido por el sol le caía sobre la frente. Sus manos, una de las cuales seguía apoyada sobre la de ella, eran bonitas y su contacto extraordinariamente ligero.

Se mordió el labio inferior. ¿Sería aquel hombre diferente del resto? Si era socio de la veterinaria, ¿indicaría aquello una cierta estabilidad? Quizá debiese darle una oportunidad...

«No, no, no»

—No —dijo en voz alta.

La mano de él se apartó de la de ella y acarició el lomo de Boggle, que, sorprendentemente, comenzó a ronronear.

—Si lo castrase, su temperamento mejoraría, téngalo en cuenta.

Lora comprendió que él había entendido que con «ocuparse» ella se refería a castrar.

—Me refería a que Boggle está... —dado que su experiencia con animales se limitaba a su acuario, no se le había ocurrido pensar en una enfermedad adecuada para un gato–. Está de mal humor –murmuró–. Creo que le pasa algo. Está muy arisco.

–¿Más de lo normal?

–Ah... no –dijo ella, pensando en las miradas de enfado que Boggle le lanzaba desde la escalera de su vecina–. No, siempre lo ha sido.

–¿Come bien?

–Normal, creo –dijo ella, esperando que aquello fuese verdad.

–¿Algún miembro nuevo de la familia que lo haya alterado: un esposo, o un novio?

¿Estaba tratando de ligar con ella? Lo observó, pero no fue capaz de darse cuenta de ello. ¿Y si se inventaba un marido celoso que le sacase de la apuesta cabeza masculina cualquier idea romántica que se le hubiese podido ocurrir?

–No tengo esposo –acabó murmurando.

–Ajá.

Sus ojos volvieron a encontrarse. Lora los bajó hacia el gato.

Jon sacó un tubo de crema de queso y lo apretó, haciendo una raya sobre la mesa. Boggle comenzó a lamerla inmediatamente.

–Echémosle un vistazo –dijo el veterinario, sacando el estetoscopio.

Lora no pudo evitar admirar la destreza con que Jon llevaba a cabo la exploración del animal. Se preguntó si el Dr. Reed lo habría hecho de forma tan adecuada.

No estaría tan guapo haciéndolo, eso seguro. Jon se hallaba en la flor de la edad. Fuerte. Competente.

Unas manos geniales. Deseó haberse fijado más en cómo le quedaban las gafas. Seguramente que estupendas. Si se estiraba un poquito, podría ver qué tal era su trasero...

«¡Basta! ¡Concéntrate en el doctor Reed!»

Como penitencia, comenzó a hacer un arreglo floral mentalmente. Era primavera y el pueblo de Fern Glen se encontraba en la costa, así que se le ocurrió usar iris siberiano y hierbas de las dunas. Quizá narcisos también; a todos los hombres les gustaban los narcisos. Para ir a la clínica recurriría al arreglo floral, la misma triquiñuela que ahora con Boggle. Tenía que averiguar cuatro cosas: si Víctor Reed era una persona agradable, si tenía vicios, si era guapo para su edad y si estaba disponible.

—Creo que Boggle está bien —dijo Jon, colgándose el estetoscopio del cuello—. El corazón, los pulmones y el estómago suenan bien, no hay ningún problema. Si nota algún síntoma más, tráigalo, pero, sinceramente, creo que es arisco por naturaleza. Y ya está castrado, así que, lo siento, pero no hay nada que hacer.

Se preguntaría cómo era posible que no supiese que su propio gato estaba castrado.

—Gracias, doctor —dijo ella.

—Llámame Jon.

No quería llamarlo Jon ni de ninguna otra forma. Bueno, aquello no era totalmente verdad, porque estaba para comérselo, pero ella llevaba tiempo sin estar a la caza de nadie. Por otro lado, aunque nunca lo volviese a ver, no quería darle una mala impresión. Aquélla era una comunidad pequeña y quizá algún día él se presentase en la floristería buscando algo para alguna novia. Seguramente sería una rubia de piel bronceada, con largas pestañas y una profesión emocionante.

–¿Te he mencionado que hace poco que tengo a Boggle? –le dijo, apartándose del rostro un mechón de ondeado cabello oscuro.

–Con razón –dijo él. Parecía aliviado al descubrir que ella no era tan imbécil después de todo. Sacó las gafas y se las puso. Efectivamente, le quedaban bien–. Parece que te has olvidado de darnos tu teléfono –dijo, levantando la vista.

–¿Para qué necesitas mi teléfono?

–Es política de la consulta –dijo él y tomó un lápiz.

Ella murmuró un número inventado y le volvió a dar las gracias. Agarrando al ofendido gato y la chequera, salió de la pequeña consulta. Una ayudante de bata con un estampado de perritos jugando le dijo que esperase y entró en la salita de la que ella acababa de salir.

Lora intentó calmar al gato acariciándole las orejas y hablándole suavemente, como había visto hacer a Jon. Durante un segundo, mirando los ojos tan verdes como los suyos, creyó conectar con él de una forma primitiva, pero luego él abrió la boca y lanzó un bufido de enfado que la dejó petrificada de miedo.

–¡Gato malo! –lo reprendió, preguntándose por qué tardarían tanto. La asistente apareció por fin.

–El doctor dice que no tiene que pagar nada hoy –dijo.

Sorprendida por la generosidad de Jon Woods, se

dirigió a la furgoneta. Lanzando un aullido, Boggle se metió bajo el asiento.

—Prefiero los peces tropicales —protestó Lora.

Jon miró por la ventana, intentando ver a la dueña de su último paciente, pero lo único que vio fue una furgoneta azul que salía del aparcamiento. Soltó la cortina y agarró la ficha debajo de la de Lora.

Llevaba poco más de un mes en Fern Glen, un pueblecito de la costa norte de California y cada vez se sentía más aburrido. ¿Cuántas veces se podía pasear solo por una playa barrida por el viento, admirar árboles gigantescos o hablar con extraños? Echaba de menos Los Angeles, Trina, su vida.

Sin embargo, no podía negar que Lora Gifford había despertado su interés. Era tan... pues, tan real. No tenía ni un pelo de boba. Y, hablando de pelo, su cabello negro azabache era una gloria.

Lora. Parecía un poco nerviosa, como si alguien le hubiese hecho daño. Sintiendo una oleada de protección, sonrió ante su propia tontería. Su capacidad de empatía era algo muy positivo para su trabajo, pero no tenía que dejarse guiar por ella con la gente, y, menos todavía, las mujeres.

Dejó de pensar en Lora cuando comenzó a prepararse para su próximo paciente, un cachorro de labrador resfriado.

Cinco años antes de que Lora naciese, sus padres habían comprado un pequeño local en el centro de

Fern Glen. Su madre soñaba con abrir una tienda de telas; su padre deseaba poner un negocio de artículos de pesca y carnada. Se decidieron por una floristería porque en aquella época no había ninguna en Fern Glen.

Ninguno de los dos se había salido con la suya. Así había sido todo siempre entre sus padres, deteriorando su relación.

Pero Lora había crecido rodeada de pétalos de flores. En la temporada baja, mientras su padre pescaba y su madre cosía edredones para ganar algún dinero extra, Lora se pasaba las horas después del colegio ayudando a un cultivador de lirios, un anciano minusválido ansioso por compartir con alguien sus amplios conocimientos del tema. Para ella, el cálido invernadero se había convertido en su santuario.

Hacía cuatro años, Lora había recibido una modesta herencia de un tío y había sorprendido a todos al comprarse una casa que, según opinaban sus padres, era pequeña y fea. Lora no les explicó que la había comprado por el invernadero que tenía en el fondo.

Dos años más tarde, su padre decidió que ya estaba bien de treinta años de matrimonio, enganchó su barca en el coche y se marchó. Su madre se quedó con la tienda. Cuando Lora comenzó a llevar la contabilidad, descubrió lo limitados que eran sus recursos económicos e invitó a su madre a mudarse con ella durante unos meses. Los meses se habían convertido en un año. Y luego, su abuela Ella, viuda, se había presentado en su puerta con tres maletas y cinco cajas. Había llevado el resto de sus posesiones a un guardamuebles. Se sentía sola.

¿Cómo iba a echar Lora a su propia abuela? Al menos Ella estaba dispuesta a compartir el dormitorio con la madre de Lora. Así que ahora las tres generaciones compartían la casita de Lora y ella estaba a punto de volverse loca.

Todo era culpa de Calvin. El muy canalla la había dejado, abriendo al marcharse la puerta para que sus parientes entrasen enarbolando un único estandarte: «¡Encontremos un esposo para Lora!». Daba igual que ella les hubiese repetido mil veces que no estaba interesada, simplemente no la creían.

Y pensar que había creído que Calvin era el hombre adecuado para ella: tenían la misma edad, le gustaba el contacto con la naturaleza lo mismo que a ella y también tenía familia en Fern Glen. Perfecto. Luego él había aceptado un trabajo en Chicago sin ni siquiera comunicarle que lo había solicitado. Lo único que ella tenía que hacer eran las maletas. Según parecía, él tenía sus planes.

Sólo que ella también tenía planes propios.

—Tómalo o déjalo —le había dicho él.

Fue entonces cuando ella decidió que había algo de lo que estaba segura: no se pasaría la vida aguantando, como sus padres.

Ahora, gracias a la intervención de las cariñosas mujeres de su familia, una interminable procesión de hombres había comenzado a aparecer a cenar o a comprar flores en la tienda. Las cosas se estaban yendo de madre.

Desesperada, Lora había llegado a la conclusión de que la culpa la tenía la soledad de su madre y de su abuela, así que atacaría por allí. Con un poco de suerte, lograría que la dejasen en paz.

Dejó a Boggle y entró a la floristería por la puerta trasera. Vio con alivio que las dos mujeres se encontraban atendiendo al público.

Al pensar en Jon Woods y en su triquiñuela para que le diese su número de teléfono, una sonrisa se dibujó en su rostro, pero la borró con determinación. Desde luego que él era interesante y sexy, pero aquél no era momento de iniciar nada: estaba recuperándose de una relación y no sería sensato revolotear de relación en relación como una abeja atontada.

«Quizá debieses bajar un poco la guardia y conocerlo más», dijo su subconsciente. «No, concéntrate en mamá y en la abuela. Ya tendrás tiempo para Jon Woods».

Miró los pedidos del fax para ver si estaban muy retrasadas. No estaba mal. Después de hacer un par de llamadas para confirmar el hospital en el que se encontraba el Dr. Reed, hizo un arreglo floral rápidamente y se marchó nuevamente sin que la viesen.

Al llegar a la clínica, descubrió que al Dr. Reed lo habían operado hacía dos días, lo cual era una buena noticia. Seguramente ya se sentiría mejor y un poco solo. A la gente que estaba sola le gustaba hablar, hasta con los floristas. Les dijo a las afanadas enfermeras que no se molestasen en acompañarla y unos momentos más tarde vio por primera vez a su posible padrastro.

El Dr. Reed, que leía echado en la cama, levantó la mirada cuando Lora entró en la habitación. Lo primero que ella notó fue el color azul jacinto de sus ojos. Una cuidada barba y una cabellera color gris plata acompañaban complementaban sus hermosos ojos. ¡Parecía el capitán de un crucero!

–¿Más flores? –preguntó.

–Ajá –dijo ella, observando que no había más flores en la habitación–. ¿Dónde las pongo?

–¿De quién son?

Lora había pensado en ello.

–De sus amigos de la Clínica Veterinaria –dijo, leyendo la tarjeta. Se la dio y él se la quedó mirando un segundo.

–Qué exagerados. Le dije a mi hermana que se llevase los otros ramos porque me dan de alta esta tarde. Póngalas en la ventana.

«¿No hay ninguna novia madurita a quien darle las flores? Bien».

–Si quiere, no me cuesta nada llevarle las flores a su casa –le dijo, con el ramo en los brazos. Tenía curiosidad por saber dónde vivía.

–Sería demasiada molestia...

–¡Qué va! –dijo ella–. Así que se vuelve a su casa. ¿Está contento?

–Desde luego –dijo él, con expresión alegre.

–Qué gusto sentarse en casa con un buen cigarro y un whisky, ¿verdad? –¿resultaba demasiado obvio que fisgoneaba?

–Nunca he fumado, aunque me gusta tomarme un vasito de vino de vez en cuando –dijo él–. Dicen que te mantiene joven.

–Parece que la receta funciona –dijo ella, con una sonrisa.

Él rió. Tenía una risa agradable.

–¿Qué hace una chica tan guapa como usted flirteando con un carroza como yo?

Ella también rió. Le gustaba aquel hombre. Su pecho comenzó a albergar esperanzas. Ya no se trataba de un sentimiento egoísta. Su madre se merecía la felicidad, se merecía estar con alguien diez años mayor que ella, un hombre sensato.

—¿Vive con su hermana? —le preguntó.

—Oh, no —dijo él afablemente—. Jess vive con su familia. Vivo solo desde que murió mi esposa y mis hijos se fueron a la costa este.

—¿Cómo se las va a arreglar para moverse? —le preguntó Lora, señalándole el pie vendado que asomaba por entre las sábanas.

—Muletas.

—Cuesta trabajo aprender a usarlas.

—Pues, Jess vendrá durante el día y yo me las arreglaré por la noche.

—¿Solo? —preguntó Lora, con genuina preocupación—. ¿Y si hay un incendio? ¿Cómo se las arreglará? Alguien tendría que quedase con usted. Es peligroso estar solo.

—Parece que se ha conchabado con mi médico y mi hermana, señorita.

—Me llamo Lora Gifford —dijo ella, sujetando el ramo con la mano izquierda y alargando la derecha. Sus planes para el futuro de aquel hombre requerían que se recuperase lo antes posible. A su madre le encantaba bailar.

—Pues, no es nada del otro mundo. A mí no me molesta estar solo.

Si no había nadie que se quedase con él por la noche, no tenía novia. Lora enumeró mentalmente: ya había comprobado sus vicios, su estado civil, su apariencia y su temperamento. ¿Le faltaba algo?

—¿Gifford?¿Hija de George Gifford? —preguntó él, mirando la tarjeta.

—¿Conoce a mi padre?

—Salía a pescar con él cuando mis hijos eran pequeños. Era el dueño de la floristería Lora Dunes. La habrá nombrado así por ti.

—Sí, por mí y por las dunas de la playa.

—¡Vaya, hombre! Recuerdo haberte visto con tu madre cuando eras pequeña. Ella era una belleza: cabello negro, ojos color esmeralda... eres igual que ella.

—Sigue siendo hermosa —dijo Lora con cariño, deseando parecerse a ella. Había heredado la pequeña estatura de su abuela y la nariz de su padre—. Están divorciados ahora, pero mamá está muy bien.

—¡Vaya, vaya! —dijo pensativo—. ¿Y tu padre, dónde está?

—En San Diego, pescando todo el día.

—Qué pena que se hayan divorciado.

—No pasa nada. Los dos están más felices así.

—¿Y tú? ¿Te has casado, tienes niños?

—No, ninguna de las dos cosas.

—No me lo pareció, pero ahora muchas mujeres no adoptan el apellido de sus esposos y no llevan alianza, así que nunca se sabe.

Mientras el Dr. Reed parecía estudiar a Lora, ella se mordisqueó el labio. ¿Sería posible que aquel hombre fuese tan decente como lo parecía? Las apariencias podían engañar mucho, y a ella no se le daban demasiado bien los hombres. No estaba dispuesta a poner en peligro el corazón de su madre con un hombre cuyos buenos modales escondiesen el alma de un canalla. Necesitaba saber más.

—Dr. Reed, tengo una idea —dijo—. A veces yo hago trabajillos, ya sabe, para llegar a fin de mes.

Podría ir a su casa cuando acabase en la floristería. Al menos habría alguien por la noche por si se declarase un incendio, o... algo por el estilo.

Él pareció sorprenderse por la inesperada oferta.

—Soy muy capaz —dijo ella con firmeza—. Y muy ordenada.

—No tengo ninguna duda de ello —dijo el Dr. Reed, con una sonrisa—. Me voy a la cama temprano. Sería aburrido para ti.

—Mamá dice que sólo la gente aburrida se aburre —dijo ella, esperando impresionarlo con los dichos de su progenitora—. Le puedo dar referencias...

—No es necesario —dijo él, con un gesto de la mano.

—¿Qué no es necesario? —dijo una voz desde la puerta.

Laura reconoció la voz. Jon Woods entró, sorprendiéndose al verla.

No fue el único sorprendido. Llevaba una elegante chaqueta sobre una camisa negra y sin la bata y el estetoscopio estaba todavía más guapo, sofisticado, irresistible.

Lora lamentó tener el pelo atado en una coleta y no haberse cambiado el viejo jersey verde antes de ir al hospital. Aquel sentimiento la desconcertó.

—Qué coincidencia, ¿no? —dijo él—. No esperaba verte aquí.

Su mirada la dejó sin aliento y su llegada la puso muy nerviosa. Ella tampoco esperaba encontrárselo de nuevo, y menos en la habitación de un hombre que, según le había dicho, no conocía. Miró el reloj y vio que era la hora de comer.

—Estoy repartiendo flores —dijo.

–¿Os conocéis? –dijo el Dr. Reed con su afabilidad habitual.

–Nos conocimos hoy, cuando trajo a su gato para que lo revisase –dijo Jon, apartando su mirada de la de ella–. Se desilusionó al verme a mí en vez de a ti, Víctor.

Lora dio un respingo al oírlo y el Dr. Reed enarcó una ceja.

–Me parece que nunca has estado en la clínica antes, ¿no Lora?

¿Acaso no le había dicho su madre que no mintiese? Llevaba todo el día haciéndolo y ahora iba a pagar por ello. O quizá no.

–Mi amiga Peg Ho me había hablado de usted. Es el veterinario de Cerise –se sintió mejor al decir al menos algo cierto.

–El setter irlandés de Peg es un torbellino –rió el Dr. Reed.

–Si te gustan los animales con personalidad –dijo Jon–, espera a ver el gato de Lora.

–Boggle es un poco arisco –dijo Lora, añadiendo–: De hecho, estoy pensando en dárselo a mi vecina. Adora los gatos –ansiosa por dejar de hablar de su supuesta mascota, cambió de tema–. Me alegro de haberme encontrado con usted, Dr. Woods, le agradezco que no me cobrase la consulta.

–Te pedí que me tutearas. Bonitas flores –dijo Jon, admirándolas.

Lora contuvo un suspiro. No necesitaba tener demasiada imaginación, para verse en aquellos poderosos brazos, apretada contra aquel pecho duro como una roca, con aquellas manos acariciándola...

–Lora es florista –dijo el Dr. Reed, con su mirada yendo de Jon a Lora.

Jon le sonrió y Lora sintió que se le aflojaban las rodillas.

–Es un ramo muy original –dijo él.

–Gracias –dijo ella. ¡Tenía que marcharse enseguida!

–Víctor, ¿quieres que te traiga algo esta noche cuando venga a verte? ¿Revistas? ¿Un transistor? ¿Algo bueno para comer?

–Ya no estaré aquí esta noche. Jess y su marido me vendrán a buscar por la tarde.

–¡Qué buena noticia!

–Los dejo solos, entonces –dijo Lora, aprovechando la oportunidad. No había quedado en nada con el Dr. Reed con respecto a su astuto plan para acompañarlo y así poder presentarle a su madre; seguramente la llegada de Jon le había chafado la idea.

–¿No dejas las flores? –preguntó Jon, señalando sus brazos.

–Las traerá a casa esta noche –dijo el Dr. Reed–. No es que no me gusten, pero os habéis pasado un poco con las flores en la clínica.

–Me parece que no –dijo Jon, frunciendo el ceño.

–Por supuesto que sí –dijo el Dr. Reed–. Aquí lo pone, en la tarjeta.

–Quizá fue una de las ayudantes –murmuró Lora. ¡Se iría al infierno con tantas mentiras!

–Esas chicas son unas exageradas –dijo el Dr. Reed con cariño.

Jon seguía con expresión escéptica.

–Esta señorita será mi enfermera nocturna du-

rante las próximas semanas –dijo el Dr. Reed haciéndole un guiño a Lora, que sonrió contenta.

–Creía que no te gustaba tener extraños en la casa
por la noche –dijo Jon, levantando la mirada de la
tarjeta.

–Pues, Lora no es una extraña. Yo conocía a su
padre.

–¿Conocías a su padre? –preguntó sorprendido–.
Yo lo hubiese hecho con gusto, Víctor. Tú fuiste
muy bueno con mi padre.

–Y por eso me sustituyes en la clínica. La deuda
está pagada con creces. Además, no tienes tiempo y
Lora es más guapa.

Ambos hombres se la quedaron mirando y Lora
se ruborizó.

–La verdad es que tienes razón –dijo Jon finalmente.

–Y ella aceptará que le pague por su tiempo,
¿verdad, Lora?

–Por supuesto –dijo ella. ¡Podría arreglar la furgoneta!

–Y ahora que sé que Lora tiene un gato, me
siento todavía mejor por haber aceptado –dijo el Dr.
Reed, volviéndose hacia Lora–. Me alegro de que
me hayas convencido. Eres muy persuasiva.

Lora sonrió débilmente y una súbita frialdad re-
emplazaba la natural calidez de Jon. Imaginó lo que
él estaría pensando. ¿Por qué insistía ella en quedarse con un hombre que no conocía de nada, sobre
el que le había hecho preguntas hacía unas horas?

–¿Tú lo convenciste para que aceptase? –preguntó él finalmente.

–Lo único que te faltó fue insistir, ¿verdad Lora?

La mirada preocupada de Jon le dio deseos de confesar su plan.

«Mi madre está sola», podría decir. «Ya encontraré a alguien para mi abuela más adelante. Quiero recobrar mi intimidad. El Dr. Reed parece un hombre genial y, ¿qué mejor forma de averiguar si lo es de verdad que ir a su casa un par de semanas?»

Jon, de espaldas al Dr. Reed, no se molestó en sonreír cuando murmuró su despedida.

—Estoy seguro de que nos volveremos a encontrar —añadió en el último momento.

¡Si ella podía evitarlo, no!

AL ENTRAR en la cámara frigorífica para guardar el ramo de flores del doctor Reed, Lora inspiró profundamente. Como siempre, el llenarse los pulmones del aire frío y perfumado le aclaró la mente.

Mientras arreglaba magníficas rosas de color cobre, iris púrpura oscuro, fresias de color limón y lustrosas hojas de magnolia, observó a hurtadillas a su madre y a su abuela. Por primera vez, tuvo dudas de lo que estaba haciendo. Parecían muy contentas.

Su abuela Ella, con su cabello blanco y sus mejillas sonrosadas, quitaba el polvo. A Lora le dio la sensación de que se concentraba en los objetos más cercanos a la puerta. Seguramente que había arreglado un encuentro «accidental» entre Lora y el nieto de alguna amiga y esperaba que éste llegase.

La madre de Lora estaba ocupada ayudando a un hombre maduro a elegir flores para un ramo. Con cincuenta años, Ángela Gifford era una mujer alta y delgada con brillante cabello negro apenas salpicado de canas que le llegaba hasta los hombros. De las tres, era a quien se le daban mejor los clientes;

sabía cuándo ayudar y cuándo dejarlos que decidiesen. Ella hablaba demasiado y a Lora, según su madre, le faltaba paciencia.

Unas horas más tarde, las tres se dirigieron a su casa con Lora al volante de la furgoneta, Ella charlando animadamente del nieto de su amiga y el arreglo floral de los narcisos e iris sujeto firmemente en la parte de atrás.

–Tengo trabajo durante dos semanas –anunció Lora cuando llegaron a casa mientras contaba y daba de comer a sus peces. Sin novedad en el frente. Los moradores de las profundidades habían sobrevivido un día más.

–Me marcharé cuando acabe aquí y volveré por la mañana. Al cerrar la floristería, le echaré una mano a un señor mayor a quien le han operado un pie. El dinero que saque me servirá para arreglar la furgoneta. Tendréis que darles de comer a mis peces.

–Había invitado a un joven a tomar el postre hoy, Lora –dijo su abuela–, vino cuando estabas repartiendo. Será mejor que te pases un peine y te cambies de ropa.

La madre de Lora sacó un recipiente con sobras. Viviese con quien viviese, Ángela era una verdadera cocinera, de ésas que hacen un pavo asado con relleno y guarnición para dos personas y se entusiasman cuando alguien le lleva un cangrejo recién pescado.

–¿Os parecen bien enchiladas de pollo? –sin esperar respuesta, añadió–: No sé, mamá, el chico me pareció un poco joven.

–¿Muy joven? –preguntó Lora–.¿Cuánto más joven?

–No sé, cuando tienes setenta y uno, todos te parecen jóvenes –se excusó la abuela, encogiendo los rollizos hombros.

–Seis años –dijo Ángela con firmeza.

–¡Seis años! ¡Si casi tengo veinticinco! –exclamó Lora, indignada–. ¿Qué te pasa, se te ha acabado la lista de veinteañeros y ahora quieres que salga con adolescentes?

–No sabía que fueses tan tiquismiquis con respecto a la edad –le restó importancia Ella–. Además, tu madre exagera.

–Lora tiene razón –Ángela meneó la cabeza–. Es demasiado joven.

–Gracias, mamá –dijo Lora–. Por fin un poco de sensatez.

–Quiero nietos –prosiguió su madre–. ¿Qué salario puede ganar un adolescente a menos que sea un genio de los ordenadores o esté en una banda de rock? ¿Lo bastante para mantener una familia?

–Pauline me aseguró que tiene aptitudes –insistió la abuela.

–También las tiene el peluquero de hombres de enfrente y él tiene su propio negocio –dijo la madre de Lora, chasqueando la lengua.

–Tener una peluquería es bueno –dijo la abuela–. Pase lo que pase, los hombres necesitan un peluquero porque son incapaces de arreglarse el pelo solos, a menos que se afeiten la cabeza. De acuerdo, le daremos a este chico un trozo de tarta de fresa y lo echaremos con viento fresco.

–Bien –asintió Ángela con la cabeza–. Por cierto, Lora, me encontré con el peluquero esta mañana. Su nombre es Michael. Es un encanto y ¡no te lo vas a creer! Me preguntó por ti.

Lora se dio cuenta con mayor claridad de que necesitaban una vida amorosa que las tuviese ocupadas. Seguiría con su plan.

–Ella, no estaré aquí para comer –dijo.

–Pero, ¿qué va a pensar?

–Da igual lo que piense, cielo –dijo, inclinándose sobre su abuela y besándole el suave cabello. Adoptó una expresión seria–: Ya os he dicho que, por ahora, no me interesan los hombres. Y olvidaos de bodas y bebés. Las mujeres no pensamos como antes.

–Pero ser parte de un equipo es realmente maravilloso –dijo Ángela con los ojos brillantes–. Las mujeres necesitamos a los hombres, cariño. Por supuesto que a veces lo pasamos mal, y sé que Calvin te hizo daño cuando se marchó a Chicago. Créeme, sé lo que es sufrir. Pero eso no debería hacer que odiases a los hombres.

Lora se quedó sin habla. Era asombroso que su madre tuviese fe en el sexo opuesto aunque la vida le hubiese demostrado lo contrario.

–Quédate hasta el postre –dijo Ella mientras limpiaba fresas–. Y luego te lo prometo: basta de adolescentes.

–Tengo que ir al invernadero –dijo ella, haciendo un gesto hacia la estructura de vidrio del fondo–. Cerraré con llave cuando me haya ido y regaré por las mañanas antes de ir a trabajar. No os olvidéis de dar de comer a los peces –mientras hablaba, apuntó el nombre y el teléfono del Dr. Reed en un papel y se lo dio a su madre.

Una hora más tarde, después de haber acabado

con las tareas del invernadero, partió en la furgoneta justo cuando un chico al volante de un descapotable rojo se detenía frente a la casa.

Víctor Reed vivía en una amplia casa de dos pisos a las afueras del pueblo. El enorme jardín tenía un hermoso diseño, con enormes árboles y exuberante vegetación, incluidas matas de rododendros en flor, pero todo estaba descuidado. Lora supuso que la esposa del Dr. Reed sería quien se habría ocupado de mantenerlo.

¡Su madre era un genio de los jardines!

Dos gatos, uno gris y blanco y otro negro como el carbón, se sentaban en el porche delantero justo frente a la puerta. Una algarabía de ladridos respondió a la llamada de Lora a la puerta. Intentó abrir: dos perrazos salieron corriendo mientras los dos gatos entraban. Lora hizo malabares con las flores y la maleta mientras los perros la olisqueaban y lamían, meneando el rabo.

–¡Hola! –gritó.

–Aquí, pasa al fondo –llamó el Dr. Reed.

Los grandes perros de color champán volvieron a entrar con Lora y otro más, diminuto y de pelo largo, apareció corriendo por el pasillo.

Después de lanzar un gruñido de compromiso, le lameteó la maleta.

La casa tenía el mismo aspecto de descuidado buen gusto que el jardín. Parecía que el Dr. Reed había dejado que todo viniese a menos. Pero, ella tenía la cura para ello, ¿no? El fin de semana le pediría a su madre que la ayudara a quitar la maleza del jardín y se la presentaría al Dr. Reed de manera informal.

Se mirarían a los ojos, su madre vería a un hombre mayor con un rostro amable y un corazón tierno y el Dr. Reed vería una atractiva cincuentona de hermosas piernas y alegre carácter. Lora se lo imaginó todo.

¡Lo único que le quedaba hacer era encontrarle pareja a Ella!

Los perros la guiaron hasta una estancia no muy amplia con muebles oscuros y paredes cubiertas de libros y un escritorio en un ángulo. El veterinario se encontraba echado sobre una tumbona, cubierto con una manta y con el pie vendado sobre un escabel. Otro gato, de color blanco, dormía en su regazo. Las muletas se encontraban en el suelo junto a la silla y una televisión muda iluminaba el recinto.

—Has llegado justo a tiempo —dijo el Dr. Reed—. Estoy a punto de morirme de hambre. Podríamos pedir una pizza.

—O podría ver qué puedo cocinar —dijo Lora.

—Jess hizo la compra y lo único que compró fue comida de verdad.

—¿Comida de verdad?

—Sí, la que no se puede calentar en el microondas. ¿Sabes cocinar?

Pasando por encima de los perros que se habían echado, Lora dejó las flores sobre el escritorio y la maleta en un rincón.

—¿Que si sé cocinar? —dijo con desdén—. Dígame dónde está la cocina y ya verá.

La hermana del Dr. Reed había surtido la nevera de todo y en media hora Lora hizo unas gambas salteadas con espárragos y té de jazmín para los dos. Puso todo en una bandeja y lo llevó al estudio. Los animales, que se habían instalado alrededor del doctor, levantaron la cabeza al unísono al oler la comida.

—¡Sácalos al patio trasero! —dijo él mientras ella depositaba la bandeja sobre una mesita—. Haz un poco de ruido con la lata del pienso y saldrán corriendo. No te preocupes, el patio está vallado. ¡Qué suerte que te gustan los bichos!

La verdad era que no había tratado con demasiados animales con patas, pero, efectivamente, todos se presentaron corriendo en cuanto sacudió la lata del pienso. Cuando volvió al estudio, el Dr. Reed estaba pelando una gamba.

—¿Quién iba a decir que sabías cocinar tan bien? —dijo, tras probarla—. Eres una niña.

—Me ha enseñado mi madre —dijo Lora—. Es una cocinera maravillosa. Es increíble que haya conservado su figura.

—Parece ser una mujer asombrosa.

—Oh, desde luego que sí —se entusiasmó ella.

Él le sonrió y charlaron mientras comían. Lora se enteró de que él estaba viudo desde hacía varios años, que todas sus mascotas eran antiguos pacientes cuyos dueños habían abandonado y que tenía una actitud positiva ante la vida. En pocas palabras, era lo opuesto de su padre. Lora sonrió. A su madre le iba a encantar.

Se sentía tan cómoda que, cuando llamaron a la puerta, saltó a abrir sin esperar que el Dr. Reed le pidiese que lo hiciese. Vio a través del cristal a Jon Woods en el porche con una bolsa de viaje en la mano y expresión impaciente. ¿Qué haría allí? Estuvo a punto de simular que no había nadie en casa, pero era una tontería, porque la furgoneta de floristería Lora

Dunes estaba en la puerta. La bolsa de viaje le daba mala espina, así que se armó de valor y abrió la puerta.

–¿Dónde están los perros? –preguntó él.

¡Qué modales! Estaba claro que todavía desconfiaba de ella.

–Los he envenenado y enterrado en el fondo del jardín. ¿Quieres verlo? –respondió sonriente.

Él lanzó un gruñido y meneó la cabeza.

Era increíble cómo había pasado de ser un encanto a estar todo el tiempo enfadado en sólo un día. ¿Sería porque ella no hacía ningún esfuerzo para gustarle? Si era así, ello quería decir que su personalidad no era cosa del otro jueves para el sexo opuesto. El jersey verde probablemente no contribuyera demasiado. Decidió deshacerse de él. Después de todo, una tenía su orgullo.

Jon pasó junto a ella sin esperar que lo invitase a entrar. Era obvio que conocía la casa, porque se dirigió directamente al estudio. Lora cerró la puerta y lo siguió. Era guapo por detrás, con un cuerpo alto y fuerte y anchos hombros. Llevaba unos vaqueros desteñidos y una camiseta negra. Calzaba zapatillas de cross y su forma de caminar era masculina y atlética. Le recordó a Calvin, con ese paso lleno de confianza, un poco insolente. Engreído.

–¡Qué pena que te hayas perdido la cena! –saludó el Dr. Reed.

–Me he tomado un sándwich por el camino. ¿Y los perros?

–En el patio de atrás. A Lora se le dan muy bien. Bueno, lástima que ya hayas comido. Me parece que, como Lora llegó antes, le toca a ella elegir habitación primero.

–¿Sabía que él vendría? –preguntó Lora.

–Por supuesto. Después de que te marchases hoy, Jon me hizo ver que él sería mucho más útil para mi cuidado más personal, como bañarme, por ejemplo.

Aunque aquello fuese cierto, Lora le lanzó una mirada asesina a Jon.

–Encantado de ayudar –dijo Jon. Parecía sincero, pero la mirada desafiante con la que acompañó sus palabras lo decía todo–. En realidad, Víctor –añadió–, ¿por qué no dejamos que Lora se vaya a su casa? Estoy seguro de que tiene mejores cosas que hacer que aburrirse con dos veterinarios.

A Lora le dieron deseos de propinarle un puñetazo.

–Desde luego que no –dijo el Dr. Reed–. Lora y yo hemos hecho un trato. Además, su madre le ha enseñado a cocinar. Imagínate: gambas con espárragos con jengibre y ajo... ¡es un genio! Hasta me ha dicho que quiere arreglar el jardín el domingo. Te alegrarás de que ella esté aquí cuando yo me vaya a la cama a las ocho.

–Me gusta mucho hablar –dijo Lora intentando provocar a Jon–. Y juego bien al póquer.

Jon no le vio la gracia.

–¿Ves? –dijo el Dr. Reed con una risilla–. ¿No es un encanto? Lora, creo que ya es hora de hacer pasar a los gatos y los perros. Jon, ¿por qué no me das un analgésico y me ayudas a meterme en la cama?

Mientras Jon lo ayudaba, Lora se fue a la cocina con la bandeja de platos sucios y un enfado de dos pares de narices. Estaba claro que Jon tramaba algo. Desconfiaba de ella, por eso se encontraba allí. «¿Por qué iba a confiar en ti?», le dijo una vocecita.

–¡Oh, cállate! –rugió.

Los animales esperaban que les abriese la puerta y entraron en tropel, meneando los rabos, oliendo con sus húmedos hocicos, enredándosele en las piernas. Era increíble sentirse rodeada de tantos bichos. Y, a decir verdad, un poco reconfortante. Los peces tropicales eran totalmente diferentes, uno no se relacionaba con ellos. El gato blanco se frotó contra sus piernas y Lora lo alzó. La miró con adorables ojos azules y ronroneó. Era difícil de creer que perteneciese a la misma especie que Boggle.

–El tema es –le dijo al oído– que soy más astuta que Jon. Yo también tengo mi objetivo: el amor verdadero. Bueno, la posibilidad del amor verdadero, al menos. Además, necesito librarme de esas entrometidas mujeres antes de que me casen con el pobre peluquero de enfrente. O con un adolescente –agregó, estremeciéndose–. Con todo eso a mi favor, ¿por qué me iba a preocupar lo que Jon piense o quiera? ¿O siquiera el hecho de que esté decidido a frustrar mis planes?

El gato volvió a ronronear. ¿Era un voto de confianza?

–El gato es sordo –dijo Jon, desde la puerta.

–¿Qué? –preguntó Lora, sobresaltada, dándose la vuelta para mirarlo.

–Que Frosty es sordo. Los gatos blancos de ojos azules generalmente lo son. El gen «blanco» puede afectar el oído interno. Los dueños de Frosty no sabían qué hacer con él, por eso Víctor lo adoptó. Así que contarle tus íntimos secretos no tiene sentido.

¡Cuernos! ¿Qué habría oído?

–¿Cómo sabes que le contaba secretos? Por cierto, no lo estaba. ¿Me espiabas?

–No te preocupes –sonrió él–, no he oído nada. Oye, tenemos que hablar. Ven.

–Podemos hablar aquí mismo –dijo ella, cruzándose de brazos.

–No, salgamos.

–Está muy oscuro.

–¿Tienes miedo a la oscuridad? –Encenderemos la luz del porche.

«No», quiso decir, «te tengo miedo a ti». Pero no dijo nada.

Sin dejar que los siguieran los perros, salieron por la puerta trasera. Jon dio a un interruptor y en una construcción al final de un sendero se encendió una suave luz.

Era un cenador, que probablemente había sido bonito alguna vez, pero que ahora estaba despintado por el inclemente tiempo de la costa norte. Jon se sentó en uno de los bancos que rodeaban el interior por tres lados y Lora se sentó en otro.

Mientras esperaba que a él se le aclarasen las ideas, admiró cómo la luz le iluminaba el rostro y le hacía brillar el cabello. Estaban en abril en la costa norte y era imposible que se le aclarase el pelo con el sol allí, a menos que fuese a una cabina de rayos UVA o se lo hiciese artificialmente, algo que no iba con él. Ello quería decir que había venido de algún sitio soleado hacía poco tiempo. Un sitio con sol. En traje de baño, con el sol dorándole los poderosos hombros. Crema bronceadora, cálidas brisas del mar, termos con cóctel margarita, ella a su lado... ¿Qué?

Imaginó otra escena. Se encontraba sola con Jon, no en la playa ni al sol, sin allí, en aquel cenador, el perfume de las flores mezclándose con el olor del mar, los ardientes ojos masculinos hurgando en su alma. Casi podía sentir el contacto de sus dedos en su rostro y el calor de sus labios acercándose...

Jon carraspeó, haciendo que desapareciese la imagen de su mente, pero no dijo nada.

–Todo muy bonito –dijo Lora, tensa–, pero si me disculpas, me voy a la cama.

–Déjate de historias –dijo Jon suavemente, al verla ponerse de pie.

–¿Historias? ¿Qué historias? –preguntó ella, volviéndose a sentar.

Él se puso de pie. Paseándose inquieto, le lanzó una mirada penetrante.

–Sé lo que estás tramando.

–¿Lo sabes?

–Sí. Y creo que es vergonzoso –se detuvo de golpe y la miró de hito en hito–. Intentas engañar a Víctor para que se case.

¿Cómo lo sabía? Lora se devanó los sesos intentando recordar si le había mencionado a alguien sus planes para su madre y el Dr. Reed. Estaba segura de no haberlo hecho. Eh, un momento. Ella no intentaba engañar a nadie, sino que simplemente le allanaba el camino a un romance, ¡algo muy distinto!

–¡No sé a qué te refieres! –exclamó, indignada.

–Reconozco que eres buena –rió él–. Cuando te conocí esta mañana, pensé..., bueno, da igual lo que pensase. Llevas mintiendo sistemáticamente desde entonces. Boggle ni siquiera es tu gato, ¿verdad? Por eso no lo conocías. Lo utilizaste para acercarte a Víctor y cuando viste que él no estaba allí, me sonsacaste hasta averiguar su paradero. Intenté llamarte esta tarde y, mira tú por dónde, tu número no existe. Te presentaste en la clínica con flores que nadie había pedido. No lo niegues, porque me he cerciorado de ello. Y ahora has conseguido meterte en su casa.

Como lo que decía era verdad, Lora se puso a la defensiva.

—Yo no he convocado la reunión secreta en el cenador –dijo.

Se sentía en desventaja al estar más abajo que él y se puso de pie. Jon era bastante más alto que ella, así que a menos que se subiese al banco, tendría que contentarse con llegarle a la barbilla.

—No es una reunión secreta.

—Entonces, ¿por qué estamos escondidos aquí?

—Para no molestar a Víctor.

—Al menos yo lo trato como un adulto.

—Víctor era el mejor amigo de mi padre –dijo Jon, furioso–. Lo apoyó cuando papá estaba tan mal que apenas si podía trabajar, aunque no me dijo que estaba tan enfermo, por no alarmarme. Le debo muchísimo. Es un hombre leal. No voy a quedarme de brazos cruzados mientras tú lo seduces para sacarle el dinero.

Lora lo miró con los ojos abiertos como platos por el asombro. ¿Lo había oído bien?

—¿Yo? –dijo ahogadamente–. ¿Que yo lo quiero seducir? ¿Eso es lo que crees?

—Por supuesto. Eres una caza fortunas. Reconócelo.

—Es... es una locura –logró decir Lora cuando recobró el habla–. Podría ser mi...

—...padre –acabó la frase Jon.

—¡Qué tontería!

—Con que sí, ¿eh? ¿Y qué me dices de tu forma de coquetear con él en la clínica?

—¡Qué dices, si ni siquiera sé coquetear!

—Pues, te las apañabas la mar de bien. Que una caída de ojos, que una risilla... puede que te parezca viejo, pero es un hombre. Y un hombre, especialmente mayor, es muy vulnerable a una mujer joven y bonita que se le acerca, le regala flores, se ofrece a cuidarlo cuando él lo necesita, le cocina... No me interesa saber cómo te enteraste de su comida preferida. ¿A quién sonsacaste esta vez? ¿A su hermana? ¿A sus hijos? No, no me lo digas. Y, por cierto, esta reunión no es secreta. Mañana por la mañana le diré a Víctor todo lo que hemos hablado, así que mejor será que hagas la maleta y te marches. Se ha acabado la fiesta.

A pesar de admirar su lealtad y sus agallas, Lora reconocía que Jon le hacía peligrar sus planes y, más aún, la conclusión a la que había llegado era realmente insultante. ¿Provocaría alguna diferencia que le dijese el verdadero motivo por el que le interesaba Víctor Reed? Seguramente su concepto de ella mejoraría un poco, pero, ¿no le daría igual que fuese para ella o para su madre? Tenía sus dudas. ¿Y eso del dinero? ¿Desde cuándo era rico el veterinario de un pueblo?

—¿El Dr. Reed tiene dinero?

—Ya sabes que sí. Mucho dinero.

—¿Cómo?

—Buenas inversiones, dinero de su esposa... No te hagas la tonta conmigo, Lora.

Era innegable que el dinero era agradable y que aliviaría muchas preocupaciones, pero el dinero no tenía nada que ver con el amor. Además, debido a su propia iniciativa, pronto tendrían una bonita entrada de dinero. ¿Para qué, si no, tenía su invernadero y para qué había estado trabajando como una esclava durante cada minuto extra del que disponía?

–Te equivocas conmigo –comenzó a decir, sin saber cómo manejar la situación.

–He comprobado todo...

–De acuerdo, no te equivocas en todo, sólo en mis motivaciones.

–Entonces, explícate.

–No.

Sorprendido, Jon la miró fijamente.

–¿No? –dijo, pasándose la mano por el pelo.

–No. No veo por qué tengo que explicarme. Soy exactamente quien digo que soy. Mi nombre es Lora Gifford, trabajo con mi madre y mi abuela en la floristería de la familia. De acuerdo, tomé prestado el gato de mi vecina y me inventé un número de teléfono, pero eso fue porque no dejabas de flirtear conmigo y he decidido que no quiero saber nada de los hombres.

–No flirteé contigo –dijo él, arrugando el ceño.

–¡No me vengas con ésas! Me pediste el número de teléfono.

–Te dije que era la política de la clínica veterinaria.

–¡Venga ya! Que no soy tonta y sé cuando un hombre intenta ligar conmigo.

Él se sentó de golpe y la miró de hito en hito.

–Lora Gifford, o eres una actriz redomada o tu forma de pensar me supera. No sé cuál de las dos cosas, pero no estoy seguro de que importe.

Ella sintió deseos de sonreír. Intentó contenerse, no le parecía el momento apropiado para hacerlo, pero no pudo evitarlo. Se moría por hablarle de su plan para unir al Dr. Reed y a su madre y compartir unas buenas risas con él, pero él había jurado que le contaría al Dr. Reed todo lo que ella dijese, así que, ¿cómo iba a hacerlo? Una vez que algo así se hacía público, perdía la gracia, y a ella le gustaba de veras Víctor Reed. Ya le había echado el ojo y nada le iba a arruinar el pastel.

Jon le miró la sonrisa sin comprender. Lora se sentó a su lado.

—No le haría daño ni me aprovecharía de él —le dijo. Sentarse cerca de él había sido un error de cálculo. No se había dado cuenta de lo cerca que estarían, de cómo se rozarían sus cuerpos. Deseó poder apartarse, pero si lo que quería era transmitirle confianza, ponerse de pie de un salto sería contraproducente, así que se quedó donde estaba e intentó pensar con claridad—. Sé que parece que intento hacerlo, y que te he mentido —reconoció, consciente del calor de él a través de la ropa—, pero me gusta el Dr. Reed sinceramente y no estoy arrimando el ascua a mi sardina. No sabía que tenía dinero, no me interesa. Tampoco quiero su casa ni nada por el estilo.

«¿Y a su socio, lo quieres?», le preguntó una vocecilla. «¡No!», le dijo a su libido.

—Ojalá pudiese creerte —dijo él.

—El Dr. Reed y yo conectamos bien en el hospital. Él conocía a mi padre. No intento conquistarlo, eso es una tontería. Sólo quiero conocerlo, ¿comprendes?

—Muy bonito —dijo él, clavándole los ojos—, pero no explica a qué fuiste a la veterinaria.

—No estás dispuesto a ceder ni un ápice, ¿verdad?

—En lo que ataña a Víctor, no.

—No tienes nada que decirle sobre mí —dijo ella, poniéndose bruscamente de pie—, salvo mencionarle

unas sospechas infundadas, que usé un gato como excusa para conocerle y que me daba vergüenza reconocer que las flores que le llevé eran mías. Él me paga
por estar aquí y necesito el dinero para arreglar la furgoneta, así que apártate del medio y déjame en paz.

–Entonces, lo que te interesa es el dinero.

–Es un trabajo.

–Te pagaré lo que él te dijo que te pagaría si lo
dejas ahora.

–No, gracias. Da la casualidad de que me gusta
ganarme el dinero que me pagan. ¿Por qué no te vas
a tu casa?

–Ni lo pienses –poniéndose de pie, añadió–: Te lo
advierto: me quedaré aquí mientras estés tú. Alguien
tiene que cuidar de los intereses de Víctor. Vete con
tiento.

–Quizá yo no te quite el ojo para asegurarme de
que eres tan noble como predicas.

–No soy noble –dijo él, con los ojos relampa-
gueantes–, sólo me doy cuenta de cuándo alguien
no es lo que dice ser.

Ella negó con la cabeza y volvió a la casa, consciente de que tendría que sentirse nerviosa por su
amenaza, pero en lugar de ello, se hallaba presa de
una emocionante excitación. ¿Así que la iba a tener
vigilada? Aquello resultaría interesante.

De acuerdo, no quería saber nada de los hombres,
pero eso no quería decir que no pudiese volver loco
a uno muy irritante, siguiendo estrictamente las reglas que él había impuesto, ¿no? Su paso se hizo
más rítmico.

¡Toma ya!

CAPÍTULO 3

EN QUÉ puedo ayudarle?

Jon Woods cerró la puerta tras él y se dio la vuelta.

Una mujer mayor con un halo de cabello blanco enmarcándole el rostro se alisó el delantal amarillo en el que se leía floristería Lora Dunes y le clavó los penetrantes ojos azules. Pocas veces lo habían observado de aquella forma. A Jon le pareció que ella tomaba nota de cada centímetro cuadrado de su metro ochenta de estatura, cada gramo de sus setenta y cinco kilos, cada pelo de su cabeza.

–Necesito flores –dijo.

–Ha venido al sitio adecuado –dijo ella, esbozando una radiante sonrisa–. A no ser que necesite que le hagan un arreglo, porque estoy sola y no se me da muy bien hacer nada elaborado. Para eso, joven, necesita ver a mi hija, o, mejor dicho, mi nieta. Lora es fantástica para eso, lo lleva en la sangre. ¡Podría lograr que un puñado de malas hierbas resultase bonito! –mirando el reloj, añadió–: Volverá de hacer el reparto del mediodía dentro de una hora o así. Si quiere esperar, y tomarse un té helado...

Lo miró expectante. Jon no pudo contener una sonrisa. La mujer había hablado tan rápido que se había quedado sin aliento.

—Sólo quiero unas flores.

—Venga por aquí a la cámara —dijo ella por encima del hombro—. ¿Son para su esposa?

—Para una amiga —dijo él con determinación.

La mujer se detuvo frente a la cámara frigorífica con puertas de cristal donde había docenas y docenas de flores de todos tipos, colores y tamaños.

—¿Son éstas las mismas flores que mandan desde aquí hasta Los Angeles?

—Oh, no, lo siento, no lo he comprendido. ¿Quería mandar flores?

—Sí.

—Entonces, lo que tengo que hacer es tomarle nota. Nosotros le pasamos el pedido a un florista de allí por fax. Puede elegir en este catálogo.

Jon miró el enorme libro de hito en hito. Ni muerto iba a ojear todo aquello.

—¿Qué le parece una docena de rosas blancas? De tallo largo. En una caja —dijo.

—Una elección excelente —dijo la mujer, buscando el formulario de pedidos.

—Encontrará agradable trabajar con su nieta —comentó él, mientras sacaba la tarjeta platino de la cartera para pagar.

—Lora es adorable —dijo la mujer, mirando la tarjeta un segundo—. ¡Y tan bonita! Es increíble que todavía esté soltera. Claro que quien tiene la culpa es su ex prometido.

¿Prometido? ¿No había dicho Lora que no quería saber nada de los hombres?

La habían dejado plantada, por eso estaba tan susceptible. Y, como había sido un hombre joven, ahora tenía la mirada puesta en un hombre mayor,

¿no? Pues, estaba equivocada si creía que podía echarle el lazo a Víctor.

—¿Quiere decir que ella no sale con hombres?

—Calvin le rompió el corazón, pero se curará al llegar el hombre adecuado, ya verá.

—Me parece que ya he visto a su nieta. Es muy guapa —dijo y leyó para sí el nombre de la anciana en el delantal: Ella.

—Es igualita a su madre y a su bisabuela. La belleza se saltó mi generación. Yo me parezco a mi abuelo.

—Es usted demasiado modesta.

—Ejem —dijo ella, poniéndose colorada—, seguro que la dama a quien usted le manda las rosas es una persona muy especial. ¿Su madre, quizá?

—No —dijo él, sin sonreír ante lo obvia que resultaba la pregunta—. Con respecto a Lora...

—Quizá, si se lo sugiero, ella salga con usted. No será un adolescente, ¿no?

—Hace mucho que he dejado de serlo.

—Bien. Lora es un encanto. Tiene tantos planes... pero eso no quiere decir que no esté dispuesta a sentar la cabeza. Ya estaría casada si el inútil de Calvin no la hubiese dejado como lo hizo. Creo que una mujer, aunque estemos en el siglo veintiuno, necesita que un hombre la cuide, ¿no le parece?

—No estoy seguro —dijo él.

Se dio cuenta de que le había dado la respuesta equivocada.

—¿Es usted uno de esos hombres que creen que una mujer debería trabajar todo el día además de tener los bebés y ocuparse de la casa? —reivindicó Ella tras carraspear.

–Supongo que depende de lo que quiera ella –sonrió él y se encogió de hombros.

–Ajá –dijo ella, devolviéndole la tarjeta de crédito.

Se dio cuenta de que había perdido puntos con ella, lo cual podía provocar que dejase de charlar con él, así que añadió:

–Por supuesto, espero que cuando me case, mi mujer quiera adoptar un rol más tradicional –casi se atragantó con sus palabras. La noción que Trina tenía de limpiar la casa era contratar a una empleada del hogar.

La sonrisa de la mujer se llenó de calidez.

–Bonita chaqueta la que lleva. La tela es fantástica. ¿Cachemira? Apuesto que no la compró en el pueblo. Es demasiado cara para Fern Glen.

Desde luego que era cara. La había comprado el invierno anterior porque a Trina le gustaba que vistiese bien. La verdad era que a Trina le gustaba todo lo bueno.

Se habían conocido cuando ella le llevó su viejo perro a la consulta porque tenía un catarro. Resultó ser que el perro era alérgico al humo de cigarrillo y el novio de Trina fumaba. Adiós novio. En cuanto Trina se aseguró de que Jon no tenía ningún vicio que pudiese molestar a su mascota, entró en su vida como un torbellino.

No es que a él le hubiese molestado aquello. Trina era guapísima, con un modo de caminar muy provocativo y una risa sensual. Lo había presentado a todos sus amigos, invitado a innumerables fiestas de Hollywood y ampliando sus clientes de forma considerable. Casi todas eran mujeres obsesionadas en mayor o menor manera con sus mascotas. Había oído que lo llamaban «el veterinario de las estrellas», un apodo que era bueno para el negocio pero que le daba escalofríos. Sin embargo, estaba aprendiendo a soportarlo, y, sin duda, la vida con Trina era emocionante. Había estado a punto de pedirle que se mudase con él cuando murió su padre.

–Tendrá un buen trabajo para poder permitirse vestir tan bien –dijo Ella.

La miró con recelo. ¿Por qué actuaba así? ¿Lo que quería era dinero o un novio para su nieta? ¿O ambas cosas? ¿Habría tenido razón al imaginar los motivos de Lora? Por un instante, se sintió decepcionado. Deseó no tener razón.

Lora Gifford era natural, alegre. Nunca se había tropezado con alguien así antes. Ora era un libro abierto, ora una tumba. Inventaba sus fantasías en las propias narices de él, aunque se mordía los labios como si luchase contra su conciencia. Además, estaba su aspecto. Era guapísima, aunque no del estilo de Trina. Lora parecía una niñita indefensa, con aquella piel fresca y natural, su enorme jersey y sus vaqueros. Y, sin embargo, era fascinante. De hecho, en el cenador, había tenido que hacer un esfuerzo para recordar que ella no le interesaba como mujer. Hubo un par de veces en las que ella lo había mirado y a él le había dado un vuelco el corazón. ¿Tendría razón al decir que él había flirteado con ella en la consulta sin ni siquiera darse cuenta de ello?

Llamaría a Trina por teléfono e insistiría en que lo fuese a visitar. No se hacía ilusiones: aquella remota costa norte no le resultaría más tonificante a ella de lo que se lo parecía a él, pero si lo amaba, seguramente encontraría un momento para alegrarle su exilio voluntario, ¿o no?

Volviendo a Lora, ¿qué la habría llevado a concentrar sus esfuerzos en Víctor? Hasta el día anterior, ella no conocía al amable, simpático y rico veterinario. Entonces, ¿por qué él? ¿Sería su amiga, la del setter irlandés, quien le habría hablado de él? ¿Qué la había hecho poner en práctica su plan? ¿Necesitaría dinero?

Miró a su alrededor, a la anticuada tienda, y creyó comprender.

—Es una bonita tienda la que tienen.

—Pertenecía a mi hija Ángela y al tonto de su esposo hasta que a él le dio la crisis de los cuarenta y la dejó —dijo Ella. Le acercó el formulario para que él pudiese rellenarlo con los datos para la entrega. Bajando la voz, confió—: Lora afirmó que todo saldría bien, que se aseguraría de que la tienda sobreviviese. Lora tiene un plan.

—¿Un plan?

—Un plan, sí señor —sonrió Ella—. Se niega a hablar de él, pero dice que todo saldrá bien.

Allí estaba. El plan de Lora para garantizar la supervivencia de su familia era sencillo: casarse con Víctor.

—Y usted, ¿a qué se dedica? —preguntó Ella.

—Soy veterinario...

—¿Médico? —lo interrumpió ella—. ¡Qué genial!

—Bueno, en realidad...

—¿Qué le parece si hace un encargo de flores para su consulta, un arreglo semanal? Muchos profesionales lo hacen. Una consulta con flores parece más próspera.

–De acuerdo –dijo él, sorprendiéndose. Quizá estuviese cansado de intentar meter baza y pensase que si hacía un pedido, se mantendría en contacto y podría controlar el tema aunque Lora se marchase, si se marchaba. ¡Rayos! Quizá estuviese loco.

Una vez que accedió, la transacción se hizo increíblemente rápido y Jon se marchó un poco más tarde tras contratar flores para un año. Sabía que tendría que pagarlas de su propio bolsillo. ¿Cómo podía pretender que Víctor costease semejante tontería?

Mientras se subía al coche, repasó la información que había conseguido sobre Lora: un tipo llamado Calvin la había dejado plantada, ella le había prometido a su familia que se ocuparía de ella; la tienda estaba haciendo agua.

¿Por qué lo hacía sentirse tan mal tener razón?

Aquella noche, se ofreció a lavar los platos. Lora había hecho lasaña vegetal para cenar. Víctor tenía razón: era una buena cocinera. Había servido la comida en el estudio para que Víctor no tuviese que levantarse de su tumbona, adornó la mesita de café con un ramo de flores que agarró del jardín y entretuvo a Víctor con anécdotas de su madre, Ángela, que iría a quitar malas hierbas al día siguiente.

Jon la observaba para averiguar cómo llevaba a cabo su seducción. No lo tocaba, no lo miraba a los ojos, no hablaba de sí misma. Sus métodos eran un misterio para él, pero no había duda de que Víctor estaba encantado con ella, así que parecía que el plan funcionaba.

¡Y estaba preciosa! Mientras fregaba la fuente de

la cena, pensó en ella, que había cambiado el amplio jersey y los vaqueros por un vestido vaporoso de color verde azulado que le llegaba más abajo de las rodillas pero que tenía una capa más corta por debajo, logrando así un efecto inocente y travieso a la vez. Sus ojos, debido al color del vestido, estaban más verdes que nunca. Con el cabello enmarcándole el rostro y cayéndole por la espalda en sedosas ondas, el vestido ajustándole el esbelto cuerpo y aquellos tirantes que se le deslizaban de vez en cuando y que ella se acomodaba con tanta naturalidad que seguramente estaba planeada, a Jon le costó trabajo no quedarse como un pasmarote. Era un alivio poder refugiarse en la cocina.

Necesitaba llamar a Trina.

—¿Quieres que te ayude?

Oyó su voz a sus espaldas y, a propósito, no se dio la vuelta.

—No, gracias —dijo, y restregó más fuerte.

—Yo seco —dijo ella, poniéndose a su lado con un paño de cocina limpio en la mano.

Él no dijo nada. Quizá ella pillase la indirecta y se marchase.

—Imagínate mi sorpresa —dijo ella con naturalidad, agarrando un plato del escurridor y comenzando a secarlo— cuando esta tarde volví a la tienda y me enteré de que mi abuela te había vendido un años de arreglos florales. Eso significa cincuenta y dos arreglos. Y logró que firmases un contrato, algo que a nuestros otros clientes ni se les hubiese ocurrido hacer. Parece que mamá y yo hemos subestimado las cualidades de vendedora de Ella. Creo que hay que darle un ascenso.

–¿No era necesario que firmase un contrato? –le preguntó él, mirándola por primera vez desde la cena. Fue un error: el color de sus ojos era tenue con aquella luz, aunque su brillo seguía siendo fascinante. Apartó la vista.

–Desde luego que no.

–Ella no me dijo nada.

– Y tú no mencionaste que me conocías. Pues bien, ha sido tu castigo por husmear.

–No estaba husmeando. Necesitaba flores.

–Una docena de rosas blancas, ni más ni menos. Ella admitió que no consiguió que le dijeses a quién se las mandabas. Sólo que eran para Trina Odell en Beverly Hills.

–Tu abuela es increíble.

–¿A que sí? –dijo Lora, agarrando otro plato–. ¿Por qué no te has casado? –añadió–. Oye, que a mí me da igual, pero mi abuela teme que seas un mujeriego y para ella, eso equivale a ser un asesino en serie.

–Créeme –casi rió él–, no soy un mujeriego.

–¿Qué edad tienes?

–Treinta y tres.

–Un poco mayor para estar soltero. Le pregunté al Dr. Reed y me dijo que nunca te has casado. ¿Por qué?

–¿Quién es la fisgona ahora?

–Ahora es tu turno. Tú fuiste a la tienda e hiciste un montón de preguntas, ¿o no?

–La verdad es que con tu abuela no es necesario hacer un montón de preguntas. Ella sola da toda la información. Además, mi nombre figura en un contrato que seguramente verás, así que no he hecho nada a escondidas.

–Pero sonsacaste a mi abuela. Eso es algo despreciable.

–¿Sientes que tienes que protegerla?

–Por supuesto.

–Ahora sabes lo que siento por Víctor –dijo, y apartó la mirada de sus ojos, bajándola hasta sus labios. El corazón le dio un pequeño vuelco. ¡Sus labios! ¿Por qué no los había notado antes? Parecían dulces y deliciosos como dos jugosas cerezas.

–De acuerdo –dijo ella–, comprendido.

Él intentó recordar de qué estaban hablando y se sintió aliviado cuando ella se quedó en silencio. Fregó con ímpetu la fuente. Se sentía aturdido. Deseaba besarla, ¿no era una ironía? Era una locura, pero la idea de probar los labios de Lora le llenó la mente como en las antiguas imágenes de la tele de una explosión atómica: un enorme hongo que borraba todo. Recitó el teléfono de Trina para sí. Le empezó a picar la nariz e intentó frotársela contra el hombro.

–¿Dónde te pica? –dijo ella.

–El lado izquierdo, pero no...

–No hay problema –dijo ella, levantando la mano y tocándole la nariz con suavidad. ¿Era impresión suya o se detuvo más de lo necesario? Sus ojos se unieron y ella sonrió y dejó caer la mano.

–¿Y? –dijo ella al cabo de un rato–. ¿Por qué no te has casado nunca? No, no me lo digas, deja que lo adivine. Se trata de Trina, ¿no, la de Beverly Hills? La de cabello rubio y piernas largas –levantó los brazos, alejándolos de su cuerpo–, con pechos así.

–Más o menos –rió él.

–¿Tú eres de allí, de Beverly Hills?

–Sí.

–Y Trina y tú lleváis saliendo un tiempo.

–Dos años.

–Y ahora ella quiere un chalet en una urbanización y bebés rubios como ella. Y a ti te entró el pánico y te mudaste aquí, así que le mandas flores porque sabes que has sido un cobarde.

–Frío, frío –dijo él, preguntándose por qué Lora se había enfadado de repente.

–De acuerdo, entonces eres tú quien quiso ponerse serio. Ella te echó con viento fresco y ahora intentas reconquistarla con flores.

–No pasa nada malo con nuestra relación –dijo él con firmeza.

–¿De veras? Entonces, ¿por qué te has venido a vivir tan lejos de ella?

–No lo he hecho. No vivo aquí, Lora. Sólo he venido a sustituir a Víctor un par de meses. ¿No lo sabías? –se dio cuenta por su expresión que ella creía que él vivía en Fern Glen. Ella se quedó silenciosa un momento, algo que tendría que haberlo hecho sentir mejor, pero no lo hizo–. Además, Trina no viviría aquí ni soñando –añadió.

–¿Qué tiene ella en contra de Fern Glen?

–Digamos que Trina es una chica de ciudad.

–Quieres decir que encontraría esto soporífero.

–Exacto. Y, por supuesto, tiene un montón de amigos allí y un buen trabajo en uno de los estudios de cine más importantes, además de sueños por convertirse en actriz alguna vez.

–¿Tiene alguna probabilidad?

–Por supuesto.

–¿Y tú?

–Yo no tengo ese tipo de ambiciones. Allí soy ve-terinario, igual que aquí. Tengo una amplia clientela y dos socios geniales.

–Echarás en falta a tu novia.

–Sí. Pensaba intentar convencerla de que viniese a pasar unos días. Dos meses y medio es demasiado tiempo para estar separados.

–¿Crees que le gustará esto?

–Quizá.

–Conozco el tipo –dijo abruptamente Lora–. Trina no se sentirá impresionada por el teatro ama-teur, las playas llenas de niebla y los miles de secuo-yas. La humedad le rizará el pelo como a un cani-che. Lo odiará.

–No la conoces –dijo él irritado ante la actitud de sabelotodo de ella–. Es buena gente.

–¿Piensas casarte con ella?

–Un momento –protestó él–. Eso no es de tu in-cumbencia en absoluto –dijo él con una sonrisa, de-cidido a no revelarle que tenía un nudo en el estó-mago. ¿El matrimonio? Desde luego que había pensado mucho en ello, ahora que estaba solo, pero, ¿llegar a decirlo? Tenía que controlar aquella con-versación nuevamente. Necesitaba sonsacar a Lora más detalles del diabólico plan para conquistar a Víctor.

–Lo siento –dijo ella suavemente–, tienes razón. Llevo toda mi vida en Fern Glen –añadió al rato.

Él se la quedó mirando un segundo, evitando sus ojos y sus labios, concentrándose en sus mejillas, que eran bonitas pero más fácil de resistir que otras partes de su anatomía. Imaginó vivir toda una vida en un pueblecito abrigado por una cortina de árboles enormes del frío océano. Hasta que su padre se había mudado allí, ni sabía que aquel sitio existía. Él se había criado en San Francisco, donde todo estaba cerca.

–Y tú, ¿por qué no estás casada? –le preguntó, acabando por fin con la fuente.

–Sólo tengo veinticuatro años –dijo ella–. Cumpliré veinticinco en junio.

–Muchas mujeres están casadas a tu edad. Estoy seguro de que no ha sido por falta de oportunidad.

–No estoy intentando cazar el doctor Reed –dijo ella con impaciencia.

Él pensó: «Seguro que sí, pequeña zorra», pero mantuvo una expresión inescrutable.

–¿Y Calvin, el infame? –le preguntó.

–¿Mi abuela te habló de Calvin?

–Sí, y sobre tu madre. Sé que tu padre... se marchó. Supongo que algo así podría destruir la fe de cualquiera en el amor.

–Mis padres nunca debieron casarse. Son como el agua y el aceite.

–¿Y por qué lo hicieron?

–Estaban enamorados.

–Pero no duró.

–No, supongo que no. ¿Crees que es posible que el amor dure toda la vida?

–Espero que sí –dijo él.

–Mi madre es una persona hermosa por fuera y por dentro. Lo ha pasado muy mal últimamente, pero no pierde la esperanza, algo que admiro, aunque me cuesta entender a veces. Merece ser feliz.

Su tono era tan nostálgico que él supuso que se refería a sí misma, no a su madre, pero luego se dijo que era un cínico. Su madre había muerto hacía diez años, pero no dudaba que si hubiese vivido, él sentiría que tenía que protegerla tras la muerte de su padre, así que, a regañadientes, admiró la devoción de Lora.

–La floristería será muy importante para ella –dijo.

–Supongo que ahora lo es todo para ella.

–Tu abuela dijo que tenías un plan secreto para sacarla adelante.

–Mi abuela, la charlatana –dijo Lora con un suspiro y una sonrisa de cariño.

–Supongo que ambos sabemos cuál es tu plan –dijo él.

Con un desafiante movimiento de cabeza que hizo que su cabello oscuro brillase con un millón de reflejos de luz, ella lo corrigió:

–Yo lo sé. Tú sólo crees que lo sabes. No es lo mismo.

–Dime lo que pasó con Calvin –dijo él, dándose por vencido.

–¡Por favor! No éramos Romeo y Julieta –dijo ella, guardando la fuente en el armario. Colgó el paño de cocina en el tirador del horno. Se mordió el labio y luego le lanzó una mirada–. Tengo que pedirte un favor –le dijo suavemente.

–Tiemblo al pensarlo.

–Por algún motivo, le has caído bien a mi abuela.

–Llevaba mi chaqueta buena y firmé un contrato innecesario para flores que no quería –dijo él–. No me sorprende que le haya caído bien. Además, cree que soy médico, a pesar de que intenté explicárselo.

–No te preocupes, te comprendo. Mira, sé que estás saliendo con Trina y no te estoy pidiendo que la traiciones, así que esto es totalmente legal aunque complicado.

Él no necesitó simular que estaba confundido.

–Te escucho –dijo, sin mirar el tirante que se le había deslizado por el hombro.

–¿Podrías venir a la tienda cuando yo esté allí?

–Yo no...

–Ven a la tienda a mediodía cuando puedas. Llámame «cariño» o menciona una cita para cenar. Con un poco de suerte, mi abuela se concentrará en ti y dejará de buscarme pareja. Y como tú y yo sabremos que no hay nada entre nosotros, yo estaré libre para concentrarme en cosas más importantes –jugueteó un segundo con el vestido y añadió–: Y, ¿sabes qué? No vendría mal que estuviese mi madre por ahí para verlo también. Le tiene el ojo echado al tipo de enfrente.

–¿Qué tiene de malo el tipo de enfrente?

–Supongo que nada, pero estoy cansada de sus jueguecillos y si creen que nosotros...

–¿... nos gustamos?

–Exacto. Me dejarán en paz. Pensarán que eres un buen partido.

Estuvo a punto de preguntarle si tan buen partido como Víctor, pero se mordió la lengua. Aquel ruego era interesante y necesitaba tiempo para darse cuenta si ella estaba siendo totalmente sincera con él. ¿Quizá su abuela y su madre no sabían los planes que ella tenía de cazar a un marido rico?

¿Y si lo que ella quería era estar más libre para poder concentrarse en Víctor? Pero si Víctor pensaba que Jon y Lora se gustaban, quizá se alejaría de ella.

–¿Por qué no? –dijo.

Apoyándole las manos en los hombros, ella hizo algo totalmente inesperado: se puso de puntillas y lo besó en los labios. Su boca era suave y cálida y su perfume lo envolvió en una nube tan dulce que casi la abrazó. En un abrir y cerrar de ojos, se había alejado.

–Gracias. Buenas noches, Jon –dijo.

A pesar de ser tan rara, se dio cuenta de que no quería que se marchase. No le había dicho nada nuevo, salvo confirmar ciertas conclusiones a las que él había llegado, pero seguía sin saber cómo desenmascararla frente a Víctor

La verdad era que ella lo había descolocado con aquel beso. Sus labios no eran dulces, eran suaves pétalos cubiertos de rocío. Labios prohibidos para él.

Entonces, ¿sería así o estaría actuando?

CAPÍTULO 4

LORA se lavaba los dientes con energía intentando recordar cuándo había decidido que era una buena idea pedirle a Jon que se hiciese pasar por su novio. Sabía exactamente cuándo. Él le estaba preguntando por qué Calvin la había dejado, luego había intentado averiguar el motivo del fracaso de la relación entre sus padres y después había vuelto a preguntarle sobre Calvin. ¡Calvin, Calvin, Calvin!

Le había comenzado a faltar el aire. Quizá no había superado su relación con Calvin. Quizá se trataba de eso, de que los sueños que habían creado juntos todavía le daban vueltas en la mente, el recuerdo agridulce de que Calvin había decidido que su plan de irse a Chicago era más importante que construir una vida juntos en Fern Glen. O quizá se tratase de que estaba harta de que su madre y su abuela le estuviesen presentando chicos todo el tiempo.

Simular que estaba saliendo con Jon era algo seguro. El corazón de él estaba ocupado por Trina Odell, que estaría esperando para cambiar su apellido por el de Woods. Se imaginó los titulares del periódico: «Trina Woods, la esposa del popular veterinario de Beverly Hills, Jon Woods, gana su segundo Oscar».

Lora hundió el rostro en la toalla. ¿Qué le estaba sucediendo?

Jon había accedido rápidamente a su plan, y supo por qué. Seguro que pensaba que así la distraería de su sórdido plan de cazar a un marido rico y mayor. Se estaba ofreciendo como chivo expiatorio para proteger al Dr. Reed. Estaba clarísimo. Mientras se arrebujaba bajo las mantas, se dio cuenta de que no le gustaba que él pensase que ella era una oportunista. Pero... ¿qué más le daba lo que él pensase?

El problema era que Jon Woods era un encanto. Su fidelidad a su novia, su actitud al dejar todo para tenderle una mano al Dr. Reed cuando éste lo necesitaba, lo decidido que estaba a proteger al veterinario de Lora eran admirables. Ahora, gracias a la desconfianza que le tenía, la ayudaría a evitar las trampas que su madre y su abuela le tendían constantemente. Eso sí que estaba bien.

¿De qué se quejaba? No era necesario que Jon la respetase ni la apreciase. Se marcharía dentro de unas semanas y no le volvería a ver el pelo nunca. Lo único que necesitaba de él eran dos cosas: que no se inmiscuyese en su plan de emparejar a su madre con el Dr. Reed y que le pidiese una cita delante de su madre y su abuela. Punto.

Nada de lo que hiciesen sería real. Él sabía a lo que iba ella, al menos eso era lo que creía. Ella estaba absolutamente segura de que lo comprendía. Harían su pequeña actuación y su abuela y su madre se retirarían felices. Jon pensaría que estaba protegiendo al Dr. Reed, ella tendría libertad para alentar un romance entre su madre y el veterinario además de concentrarse en lo que realmente le produciría dinero. ¡Genial!

¿Y su padre? ¿Sería deslealtad hacia él intentar que su madre se casase con otro?

No. Él se había marchado por voluntad propia, él había pedido el divorcio. Hasta había insinuado en una carta que se marchaba para ver a alguien nuevo. Su padre estaba fuera de escena, pero para asegurarse de ello, lo llamaría para cerciorarse.

Cerró los ojos y para horror suyo, la mente se le llenó inmediatamente con imágenes de Jon: la forma en que sus músculos se flexionaban cuando frotaba la fuente de la lasaña, el modo en que la miraba como si quisiese estrangularla, su irritación, su sonrisa, su voz, sus manos, el contacto de sus labios cálidos...

Abrió los ojos de golpe.

—Ten cuidado —susurró, decidiendo en aquel instante que no habría más besos.

Se puede encender una cerilla siempre que se tenga cuidado de no iniciar un fuego...

La madre de Lora se presentó al día siguiente con Ella a la zaga. Ambas llevaban su ropa de jardineras. En el caso de su madre, había sido una elección excelente, porque llevaba con su habitual elegancia pantalones piratas color caqui y un jersey blanco. La abuela, con una camiseta azul, una chaqueta amarilla, pantalones hasta la rodilla y zapatillas blancas de tenis parecía un alegre, parlanchín y adorable balón de playa.

Las dos se dedicaron a quitar las malas hierbas y

para cuando Lora preparó el almuerzo, lo sirvió fuera y ayudó al Dr. Reed a que se sentase en una tumbona al sol, casi habían acabado y estaban discutiendo sobre qué verduras plantar.

–Lora tiene un enorme invernadero en la parte de atrás de su casa, pero lo mantiene cerrado con llave y ni siquiera nos deja entrar –le dijo Ángela a Víctor mientras servía limonada–. ¡Podríamos plantar unos tomates fantásticos!

–Y se niega a decirnos qué es lo que hace allí todas las mañanas y parte del fin de semana –dijo Ella, haciendo su característico carraspeo mientras se servía de la fuente de fiambres para hacerse un sándwich.

–Quizá se esconde de nosotras –dijo Ángela, lanzándole una mirada a Lora.

–O cultivando marihuana –dijo Ella.

Víctor la miró arqueando las cejas, pero Lora sonrió y meneó la cabeza.

–Su padre era muy parecido –dijo Ángela–. George siempre se traía algún proyecto entre manos, ¿recuerdas, Lora?

¿Por qué sacaba a colación a su padre? No, no, no.

–¡No! –exclamó Lora.

–¿Le ha dicho Lora que yo antes pescaba con su esposo? –dijo Víctor.

Ángela esbozó una radiante sonrisa.

–Su ex.

–Técnicamente, no. Hasta dentro de un mes. Lora no me ha dicho que usted conocía a George. Se habrá olvidado. ¿Cómo fue?

–Solíamos coincidir en la Escollera Norte, cuando

yo iba con los niños. Él siempre llevaba un sombrero rojo.

–Su sombrero de la suerte –dijo Ángela–. Se lo regalé yo.

–Recuerdo haber visto a Lora un par de veces, y a usted también.

–A George le encantaba pescar. Muchísimo.

¿Cuándo dejaría de hablar de él? Lora sintió deseos de acogotarla. Intentó mandarle un mensaje telepático: «¡Come algo y cállate!»

–Le encantaba, porque indefectiblemente su pez era más grande que el mío.

Ángela sonrió con cariño. ¡Con cariño!

–Es muy buen cocinero también. Me enseñó a hacer salmón a la parrilla. George tiene una energía inagotable.

Lora deseó taparle la boca con la mano. Por suerte, Ella intervino.

–Tenía bastante energía como para abandonarte, de eso no hay duda. Y nunca miró atrás. Oye, Víctor –añadió Ella, como si ya hubiese aceptado a Víctor como su posible yerno–. Insisto en que habría que hacer una huerta.

–Recuerdo que eso era exactamente lo que hacía mi difunta esposa –dijo el Dr. Reed, aceptando un plato de comida que le alargó la madre de Lora. ¿Era su imaginación o le rozó a su madre la mano y ella apartó la mirada para esconder una sonrisa?

En aquel momento, Jon salió por las puertas correderas rodeado de los tres perros y el gato blanco. Era un hermoso día de primavera. El sol que atravesaba los árboles le iluminaba el pelo. Llevaba una camiseta roja y vaqueros. El recuerdo de su sólido pecho asaltó a Lora de repente, haciéndola parpadear.

–Ven, hazte un sándwich –lo llamó el Dr. Reed.

Jon les hizo señas de que se uniría a ellos enseguida y se inclinó a alzar al gato.

–Mirad la forma en que agarra a los animales, ese chico tiene algo especial.

–Es guapísimo –dijo Ella con una mirada a Lora, que se concentró deliberadamente en poner zanahoria rallada en un bollito de pan.

–En ese aspecto, se parece a su padre –rió el Dr. Reed–. Doug fue mi socio durante quince años antes de que le fallase el corazón y era fantástico con las mascotas, pero creo que Jon es mejor. Los tranquiliza con la voz, les inspira confianza. Con razón tiene tanto éxito con los animalitos malcriados de los ricos y famosos de Los Angeles. Hasta hace visitas a domicilio, aunque no lo crean.

–¿Quiere decir que no es médico? –preguntó Ella.

–No. Yo tampoco, Elloise

¿Elloise? Hacía tiempo que Lora no oía a nadie llamar a su abuela por su nombre.

–Tratar las pequeñas criaturas de Dios es algo noble –dijo Ella inesperadamente–, pero no sé para qué hizo el pedido de flores para una consulta veterinaria. Bueno, no importa, le darán una nota de color.

Lora agarró su plato de comida y fue a sentarse en un banco. Se le había ido el apetito y tenía la cabeza hecha un lío. ¿Era ella o la conversación era totalmente surrealista? ¿Y Jon? Le lanzó una mirada a hurtadillas y lanzó un suspiro. ¿Por qué tenía que ser tan guapo? ¿Por qué caminaba de aquella manera y tenía aquella deliciosa sonrisa?

–Es una pena que Jon no quiera quedarse en Fern Glen –dijo el Dr. Reed–. A esta comunidad le vendría bien un hombre como él. Me da pena que se vaya.

Lora deseaba que se fuese cuanto antes. La tenía totalmente confusa. Él se sentó a su lado y los animales los rodearon para mendigar, olisquear y echarse junto a ellos. Mientras los demás volvieron al tema de la huerta, Lora se quedó mirando su sándwich mientras la asaltaban unas tremendas ganas de irse al invernadero para estar sola, lejos de todo y de todos.

–Vi cómo le clavabas los ojos a Víctor –masculló Jon por la comisura de la boca.

Ella se volvió hacia él para mirarlo. Estaba sonriendo. Maldita sonrisa.

–¡Pero bueno! Tienes una imaginación increíble.

–¿Que yo tengo una imaginación increíble? Viniendo de donde viene, creo que es un halago. Por cierto, tu madre es una mujer atractiva, ¿no?

–Sí –dijo Lora, mirándolo para ver si él se había dado cuenta finalmente de su plan.

–Víctor y ella parecen muy interesados en su conversación.

Lora se dio la vuelta. Era verdad. El Dr. Reed y su madre estaban frente a frente, hablando y gesticulando mientras parecían discutir la superioridad de tal cosecha sobre tal otra. ¿Qué le pasaba a su madre? ¿Por qué discutía con el veterinario por un brécol? ¿Discutía con todos los hombres? Se estremeció. ¿Y si su padre no fuese el único culpable de los años de tensión en su casa?

Mientras tanto, el perro más pequeño, Bow Wow, había descubierto lo cariñosa que era Ella y le rondaba las piernas esperando que le diese trocitos de jamón y pavo.

–Tu abuela es adorable –dijo Jon de repente.

–Creo que echa en falta a mi abuelo –la miró Lora sonriente.

–Mi padre nunca se recuperó de la pérdida de mi madre –dijo Jon–. Algunas parejas parecen hechas para compartir su vida juntas, ¿no?

–¿Estás pensando en Trina y tú?

–¿Estás pensando en Víctor y tú?

–¿No te das por vencido nunca?

–¿Yo?

–Lo cierto es que creo que Ella se podría volver a enamorar.

–¿Tienes a alguien en mente?

–Hay un hombre muy pulcro que le compra flores todos los lunes por la tarde. Creo que mi abuela le gusta, pero ella dice que tiene demasiadas pecas en la calva. Y hay otro señor que mira por el escaparate cuando va a la panadería.

–¿Crees que lo hace porque tu abuela le gusta?

–Por eso o Ella ha decidido que debería salir con un bibliotecario retirado de setenta años de edad y a quien busca con la mirada es a mí.

–Te gustan los hombres mayores, ¿verdad?

–¡Basta! –dijo ella, frunciendo el ceño.

–Entonces, ¿qué hay de nuestra súper cita?

–La semana próxima, entras a la tienda... –se encogió ella de hombros.

–¿Y qué te parece ahora? Están todos aquí. ¿O no quieres que Víctor se entere de que sales conmigo?

–No salgo contigo.

–Que simulas salir conmigo, entonces.

–Me da igual que el Dr. Reed lo sepa.

–De acuerdo –dijo él y agarrando uno de sus rizos, se lo enroscó en el dedo.

–¿Qué haces? –susurró ella.

–Montando la escenografía. Simulo estar enamorado.

–Pues, ¡basta! –dijo ella, intentando apartarse.

–Venga, quizá Víctor se ponga celoso. Eso te gustaría, ¿no?

–Jon, estoy dispuesta a echarte un vaso de limonada encima.

–Venga, ¿no te hizo pensar el besito de anoche? A mí, sí –sin esperar una respuesta, le plantó un beso en los labios.

Por el rabillo del ojo Lora vio cómo los que estaban sentados en el patio los miraban de hito en hito y se ruborizó.

«¡No es lo que creéis!», quiso gritarles.

–Iré a buscar... más pan –tartamudeó, alejándose de Jon y de sus ojos burlones.

–¡Cuernos! –murmuró al entrar a la casa, frotándose los labios con el dorso de la mano mientras intentaba recordar qué era lo que había ido a buscar.

Jon acababa de ponerla en evidencia. El juego había empezado.

Agarró las llaves del coche y se marchó.

Jon acarició suavemente las orejas manchadas de su paciente, una dulce gatita tricolor de ojos verdes y un enorme vientre redondo.

–Es de la calle –explicó la dueña, una morena de estupenda figura–. Mi esposo insiste en darle de comer. Parece que tiene un tumor. Debería acabar con su sufrimiento.

–No tiene un tumor –explicó Jon con paciencia–, es una hembra y está preñada –miró los dientes del animalito–. Es muy joven, ni siquiera tiene un año.

La gata se frotó contra su dedo. Tenía una carita preciosa, con bigotes blancos.

–¿Gatitos? –gimió la mujer–. ¿Cuántos?

–No lo sé –dijo Jon. La gata ronroneó y le lamió la mano–, pero diría que falta poco para el parto. Veamos... la gestación de un gato es de unas nueve semanas. ¿Recuerda cuando comenzó a estar rara? ¿O cuando los pezoncillos se le pusieron rojos?

–¡No la miro nunca! –lo interrumpió la mujer–. Le he dicho que es una gata de la calle.

–De acuerdo. Bueno, le recomiendo que se la lleve a casa y que prepare una caja con papel de periódico limpio. Después del parto, destruya la caja y prepare una nueva...

–No quiero gatitos –dijo la mujer–. Es de la calle, le digo. Tampoco quiero a la gata.

Jon se dio cuenta de que ella ni siquiera la había tocado desde que él la había sacado de la cesta en que la llevaba. La morena retrocedió.

–Pero su esposo...

–No quiero gatos. Désela a alguien.

–Le sorprendería saber qué poca gente quiere una gata de la calle preñada –sonrió.

–Me da igual. No quiero gatitos –dijo ella y se dio la vuelta, marchándose.

Jon esperó un segundo a que volviese, arrepentida, pero esperó en vano. Finalmente, apretando a la gata contra su pecho, salió de la salita. Connie, la ayudante, lo miró.

–La señora Pullman se marchó corriendo –dijo–. ¿Qué pasa?

–Parece que le dio un patatús. Búscale un sitio caliente y agradable atrás, ¿quieres? –le dijo, entregándole la tricolor–. Y luego a ver si localizas al señor Pullman.

Connie se la llevó y Jon volvió a la salita de reconocimiento, agarró la ficha y abrió la puerta que daba a la larga estancia a la que daban las tres salas de reconocimiento y se que utilizaba como laboratorio. De allí salía otra puerta que daba al quirófano, pero él se dirigió al despacho de Víctor, pasando por encima de bolsas de pienso para animales y montones de otras cosas típicas de una clínica veterinaria.

Era un sitio agradable, con personal competente al que le gustaban los animales, situado en una calle tranquila y con bastante terreno como para ampliarlo. Tenía potencial, a juzgar por la cantidad de casas que se estaban construyendo en el pueblo. Necesitaba una remodelación, pero tenía muchas posibilidades. Sin embargo, Víctor estaba a punto de retirarse y seguro que por eso no invertía en la clínica.

Hizo unas anotaciones en la ficha de los Pullman, miró su horario y vio que tenía el resto de la tarde libre, aunque ya eran las cinco.

–Acaba de llegar esto. No tienen tarjeta pero han dicho que tú sabías de qué se trataba. ¿Qué quieres hacer con ellas? –preguntó Connie, con un ramo en los brazos.

Jon lanzó una carcajada. Parecía que su entrega mensual de flores había comenzado.

–Llévatelas a casa y disfrútalas.

–¡Hala! ¿De veras? Oye, he llamado al señor Pullman pero no estaba en su casa y llamé a su negocio. Me dijeron que estaba de viaje y volvería a finales de la semana.

–¿Negocio? ¿Tienen algún tipo de tienda? –dijo Jon, conteniendo un suspiro.

–Son los dueños de la tienda de vinos de la plaza. ¿Qué quieres que haga?

–Nada. Supongo que tendremos que esperar hasta que el marido vuelva a su casa o su esposa recobre la razón. Me pasaré por la tienda a hablar con ella –dijo, recordando vagamente que la tienda se hallaba a dos o tres portales de la floristería de Lora.

–No esperes demasiado –dijo Connie, y su respiración hizo moverse un helecho. Un helecho que Lora había puesto en aquel arreglo, tocado con sus dedos–. Esa gatita está a punto de explotar –advirtió.

¿Qué pasaba con él?, pensó Jon. Se moría de ganas de ver a Lora. Ella se había colado a hurtadillas en su vida sin que se diese casi cuenta, hasta había conseguido que la besase frente a todo el mundo. De acuerdo, la idea había sido suya. Pensó pagarle con su misma moneda. Y si le había salido el tiro por la culata, era culpa suya solamente. ¿Cómo iba a ocurrírsele que un segundo beso le causaría aquel deseo ardiente de besarla otra vez? Quiso desconcertarla frente a Víctor y que Víctor creyese que estaba loco por aquella farsante. Le pareció la forma más expeditiva de protegerlo. Luego, cuando Lora se marchó como si la persiguiesen mil demonios y la sonrisa del veterinario indicó que los había visto besarse, Jon se sintió como un idiota.

No tenía ninguna gana de ir a la casa de Víctor. Lo que tenía que hacer era salir a correr para tranquilizarse. Se puso zapatillas de deporte y agarró una chaqueta, contento de marcharse.

El porsche devoró los kilómetros hasta Clam Beach. Aparcó junto a un camión y cerró el coche. La caminata por las dunas fue un placer y luego, cuando llegó a la arena firme de la playa, corrió a buen paso por la orilla hasta que le cortó el paso un arroyo que desembocaba en el mar, obligándolo a darse la vuelta y volver por donde había ido.

Caía la tarde y se quedó viendo la rompiente un rato mientras se enfriaba, disfrutando del constante movimiento del océano. La brisa levantaba espuma y algas y las arrastraba por la arena. A lo lejos vio a un perro negro que jugaba con alguien y deseó tener uno, pero no podía porque en el piso donde vivía no permitían tener animales. Quizá debería mudarse a una casa con jardín. ¿Podría conseguir una casa con jardín en Beverly Hills que estuviese dentro de sus posibilidades?

Sin embargo, en el norte era así. Una persona en la playa además de él, y un perro. Unas docenas de gaviotas. Todo era tan... austero. Donde él vivía, la playa habría estado a rebosar de gente yendo y viniendo, mirando el mar, haciendo súrfing, corriendo por la orilla. Pero allí, con menos población, la playa casi estaba vacía.

Comenzó la caminata por las dunas con una nueva inquietud en el pecho, difícil de nombrar o, como sospechaba, domar. Todo aquello era hermoso. Frío, ventoso, austero a veces... y solitario.

Recordó lo que Lora le había dicho: que Trina odiaría aquello, que la humedad le encresparía el pelo. Sonriendo, trató de imaginarla con el pelo encrespado. Siempre estaba perfecta, con su melena platino lacia y suave. Ella decía que se podría encontrar con un director de cine. Supuso que, a pesar de los comentarios de Lora, Trina se pondría un pañuelo y se las arreglaría de alguna manera. Decidió llamarla cuando llegase a casa de Víctor y decirle que tomase el avión y fuese a verlo. Todavía tenía su apartamento, podría quedarse allí. ¡Demonios, podría dejar de cuidar a Víctor y quedarse con ella! Hacer una fogata en la playa, abrazarse junto a las brasas, caminar de la mano por la arena. Quizá consiguiese librarse de la sensación corrosiva que tenía en la tripa. Y quizá lograse dejar de pensar en Lora Gifford.

Cuando volvió al aparcamiento, vio que junto al viejo camión había un hombre de aproximadamente su edad, de aspecto descuidado. Llevaba el pelo rubio largo, barba de varios días y ropa gastada y amplia, que parecía heredada de alguien más corpulento que él. A su lado había un terrier negro y café de brillante pelaje y saludable aspecto que retrocedía cada vez que su dueño intentaba aproximarse a él.

—¿Algún problema? —preguntó Jon, acercándose lentamente.

—Bill se ha clavado algo en la pata, pero no deja que se lo saque —dijo el hombre en voz tan baja que Jon tuvo que hacer un esfuerzo por comprenderlo.

–Se me dan bastante bien los perros. ¿Quieres que lo intente yo?

–No sé...

–Soy veterinario –añadió Jon.

El hombre le lanzó una rápida mirada.

–Te agradecería que me ayudases –dijo, tímidamente.

–¿Qué te pasa, Bill –preguntó Jon, acercándose al perro con movimientos deliberadamente lentos para no asustarlo. Le acarició la suave cabeza–, tienes una espina? –canturreó, deslizando la mano por la piel hasta llegar a la pata buena. El perro se quedó tranquilo. Siguió hablándole mientras le acariciaba el pecho y llevó la mano lentamente hacia la patita herida. El perro, con una mirada de resignación, dejó que se la agarrase y la diese la vuelta–. ¿Tienes una linterna? –le susurró al dueño.

–No, tenía una, pero...

Jon le dio las llaves del coche al extraño.

–Tráeme la caja negra del maletero. Muévete despacio y que Bill te pueda ver.

El hombre le obedeció y el perro lo siguió con la mirada, dejando que Jon le sujetase la pata. Cuando éste abrió la caja y sacó la linterna, iluminándolo con ella, vieron un fragmento de vidrio clavado en la almohadilla. En pocos segundos, con la ayuda del dueño del perro, Jon había sacado el cristal y desinfectado la zona.

Bill le lamió la cara, entusiasmado.

–Le gustas –dijo el hombre.

–Es un perro genial. Me llamo Jon Woods, por cierto. Estoy sustituyendo a Víctor Reed en la Clínica para Animales.

–Nolan Wylie –dijo el hombre, mirando el suelo–. El Dr. Woods le puso a Bill la vacuna contra la rabia el año pasado. Era el socio del Dr. Reed. Creo que murió.

–Era mi padre –dijo Jon.

–Lo siento mucho –dijo Nolan, asintiendo con la cabeza solemnemente–. ¿Cuánto te debo por lo de hoy?

–No me debes nada –dijo Jon–. Me alegro de haber podido ser de ayuda.

–Vivo aquí cerca –dijo–. Si quieres, vente a casa. Hago mi propia cerveza.

Jon, al pensar en la casa de Víctor y en Lora, que seguramente estaría cocinando algo delicioso, con su pelo suelto sobre los hombros, decidió que una cerveza era una buena idea y la compañía de un hombre de su edad, aunque fuese un hombre tímido que parecía necesitar una buena ducha y una visita al barbero, mucho mejor.

Por una noche, que Víctor se defendiese solito de Lora.

–De acuerdo –dijo.

CAPÍTULO **5**

DOS HORAS más tarde, Jon entraba en casa de Víctor. Todavía era temprano, tenía hambre y la idea de ver a Lora no le causaba tanto miedo como antes. En realidad, pensar en ello le causaba ilusión. Deseaba hablarle de Nolan y Bill y la vieja casa que estaba arreglando aquel tímido hombre, de las coloridas flores que lo cubrían todo y que brotaban de cualquier recipiente lo bastante grande como para contener tierra, de los libros sobre flores silvestres, que cubrían casi una pared entera y de las exquisitas acuarelas que pintaba y vendía en los mercadillos de los sábados para comprar clavos, pintura y pienso para el perro.

A ella le gustarían los detalles, pensó. Encontraría estrafalaria y encantadora la forma en que Nolan estructuraba su desestructurada vida, al menos eso creía él.

A pesar de que la furgoneta estaba aparcada frente a la casa, no había nadie dentro, excepto los animales, que lo saludaron como siempre. Recorrió todas las habitaciones hasta llegar al garaje, donde encendió la luz: faltaba el coche blanco de Víctor.

Jon se sintió desilusionado y un poco alarmado. ¿Habría tenido una recaída Víctor? ¿Lo habría llevado al hospital?

Volviendo a la cocina, encendió todas las luces. Finalmente encontró una nota escrita a mano pegada al refrigerador con un imán: «El encierro me está volviendo loco. Lora ha propuesto ir al centro comercial. Tenemos a Bow Wow. No nos esperes levantado».

¿El centro comercial? ¿Qué hacía un hombre con muletas en el centro comercial? ¿A quién se le ocurría llevarlo en esas condiciones con un perro al centro comercial?

Ni siquiera sabía si a Lora le gustaba hacer compras. Trina vivía para hacer compras, ¿pero, Lora?

Sintiéndose un poco desilusionado y totalmente desconcertado, sacó su teléfono móvil y llamó a Trina. Ella le respondió a la primera, su voz perfectamente modulada llena de ilusión. Cuando logró superar la decepción de que él no fuese un director de cásting, pareció feliz de hablar con él.

El martes, Lora conoció a Arthur Polanski en la tintorería. Había ido a recoger unos jerséis de su abuela y él trabajaba tras el mostrador. Era un hombre corpulento y rubicundo que estaría por los ochenta. Dijo que trabajaba media jornada para su hijo, que era el dueño de la tienda. También le dijo que acababa de mudarse a Fern Glen para estar cerca de la familia de éste e insinuó que se encontraba un poco solo.

«Yo tengo la cura para ello», pensó Lora mientras rebuscaba en su bolso hasta encontrar una tarjeta de la floristería Lora Dunes. En el revés, escribió: «Ella».

–Traiga esta tarjeta a la floristería el viernes por la tarde –dijo, dándosela con un floreo–, y recibirá un clavel gratis. Es una campaña de promoción, pero no tiene nada que perder. Pregunte por Ella –le mostró el revés de la tarjeta.

Arthur tenía una agradable sonrisa y casi todos los dientes. Además, no era calvo. Le hizo una rebaja de un dólar en la cuenta, lo cual era muy caballeroso, pensó Lora.

La idea se le había ocurrido la noche anterior mientras empujaba la silla de ruedas del Dr. Reed por el concurrido centro comercial. Acababa de recoger un pedido de tarjetas de la imprenta cuando vio a un anciano comprándose un helado.

«Qué desperdicio», pensó, «está solo y Ella está sola... ¿cómo podría lograr juntarlos?»

Allí mismo comenzó la campaña que tenía un clavel como gancho y a Ella de premio gordo. De puro simple que era, el plan resultaba ingenioso. Si el hombre estaba casado o comprometido, recibía un clavel gratis y la tienda un poco de publicidad por un coste mínimo. Si estaba solo y él y la viejecita con su halo de cabello blanco y sus brillantes ojos azules se gustaban, quizá sonasen campanas de boda dos veces. ¡Una vez para el Dr. Reed y su madre y otra para Ella y El Afortunado Soltero Número X! Pero no para Lora.

Había entregado más de una docena de tarjetas antes de salir del centro comercial. No estaba segura del número porque no sabía dónde había dejado la bolsa con la caja de las tarjetas. Quizá estuviese en el maletero del Dr. Reed, o en algún sitio del abarrotado comedor que nadie usaba para comer, pero por suerte le quedaban algunas en la tienda, así que podía proseguir con su plan.

En la puerta de la tienda se topó con un desconocido alto y proporcionado.

–Casi habíamos perdido la esperanza de que vinieses –dijo la madre de Lora, acercándose y quitándole la ropa de los brazos. Le arregló el despeinado cabello y enderezó el cuello del abrigo azul que llevaba–. Éste es Michael Goodwin, el encantador dueño de la peluquería de hombres de enfrente. Ha venido a comprar unas flores para su tía, ¿no es cierto, Michael?

Michael esbozó una sonrisa de lado que le dio una expresión sincera y agradable a la vez. Si Lora hubiese estado interesada en conocer a alguien, seguro que le habría gustado, pero en aquel momento, no. Lo único que quería era escaparse.

–Tu madre me ha estado hablando de ti –dijo Michael.

–No le creas ni una palabra de lo que dice.

–Deja de tomarle el pelo a Michael –dijo Ángela con una risilla, dándole un codazo–, y ayúdale a elegir las flores para su madre.

–Querrás decir su tía –dijo Lora secamente.

–En realidad, pensaba que podía elegir un ramo para mi novia –dijo Michael–. Amarillas.

Ángela emitió una ahogada exclamación.

–Yo me ocupo, mamá –dijo Lora, riéndose por dentro, aunque un poco preocupada porque su madre había intentado presentarle al peluquero a pesar de haber visto a Jon besarla en el jardín del Dr.

Reed–. Ven, tenemos unos tulipanes preciosos –le dijo a Michael, llevándolo a la cámara para que los eligiese.

–No sabía que tenía novia –protestó Ángela cuando Michael se hubo marchado con una docena de tulipanes–. No me lo dijo, de verdad. ¿Me perdonas?

–¿Cuántas veces tengo que decirte que no estoy interesada... –dijo Lora, comenzando un arreglo con un anthurium.

–... en hombres que no tienen intención de sentar cabeza? –la interrumpió Ángela–, pero Michael tiene su propia tienda...

–... y novia –acabó Lora, avergonzada al darse cuenta de lo impaciente que estaba. ¡Su madre no aprendería nunca!

¿Dónde estaba Jon? Le había hecho una llamada de auxilio y él le aseguró que iría a verla a la hora de la comida. La noche anterior no había ido a cenar y estaba en su cuarto cuando ella llegó con el Dr. Reed. Más tarde, al irse a la cama, oyó su voz y supuso que estaría ayudando al Dr. Reed con sus abluciones nocturnas.

¿La estaba evitando? ¿Se debía ello a su impulsivo beso, y si así era, se debía a que ella era nuevamente dueña de la situación? Una cosa era perder la calma por la situación y otra totalmente distinta era que él la perdiese.

¿Cuándo se había complicado todo tanto?

–No te preocupes, cariño –dijo su madre, dándole palmaditas en la mano–. Hay muchos hombres en el mundo. Ella y yo te encontraremos algo. Creo que tu abuela tiene razón, que ese Jon Woods es demasiado guapo.

–¿Dónde está Ella?

–Alguien la llamó por teléfono de la iglesia, así que está haciendo unos recados. Tu padre decía que nunca se podía confiar en un hombre guapo y, según Víctor, Jon sale con una estrella de cine, así que seguramente que Ella tiene razón, es un mujeriego.

¡Socorro!

Como si la hubiese oído, la campanilla de la puerta sonó y Lora levantó la vista justo a tiempo para ver a Jon entrar, con el cabello salpicado por la lluvia. Tan preocupada estaba que ni se había dado cuenta de que había comenzado a llover.

¡Qué guapo estaba con las gotas de lluvia brillándole en el pelo! Se lo imaginó en la ducha, el agua corriéndole por el rostro, pidiéndole a ella que le frotase la espalda. Por supuesto, eso significaba que ella tendría que desvestirse y meterse en la ducha para enjabonarle la espalda y recorrerle los músculos con las manos...

–¿Quieres que me libre de él, Lora? –preguntó su madre.

–No, no. No sé de dónde has sacado que no me gusta Jon, mamá. Es un hombre encantador. Sé que tiene novia, sólo somos... amigos.

–Si sólo quiere que seáis amigos, entonces, ¿por qué te besó?

–Es... es complicado –dijo Lora–. Iré a ver lo que quiere.

Se acercó a Jon pensando en el nuevo problema que tenía: su madre creía que él la estaba engañando y lo único que él sabía era que ella lo había llamado y le había pedido que se diese prisa en ir a la tienda y besarla delante de su madre. Él se le acercó y ella esquivó su beso.

–No tengo demasiado tiempo –le susurró él al oído.

Su cálido aliento haciéndole cosquillas en el lóbulo hizo que se le acelerasen los latidos del corazón. Se debía a la fantasía que había tenido antes, nada más.

–Tengo tres operaciones esta tarde.

–Cambio de planes –susurró ella–. Mi madre cree que estás engañando a Trina.

Oyó cómo él contenía el aliento.

–¿Cómo sabe lo de Trina? –preguntó finalmente.

–Se lo dijo el Dr. Reed. Vuelves a ser tildado de mujeriego.

–¿Qué?

–El beso del otro día fue un tremendo error.

–Pensé...

–Pensaste que si me besabas delante de Víctor, él dejaría de pensar en mí y mi plan de echarle el lazo se vendría abajo, ¿verdad?

–Algo por el estilo.

–Excepto que él nunca ha pensado en mí y yo nunca e intentado echarle el lazo.

La tomó por los hombros y la miró. Sus ojos eran profundos, oscuros y cálidos.

–Salgamos luego y discutamos esto como dos amigos. ¿Te parece?

–Sí, por supuesto –le dijo. Su tono sincero le había llegado al corazón.

Él dejó caer las manos, saludó a su madre con una cabezadita y se marchó.

Lora volvió al arreglo floral.

—No es demasiado romántico —criticó su madre.

«Eso es lo que tú crees», pensó Lora, con un hormigueo donde él había apoyado sus manos.

—Hace rato que ha dejado de llover. Vamos a dar un paseo —dijo Jon aquella noche cuando Lora acomodaba al Dr. Reed en su silla favorita con Bow Wow y uno de los dos perrazos echados a sus pies en la alfombra. El más pequeño de los perros los miraba expectante desde la puerta con la correa en la boca.

—Sunny ha oído la palabra que empieza por «p» —dijo el Dr. Reed—. Supongo que la llevaréis cuando salgáis a caminar.

—¿Está seguro de que estará bien solo un rato?

—Claro que sí. Ponen una buena película. Acércame un poco el teléfono y dame el mando de la tele. Iros tranquilos.

Jon, que había insistido en lavar los platos solo, le puso la correa a Sunny. Anduvieron por la acera un rato, pero la casa del Dr. Reed estaba en una zona semi rural y al poco rato la acera se convirtió en un sendero a la vera de la carretera. Luego, hasta eso desapareció. Pasaron por encima de un valla de troncos y Jon le quitó la correa a la perrita para que fuese a jugar. Se marchó feliz, el rabo flameando como una bandera.

—Qué bonito solar —dijo Lora, admirando la ladera cubierta de hierba que bajaba hasta un arroyo y la exuberante vegetación que bordeaba el perímetro norte. Rododendros color rosa pálido se asomaban entre el follaje y la vista hacia el sur era del océano.

–Es mío –dijo Jon, inclinándose a enderezar un cartel que ponía «Se vende».

–¿Por qué tienes un terreno en Fern Glen?

Él apoyó el cartel contra la valla y se subió al tronco superior.

–Era de mi padre. Creo que lo compró con intención de construirse una casa cerca de Víctor, pero se murió antes de hacerlo. Y yo lo he heredado.

–Es hermoso –dijo Lora, mirando a su alrededor. Se sentó a su lado.

–Tienes razón, es bonito –después de una pausa, añadió–: Tranquilo. Solitario. Remoto.

–Hablas de esas cosas como si fuesen inconvenientes, pero no lo son.

–Lora, dime la verdad –dijo él, girándose hacia ella–. ¿Nunca te hartas de tanta paz? Lo único que se oye en este momento es el sonido de nuestras voces.

–Y el perro chapoteando en el arroyo y el piar de los pájaros y el océano lejano y el zumbido de los insectos...

–Exacto. Nada –la miró a los ojos–. Nunca te gustaría perderte en una multitud o que te empujen al andar por el paseo marítimo u oír a la gente de una fiesta gritando, o las bocinas de los coches... ¡vida!

–¡Qué va! –exclamó ella, horrorizada.

–Pues, a mí sí –dijo él, poniéndose de pie y comenzando a caminar.

Ella se puso de pie también y se limpió el fondillo del pantalón. Había supuesto que hablarían, pero no de aquello.

–Tienes suerte de vivir en el sur de California, entonces.

—¡Desde luego! —dijo él, volviéndose a mirarla. Su expresión era inescrutable. ¿Le resultaba tan difícil vivir en Fern Glen?

—Jon, ¿qué te pasa?

Él apartó la vista. Se inclinó a arrancar una flor silvestre y la giró entre los dedos.

—Anoche llamé a Trina —dijo finalmente—. La llamé cuando descubrí que no estabais.

—Víctor me dijo que estaba volviéndose loco, que las paredes lo ahogaban.

—Y lo llevaste a un centro comercial. Una elección interesante.

Su tono la puso furiosa. ¿Qué le pasaba? Era un desconfiado.

—El centro comercial es ideal para encontrar anillos de compromiso, ¿sabes? —dijo, decidiendo no decirle que había querido ir a la imprenta y Víctor necesitaba comprarse una bata nueva—. Hasta hay una tienda para novias por si él no pilla la indirecta y realmente quieres que se dé cuenta. Y si necesitas dorarle un poco la píldora, hay una tienda de lencería que rebosa de pícaras braguitas de seda.

—Eres incorregible —dijo él, dejando caer la flor.

—¿Yo? Tú eres el hombre más exasperante del mundo. Nunca sé dónde estoy contigo.

—¡Eres increíble! No puedo creer que hayas tenido la cara dura de decirme que soy exasperante. Me parece que voy a...

—¿Qué, besarme otra vez?

—Sí —dijo él y, como de común acuerdo, se echaron el uno en los brazos del otro.

Su encontronazo tendría que haber sido doloroso, pero Lora hubiese jurado que oía música. Se fundió en sus brazos y su boca se unió a la de él en un beso profundo y largo. Disfrutó de cada sensación, de su aroma, su sabor, su fuerza y su deseo. Cuando sintió que la lengua de él se ponía en contacto con la suya, le cedieron las rodillas. Él la bajó hasta la alta hierba sin dejar de devorar sus labios y ella no hizo nada por acabar el beso que le había atrapado el corazón como a un mosquito el ámbar. ¿Cómo acabaron echados uno junto al otro en la hierba húmeda con la mano de él metida por debajo de su chaqueta hasta encontrar su piel desnuda? Él rodó para ponerse encima de ella sujetándola con su cuerpo. Le enmarcó el rostro con las manos y la miró a los ojos con una dulce expresión que ella no había visto en su vida, luego agachó la cabeza y la volvió a besar con infinita ternura. Podría perderse, se dio cuenta de ello cuando el calor de la boca masculina la convirtió en un flan. Perderse para siempre... Giró el rostro y cuando él le llenó el cuello de besos húmedos y sensuales, y susurró una sola palabra:

—No.

Sus ojos se unieron y vio una expresión de comprensión en las pupilas masculinas.

—Jon, piensa en Trina.

Él rodó hacia un costado y se quedó junto a ella, con la respiración entrecortada.

—La llamé anoche —dijo, cuando logró recuperar el aliento.

—Ya me lo has dicho.

—No puede venir a visitarme. No quiere.

De repente, con terrible dolor, comprendió. Él estaba mortificado porque Trina se había negado a ir a verlo. Aunque no se diese cuenta de ello, la estaba utilizando a ella para aliviar su pena. Quizá también para vengarse de Trina.

–Qué pena –dijo, sentándose y abrazándose las rodillas.

Él también se sentó. Le apartó el pelo y la besó en la nuca. Lora sintió que un estremecimiento la recorría entera y tuvo que contenerse para no apoyarse contra él.

–No quiero dejar a Víctor solo demasiado tiempo.

–Eres hermosa –dijo él, soltándole el pelo–, pero mucho más...

–Basta –le dijo ella, girándose hacia él–. Jon, esto está mal.

–No parece que esté mal –le tocó la mejilla, causándole más estremecimientos.

–Pero lo está.

–Me parece que a Trina le da igual –dijo él, recorriéndole el cuello con los dedos, jugando con el cuello de su camisa–. No creo que nunca le haya importado.

Lora deseó que aquella caricia siguiese bajando por su cuerpo.

–A mí me parece mal –dijo, agarrando con firmeza aquella mano para apartarla de sí–. Calvin se marchó en busca de fortuna a Chicago y yo sigo aquí. No quiero pasar por lo mismo con otro hombre. Tú estás molesto con Trina, pero ella es parte de tu vida normal. Pronto te irás a casa y las cosas volverán a su cauce, pero yo seguiré aquí.

–No estás detrás de Víctor Reed –dijo él, sin preguntárselo.

–No –dijo ella.

–Entonces, ¿por qué...

–Quería saber cómo era. Me pareció que mi madre y él podrían llevarse bien, pero quería conocerlo más. Luego, cuando él mencionó que conocía a mi padre, me sentí un poco triste, supongo, porque mi padre llevaba tiempo distanciándose de nosotras, pero cuando decidió marcharse... ¡catapún! Se fue de golpe. Ahora hablo con él una vez al mes o así. Parece feliz, lo cual me tendría que alegrar, pero... cuando hablé con él el domingo por la noche, mencionó una nueva novia, que no podría hablar conmigo durante un tiempo. Me enfadé con él y me dijo que no comprendía. Tiene razón.

–Lo echas de menos –dijo Jon–. Yo también echo de menos al mío.

Lora se quedó pensando. Sí, tenía razón. Echaba de menos a su padre. ¿Por qué se habría marchado? ¿Por qué la apartaba de él? ¿Hacían lo mismo otros hombres a las mujeres que los querían, fuesen esposas, hijas... novias?

–Creo –dijo, dándose cuenta de repente de ello–, que cuando se presentó la oportunidad de pasar un poco de tiempo con el Dr. Reed, la aproveché. Me gustó desde el principio, sabes. Es tan... pues, agradable.

–Como un padre. Así que lo que intentas es emparejarlo con tu madre. ¿Lo sabe ella?

–No.

–Y ella te busca pareja a ti.

–Lo intenta. Lo único que pretendía de ti era un romance ficticio para que me dejasen en paz mientras les encontraba pareja a ellas y así poder trabajar en mi invernadero.

–¿Qué es lo que haces en ese misterioso invernadero?

–Es sencillo. Intento asegurar nuestro futuro. Y tú no has dejado de amar a Trina porque ella no pueda venir a verte.

Jon se puso de pie y le ofreció la mano para tirar de ella. Lora comenzó a caminar, sus emociones eran un torbellino. Una renovada sensación de pérdida por su padre y Calvin, la confusión que le causaba Jon y los celos que tenía de Trina se entremezclaban con una inquietud que no podía siquiera definir.

–¿Lora? –dijo él, tomándola del brazo cuando casi habían llegado a la casa–. Me gustó besarte. Si amase a Trina, ¿crees que me habría gustado?

–No lo sé –dijo ella, sin reconocer que también le había gustado el beso. A decir verdad, mucho más que gustar, y, sin embargo, le causaba inquietud también.

–Creo que ambos estamos en una encrucijada –dijo–. Están pasando muchas cosas. Ese beso no fue real, fue la consecuencia de todo lo demás.

No pareció convencerlo, pero ella sentía que ella lo tenía más claro que él en aquel momento. No se trataba de que no quisiese a Trina, sino de que ella le había hecho daño y Lora no estaba dispuesta a servirle de paño de lágrimas.

–Deja que piensen que he roto con Trina –dijo Jon–, y que nosotros estamos saliendo. A Víctor no le gusta Trina –añadió–, por más que no la conoce, así que le dará igual y dentro de un mes me habré ido y se habrá acabado todo. No ha cambiado nada.

Pero a Lora le parecía que todo había cambiado.

–Lo pensaré –dijo–. Ya que Víctor y tú os lleváis tan bien, debería hacer la maleta y volverme a casa. Tengo trabajo que hacer en el invernadero.

–No te vayas –le dijo Jon–. Si mi presencia te incomoda, me marcharé yo.

–Él te necesita –dijo ella, pensando en cómo el veterinario se apoyaba en él. No quería ni pensar en cómo estaría la casa sin Jon.

–También te necesita a ti –dijo éste–. Por más que yo lo ayude físicamente, tú lo haces con tus platos y tu risa... tú ayudas a su corazón.

Nunca le habían dicho algo tan bonito. Lo miró a los ojos y sintió que se le hacía un nudo en el estómago.

–Además, ¿qué hay de tu madre? –prosiguió él–. ¿Y el peluquero de enfrente?

Lora sabía que el peluquero estaba fuera de circulación, pero, ¿Y el siguiente desventurado que encontrasen su madre y su abuela?

–De acuerdo, de acuerdo –dijo–, tienes razón. Pero te lo advierto: para que funcione tendrás que volver a ganarte su confianza. Buena suerte.

–Me vendrá bien –dijo él, mirando tras ella–. Oye, no es ése...

Lora se dio la vuelta y vio un coche verde aparcado en la entrada.

–¿El coche de mi madre? Sí, lo es.

De repente, recordó que el Dr. Reed había insistido en que le alcanzasen el teléfono antes de marcharse. ¿Habría llamado él a su madre? ¿Había surgido el romance? ¡Ojalá que fuese recíproco!

CAPÍTULO 6

TÓMAME la mano e intenta no discutir conmigo –le dijo Jon al abrir la puerta.

–¿Qué vas a hacer? –susurró ella.

–No lo sé. Pensaré algo. Tú, sígueme.

–Pero...

–¡Otra vez! –dijo él, exasperado–. No lo puedes evitar, ¿verdad?

En aquel momento, Sunny, impaciente por lo que tardaban en entrar, pasó entre ellos, empujó la puerta y se dio de bruces contra Hobo, uno de los perros grandes que estaba del otro lado. Los dos comenzaron a correr, tiraron a Lora al suelo y salieron corriendo y jugando por el pasillo.

–¿Te encuentras bien? –le preguntó Jon, ayudándola a levantarse.

–¡Abajo, deja de sacudirte! –se oyeron las órdenes de Víctor en el estudio, mezcladas con ladridos y un par de chillidos femeninos.

–Estoy bien –dijo Lora, renqueando por el pasillo–. Rápido, salvemos a mamá y Víctor.

Cuando llegaron al estudio, Sunny había pasado como un terremoto: había huellas de barro en la alfombra y en la pantalla del televisor, páginas de periódico desperdigadas por el suelo y una planta caída. Ángela estaba en una esquina, con su falda color amarillo pálido manchada con huellas de sus patitas,

Víctor tenía a Sunny agarrada de la correa y Ella se había pertrechado en el sillón de orejas con los gatos. Bow Wow ladraba excitado y Hobo le hacía coro con su voz más profunda.

Jon consiguió llevarse a Sunny y a Hobo al patio trasero y volvió al estudio. Ángela se frotaba la falda con un pañuelo, seguramente de Víctor, Lora le enderezaba la manta a Víctor y Bow Wow se había acomodado en su cama.

—No te preocupes —le dijo Víctor a Lora.

—Lo siento —dijo ésta.

—Ya sé que Sunny es boba, cariño —dijo Víctor, dándole una palmadita en la mano y lanzándole una mirada tan paternal que Jon se preguntó cómo había podido pensar que hubiese algo entre ellos—, y Hobo no le va a la zaga. Los dos son torpísimos. Ángela, te pagaré la cuenta del tinte. Elloise, ¿qué tal estás con los gatos?

Jon miró a la anciana: los tres gatos se habían trepados encima de la rechoncha mujercita. El negro estaba subido a su respaldo, el manchado en el brazo del sillón y el blanco en su regazo. Ella acariciaba a Frosty y sonreía.

—¡Qué lío! Esto es un zoo, Víctor, un verdadero zoo. Pero este gato es adorable.

Jon se dio cuenta de que Lora seguía renqueando y la hizo sentarse en el sofá.

—Dame el pie —le dijo suavemente, arrodillándose frente a ella.

Después de un instante de duda, ella levantó la pierna y le apoyó el pie en las manos. Él le quitó el zapato y el calcetín. Un bonito pie, pero, ¡hala! ¡Se había pintado las uñas de un color verde estridente. Se las quedó mirando boquiabierto y ella movió los dedos, sonriendo a pesar de su dolor cuando él levantó los ojos hasta los suyos. Se concentró en palparle suavemente el tobillo, de delicados huesos.

–No soy ninguno de tus gatos ni tus perros –dijo Lora.

–La anatomía es la anatomía, y un hueso roto es un hueso roto –le dijo él–, pero, gracias a Dios, sólo te has torcido el tobillo. Te traeré un poco de hielo.

–¿Está seguro de que no le pasa nada? –preguntó la madre de Lora, acercándose.

–Sí –dijo Jon, poniéndose de pie.

–Estupendo, porque tiene una cita más tarde. Lora, mira qué bien: ¡el peluquero tiene un hermano! Vende zapatos y le encanta Fern Glen. Acabo de arreglarlo todo.

La expresión divertida de Lora se trocó en desesperación. Jon pensó un segundo en dejar que se las arreglase sola, pero tenía buen corazón y había prometido ayudarla.

–Está bien, pero no tanto como para salir –dijo con firmeza.

–Ronald y ella pueden mirar la tele.

–Necesita reposo total –dijo él–. Tomarse dos aspirinas e irse a la cama.

–Lora es quien tiene que decidirlo –dijo la señora Gifford.

–Desde luego –dijo Jon amablemente.

–Creo que tiene razón, mamá. Estaré más cómoda aquí. En mi cama, quiero decir. Sola.

–¿Y si llamo a Ronald y le digo que mañana por la noche? –sonrió Ángela Gifford.

–¡Por el amor de Dios, Ángela! –se oyó tras el característico carraspeo–. ¿No ves que estos dos están liados? –dijo la abuela, que añadió–: ¿No tengo razón, chicos?

Lora se mordió los labios y asintió con la cabeza.

–Es verdad –dijo Jon, inclinándose para rozarle los labios con los suyos. Luego, casi sin darse cuenta, la besó otra vez. Flores, hierba, verano... eso era lo que Lora Gifford le recordaba. Su mano se había hundido en el pelo de ella y los brillantes mechones se enredaron en sus dedos. Los ojos de ella eran profundos pozos de emoción.

¿Se podía saber qué hacía?

Metiéndose en su papel, eso era lo que hacía. Aquello no tenía nada que ver con lo que había sucedido en el prado, cuando se habían abrazado y besado con pasión, como si hubiesen tenido derecho a hacerlo de aquella manera. En buen lío se había metido. Necesitaba a Trina y a su vida propia, volver a la realidad. Aquel pueblo bucólico era un escenario y Lora la fascinante heroína. Sus actos eran partes de un guión espontáneo y constante sobre el cual no tenía control. Sería mejor que tomase el avión el fin de semana y fuese a ver a Trina. ¡Excelente idea!

–Iré a buscar el hielo –masculló como un idiota, enderezándose y mirando a los tres.

La madre de Lora suspiró.

–Yo también quiero hielo –dijo la abuela de Lora–, pero metido en un vaso y con una medida de vodka.

–Olvídate del hielo y trae el helado de chocolate –dijo Lora–. ¡Y una cuchara!

Víctor lanzó una risilla.

Lora estaba despierta. El tobillo le dolía un poco, pero no demasiado. Lo que no la dejaba dormir era la preocupación de estar apegándose demasiado a Jon. Y la farsa que representaban no contribuía demasiado: los besos, la forma en que él la miraba, la forma en que su corazón latía por él... no, no contribuía demasiado.

Y, sin embargo, parecía tener sus resultados. Su madre había llamado para cancelar la cita con Ronald y su abuela la miró con los ojos risueños, como si estuviese pensando: «¡Ah, el amor!». Si aquello significaba que la dejarían en paz, ¿acaso no valía la pena? ¿Valía la pena tener otro desengaño? Tenía que hacer algo.

Sin encender la luz, se dirigió renqueando hasta la ventana y miró fuera, el patio trasero, las formas oscuras de las plantas y la silueta blanca del cenador. Al ver una sombra que se movía, se dio cuenta de que Jon estaba allí, sentado.

Pensando en Trina... pensando en marcharse... Ella era parte de una farsa que resultó ser un lío de emociones. Trina le había hecho daño al negarse a ir a visitarlo.

Lo único que Lora quería, lo que necesitaba, era el proyecto del invernadero, que con el tiempo le produciría ganancias y conllevaría la renovación de la tienda y el éxito.

Al darse la vuelta y ver el teléfono sobre la mesilla de noche, tomó una decisión: al día siguiente comenzaría a hacer que sus problemas desapareciesen para concentrarse en su proyecto y, por supuesto, en el romance de su madre y el Dr. Reed.

Parecía que aquello no avanzaba mucho. Su madre había dicho que iría a llevarle al Dr. Reed un libro sobre la huerta. Entonces, ¿por qué había llevado a Ella con ella? ¿No comprendía eso de «tres son multitud»?

La abuela de Lora se había reído toda la noche, besado a los gatos y dejado que Bow Wow se le sentasen en el regazo mientras su madre lo único que hacía era mirar una foto de un pescado que el Dr. Reed tenía en la pared. Cielos.

Bueno, a ver qué sucedía el viernes cuando una docena o más de septuagenarios se presentasen con sus tarjetas donde ponía: «Ella» y solicitasen sus claveles. Ella tendría tantas citas nuevas que no tendría que ir más a la zaga de su hija.

Mientras se metía de nuevo en la cama, Lora pensó en lo que tenía que hacer al día siguiente: llamar al abogado para ver cómo iba lo de la patente, encargar los claveles, alejarse de Jon. Llamar a Trina.

Jon entró en la tienda de vinos. Detrás del mostrador, una atractiva mujer de ajustados pantalones rojos y blusa blanca se acercó a él sin reconocerlo.

–¿Le puedo ayudar en algo?

–Sí, en realidad, sí. He venido por su gata...

Los bonitos ojos almendrados se estrecharon al reconocerlo.

–¡Es el veterinario! Ya le he dicho que no quiero a la gata.

–Sí –dijo él con calma–, lo recuerdo. Pero no puede dejarla abandonada en la clínica. Las cosas no funcionan así.

–Alguien la dejó en nuestra calle –dijo ella–. Es lo mismo.

–Señora Pullman, quizá si hablase con su esposo... usted dijo que él le tenía cariño al animalito. Quizá él y yo podamos encontrar...

–Iba a volver el viernes, pero ha llamado diciendo que tardará un par de días más –dijo ella–. Y no dije que él le tuviese cariño, dije que él era quien le daba de comer, que no es lo mismo. A usted le gustan los animales, quédese con ella.

–No puedo. Además tiene la factura pendiente...

–La pagaré –dijo ella, de malos modos–. ¿Dice que la gata es mía?

–En efecto.

–Entonces, ¡póngale una inyección! Yo la pagaré. Caso cerrado. Ahora, si quiere mirar o prefiere que le recomiende alguna cosecha...

–¿Una inyección? –exclamó Jon, sobresaltando a una pareja que había en la tienda–. ¡Está totalmente sana y a punto de parir! ¡Usted no tiene corazón!

–Por favor, baje la voz –dijo ella, lanzando una mirada nerviosa a sus clientes.

–Señora Pullman –dijo Jon y tomó aire–, por favor, cancele su deuda con el Dr. Reed, olvídese de la gata, vuelva a sus negocios –salió y cerró dando un portazo.

Yendo por la acera a paso rápido, pasó junto a su coche y abrió la puerta de la floristería de golpe. Se hallaba vacía. Nuevamente, le llamó la atención lo anticuada que estaba.

Lora se asomó desde la trastienda y sonrió al verlo. Su sonrisa lo ayudó a calmarse. Se alegró de que no hubiese señales de sus parientes.

–Pasa, pasa –lo llamó ella.

Al pasar a la trastienda, se sintió inmerso en un mundo de aromas y colores. Había flores de todos los colores y formas. Su belleza era increíble, su aroma, relajante.

–Acabo de recibir el pedido –dijo Lora, que tenía los brazos metidos hasta los codos entre el verde y las flores–. Estoy preparando todo para la cámara –le lanzó una penetrante mirada–. Agarra un taburete –le indicó–. Allí hay unas tijeras. ¿Por qué no me ayudas? Córtales a los tallos un centímetro o así.

Intentando relajarse y no mostrar su enfado, Jon tomó el taburete y las tijeras. Lora le puso enfrente un jarrón con flores. La miró un momento para ver cómo lo hacía y luego comenzó. Ella no habló y él estaba tan frustrado que no podía decir nada, pero poco a poco se dio cuenta de que el trabajo le calmaba los nervios y después de unos silenciosos pero productivos quince minutos, comenzó a sentirse mejor.

–¿Qué tal el tobillo? –preguntó.

–Mucho mejor. Apenas cojeo.

–¿Y las casamenteras?

–Están entregando flores –dijo. Sus manos quitaban automáticamente espinas, hojas y pétalos exteriores a una rosa hasta dejar sólo el suculento pimpollo.

Jon se preguntó cuántas veces habría hecho aquello en su vida.

–¿Qué te ha pasado? –le preguntó ella.

Él meneó la cabeza.

–Venga, Jon, que has entrado como toro al redil.

–La gente no tiene corazón –dijo él en voz baja–. Odio a la gente egoísta, eso es todo.

Con el pie sano ella empujó hacia él otro fragante jarrón de claveles rojos y blancos.

–Lo mismo –le indicó–. Háblame de tu consulta de Beverly Hills.

–Pues –comenzó él, mientras cortaba los tallos de las flores–, es un sitio fantástico para trabajar. Un edificio recién estrenado, lo último en tecnología, gente encantadora. Los dueños, un matrimonio, me han ofrecido entrar en la sociedad cuando vuelva, cosa que pienso hacer. A Ellen se le dan muy bien los gatos y a Bob los animales exóticos. Mi especialidad son las visitas a domicilio, especialmente a ancianos y enfermos. Hay varias señoras de pelo blanco que me consideran su segundo hijo. No sabes la cantidad de veces que me invitan a tomar el té.

–Te encanta trabajar allí.

–Sí –dijo él, sintiéndose mejor con cada tallo que cortaba, con cada recuerdo–. Ellen y Bob son geniales. Que yo esté aquí supone una carga para ellos.

–Estarás deseando volverte.

–¿Tan obvio resulta? –preguntó–. Echo muchas cosas de menos.

–Yo echaría de menos a la gente si me fuese alguna vez –dijo Lora–. Ángela y Ella están muy pesadas en este momento, pero normalmente son un encanto. Creo que mamá tiene miedo de que me rompas el corazón. Tendré que asegurarme de que piense que he sido yo quien ha roto contigo cuanto te vayas.

–Podemos montar una pelea –dijo Jon–. Me gritas que te mereces algo mejor que yo y me mandas a freír espárragos.

–Y como nunca te amé de veras, me recuperaré de la ruptura tan rápido que se quedará anonadada. Me habrá visto muy abatida tras la ruptura con Calvin, por eso reacciona de esta forma ahora. Esperemos que para entonces esté comprometida con el Dr. Reed y mi vida amorosa tenga para ella la misma importancia que una flor de pascua el día después de Navidad.

—Sí —dijo él y se concentró en su tarea.

La puerta tras ellos se abrió y Ella entró como una exhalación, con el delicado cabello blanco como un halo alrededor del alegre rostro. Sonrió al verlos.

—Ya he hecho las entregas. ¿Alguna novedad?

—Nada —dijo Lora—. ¿Y mamá?

—Haciendo un recado secreto —dijo Ella con un guiño.

—¿Con el Dr. Reed? —preguntó Lora, esperanzada.

—No me lo dijo —dijo la abuela—. Voy a quitarle el polvo a las flores artificiales.

—Será mejor que vuelva a la consulta —dijo Jon, poniéndose de pie.

Lora le lanzó una mirada, recordándole que hiciese el paripé frente a su abuela.

—Hasta la noche —le dijo él y se inclinó a besarle la perfumada coronilla. Su cabello era suave y mucho menos peligroso que sus labios.

Por la noche no fue a cenar, pero le dejó un mensaje a Víctor de que no lo esperasen y se fue a la playa con la esperanza de toparse con Nolan y su perro. No tuvo suerte. Después de su carrera solitaria, se dirigió a casa de Nolan.

La idea que estaba por poner en práctica se le había ocurrido en el cenador, cuando se dio cuenta de que Lora lo estaba volviendo loco. Lo único que se le había ocurrido era aquello. La puerta se abrió al acercarse y Bill lo saludó con un ladrido.

–Perdona por presentarme sin avisar –dijo a voces, acariciándole las orejas al perro–, pero no tienes teléfono y quería ver cómo estaba Bill y hablar contigo.

–No pasa nada –dijo Nolan. Llevaba la misma ropa vieja que la vez anterior, el pelo atado en una coleta, los ojos bajos y las manos manchadas de pintura–. ¿Qué tal una cerveza?

–Estás ocupado –dijo Jon–, no quiero molestar.

–Acabo de terminar una marina –dijo Nolan–. Nunca había hecho una antes, pero me encargaron una. No sé si será bueno o no. A ver qué te parece.

–Lo único que puedo darte es mi opinión personal, no sé nada de arte –rió Jon.

Entraron a la casa. En el centro había una chimenea circular donde crepitaba un fuego de leña. La estancia estaba cálida después de la fría brisa exterior. Sobre una mesa había una lámina de contrachapado levantada con unos libros para darle una ligera inclinación. Pegada a ella se veía una hoja de papel con una espléndida pintura de dunas y olas vistas desde el acantilado.

–Es buena –dijo Jon cuando Nolan le alargó una cerveza.

Nolan tomó distancia y la observó un momento.

–Gracias –dijo luego por encima del hombro, mientras recogía los pinceles y la paleta.

–Es difícil de creer que sea tu primer intento.

Nolan puso todo en agua en el fregadero y volvió, secándose las manos en un trapo.

–Fue divertido. Quizá pruebe hacer alguna otra cosa diferente.

–Si vuelves a hacer una marina, te la compro –dijo Jon, pensando que una acuarela de la enorme playa vacía quedaría genial enmarcada y colgada en su consulta de Los Angeles y le serviría como recuerdo de su estancia en Fern Glen.

–De acuerdo –asintió Nolan.

Los dos hombres tomaron la cerveza en el desvencijado sofá. Bill se sentó entre los dos. Jon quería decir algo, pero no sabía cómo empezar, así que le revisó la patita a Bill, que estaba perfecta, y luego hablaron. Nolan se entusiasmó con el tema de las pinturas de flores silvestres. Cuando se hizo un silencio, Jon tomó aliento.

–Nolan, sé que no es de mi incumbencia, pero, ¿tienes novia? –lanzó de sopetón.

La blanca piel de Nolan se llenó de manchas rojas.

–Hablar con las mujeres es... difícil.

–¡Es verdad, sí señor! –dijo Jon y ambos tomaron sendos tragos de cerveza.

–El tema es –dijo Jon al rato–, que conozco a una chica. Es inteligente, guapa, simpática... Me preguntaba si no te gustaría salir con ella.

–¿Qué problema tiene? –dijo Nolan, lanzándole una mirada.

–Nada, nada en absoluto –dijo Jon, y recordó la imagen del esbelto tobillo y las uñas verdes–. Trabaja con flores. Me parece que tenéis muchas cosas en común.

Nolan le lanzó una mirada perspicaz, totalmente reñida con su aspecto normal.

–Entonces, ¿por qué no sales tú con ella?

–Yo ya tengo novia.

–Ah.

–Me gustas y Lora también, así que pensé que quizá os gustaseis.

Se sintió ridículo diciendo aquello, como un chico de secundaria. ¿Por qué algo tan razonable en el coche resultaba tan patético al decirlo?

–No me interesan demasiado la mayoría de las mujeres –Nolan se miró los zapatos y luego a Jon–. Les gustan los hombres que se visten bien y hablan como tú.

–Somos más o menos de la misma talla –prosiguió Jon–. Tengo un montón de ropa. Te puedo pasar alguna. Me gustaría que conocieses a Lora. Te gustará. A todo el mundo le gusta, ¿cómo no te iba a gustar?

–¿Por qué es tan importante para ti? –preguntó Nolan mirándolo a los ojos y mostrando nuevamente una inesperada perspicacia.

Jon abrió la boca y la cerró con un suspiro. La verdad era demasiado personal, demasiado complicada y misteriosa, como el eterno mito de las pirámides.

–Creo que se siente sola –se limitó a decir–. No puedo salir con ella, así que pensé que te gustaría tener la oportunidad de conocerla –de repente, la idea le pareció absurda–. Mira, olvida el tema, ¿vale? No lo volveré a mencionar.

–Déjame pensarlo –dijo Nolan.

Jon asintió con la cabeza pensando que se sentiría mejor, que intentar que Lora saliese con Nolan conseguiría sacársela de la cabeza, donde no pertenecía. Llamaría a Trina por la noche y le diría que iría a verla el fin de semana. Quizá Lora y Nolan saliesen a cenar o tal vez ella fuese allí y le cocinase algo. Después se sentarían en el sofá, mirando el fuego, sin necesidad de hablarse. Un hombre, una mujer, un crepitante fuego. Vino. Sus jugosos labios. El vestido de gasa azul. Su cabello, una oscura nube de seda. Sus piernas. Sus uñas verde chillón...

El perro sentado entre los dos. Sí, aquella imagen le gustaba más. Probablemente Bill siempre se sentaba en el medio del sofá. Lora y Nolan tendrían que mirarse por encima del perro. Le dio unas palmaditas en el lomo.

Lo importante era que su participación en ello ya había acabado. Saliese o no saliese bien, la maquinaria ya estaba puesta en marcha. Todos los demás en el pueblo eran casamenteros, ¿por qué no iba a serlo él también? Rechazó otra cerveza. Ojalá Lora no se enterase nunca de su intervención.

−Ya lo he pensado y la respuesta es sí −dijo Nolan−. No necesito que me dejes ropa. Mi padre se volvió a casar hace diez años y me regaló un esmoquin azul fantástico. Nunca más lo he podido usar.

−Me parece que en Fern Glen no hay ningún sitio donde puedas llevar algo tan... sofisticado, Nolan −dijo.

−Demasiado elegante, ¿no? Ajá, creo que tienes razón.

−Pongámonos como fecha el sábado por la noche −le dijo Jon a Nolan y se dijo que tenía que acordarse de traerle ropa antes de entonces.

Lo único que quedaba era hacer que Lora accediese al plan.

MIENTRAS sonaba el teléfono una y otra vez, a Lora le latía el corazón como un martillo neumático. Estaba a punto de colgar cuando oyó una voz alegre:

—¡Hola! ¡Hablas con Trina!

Lora había escrito un pequeño guión, pero las palabras se borronearon ante sus ojos.

—¿Hola? –repitió Trina–. ¿Quién es?

—Sí, sí –logró susurrar Lora. No quería que el Dr. Reed la oyese y tenía terror de que entrase Jon y se la encontrase en la cocina conspirando a sus espaldas–. Perdón.

—¿Quieres venderme algo? –preguntó Trina.

—No, no –dijo Lora y tomó aire–. Soy una... amiga... de Jon Woods.

—Ah. Bueno, Jon no está en este momento. ¿Cuál dijiste que era tu nombre?

—No lo he dicho. Sé que no está porque está aquí conmigo, no sé si me comprendes.

—¿Qué? Oye, ¿quién eres? ¿Qué quieres?

—Quiero que sepas dónde te encuentras.

—¿Me encuentro? ¿Dónde?

—Con respecto a Jon, a vuestra relación. Después de todo, tengo escrúpulos.

—Me parece muy bien –dijo Trina.

–No le quiero robar el novio a otra mujer.

La voz de Trina había perdido su alegre inflexión, pero ahora adoptó un tono gélido.

–A ver si te comprendo, ¿me quieres robar el novio?

–Es que es tan sexy –dijo Lora, imaginando que a ninguna chica le gustaba que la competencia dijese que su novio era sexy. Pero lo era. Durante un instante se encontró en la hierba con el peso de Jon encima y su mirada clavada en la de ella.

–¿Crees que necesito que me lo digas? –chilló Trina–. Te lo advierto, aléjate.

–Pues, si realmente lo quieres...

–¡Espera a que le diga a Jon que voy a verlo este fin de semana y verás lo rápidamente que se deshace de ti!

¡Ajá!

–No menciones esta llamada...

–¿Por qué iba a hacerlo? ¡Qué te crees tú! –exclamó, cortando la comunicación.

Lora lanzó un profundo suspiró. Misión cumplida.

¿Cómo era posible que Jon estuviese enamorado de semejante mujer?

Pero... ¿qué más le daba a ella? Trina iría a Fern Glen, la había engañado una mujer simulando interés. Eso era lo importante.

Jon colgó el teléfono con una combinación de excitación e incredulidad mezclada con cierta inquietud. Trina había reservado un vuelo hacia el norte e iría a verlo diez días.

¡Diez días! Por suerte, Víctor ya no necesitaba su

ayuda. Había llegado el momento de mudarse a su piso. Trina llegaría el sábado por la tarde. ¡Eso significaba que estaría el sábado para la cita de Nolan y Lora! Podría ayudar a Nolan durante la cita y asegurarse de que no acabase en el sofá de Nolan.

Trina podría ir también, por supuesto. Era una gran idea. Pondría a Nolan al tanto cuando le llevase la ropa, luego hablaría con Lora y le diría que Trina llegaba por sorpresa y que había manifestado deseos de conocerla. ¿Se lo creería?

¡Ja! Lora era más curiosa que un gato, seguro que querría conocer a Trina. Podría explicar la presencia de Nolan diciendo que era un talentoso pintor que quería conocer a una mujer hermosa e interesante, es decir, Lora. Halagada, ella caería como una pera madura. Madura para el romance. Daba igual, no era de su incumbencia que estuviese madura o no. El domingo por la mañana todo habría acabado y él se podría concentrar en reanudar su relación con Trina.

Alta, rubia, despampanante. Trina Odell era todo lo que deseaba en una mujer. Independiente, con una vida plena. Le gustaban los restaurantes buenos, las aceras llenas de gente. Como a él, ¡corcho! ¿Cómo reaccionaría al enterarse de que su primera cita después de meses de separación sería con una pareja de extraños? Ella, que era siempre el alma de las fiestas. Encontraría a Fern Glen...

Francamente, lo encontraría tan aburrido como él, pero no le daría tiempo a que se aburriese, decidió. Le dedicaría cada momento libre que tuviese. Quizá quisiese ir con él a su consulta, le encantaban los animales.

Pero Trina era noctámbula. No le importaría estar sola si lo tenía durante la noche.

Aquella noche, llamaron despacio a la puerta. Lora la abrió y se encontró a su abuela, con dos cajas de zapatos bajo el brazo.

–Vengo a ver a Víctor –anunció, pasando junto a Lora.

–¿Y mamá? –preguntó ésta.

–Haciendo un estofado. Ha dicho que Víctor se recuperará más rápido si come carne roja. No te preocupes, cielo. Sé que tú lo estás cuidando bien, pero tu madre se enfrenta a los problemas de la vida cocinando.

–¿Qué problema tiene mamá?

–Hombres –dijo Ella con un guiño. Señaló con su blanca cabeza el estudio–. ¿Está frente a la tele otra vez?

–¿Qué? –preguntó Lora, distraída–. Ah, el Dr. Reed. Sí, pasa.

Una imagen se le coló en la mente. La imagen de su madre sentada sola, mirando la foto enmarcada del pescado. Un pescado equivalía al padre de Lora. ¡Estaba segura!

¿Se estaría sintiendo Ángela culpable por su creciente atracción por el amable veterinario? ¿Encontraba que desapegarse del pasado era doloroso? ¿Tendría miedo de sufrir o de hacer sufrir al Dr. Reed?

¡De tal palo tal astilla! ¡Su madre, que tanto le había insistido que olvidase a Calvin, se estaba comportando de la misma manera ante una relación nueva!

Jon apareció en aquel momento. Había adoptado la costumbre de lavar los platos solo. Tenía que hacer que llamase a Trina y se enterase de la «buena» noticia. Necesitaba dejar de pensar en él.

—¿Qué hace tu abuela con Víctor? Parece que le está haciendo enhebrar collares.

—No tengo ni idea —frunció el ceño—. ¿Enhebrar collares?

—Tenemos que hablar —dijo Jon, bajando la voz—. Vamos afuera.

—Sin besos ni abrazos, ¿me comprendes?

—De acuerdo —dijo él, levantando los brazos—. Estás a salvo conmigo.

Se dirigieron al cenador. Una vez dentro, Lora se sintió repentinamente incómoda.

—Ya no renqueas —observó él.

—No. Superpoderes. ¿Por qué estabas de mal humor hoy cuando viniste a la tienda?

—La gente no tiene corazón —se sentó junto a ella—. Como la dueña de la enoteca.

—¿Victoria Pullman? Estoy de acuerdo contigo. El marido no está tan mal, compra flores todo el rato. Para ella, son sólo decoración: rosas rojas cuando hacen una degustación de Cabernet, fresias amarillas cuando es Pinot. Las flores le dan igual.

—¿Qué quieres decir? —preguntó él con las piernas estiradas, apoyando la espalda en la barandilla de madera—. ¿No son las flores para verlas, acaso?

—Supongo que sí —dijo ella—. Pero, a veces, viene a la tienda gente que realmente ama a las flores: su fragancia, su delicadeza, sus miles de colores. Personas a quienes se les iluminan los ojos al mirar dentro de la cámara y que ven cada flor como una efímera obra de arte, una prueba de que la vida tiene significado.

—Conozco a alguien así —dijo Jon, echándose hacia delante entusiasmado—. Pinta acuarelas de flores y cuando habla de ellas, lo hace igual que tú. Se llama Nolan, Nolan Wylie. Vive cerca de Clam Beach. ¿Lo conoces?

—No —dijo Lora, parpadeando.

—Pues, habíamos hecho planes de salir juntos este fin de semana, ¿sabes? Pillar un vídeo o ir a picar algo, pero luego llamó Trina, ¿te lo he mencionado?, diciendo que había cambiado de opinión, no sé por qué, y que venía después de todo.

—¿Estás contento? —dijo ella, conteniendo el aliento.

—Desde luego que sí. El problema es que no quiero dejar a Nolan plantado. Es muy tímido. Pero se me acaba de ocurrir al oírte hablar de las flores que si tú vinieses, podríamos salir los cuatro.

—¡Dios santo! —gimió Lora—. ¿Tú también? ¿Intentas que salga con ese Nolan? ¿Qué pasa, que llevo un cartel colgado que pone: «Perdedora»?

—No sé de qué me hablas. Ya te he dicho, tenía planes con Nolan...

Mientras él seguía con su historia, Lora dejó de oírlo y lo observó. Se le daba muy mal mentir: evitaba el contacto ocular, se repetía... Oyó que mencionaba algo de «Trina esto...» y «Nolan aquello...» y se dio cuenta de cómo había sucedido todo. Trina lo había llamado y, como creía que otra mujer estaba interesada en él, había estado de lo más cariñosa. Jon se había dado cuenta de lo mucho que la amaba y se había sentido culpable por haber besado a Lora el día anterior. Luego había recordado al tipo ese que conocía, Nolan, y había encontrado la solución.

De acuerdo, Nolan Wylie. ¿Tan malo podía ser? Si a él le gustaba, estaría bien, ¿no?

Podía decirle claramente que no estaba interesada en salir con él. Insistiría en que pagasen a escote y luego se despediría de él estrechándole la mano. Además, honestamente, ¿se perdería la oportunidad de ver a Jon y Trina juntos? ¡Claro que no!

—De acuerdo —dijo, acabando con la angustia de Jon—. Parece divertido. Pero tiene que entender que es sólo una salida, ¿vale? No un romance. Iremos a escote.

—Claro.

—¿Trina se quedará en la casa del Dr. Reed?

—No, desde luego que no —dijo Jon, horrorizado—. Me volveré a mi apartamento. Víctor dice que se las arreglará perfectamente contigo. Trina se alojará conmigo.

—Comprendo —dijo Lora, invadida por una emoción que no quiso nombrar.

La casa de Víctor estaría rarísima sin él.

Deseó volverse a su casa también, aislarse en el invernadero.

—Dr. Woods, ¿puede venir un momento? —dijo Connie, asomándose a la consulta.

—¿No puede esperar? —preguntó Jon, que examinaba a un terrier pelo duro.

—Cuando una mujer usa ese tono de voz, mejor darse prisa —dijo el dueño del perrito, que tenía el pelo igual de tieso–. Vaya, doctor, Bongo y yo lo esperaremos aquí.

Jon se excusó y siguió a Connie hasta la zona donde estaban alojados los animales.

–¿Todavía no ha pasado nada? –dijo.

Miró a la gatita tricolor que nadie quería. Llevaba de parto desde la mañana y él creyó que tendría a sus crías como todos los gatos del mundo: en privado y sin intervención humana. Había supuesto que ya tendría su camada.

–Me parece que se le ha quedado atascado uno.

Jon examinó a la parturienta con destreza. Efectivamente, tenía una cría encajada en el canal. Esperó a la siguiente contracción, pero la cría no se movió.

–Dame un lubricante –dijo, mientras se lavaba y secaba las manos.

Connie le alcanzó un par de guantes de látex y el lubricante. Cuando llegó la siguiente contracción, Jon agarró firmemente al gatito y lo giró, coordinando sus movimientos con los de la madre. En pocos minutos había nacido. Tenía buen tamaño, lo cual explicaba el problema. La tricolor parecía abrumada por las circunstancias y no mostró interés en cumplir con sus deberes maternales, así que Jon quitó la membrana que recubría al recién nacido y, con un paño que le alargó Connie, lo limpió, asegurándose de que respirase bien antes de cortar el cordón. El instinto maternal de la gata finalmente se despertó y comenzó a lamer a su cría. Jon y Connie sonrieron al ver la lengua rosada limpiando la carita diminuta y las orejitas plegadas.

–¿No es adorable? –dijo Connie.

–No me canso nunca de ver esto –dijo Jon, con la emoción atenazándole la garganta.

—¿No hay más?

Jon se quitó los guantes y palpó suavemente a la tricolor, que ya ronroneaba.

—Parece que no —dijo—. Me parece que sólo va a tener a este gigantón. Pero nunca se sabe, así que tenla vigilada, ¿quieres? Será mejor que vuelva con Bongo.

Volvió a la salita pensando cómo encontraría una casa para la pequeña familia.

Lora salió de puntillas de la casa del Dr. Reed antes del amanecer, condujo hasta su casa y entró a la cocina. Ángela y Ella estaban dormidas todavía. Abrió el refrigerador y tomó un trago de la botella de zumo de naranja. Agarró una manzana y cerró la puerta. Luego se dirigió al acuario y contó los pececitos. Estaban todos. Intentando no hacer ruido, sacó los utensilios del lavadero y limpió las algas adheridas por dentro del cristal, reemplazó la mitad del agua con agua fresca tratada y reguló el PH. Se quedó mirando las verdes profundidades un momento, preguntándose cómo sería vivir allí. Después, igual que todos los días, entró al invernadero y encendió las luces. El edificio era viejo y hacía frío tan temprano. Docenas de tiestos cubrían filas de hermosos bancos de madera. De casi todos brotaban bonitas hojas verdes y poco más. Faltaban más de treinta días para su florecimiento.

La fila de tiestos del centro era diferente porque estaba en plena floración. Las flores que lucían eran tan hermosas que Lora se quedaba extasiada cada vez que las veía.

Lirios rojos, de un color híbrido que había conseguido tras años de fracasos. Las flores eran grandes y orientadas hacia arriba, con dos o tres por tallo, pero el color era lo que fascinaría al mundo: un rojo tan profundo como el de una manzana deliciosa.

Lora regó las plantas y actualizó los datos. No había recibido noticias de su abogado, lo cual le llamaba la atención. Tendría que darle un toque. Si todo salía como estaba planeado, el contrato que lanzaría el lirio al mercado se firmaría, sellaría y enviaría en cuestión de pocas semanas. Aquel lirio era su futuro, su puente hacia el mañana. Nada fabuloso, un modesto puentecillo peatonal que financiaría la salvación de su tienda. Y era un secreto. El abogado de los compradores había insistido en ello.

Contó los pimpollos y besó un carnoso pétalo antes de apagar la luz y salir. Seguía oscuro, aunque en el este se veía una suave tonalidad rosada que anunciaba el alba.

Condujo hasta la floristería y entró. Era viernes y además de dos funerales y una boda, ¡era el día de los claveles! Dentro de unas horas, una docena de viejetes invadirían la tienda reclamando sus flores. Conocerían a Ella Williams, la de los chispeantes ojos azules y se quedarían prendados de ella. Su abuela podría elegir a placer.

Mientras hacía los arreglos para la boda, imaginó cómo sería su negocio algún día: con más espacio para trabajar, mejor iluminación, una cámara frigorífica y un escaparate nuevos. Desde los dieciséis años planeaba su diseño.

A las ocho había cargado la mayoría de los arreglos florales en la furgoneta de reparto. Le abrió a su proveedor la puerta trasera y recibió la entrega de más claveles y, por primera vez, se preguntó cómo organizar las... festividades de la tarde.

Cuando su madre y su abuela se presentaron a trabajar, ya tenía su plan.

—Mamá, necesito que vayas a la panadería y recojas cuatro docenas de galletas —le dijo a Ángela antes de que ésta se quitase el abrigo—. Las he reservado por teléfono.

—¿Por qué no me dijiste que necesitabas galletas? —exclamó su madre, escandalizada ante semejante gasto—. Las podría haber hecho anoche.

—No se me ocurrió, perdona —dijo Lora, dándole un beso—. Ella, necesito servilletas y sidra. Varias botellas. Y vasitos de papel.

—¿Qué pasa, Lora? —preguntó su madre.

—Es una promoción que he organizado para esta tarde. Necesitaré vuestra ayuda.

—Oh —dijo Ángela, afligida—, he hecho otros planes. Si me hubieses avisado...

—Te habrías ido con él igualmente —dijo Ella, guiñándole un ojo a Lora.

¿Ido con quién? ¿Dr. Reed? Deseó bombardearla a preguntas, pero sabía mejor que nadie lo molestas que eran las preguntas. Ya hablaría su madre cuando quisiera. Además, ¡el Dr. Reed seguramente respondería a sus preguntas durante la cena!

—La abuela y yo nos las apañaremos. Haré el reparto cuando volváis de la compra.

Ambas se marcharon y Lora comenzó a acomodar las mesas: una para las galletas, otra para la sidra. Tarareó mientras extendía los blancos manteles. ¿Dónde habrían metido la vieja radio?

CAPÍTULO 8

PARA alegría de Lora, su abuela se entusiasmó con la idea de promocionar la tienda con claveles gratis. Su madre pensaba que la idea era demasiado cara y tonta.

—No somos millonarias, Lora —sin quitarse el abrigo, dejó el paquete de la panadería sobre el mostrador con un golpe sordo.

—Ese abrigo, ¿es nuevo?

—¿Éste? —se sobresaltó Ángela—. No. Sí. Quizá.

Lora la observó detenidamente. Llevaba maquillaje. ¡Maquillaje! Aquel vestido azul tampoco le resultaba familiar. Ni el brillo ilusionado de sus ojos. La pena la oprimió inesperadamente. Pena por el esposo que su madre había perdido y por el brillo que debió ser causado por su padre, pero que no fue así...

—Como decía —repitió su madre, con la mano en el pomo de la puerta—. No somos millonarias y esas galletas y la sidra son caras, por no decir nada de las flores.

—Quizá su plan esté funcionando por fin —dijo Ella, poniéndose un delantal amarillo.

—¿Te refieres a los lirios?

—¡Lo sabíais! —exclamó Lora boquiabierta, su mirada yendo de una a la otra—. ¿Ambas?

—¿Creías que pensaba que estabas cultivando

droga en el invernadero? –dijo Ella con su carraspeo.

–De veras, Lora, llevas trabajando con esas lilas desde que estabas en la escuela y ahora te encierras en el invernadero todas las mañanas y medio fin de semana. No se necesita ser un genio para darse cuenta.

–Además, el otro día te llamó un tal señor Pitt, un abogado –añadió Ella–. Como estabas en casa de Víctor, tomé yo el recado.

–¡No me dijiste nada!

–Perdona –se excusó Ella–, será el Alzheimer.

–¡Pero, abuela! Bueno, ¿y qué dijo?

–Que todo iba sobre ruedas, que los papeles estarían para firmar dentro de una semana o dos, que los holandeses están ansiosos. Le pregunté si quería que lo llamases y me dijo que no, que sólo te lo dijese. Lo siento, cielo, se me pasó.

–La próxima vez, apúntalo –dijo Lora, dándole una palmadita en el brazo, aliviada al saber que no había surgido nada inesperado.

–¿No nos vas a decir de qué va el tema?

–Es algo de los lirios –repitió Ángela.

–¿Para qué necesita un abogado? –dijo Ella, volviéndose hacia ella.

–Para registrar la patente. Los holandeses son los cultivadores más importantes de lirios del mundo. Si están interesados en algún híbrido de Lora, ella tendrá que registrarlo primero, porque en los Estados Unidos, sólo el inventor lo puede registrar, no el comprador. ¿No es verdad?

–Así es, mamá, eres un lince –sonrió Lora–. El creador tiene un año para patentar el híbrido y la mía casi está lista. Además, mi abogado es quien hace las negociaciones con el de ellos y yo no tengo necesidad de intervenir, lo cual es genial.

–Eres asombrosa.

–Gracias –dijo Lora, emocionada.

–Ahora, si pudiésemos encontrarte un buen marido...

–¡Mamá!

–Vale, vale, era sólo una idea. ¿Vas a decirme qué es lo que has descubierto?

–Todavía no. Todo a su tiempo.

–Está bien –abrió la puerta y dio un paso antes de darse la vuelta–. Tu secreto está a salvo conmigo, cariño –dijo y se marchó.

–¿A quién va a ver? –preguntó Lora en tono conspirador.

–Prometí guardar el secreto. Venga, preparémonos para la promoción.

–Pero abuela...

Fue inútil. Lora no insistió. Ya se lo preguntaría al Dr. Reed por la noche. Dos horas más tarde, justo cuando esperaba que apareciese el primero de los «hombres del clavel», se oyó la campanilla de la puerta. Se asomó, pensando encontrarse con un viejete enarbolando una tarjetita, pero en lugar de ello se encontró con Jon.

Él entró con su paso seguro, como si fuese el dueño, despertando afecto e irritación en Lora. Le dirigió a Ella una sonrisa y una cabezadita y luego su mirada se clavó en la de ella, que sintió que se le hacía un nudo en la garganta.

–Me encontré con tu madre en casa de Víctor –dijo, sacando un pequeño reproductor de CDs–.

Dijo que buscabas algo para poner música y Víctor me dijo que lo trajese.

Su actitud natural hizo que se tranquilizase. ¡Y no sólo le llevaba el reproductor, sino confirmaba que su madre estaba con Víctor! Se lo agradeció profusamente mientras recibía el reproductor y lo enchufaba.

—¿Qué hacías en casa del Dr. Reed?

—Estaba recogiendo mis cosas —respondió él, entregándole media docena de CDs. Pensaba mudarme esta noche.

—Es verdad, que viene tu novia.

Se quedaron mirándose de hito en hito. El recuerdo del rato que habían pasado abrazados invadió la mente de Lora: el perfume de la hierba húmeda, el sonido del arroyo, el peso del cuerpo de Jon, la urgencia y pasión de sus labios, su voz, sus manos... Le dio un ataque irracional de odio por aquella mujer que ni siquiera conocía, la mujer que ella había inducido a que fuese a Glen Fern de visita. Qué idea más estúpida. A tientas, puso un CD en el reproductor.

—Nolan está realmente ilusionado por conocerte —dijo Jon—. Trina y yo te pasaremos a buscar mañana a las siete por casa de Víctor.

—Tu coche es demasiado pequeño, será mejor que llevemos la furgoneta.

—No, ya pensaré en algo —dijo él, aparentemente horrorizado ante la idea de llevar a la hermosa Trina en una furgoneta de reparto.

—¿Sabes? Como Víctor se está haciendo tan amigo de mi madre, ¿no le irá a decir que Trina viene y que yo saldré con otro?

–Le pedí que no lo hiciese –dijo Jon.

–Ah. De acuerdo. ¿Dónde vamos?

–The Brewery –dijo él.

Lora se estremeció. Había sido el sitio que frecuentaba con Calvin. ¿Cuántos botellines y alitas de pollo habrían consumido entre aquellas viejas paredes?

–Elige otro sitio.

–No conozco ningún otro. ¿Dónde?

–Ya me ocuparé yo. Te lo diré luego.

Volvió a sonar la campanilla y ambos se dieron la vuelta a ver quién entraba. Arthur Polanski, el hombre del tinte, pasó de largo junto a Ella y se dirigió a Lora.

–Hola, guapa –dijo con una sonrisa–. Vengo a buscar mi flor.

–Tú y tu fijación con los hombres mayores –susurró Jon.

Le lanzó una mirada por encima del hombro antes de llevar al señor Polanski hasta donde se encontraba su abuela y pasar a la trastienda a envolver un clavel en papel de seda. Por el rabillo del ojo vio que Ella le servía un vasito de sidra.

A los pocos minutos, habían aparecido varios hombres más. Mientras Lora preparaba las flores, Ella los entretenía. Jon, para su sorpresa, se ocupó de la música. Más campanilleos anunciaron más llegadas. Lora estaba encantada con su éxito. Había entregado una docena de tarjetas, y ya había unas ocho personas. Ella escanciaba sidra y repartía galletas con las mejillas sonrosadas, su risa tintineando entre los acordes de la música irlandesa. Jon parecía de lo más cómodo. Cuando la puerta volvió a abrirse, Lora levantó la vista y se quedó pasmada. Un pequeño autobús se había detenido frente a la tienda. Una joven, con una bata donde se podía leer: «Residencia de la tercera edad Pine Grove», abrió la puerta para que pasara una sucesión de septuagenarios, algunos con bastón, todos blandiendo pequeñas tarjetas color rosa. Eran las que Lora había extraviado. No conocía a ninguno de ellos.

–¡Qué exitazo! –murmuró Jon, con su aliento rozándole la mejilla–. ¿No te parece un poco egoísta querer acaparar a todos los viejetes del pueblo?

–¿Qué haces aquí? ¡Vete! –dijo ella, alterada ante las hordas de ancianos.

–Quería encargar unas flores para mi apartamento –dijo él, simulando enfado–. Algo grande y ostentoso para una mesa, pero parece que estás ocupada. Cielos, ¿estás segura de que estos chicos podrán seguirte el ritmo?

–Chitón –susurró ella–. ¡Fuera!

–Pero mis flores...

–Te las llevaré más tarde –dijo ella–. ¿No tienes que volver a trabajar?

Él lanzó una carcajada mientras salía entre la gente, a la que le sacaba más de una cabeza. Lora lo miró marcharse y luego se quedó atónita al verlo sujetar la puerta para que pasase otra manada de ancianos. ¿De dónde habían salido todos esos?

Jon dejó la bolsa sobre la cama y volvió al salón, haciendo una pausa para subir un poquito el termostato. El apartamento amueblado se encontraba cerca de la clínica, por eso lo había alquilado. Pero ahora se sentía totalmente fuera de lugar allí. Entró en la habitación de invitados y se aseguró de que estuviese funcionando la calefacción allí también. El clima de California del Norte era húmedo y frío y Trina era una flor de invernadero. No creía que durmiese en aquella habitación, pero estaba seguro de que viajaría con varias maletas, y necesitaría armarios.

Fue a la cocina y en el refrigerador encontró unas bebidas frías y una bolsa de zanahorias pochas que tiró a la basura. ¡Qué diferencia con la cocina de Lora! Ella sí que era una buena cocinera, que le daba su toque especial a cada plato.

Por la mañana compraría lo básico e iría al aeropuerto y recogería a Trina y la llevaría al apartamento. Luego, pasarían a buscar a Lora y Nolan e irían al restaurante.

Le había llevado a Nolan alguna ropa para que eligiese y reconoció que sentía un poco de curiosidad por ver lo que se pondría, pero más sentía por lo que Lora llevaría. Nunca la había visto arreglada para salir, excepto aquel vestido azul de tirantes. «Eso es porque nunca la has invitado a salir, imbécil». Se preguntó qué habría sucedido si él la hubiese conocido de otra manera, por casualidad, por ejemplo. ¿Habría tenido oportunidad de descubrir aquel atractivo rasgo de originalidad que corría por ella como una inesperada veta de oro en una roca? ¿Quién sabe?

Al mirar por la ventana, vio la furgoneta de Lora aparcada frente al apartamento. En aquel momento, llamaron a la puerta y corrió a abrir. Se encontró con docenas de flores amarillas, de todos los tonos imaginables. Fue como si una bola de refulgente sol hubiese entrado a su casa. Se quedó transfigurado ante su magnificencia.

–¡Socorro! –dijo una vocecilla tras aquella montaña de flores.

Las agarró antes de que Lora desfalleciese y las puso sobre la mesa redonda cerca de la cocina. Era sorprendente la calidez que el brillante ramo confería a la estancia.

Volvió a la puerta. Lora se encontraba apoyada contra el vano. Llevaba vaqueros desteñidos, y una camiseta negra, la misma ropa que tenía antes en la tienda. Comparada con las hermosas flores que había subido dos tramos de escaleras, parecía apagada. Y preciosa, con ese aire de niña desvalida que tenía a veces.

–Siéntate, que te sirvo algo de beber –le dijo.

Ella asintió con la cabeza y se desplomó en un sillón.

–¿Coca cola, horchata, zumo de tomate o agua con gas?

–Eso –dijo ella escuetamente, y él supuso que se refería al agua.

Era la primera vez que le servía él a ella. Siempre había sido al revés.

–¿Quieres comer algo? Hay un bote de chile con carne. O quizá una pizza...

–Tengo que hacerle la cena a Víctor.

–Quizá no. Cuando estuve hace un rato, tu madre le calentaba un estofado. Charlaban de lo más entretenidos. Parece que tu plan funciona.

–Sí, ¿no es maravilloso el amor? –sonrió ella, lo cual hizo que desapareciese su aspecto de muchacha y pareciese más mujer.

–Perdón –simuló que sacudía la cabeza para aclararse los oídos–, pero me parece que he oído mal. ¿Acabas de decir que el amor es maravilloso? ¿Tú?

–Ya lo sé. Es que estoy encantada de que mi plan haya funcionado. Mi madre es el tipo de mujer que tiene que estar enamorada.

–¿Y tú no?

–No, yo no.

–¿Y tu abuela? Me imagino que los ancianos aquellos eran parte de alguna idea para buscarle pareja, ¿me equivoco? Cuando me iba había docenas de viejetes por allí y llegaba otro autobús de una residencia de la tercera edad.

–Ahí es donde el tema se me escapó de las manos. Me dejé una caja de tarjetas por accidente en el centro comercial. El hombre a quien le había dado una intentó alcanzarme, pero no me encontró entre la gente, así que decidió traérmela el viernes. Pero cuando llegó a su residencia, se le ocurrió dársela a la directora de actividades del centro y ésta pensó en ayudarme distribuyéndolas en los demás centros. ¿Sabías que hay seis en la zona?

–No –dijo él, sonriendo.

–Pues bien, los hay. Cinco de ellos decidieron hacer una excursión a la floristería. Se nos acabaron las galletas cuando te fuiste, después la sidra y los claveles antes de que llegase el último autobús. Les tuve que dar rosas. No he hecho las cuentas, pero este pequeño desastre nos ha costado nuestro buen dinero.

–¿Y tu abuela...?

–Le parecieron demasiado viejos. Tiene setenta y un años. ¿Por qué es tan exigente?

–¿Por qué no? ¿Crees que hacerte viejo significa contentarte con cualquier cosa?

–No te pongas filosófico –gimió ella–. Ella me ha presentado a todos los parientes de sus amigas, hasta un chico de diecinueve años. No tiene derecho a ser exigente.

Jon no respondió. No quería discutir con ella.

–Las flores que has traído son hermosas. A Trina le encantarán.

–Me pareció que le gustaría el amarillo –dijo Lora, mirándolas–. Me dio la sensación de que era adoradora del sol, ¿sabes?: la playa, el pelo rubio, la voz cálida...

–¿Cuándo le oíste la voz?

Lora se calló y lo miró fijamente un minuto, luego se encogió de hombros.

–Me refiero a que probablemente tenga acento de California del Sur. He visto pelis.

–Eso es absurdo. Tienes muchos prejuicios, Lora Gifford.

–Ya lo sé. La primera vez que te vi, pensé que eras de Hollywood. Parecía que te habían mandado para el papel del veterinario rompecorazones. La forma en que le hablaste a Boggle, ¿era algún tipo de idioma secreto que usas con felinos?

Cuando se ponía así, la única forma de pararla, lo sabía por experiencia, era besarla. Ardían en deseos de hacerlo, pero sabía que los besos llevaban a complicaciones.

–Sabes, ahora que lo pienso –dijo ella–, no te he visto llevar gafas desde aquel día.

–Lentillas. Me pillaste justo cuando no las tenía.

Ella se puso de pie y se acercó a él. Estaban casi

a la misma altura, ella un poco más alta que él sentado. Ella lo miró a los ojos: los suyos eran verdes como la hierba, verdes como las hojas, como todas las cosas que crecían buscando el sol.

–Ajá –dijo ella, con su mirada yendo de un ojo al otro de él–. Ya las veo.

–Basta, que me estás mareando –dijo él, agarrándola de los brazos.

–Pues estabas muy guapo con gafas. Es una pena que no las lleves más a menudo.

–A Trina no le gustan, y cuando uno quiere a una persona, trata de hacer lo que le gusta –dijo él, mirándole los labios.

–Mira qué considerado –murmuró ella, rozándole la mejilla.

Jon sintió deseos de abrazarla. Sabía que era egoísta e injusto porque ambos luchaban contra la atracción que sentían por el otro, pero ello no disminuía su deseo ni un ápice. Ah, y además estaba Trina.

Sujetándola, la miró a los ojos. Ella sacudió la cabeza mientras se acercaba hacia él. Las manos masculinas se deslizaron de sus hombros y le rodearon el talle; el cálido aliento de ella le llegó al rostro. Cerró los ojos y esperó conteniendo la respiración, temiendo que se acercara más, temiendo más que ella desapareciese. Sintió la satinada mejilla apoyarse contra la suya, su respiración acariciaba su lóbulo, los dedos femeninos en su pelo, en su cuello, en sus hombros. El cuerpo de ella se acercó más, sus senos se apretaron contra su pecho, sus caderas contra sus rodillas. Jon deslizó una mano hasta el trasero enfundado en los vaqueros y con la otra le acarició el rostro.

–Lora –susurró–, Lora.

–Chitón –dijo ella, y él sintió sus labios rozándole la mejilla.

La miró. Ella tenía los ojos cerrados, indicando su aprobación tácita. Ello le provocó una ola de pasión que hizo que juntase sus labios a los de ella. La apretó contra su cuerpo, sabiendo que tendría que estar muerta para no darse cuenta de lo mucho que la deseaba. Ella le devolvió la caricia con la misma pasión, sus labios cálidos y exigentes mientras él le metía las manos por debajo de la ropa y acariciaba su cálida piel desnuda. Ella no llevaba sostén y él acarició sus pequeños pechos. Sintió los pezones de ella tiesos bajo sus dedos, rogándole que los probase si lograba despegar su boca de la de ella.

Las manos femeninas también habían superado la barrera de la ropa y las sintió deslizándose por su espalda, por sus hombros y su pecho. El ansia por estar más cerca ahogaba todo pensamiento racional. Ella debió de pensar lo mismo porque ambos se apresuraron a desabrochar botones, con las manos torpes pero las intenciones claras, hasta que los pechos de ella se apoyaron contra él, piel contra piel, calor contra calor.

Hundió su lengua en la boca femenina y la acercó más. ¿Había algún hombre disfrutado de la delicia de aquellas curvas bajo sus manos y la urgencia de sus besos?

¿Calvin? ¿La habría tocado de aquella forma Calvin y luego abandonado?

«Tú lo harás», le dijo una voz en su mente, que le atravesó todas las sensaciones como una cuchara caliente cortando helado. «Sabes que la dejarás. Lo sabes».

Ella había tratado de advertírselo. La apartó suavemente y ella lo miró con los labios entreabiertos, los ojos entrecerrados y el pelo revuelto, semidesnuda y tan adorable que él supo sin ningún género de dudas que jamás se olvidaría que aquel momento.

–Perdona... –masculló Jon–. Me he dejado... llevar. Sé que no querías esto y lo siento mucho, de veras.

Ella lo miró fijamente y cuando sus ojos indicaron que se daba cuenta, contuvo el aliento. Rápidamente agarró su ropa y se cubrió el torso con ella, retrocediendo.

Jon se sintió como un desgraciado y un imbécil, una combinación inquietante. Sabía que ambos eran adultos y actuaban por libre voluntad, entonces, ¿por qué no podía quitarse de la mente la idea de que tendría que haberla protegido de aquello?

¿Porque sospechaba que aquello le importaba más a ella que a él? ¿Porque él tenía una vida plena y maravillosa en una ciudad excitante con una pareja y lo único que tenía que hacer para que todo volviese a su cauce era ir a su casa y reclamar lo que era suyo sin dejar la vida de Lora hecha jirones?

–No sabes cómo lo siento –repitió.

–Deja de decir que lo sientes –dijo ella, levantando la barbilla en un gesto casi desafiante–. Me gustaría echarte la culpa a ti, porque me haría sentir menos imbécil, pero la verdad es que yo soy quien lo empezó. Tú eres el que tiene novia. Debí de saber que no debía hacerlo.

–¿Tú debiste saberlo?

–De acuerdo –sonrió ella–, tú también debiste saber que no había que hacerlo –miró la ropa que apretaba contra su pecho y añadió–. Mira para otro lado.

Él se dio la vuelta y cuando ella se vistió, se volvió a dar la vuelta.

–¿Amigos? –dijo ella, alargando la mano.

Él se la estrechó. No creía que fuese posible ser amigo de ella. Hablar con ella era siempre una aventura, besarla le aceleraba el corazón, la idea de hacerle daño se le hacía insoportable. Gracias a Dios que Trina llegaría al día siguiente. Gracias a Dios que él se volvería a su casa en un par de semanas.

–Amigos –murmuró.

Con una firme cabezadita, ella le soltó la mano y se dirigió a la puerta si mirar atrás.

LORA se pasó la mañana del sábado haciendo bollitos de canela para el Dr. Reed. Su madre y su abuela le habían asegurado que se podían ocupar de la tienda solas y ella había aceptado la oferta. Era uno de sus escasos sábados libres y ya había pasado por el invernadero.

El Dr. Reed ya podía moverse con relativa facilidad, y se recuperaba mucho más rápido de lo que nadie hubiese imaginado. Ahora se sentó en un taburete frente al mostrador que dividía la cocina del comedor de diario y, al ponerle ella una silla bajo el pie operado, lanzó un profundo suspiro. Todavía le faltaba poder estar de pie en una consulta viendo animales todo el día. ¡Cuernos, Jon tendría que quedarse!

–¿Más café? –le preguntó y, cuando él asintió con la cabeza, le sirvió una taza y se sentó del otro lado del mostrador–. Veo por los restos que mi madre le trajo un estofado.

–Ajá –sonrió él–. Casi es tan buena cocinera como su hija. Estos bollitos tienen un aspecto delicioso. ¿Y ese otro aroma qué es? ¿Chorizos? ¿Cuándo comemos?

–Dentro de diez minutos –dijo ella, lanzándole una mirada al relojito del horno–. Estaba guapa con su vestido nuevo, ¿no?

–Muy atractiva –dijo él–. Es una mujer encantadora. Me recuerda a ti, un poco reservada en lo que
concierne a sus emociones.

–¿Yo? ¿Reservada?

–Creo que sí –dijo él–. Por ejemplo, eso de que
Trina venga a ver a Jon, ¿cómo te sienta? ¿No estás
un poco celosa de ella?

–¿Por qué iba a estar celosa?

–Vi cómo te besaba Jon y a ti te gusta...

–¡Dr. Reed!

–Pensé que querrías hablar de ello...

–Pues, se equivocó –dijo Lora, poniéndose de pie
de golpe y tirando el taburete al suelo. Lo enderezó
añadiendo–: Jon y yo somos...

–¿Qué? –preguntó él suavemente.

–Amigos.

–Ya veo –asintió el Dr. Reed con la cabeza–.
Amigos. ¿Lo sabe Jon?

–Por supuesto –dijo ella–. Como usted y mi madre –añadió, con la esperanza de hacer que la conversación volviese a un tema más agradable.

Él asintió, sus ojos azules estaban pensativos.
Lora se dio cuenta de que él no hablaría más y que
no valía la pena intentar sonsacarle. La chicharra del
horno sonó y ella se escapó a la tierra de la canela y
la levadura, la harina, las pasas de corinto y el azúcar. La tierra de los jugosos chorizos crepitantes y
aromas que casi ahogaban el recuerdo de piel contra
piel, de la voz de Jon, sus manos, su boca, casi...

Por la tarde estaba desesperada, sin saber qué ponerse. El sentido común le decía que no podría com-

petir con Trina. ¿Por qué se le había ocurrido siquiera intentarlo? Seguramente él la habría ido a
buscar al aeropuerto y estarían haciendo el amor. Su
amor por ella se habría reavivado y el interés que
habría podido sentir por Lora sería sólo un recuerdo
que ni siquiera lo haría sonreír, porque sus encuentros siempre habían sido breves y frustrantes. Llamó
y le dejó un mensaje con la dirección del restaurante
y luego le pidió prestado el coche al Dr. Reed para ir
al centro comercial, ya que la furgoneta estaba en la
tienda para hacer el reparto del sábado.

Pasó dos horas rebuscando entre los percheros de
las tiendas hasta encontrar un vestido rojo y un par
de extravagantes zapatos a juego, diciéndose que lo
que correspondía era que se vistiese bien para que
Trina no resultase tan fuera de tono. Además, el vestido era corto, ajustado y sexy. Al menos, lo parecía
en la percha.

Al volver a la casa del veterinario, le hizo la cena
temprano, se duchó, se arregló el pelo, se maquilló y
se vistió. A las seis estaba sentada en la cama, con
un ataque de angustia. A las seis y cuarto, llamaron a
la puerta y lanzó un juramento. ¿Cómo se atrevía a
llegar cuarenta y cinco minutos antes? ¿Cómo se
atrevía a suponer que ella estaría lista y esperando?

—Yo abro —le dijo al Dr. Reed al pasar junto al estudio donde él se sentaba ante una mesa plegable que
alguien le había puesto, el pie operado apoyado en un
escabel, una lámpara iluminando la superficie, cubierta de cajas de plástico. Estaba enhebrando cuentas en un hilo de nylon. Llevaba días haciéndolo.

Abrió la puerta de golpe. Frosty pasó como una
exhalación y Ella pasó junto a Lora.

–Estás guapísima, cielo –le dijo al pasar.

–¿Qué haces aquí? –preguntó Lora, siguiéndola hasta el estudio.

–Tu madre y yo nos quedaremos con Víctor esta noche mientas tú sales con Jon –dijo Ella. Los animales le olisqueaban las manos y se le enredaban en las piernas.

–¡Mírate, estás guapísima! –exclamó el Dr. Reed con un guiño que Lora tomó como la indicación de que sabía que no tenía que hablar de Trina.

–¿Dónde está mamá?

–Tiene dolor de cabeza, así que he venido yo solamente. Víctor, ese collar es precioso. Tienes talento, mi niño.

El Dr. Reed la sorprendió al dejar sus alicates y levantar el producto acabado. Estaba hecho con oro y cuentas rectangulares. Una delicada flor de oro pendía del centro.

–Ven, Lora –le dijo.

Lora se inclinó y apartó el pelo para que él le pudiese abrochar el collar.

–Perfecto –sonrió Ella.

–No es necesario que lo lleves esta noche.

–Me encanta –dijo Lora, inclinándose a besarle la frente. Tuvo que contener las lágrimas para que no se le corriese el maquillaje–. Muchas gracias...

Llamaron a la puerta. Eran sólo las seis y media. ¿Jon y Trina?

–Ah, Lora... Tu madre intentó llamarte esta tarde y advertírtelo, pero no estabas...

–Un momento –dijo Lora, porque parecía que el visitante se había apoyado en el timbre. Corrió a la puerta pensando en cómo hacer para evitar que Trina conociese a su abuela, pero no eran Jon y Trina. Ni siquiera su madre.

Calvin.

–Genial, estás lista –dijo, como si hubiesen hablado el día anterior.

–¿Qué haces aquí? –preguntó Lora, casi sin voz.

–Hablaremos de ello mientras cenamos –dijo él, recorriéndola con la mirada de arriba abajo como si se tratase de un ranchero a punto de comprar una yegua.

La idea del vaquero le vino a la mente porque Calvin estaba vestido como si hubiese salido de *Bonanza*.

–¿Qué te ha pasado? –preguntó ella, recordando lo trajeado que se había marchado.

–Montana –dijo él y pareció a punto cantar.

–Pensaba que estabas en Chicago.

–Al principio –se encogió de hombros–, pero aquello es infernal. Montana es donde hay que ir. Te encantará –dijo él con un guiño, llevándose la mano al sombrero–. ¿No te dijo tu madre que había vuelto al pueblo? No pareces muy contenta.

–¿Qué haces de vuelta en Fern Glen, Calvin?

–¿No es obvio?

–No, en realidad, no.

–Ya hablaremos de ello mientras cenamos.

¡Cena! ¡Jon!

–No puedo.

–Pero estarás muriéndote de la curiosidad por saber por qué estoy de vuelta.

–Un poco –reconoció ella. ¿Ya eran las siete? ¿Cuánto había pasado desde que abrió la puerta? ¿Un minuto o una hora?–. No puedo charlar ahora. Hablamos mañana.

Él apoyó la mano en la jamba de la puerta, como si temiese que ella la fuese a cerrar.

–Lora, ¿te encuentras bien? –le preguntó, con una mirada de desconfianza.

–Tengo que irme. Ha sido... interesante... verte.

–¿Por qué estás tan arreglada?

–Tengo una cita.

–¡Una cita!

–Sí, una cita –dijo ella y la sorpresa de él le sentó a cuerno quemado–. ¿Te sorprende no encontrarme sentada en el mismo sitio donde me dejaste? –le dijo suavemente.

–No...

–Claro que lo estás –dijo ella, con cierto placer.

–Volveré mañana –le dijo él.

–No tiene mucho sentido que lo hagas.

–Pero Lora, cariñito...

–Basta, Calvin, ¿quieres? Te marchaste, así que vete porque no estoy interesada.

–¿Quién es él? –gruñó Calvin.

–No es de tu incumbencia –dijo, cerrándole la puerta en las narices.

Consternada, se dio cuenta de que temblaba. Por suerte, Calvin se marchó. Lo vio arrancar justo cuando un turismo aparcaba. Parecía que no iba a tener ni un segundo para recuperarse. La puerta se abrió y Jon se bajó. Seguramente habría alquilado un coche para Trina. Lora agarró su bolso y se despidió dando voces hacia el interior de la casa para que Jon no le presentase a Trina al Dr. Reed frente a su abuela.

La sonrisa de bienvenida de Jon se borró de su rostro al verla de cuerpo entero. ¿Tan terrible era su vestido? Él llevaba pantalones y camisa negra y una chaqueta gris. Su ropa parecía cara pero natural. ¿Qué hacía ella con un llamativo traje de cóctel?

Ver que la rubia despampanante que se sentaba en el asiento delantero del coche vestía un jersey blanco y pantalones no la hizo sentir mejor. Jon y Trina estaban perfectos para un sábado por la noche en el Fern Glen Inn. Lora se dio cuenta de que se le había ido la mano con el vestido, pero no podía volver a entrar a la casa sin despertar las sospechas de Ella, así que decidió apechugar con las consecuencias.

—Por motivos que ya comprenderás —le susurró Jon antes de que ella se metiese en el coche—, será mejor que vayamos a otro restaurante. ¿Has hecho reserva?

Lora reconoció que se había olvidado de llamar.

—Genial. Entonces, vayamos a The Brewery, que no tiene ninguna restricción en el vestir. Un excéntrico más no llamará la atención.

Lora se miró el hermoso vestido. De acuerdo, quizá las lentejuelas eran un poco exageradas, pero de ahí a excéntrico...

—No es por ti —dijo él, adivinándole el pensamiento—. Ya lo verás.

Cuando ella se sentó en el coche, Jon hizo unas rápidas presentaciones.

—¡Hola! —le lanzó Trina por encima del hombro.

Sorpresa, sorpresa, ya habían pasado a buscar a su pareja: un larguirucho de barba y pelo largo que llevaba un esmoquin azul claro y camisa color rosa con la pechera y los puños de volantes. Lora supuso que sería Nolan Wyle.

–Me gustan tus zapatos –le dijo. Nunca había visto a alguien con polainas antes.

–Gracias –dijo Nolan con una sonrisa dulce que le transformó el rostro–. Eran de mi padre, ya no las usa –añadió tan bajo que ella casi tuvo que adivinar lo que decía.

La perspectiva de pasar la velada con aquel dulce hombre le resultaba una idea agradable después de cinco minutos con Calvin y la cabeza dándole vueltas por los tumultuosos sentimientos que sentía por Jon.

–Háblame de tus pinturas –le dijo y lo escuchó ávidamente describir sus obras de arte. Apenas notó la mano de cuidadas uñas de Trina apoyada en el hombro de Jon, sus dedos jugueteando distraídamente con el cabello de la nuca masculina, afirmando sus derechos.

The Brewery era ruidosa y estridente los sábados por la noche. Jon encontró una mesa bajo un cuadro de cinco gatos vestidos con ropas de los años veinte sentados alrededor de una mesa jugando al mah–jongg. A darse cuenta de la forma en que Trina se quedaba mirando el cuadro antes de acomodar su elegante trasero en una silla, se preguntó si tendría que haber pensado menos en avergonzar a Nolan y más en impresionarla a ella.

Nolan parecía de lo más cómodo y su esmoquin encajaba perfectamente con toda la variedad de vestimentas que se veía en el local. Lora estaba adorable con su vestido rojo, el pelo suelto sobre los pálidos hombros y los labios pintados a tono, tan suculentos que le costó trabajo quitarle los ojos de encima. El deseo que sentía por ella tendría que darle vergüenza y lo sorprendió no sentirla en absoluto. Le sujetó la silla y percibió su deliciosa fragancia cuando ella se sentó.

Luego su mirada se cruzó con la de Nolan y se dio cuenta de que él había estado esperando para arrimarle la silla a Lora. Se disculpó con una sonrisa.

—¿Dónde están los menús, Jon? —le preguntó Trina al sentarse junto a ella.

—En una pizarra junto a la barra.

—¿Y la lista de vinos?

—Creo que no hay.

—Pero tienen veintisiete diferentes variedades de cerveza —dijo Lora, ganándose una mirada de admiración de Nolan.

—Genial —dijo Trina—. Jon, ¿siempre hay tanta niebla en este pueblo?

—En el verano, amanece con niebla y luego el viento se la lleva y está despejado el resto del día —dijo Nolan.

—En invierno —dijo Lora—, se alterna con lluvia. Y en el otoño y la primavera, como ahora, hay niebla, llueve y sopla el viento.

—¿Cómo podéis soportarlo? —protestó Trina—. Tengo el pelo hecho un desastre. Supongo que tendré que hacer lo que tú, Lora.

—¿Qué hace Lora? —preguntó Jon.

—No hago nada —sonrió Lora.

—A eso me refería —dijo Trina dulcemente—. Dejas que la naturaleza siga su curso, ¿verdad? Me imagino que es lo único se que puede hacer aquí.

–O llevar sombrero –dijo Lora–. Yo tengo varios.

Nolan parecía ajeno a la electricidad que cargaba el aire.

–Creo que ambas tenéis el pelo hermoso –dijo Jon, preguntándose por qué Trina estaría tan antipática. ¿Tendría algo que ver con la forma en que lo había interrogado en el viaje desde el aeropuerto porque quería saber a qué mujeres había conocido?

–El tuyo es del color de los lupinos silvestres en la playa –dijo Nolan de repente, mirando a Trina–. Amarillo pálido, pálido. Es muy bonito.

–Eres un encanto –dijo Trina con un gorjeo–. Jon, ya sabes lo que quiero, pide tú. A ver si encuentras un Pinot Noir de Oregón –se puso de pie–. Ahora vuelvo.

Jon, por alguna inexplicable razón, recordó a la señora Pullman, la mujer que quería deshacerse de la adorable gatita preñada. Nolan se ofreció a ir a buscar las copas. Después de mucho discutir, decidieron lo que querían y Nolan se marchó, repitiendo los distintos nombres de las cervezas y el del vino.

–Es muy agradable –dijo Lora, siguiéndolo con la vista.

–Me alegra que te guste.

–Es diferente, sin pretensiones. Y Trina es preciosa.

–Sí que lo es –dijo él, sintiendo que el cuello de la camisa le ajustaba demasiado. Deseó añadir que Lora estaba exquisita, que el rojo de su vestido era exactamente el color de sus labios, que siempre debería vestirse de rojo.

–¿Por qué el cambio de planes? ¿Por qué aquí en vez del Fern Glen Inn?

–Por la forma en que está vestido Nolan –dijo Jon–. Intenté que cambiase de opinión, pero no tuve mucho éxito.

–¿Te excusas por él? ¿No te das cuenta de que le da igual lo que la gente piense?

–Oh, perdona –no le gustaba nada que Nolan y Lora se llevasen tan bien–. Supongo que no estoy tan compenetrado con él como tú. Por cierto, estás preciosa.

Ella se quedó sin habla un segundo.

–Gracias –murmuró finalmente–. Tú también estás muy guapo.

Se miraron a los ojos. Él deseó hablar de la noche anterior. Ella apartó la mirada.

–¿Estás disfrutando de la visita de Trina? –preguntó.

–Por supuesto –dijo él.

No mencionó que la forma en que Trina le sacaba faltas a todo lo estaba cansando. La forma en que ella había encontrado que las enormes secuoyas eran tristes, la playa desolada, las alegres flores de su mesa demasiado llamativas. ¿Le diría a Lora que habían pasado la tarde separados, él en la clínica y Trina en la peluquería?

«¿Quién dice que a ella le importa lo que has hecho?»

Trina volvió con Nolan que llevaba una pesada bandeja. Lora se levantó de un salto para ayudarlo a ponerla sobre la mesa mientras Trina se sentaba delicadamente.

–Éste es el único vino que tenían –dijo Nolan, poniéndole un vaso escarchado enfrente.

–Gracias –murmuró ella. Luego se acercó a Jon y

criticó la decoración del cuarto de baño y acabó con–: ¡No sabía que todavía existía decoración así!

–El lema aquí es: «Si no está roto, no se cambia» –dijo Lora.

Nolan bebió su cerveza y su mirada fue nerviosamente de la una a la otra. La conversación languideció y una camarera se acercó tomar sus pedidos. Después de que se fuese, nadie supo qué decir y Jon mencionó cómo conoció a Nolan. Éste hizo el relato y acabó describiendo a Bill, su perro, con pelos y señales.

–Parece mi pobre Bitsy –dijo Trina, que había estado mirando las mesas distraída–. Murió la semana pasada.

–Lo siento mucho.

–Era mayor. Sin embargo, fue una pena no tener a Jon para apoyarme –dijo. Haciendo una morisqueta, añadió–: Jon, ¿por qué te has borrado de la civilización de esta forma? –sin esperar que él respondiese, miró a Nolan–. Ni conocía al tal Víctor Reed hasta que su padre murió y ahora cree que le debe su eterna lealtad. Y a mí, ¿qué me debe? ¿Qué le debía al pobre Bitsy?

–Bitsy murió mientras dormía y Ellen y Bob me llamaron para decirme que te habían ayudado a ocuparte de los detalles –dijo Jon con calma, mirando a Lora para ver qué pensaba de aquella conversación, pero ella tenía la vista clavada en el otro extremo de la estancia. Siguió su mirada. Parecía que lo que le interesaba era un hombre con un enorme sombrero vaquero–. No podría haber hecho nada por él.

Trina meneó la cabeza. Era su forma de decirle que no entendía nada. Con otro mohín petulante, alargó la bronceada mano y la apoyó en el brazo de Nolan.

–Me gustaría conocer a tu perrillo mientras estoy aquí –le dijo.

—Claro, seguro –dijo Nolan, azorado ante su pedido.

Comenzó a sonar la música y Trina sufrió otra transformación.

–Baila conmigo, cariño –le dijo ella, acariciándole la mejilla. Antes a Jon le habría encantado aquello, pero ahora se sintió irritado, hasta que le dirigió una mirada a Lora y vio que ella le susurraba algo al oído a Nolan.

¿Qué le pasaba? Primero flirteaba con el vaquero y ahora le mordisqueaba la oreja a Nolan. Se puso de pie y tomó a Trina de la mano.

–Tienes razón, bailemos –dijo, llevándola hasta la pista, que era un espacio libre de mesas y sillas.

Trina se entregó a sus brazos por primera vez desde la bienvenida en el aeropuerto. Al apoyar ella su cabeza en el hombro de Jon, la mirada de él se cruzó con la de Lora y ambos apartaron los ojos.

CAPÍTULO **10**

ALGO en la mirada de Jon hizo que Lora se sintiese incómoda y apartase la suya. La noche había sido un fiasco: Trina era insoportable, Nolan dulce pero aburrido y Jon se comportaba de forma extraña. Y ahora Calvin. ¿Qué diablos hacía allí?

¡Cielos, se acercaba! Ya le había explicado a Nolan que necesitaba que él simulase que salían juntos porque había un antiguo novio suyo allí. Se había mostrado sorprendido.

–Bésame –le dijo Lora ahora, sorprendiéndolo más–, date prisa –sin esperar su reacción, plantó sus labios en los de él.

–¿Lora? –dijo Calvin tras un carraspeo–.¿Es éste tu nuevo amigo?

Ella levantó la vista y los presentó. Los dos hombres se miraron con desconfianza. Desde la pista, Jon la miró con el ceño fruncido y ella volvió a apartar la vista.

–Ya veo que las cosas han cambiado –dijo Calvin.

–No me dejaste demasiadas opciones –murmuró ella.

–Supongo que no tiene sentido que me quede, entonces.

–Un momento –dijo ella, alerta–. ¿Quiere decir

que has vuelto a Fern Glen pensando que podríamos retomarlo donde lo dejamos?

–Vine a llevarte a Montana conmigo –gruñó él–. Vine a casarme contigo.

Al levantar la vista hacia Calvin, una extraña paz la invadió. Calvin la había abandonado, le había hecho daño. Ella había estado dando trompicones en la oscuridad, pero ahora era como si los cielos se abriesen y le enviasen un rayo de luz para iluminarle el corazón. Calvin la deseaba de nuevo. El resto de su dolor desapareció y miró a su anterior prometido a los ojos.

–No te creo –le dijo.

–Sabía que te sorprenderías –sonrió él–. ¿Y?

–Calvin, si no quise mudarme a Chicago, ¿qué te hace pensar que querré ir a Montana? Los problemas que existieron entre nosotros siguen existiendo, sólo que peores ahora porque no siento nada por ti.

–Este elegante petimetre te ha llenado la cabeza...

–Déjalo, ¿quieres? Apenas conozco a Nolan, pero me casaría antes con él en vez de contigo. ¿Por qué no ensillas tu caballo y te vas a Montana? Búscate una linda vaquera, pero asegúrate de advertirle que sólo pastarás en su prado mientras te apetezca –dijo y se dio la vuelta, decidida.

–El vaquero se ha marchado –susurró Nolan al rato–. ¿Te encuentras bien?

–Estoy bien –le dijo con una sonrisa tranquilizadora–. Nunca he estado mejor. Oye, lo siento por el beso, pero gracias por ayudar. Sabes, he estado pensando que pronto renovaré mi floristería y me encantaría decorarla con originales. Jon me ha hablado de tus pinturas. Podría servirte de intermediario y venderlas en la tienda. ¿Qué te parece?

–Genial –dijo Nolan y chocaron sus cervezas como dos viejos amigos.

Lora recorrió el ruidoso restaurante sintiéndose feliz con todo el mundo, Calvin inclusive, hasta que sus ojos se cruzaron con los de Jon. Se acabó la paz y la tranquilidad. Mientras se miraban de hito en hito, otro rayo de luz la atravesó, y sintió una cegadora certeza: amaba a aquel hombre.

Decirle a Calvin que se marchase no tenía ningún mérito, no era la mujer fiera e independiente en que creyó haberse convertido. Era una tonta enamorada del hombre equivocado. Otra vez.

Mientras acomodaba rosas en una caja, Lora pensó en las veces que se había enamorado antes y cómo todas habían sido rotundos fracasos. Veía en las otras los motivos: encaprichamiento, seguridad, escape, estupidez.

Pero los sentimientos que albergaba por Jon eran diferentes.

Los demás chicos habían sido el fruto de lo que su imaginación había hecho de ellos. Pero Jon era más. Era gracioso, cálido, inteligente y cariñoso... cada vez que hablaban, cada mirada que compartían, cada momento que estaban juntos hacía que todo fuese... más.

¿Cómo podía estar enamorado de alguien como Trina? De todas las maravillosas mujeres que había en el mundo, ¿cómo podía encontrar que valía la pena hablar con alguien como ella y, mucho menos, amarla? Y si no la amaba, ¿por qué estaba desperdiciando sus sentimientos en ella?

Creyó saber la respuesta. Trina era el tipo de mujer que los hombres como Jon deseaban rescatar. Pensaba que su vanidad escondía inseguridad, que si escarbaba profundo, un verdadero ser humano emergería como un fénix de las cenizas de laca para el pelo y cachemira.

Sonó en teléfono, sacándola de sus tristes pensamientos. Era el abogado, con buenas noticias: tenían una cita para el lunes. Por fin las cosas se estaban moviendo.

¿Y si Jon recuperase el sentido y dejase a Trina? ¿Y si entrase a la tienda y le jurase que la amaba? Y si...

Jon era un chico de ciudad que tenía planes de entrar en una sociedad, que odiaba Fern Glen. Aunque se convenciese de que lo podía tolerar porque estaba loco de amor por ella, tarde o temprano se aburriría y querría irse, como su padre, que había abandonado a su madre, como Calvin, que la había dejado a ella.

Y ella también tenía planes. Planes de expandirse, de renovarse. Su futuro se encontraba entre aquellas cuatro paredes y aunque ella se convenciese de irse para abrazar los sueños de alguien, tarde o temprano se sentiría agobiada e insatisfecha. Para salvar a Jon, para salvarse a sí misma, necesitaba aplastar aquellas ideas románticas inmediatamente.

Empeoraba las cosas el hecho de que su madre estuviese tan preocupada que le colgó a un cliente o que Ella le lanzase miradas a hurtadillas y carraspease de vez en cuando. Algo pasaba con ellas, pero

Lora estaba tan sumergida en su propio drama que no se daba cuenta de qué era.

Tampoco ayudaba que el Dr. Reed la hubiese llamado para decirle que el sábado había encargado una cena, que se sentía mejor y quería celebrarlo. Hasta insinuó que tenía noticias que compartir. ¿Estarían Jon y Trina allí? Seguro que sí.

Al llegar la tarde se sentía tan mal que decidió aceptar la invitación que le había hecho Nolan de que fuese a ver sus acuarelas. Primero acabó con el reparto y luego condujo a la playa y subió el tortuoso camino que él le había indicado la noche anterior.

La casa de Nolan se encontraba en una pequeña calle cortada rodeada por alta hierba, árboles enanos y tiestos con flores. Lora aparcó tras un coche nuevo y dio la vuelta a un viejo camión para acercarse. La risa de una mujer hizo que se detuviese en seco y se aplastase contra el camión. ¡Conocía aquella risa!

¡Trina! ¡Claro, era el coche de alquiler! ¿Qué hacía ella allí? «Ha venido a conocer al perro de Nolan, cálmate». ¿Podría volver a irse sin que la viesen? Mientras la paralizaba la indecisión, aparecieron por la esquina de la casa, con un perro corriendo entre sus piernas. Se detuvieron y Lora los vio besarse. Y besarse. Y besarse.

Lora contuvo la respiración y el corazón se le fue a los pies. ¿Por qué habría conspirado ella para traer a aquella raposa a Fern Glen? ¿Qué pensaría Jon cuando descubriese que su estrellita de cine en ciernes tenía a Nolan en el punto de mira?

El perro ladró y Lora pensó que la habían descubierto, pero nadie la vio. Trina se inclinó y lo levantó. Él le lamió la cara. Trina rió y lo llamó Bitsy.

De repente, Lora comprendió: Trina no quería a Nolan Wylie. Quería a su perro.

Jon pasó delante de la floristería sin entrar. Su paso se acortó al evocar a Lora con aquel espectacular vestido rojo, los ojos chispeantes y el brillante cabello. Recordó el ligero peso de sus pechos en su mano, su suavidad, el deseo que sentía por ella, los labios femeninos. Luego le volvió a la mente la imagen de ella susurrándole a Nolan al oído y hablando con el vaquero y se dio cuenta de que cuando él se marchase de Fern Glen, ella se casaría. Lora gustaba a los hombres, ¿cómo no iba a hacerlo? Ella se estaba curando, Jon se daba cuenta de ello, bajando sus defensas... pero no era para él.

Con un profundo suspiro, entró en la tienda de vinos y vio con alivio que la señora Pullman no estaba. Un cincuentón de cabello rubio canoso se encontraba tras el mostrador registrando en la caja el pedido de un cliente. Finalmente, se acercó a Jon y se presentó como Frederick Pullman.

–Soy Jon Woods, el veterinario de su gata –dijo Jon, espiando su reacción.

–Kiki está muerta –dijo Fred Pullman, meneando la cabeza–. La atropelló un coche. Victoria dice que sucedió al poco tiempo de irme yo de viaje. Me he sentido enfermo desde que llegué a casa.

¿Muerta? ¡Qué giro más inesperado! Jon intentó pensar qué hubiese querido que Fred hiciese si hubiera estado en su lugar.

–No está muerta –le dijo–. En realidad, no la

atropellaron. Su esposa la trajo a la consulta y cuando le dije que estaba preñada...

—¿Preñada? ¡Con razón la tripa! ¿Por qué me habrá dicho Victoria que había muerto?

—A su esposa no le gustan los gatos —dijo Jon, diplomáticamente.

—Ya lo sé —dijo Fred Pullman con tristeza.

—Me refiero a que es verdad que no le gustan los gatos, porque tiene dos.

—¿Dos? ¿Quiere decir que Kiki tuvo una cría? ¿Una sola? ¡Quiero verla! ¿Lo sabe Victoria?

—Sentémonos un momento a hablar —dijo Jon, echando una mirada a la tienda, ahora vacía.

La semana parecía que no terminaba nunca. La casa del Dr. Reed sin Jon era deprimente, en particular porque Víctor lo mencionaba con frecuencia. Además, Lora no sabía si llamarlo para decirle que Trina lo engañaba con Nolan o dejar que se enterase por sí solo.

Entre tanto, el Dr. Reed siguió recuperándose y comenzó a mencionar el trabajo por primera vez desde que ella había llegado a la casa. Lo oyó hablando de diferentes pacientes por teléfono con Jon y supo que después de la cena del sábado por la noche, no la necesitaría más.

Una noche, creyendo que Jon estaba de visita con el Dr. Reed, se armó de coraje antes de entrar al estudio, pero se encontró al veterinario charlando con su madre. Se había vuelto a ir, contenta y triste a la vez. Luego había intentado llamar a su padre, pero él seguía de viaje.

Echaba de menos a Jon. Los días eran todos iguales, aburridos y eternos. El hecho de que él no fuese nunca a verlos indicaba que había acabado con Fern Glen y con ella. Casi le agradeció que fuese tan práctico. Las cosas acababan como ella siempre pensó que acabarían, así que, ¿por qué le dolía tanto? ¿Por qué no acababan nunca bien? ¿Dónde estaban los finales felices? Y luego recordó al Dr. Reed y a su madre.

Lora estuvo tan ocupada ayudando a montar la fiesta el sábado que casi no tuvo tiempo de vestirse antes de que comenzasen a llegar los invitados. Se puso el vestido de gasa azul y recibió a los amigos del Dr. Reed, a sus empleados y a su familia.

Ángela y Ella llegaron juntas. Ella llevaba un vestido amarillo brillante y Ángela iba impecable de negro. La abuela parecía muy excitada y Lora se preguntó si aquella fiesta no tendría algún otro objetivo, por ejemplo, el anuncio de un compromiso. La abuela entró al estudio y se sirvió una copa de champán.

Lora volvió a abrir la puerta y se encontró con Jon. Se quedaron mirándose, como petrificados. Finalmente, Jon entró. Se inclinó, besándola en la mejilla, y ella tuvo que hacer un esfuerzo para no rodearle el cuello con los brazos. ¿Cuál sería su reacción si le dijese que lo amaba? Miró tras él para saludar a Trina.

—No ha venido –dijo él–. No vendrá.

Lora asintió con la cabeza, haciendo un esfuerzo por parecer sorprendida.

Se volvieron a mirar y nuevamente ella luchó contra el ansia de abrazarlo, besarlo, decirle que había cometido un error, que se había enamorado de él, que él tenía que quedarse, tenía que devolverle su amor. Ojalá él le diese alguna señal...

Pero él no lo hizo. Siguió por el pasillo cuando llegó otra pareja. Lora apenas se enteró de su presencia, y mucho menos sus nombres.

La fiesta se fue animando y el Dr. Reed circuló entre la gente ayudándose con su bastón. El bufé americano estaba delicioso. Sin embargo, Lora notó que su madre no probaba bocado.

—¿Qué le pasa a mamá? —susurró cuando se cruzó con su abuela.

—Está nerviosa. Ésta es una noche muy importante para ella, para todos nosotros.

—¿Por qué, qué pasa?

—Nada, querida.

Los ojos de Lora miraron a Jon un momento sin que él se diese cuenta, aquel magnífico hombre que le había robado el corazón y se lo llevaría a Beverly Hills. Perder a Calvin había sido un golpe para su orgullo también. Perder a Jon sin haberlo tenido nunca era como perder la piel.

—Tengo que anunciar algo —dijo Víctor tras esperar que todos acabasen de comer. Miraba directamente a Ángela, que apretaba la mano de Ella—. Me siento estupendamente —dijo, y todos rieron—. Tengo el pie prácticamente curado, pero, mejor aún, gracias a la mujercita que vino a ayudarme en mi momento de necesidad, he conocido a una mujer asombrosa. Lora, gracias por presentarme a tu... abuela.

—¿Qué?

–¿No te habías dado cuenta? –susurró Ella, dándole palmaditas en la mano al verle la cara de asombro.

–No... pero, es más joven...

–Cariño, es sólo diez años más joven que yo. ¡Intentabas emparejarme con unos viejos que me llevaban veinte años! ¡Venga ya, que estamos en el siglo veintiuno!

–Pero, ¿y mamá?

–Oh, Víctor ha sido un encanto con ella, escuchándola, aconsejándola. Es un hombre adorable y muy sensato.

–Elloise –prosiguió Víctor–, compartamos las buenas noticias. Nos casaremos en cuanto podamos.

Mientras los invitados lanzaban un suspiro espontáneo, Ella se acercó al Dr. Reed, que le pasó un brazo por los redondos hombros y se los estrechó. Ella levantó la mirada hacia él y él la besó en la frente.

–¡Qué giro inesperado! –dijo Jon, acercándose a Lora.

–Efectivamente –dijo.

Su madre miraba hacia el pasillo como esperando. Llamaron a la puerta, dándole a Lora un susto de muerte. Su madre la miró a los ojos.

–Lora, es increíble, pero a veces las cosas salen perfectas, a veces vale la pena escuchar a tu corazón –y salió corriendo.

Lanzándole a Jon una mirada sorprendida, Lora la siguió. Cuando la alcanzó, su madre había abierto la puerta y abrazaba a un hombre alto de ojos azules y pelo gris.

–¿Papá?

–Hemos estado viéndonos, Lora –dijo Ángela, volviéndose hacia ella–. Ha estado alojado en un motel. No queríamos decirte nada hasta estar seguros. Ahora lo estamos. ¿No es maravilloso?

Su padre le sonrió y abrió los brazos.

Jon oyó que Lora susurraba «papá». Entre eso y la mirada de adoración de Ángela Gifford no le resultó difícil imaginar quién era el hombre de los ojos grises.

Los observó en la distancia, como espiando, pero incapaz de apartar la vista. En la otra estancia, oyó a Víctor y Elloise hablar de planes de boda. No se había dado cuenta de lo que sucedía, pero para ser sincero, no se había dado cuenta de que sucedían muchas otras cosas últimamente. Con una última mirada al estudio donde Lora y sus padres se habían retirado para hablar en privado, decidió que era hora de irse.

Una voz lo llamó y se dio la vuelta. Víctor se acercó caminando casi bien del todo.

–Enhorabuena por el compromiso –dijo Jon.

–No te irás ya, ¿no?

–En realidad, sí.

–¿Definitivamente?

–No, me quedaré una semana para ayudarte mientras te incorporas a la clínica.

Víctor asintió con la cabeza, pensando en otra cosa.

–¿Y Trina?

–Trina se ha ido –dijo Jon, tenso. No quería hablar de ella.

–Bien –dijo Víctor–. Ahora podrás dedicarte a Lora Gifford sin distracciones. ¿Por qué crees que os reuní a los dos en mi casa? –preguntó ante su expresión desconcertada–. En cuanto os vi juntos en la clínica, me di cuanta de que estabais hechos el uno para el otro. Ahí hay amor –insistió–. No lo desperdicies.

–Te olvidas de que ambos tenemos nuestras vidas hechas, desgraciadamente, en diferentes sitios y diferentes actitudes. A veces, dudo si somos del mismo planeta.

–¡Tonterías! –dijo Víctor, dándose la vuelta.

Lora se sumergió en el invernadero. El resto del mundo era una locura, pero allí los lirios florecían y se marchitaban de forma predecible, causándole tranquilidad. Al revés de la tempestad que rugía dentro de ella cada vez que pensaba en Jon, aunque intentase no pensar en él. Hasta que la puerta chirrió y vio a Jon en el vano, no se dio cuenta de que lo había estado esperando.

–¿Puedo pasar? –preguntó él.

Ella asintió con la cabeza. Aquél era el final.

Ya se había vuelto a su casa, su madre se había ido con su padre, su abuela se dedicaba a comprar ropa y planear un largo crucero de luna de miel. Era el final de una película de unas casamenteras en la que había salido todo mal y había surgido el amor donde no debía. Trina con Nolan. Su madre y su padre. Ella con el Dr. Reed. Jon sin nadie, ella con sus sueños. Calvin buscando a su vaquerita.

–Tu abuela me dijo que has creado estas bellezas

–dijo Jon con admiración, cerrando la puerta–. Son maravillosas. No tendría tanta paciencia como tú.

–Yo tengo mucha paciencia con las plantas. La gente es la que me impacienta.

¿Por qué hablaban de los lirios?

¿Y por qué no? Era mejor que hablar de su relación.

–Los cultivadores habíamos estado buscando el rojo durante años –dijo–. Lo que quiero hacer ahora es reducir el polen para que no manche el vestido de las novias.

–Tu abuela dijo que has patentado este lirio y que pronto firmarás un contrato con la mafia holandesa.

–Recibiré una buena cantidad además de las regalías.

–Eso es lo que dijo.

–Mi abuela cree que guardar un secreto es hablar en voz baja cuando se dice –dijo Lora sonriendo, sin enfado.

–Sabe que yo te aprecio. ¿Por qué no lo vendes tú?

–Los holandeses tardarán unos cuatro o cinco años en propagar esta variedad con la mejor tecnología. Yo no podría hacerlo sola.

–Tienes mucho aquí –dijo él suavemente.

–Todo –dijo ella, mirándolo a los ojos–. No puedo marcharme. No quiero hacerlo.

–Tu futuro en Fern Glen es tan importante para ti como mi futuro en Beverly Hills lo es para mí –dijo él, acercándose tanto, que su aliento le acarició las mejillas.

Sus palabras le helaron el corazón y sus siguientes palabras estuvieron a punto de rompérselo, por más que ella sabía lo que iba a decir.

–He venido a despedirme.

–Lo sé –murmuró, con los ojos llenos de lágrimas.

–No llores, cariño –dijo él, secándole el rostro.

Ella negó con la cabeza y las lágrimas corrieron por sus mejillas. Cerrando los ojos, sintió que Jon la tomaba en sus brazos, pero no estaba dispuesta a entregarse a su refugio. Sus brazos sin su corazón, sin un futuro, no eran refugio en absoluto.

Jon le dio un pañuelo.

–Oye, Lora, podría venir a visitarte...

¿No se había dado cuenta del dolor en sus ojos, que uno de ellos tenía que ser realista? Él se marchaba, ella se quedaba, lo mismo de siempre. Lo único que quería era que se acabara cuanto antes.

–Bueno, gracias por venir a despedirte –dijo, apartándose de él–. Buena suerte y esas cosas.

Cuando quiso darse cuenta, él se había ido.

L A INTENCIÓN de Jon era atravesar el pueblo para ir al sur, pero tomó el desvío a la playa. Ya se había despedido de la gente de la clínica y había pasado por la enoteca para ver cómo les iba a Kiki y a su gatito. Tenían un cómodo cajón bajo la caja registradora. La señora Pullman había desaparecido con rumbo desconocido.

Se bajó del coche y pensó cómo se había librado de Trina mientras andaba por las dunas hasta la arena firme.

Las dos últimas semanas había corrido por aquella playa para poder enfrentarse a la vida diaria, pero su ejercicio había pasado de ser terapéutico a vigorizador. Hoy sabía que después del trauma de la despedida de Lora necesitaba liberar un poco de energía antes de sentarse en el coche y volver a casa.

Su casa.

Lora. La mujer más exasperante que había conocido en su vida, pensó, mientras trotaba. Lora y sus lágrimas. Lora, siempre Lora. Dios santo, ¿qué iba a hacer sin ella?

¿Qué significaban aquellas lágrimas? ¿Qué habría hecho ella si él la hubiese besado? No lo había hecho porque sabía que la siguiente vez que besase a Lora sería la última vez que besase a una mujer sin pensar en lo que no podía tener. La única forma huir del deseo que sentía por ella era marcharse de Fern Glen para siempre.

Esperaba que todo saliese bien. La visita de Trina no lo había hecho desear volver a su vida anterior, de hecho, había tenido el efecto contrario. Seguramente porque ella había cambiado desde que él se había marchado, estaba más superficial, más quejosa... No como Lora. Lora, graciosa con un toque sarcástico. Con su buen corazón. Tan fascinante que le quitaba el aliento y tan irritante que deseaba besarla para que se callase.

Besarla para que se callase, besarla para... para demostrarle lo que sentía, porque ambos tenían que besarse o enfrentarse a una muerte súbita. No tenían otra alternativa, no la había habido desde el principio. La verdad se fue colando dentro de él igual que la niebla va envolviendo la playa: silenciosa y constantemente.

La verdad era Lora.

Trina no había cambiado, estaba igual que siempre.

Lo invadió una sensación extraña que comenzó en su tripa y le subió hasta la garganta, haciendo que lanzase una carcajada. Se revolcó en la arena, sacudido por la risa. Finalmente se levantó, pero no pudo controlarse mucho rato porque supo que hasta aquel momento su vida había sido un calmado río.

Ahora, parecía que una presa se había roto corriente arriba. Corrió al coche.

Asustando a las bandadas de gaviotas a su paso, gritó lo más alto que pudo:

–¡Trina no ha cambiado, estúpido! ¡Tú lo has hecho! ¡Tú eres quien ha cambiado!

Si había algo que Lora sabía hacer era ir tirando. Contrató a una mujer para que la ayudase. A Gloria se le daban bien los clientes y deseaba aprender de flores, pero de momento, Lora hacía todos los arreglos.

Trabajaba muchas horas, pero le daba igual. ¿Qué más podía hacer con su tiempo?

Había sabido por el Dr. Reed que Jon se había vuelto a Beverly Hills a buscar financiación para entrar en la sociedad. Ojalá Víctor dejase de mantenerla al día sobre la vida de Jon. No estaba segura de poder soportar que le contase algo sobre su vida amorosa. No, decididamente, no.

«A veces hay que seguir a tu corazón», le había dicho su madre. La frase le daba vueltas en la mente mientras arreglaba margaritas color rosa con una botita de bebé.

¿Y si vendiese la tienda y se fuese a Beverly Hills? ¿La querría Jon? No se habían separado en buenos términos; ella había estado irritable y lo había espantado.

¿Qué haría una vez que llegase allí? El dinero de los holandeses no alcanzaría para nada en un sitio tan caro. Tendría que trabajar para alguien más y posponer sus sueños. ¿Dónde encontraría un invernadero? ¿Habría invernaderos en Beverly Hills? ¿La compensaría el amor de Jon por lo que dejaría? Por supuesto que sí.

Pero él nunca había mencionado la palabra amor.

Nunca le había dicho que se fuese con él. Había mencionado ir a verla, pero nada más.

Pero, ¿qué ganaba con esconderse entre sus plantas?

Se sentía segura... pero también muy sola.

Oyó la campanilla de la puerta y esperó que Gloria atendiese, pero luego recordó que su ayudante todavía no había llegado. Se asomó.

Jon Woods entraba, más moreno, con el cabello más desteñido por el sol. Un par de semanas en el sur de California y volvía a parecer una estrella de cine.

Durante un segundo se miraron, hipnotizados. Durante un segundo, Lora pensó en hacerse la indiferente para ver qué tenía que decir él. ¿Y si hablaba y él se horrorizaba? Durante un segundo, dio un paso atrás mentalmente. Pero luego sus emociones hicieron presa de ella y se lanzó a sus brazos. Jon la recibió.

–No puedo creer que estés aquí –murmuró ella, rodeándole el cuello con los brazos, besándolo, inspirando su aroma como si aquélla fuese la última vez que fuese a hacerlo.

¿Cautela? No, no, no. La época de la cautela ya había pasado.

–No pude quedarme allá –dijo él, acariciándole el pelo antes de enmarcarle el rostro y besarle las mejillas, la boca, los párpados, con la misma entrega que ella.

Cuando sus labios finalmente reclamaron los de ella, Lora supo que iría donde Jon le dijese, haría lo que él quisiese. Era suya, su corazón era suyo y ya era imposible retroceder. No sólo imposible, sino una tontería.

Riendo, giró con ella hasta volverla a bajar al refugio de sus brazos. Sus labios se unieron una y otra vez y, aunque había mucho que decir, de momento lo único que podían hacer era besarse.

—Al diablo con la floristería —murmuró ella finalmente.

—Bonita forma de hablar después de todo el esfuerzo que te ha costado esto —dijo él, arqueando las cejas—. Tengo algo que decirte.

Ella esperó con el corazón en la boca.

—Te quiero —le dijo él con voz ronca, como si nunca hubiese pronunciado aquellas palabras en su vida—. Estaba en la playa y, de repente, como un regalo del cielo, lo supe. Te quiero. No pienso irme de aquí a menos que me eches. Te quiero y creo que tú también me quieres a mí.

—Oh, Jon...

—Espera, que no he acabado —dijo él, llevándole un dedo a los labios—. Me hecho socio de la clínica veterinaria.

—Me mudaré a Beverly Hills —dijo ella rápidamente—. Yo también te quiero. Hace mucho que te quiero. No puedo estar separada de ti.

—Mira, Lora, sinceramente espero que no te mudes a Beverly Hills porque yo soy quien se muda aquí. Lo que he comprado es una parte de la consulta de Víctor. ¡Alguien tiene que ocuparse de los animales mientras tu abuela y él recorren los siete mares!

—No tienes por qué hacerlo...

—¿Sabes? Lo raro es que no lo hago porque tenga que hacerlo, Lora, sino porque quiero. No sólo por ti, sino también por mí.

–¿Y tu carrera, tu vida? Tendrás que empezar de nuevo aquí. No puedo pedirte eso.

–Mi vida está aquí y no recuerdo que me hayas pedido nada. ¿No te das cuenta, Lora? –le susurró al oído–. Nuestras vidas se unen aquí, en este pueblo que es parte de ti y de mí. Voy a construir una casa con un invernadero en la parte de atrás. Y una casa en un árbol, junto al arroyo. Aquí es donde quiero casarme, aquí es donde quiero criar a mis niños.

–¿Quieres casarte? –exclamó Lora.

–Sí señorita –dijo él, sonriendo–. De hecho, en este momento estoy rellenando una instancia para solicitar el puesto de socio vitalicio –añadió en el tono suave e íntimo que Lora había oído por primera vez cuando él hablaba a un gato para calmarlo y sugerir secretos. Una voz que llevaba una promesa en las alas de una caricia.

–Estamos considerando su propuesta, señor socio vitalicio –dijo ella, haciéndole bajar la cabeza hasta que sus labios se unieron.

JAZMÍN™

JESSICA STEELE

LOS PLANES
DEL JEFE

ERIN tenía la costumbre de levantarse temprano. El lunes se despertó cuando despuntaba el alba y, consciente de que ya no volvería a conciliar el sueño, dejó volar sus pensamientos.

Se había acostumbrado a vivir y trabajar en Londres, aunque su trabajo sólo era temporal. Hasta el mes anterior había estado viviendo con su padre en la casa en la que había pasado toda su vida, situada en la pequeña localidad de Croom Babbington, en Gloucestershire.

Sus padres se habían divorciado cuando Erin tenía cinco años; su madre, Nina, se había hartado de ser ama de casa y se había marchado. Poco después del divorcio volvió a caer en la trampa del matrimonio y se había casado de nuevo, pero el idilio le duró poco y a los dos años se divorció de su segundo marido.

—¡Nunca más! —se había jurado su madre.

Nina había cumplido su juramento, aunque eso no le impedía tener numerosos admiradores.

A pesar del divorcio, Erin siempre pensaba en su madre con mucho afecto. Sabía que no la había abandonado a ella, sino que simplemente su matrimonio había fracasado; además, pasaba a visitarla cada dos o tres meses desde que se había mudado a Bershire.

En cambio, Erin no le había devuelto las visitas ni una sola vez. En primer lugar, porque su padre no se lo habría permitido; a pesar de los diecisiete años transcurridos desde el divorcio, seguía sin perdonar a Nina y temía que su hija se convirtiera, según decía, en una mujer tan rebelde como su madre. Y en segundo lugar, porque la vanidosa Nina no quería que nadie en su círculo de amistades supiera que tenía una hija, sobre todo ahora que se había convertido en una preciosa joven de cabellos dorados, ojos azul violeta y una figura impresionante.

Erin había aprendido a no guardarle rencor por ello, aunque lamentaba no tener la posibilidad de pasar a visitarla: la vida nunca era aburrida cuando Nina estaba cerca.

A pesar de todo, Erin era consciente de que la admiración que sentía por su madre se debía en parte a la severidad de su padre; Leslie Tunnicliffe era un hombre maravilloso que siempre la había apoyado y con el que siempre había podido contar, pero también era conservador y algo represivo, de modo que no tardó en llegar a la conclusión de que la vida debía de ser algo más que levantarse cada mañana para realizar un trabajo de secretaria sin ningún futuro.

Paradójicamente, había sido él quien le había sugerido la idea de que estudiara empresariales mientras adquiría experiencia como secretaria. Erin lo recordaba muy bien porque se lo había planteado uno de esos domingos en los que Nina pasaba a verla. En realidad, la joven no necesitaba trabajar; su padre había heredado una pequeña fortuna que más tarde había incrementado con su habilidad para invertir en acciones y propiedades, pero cuando Erin regresó de comer con su madre, él la animó a formarse profesionalmente porque el trabajo, desde su punto de vista, la mantendría ocupada y lejos de una vida disipada.

Obediente, Erin siguió el consejo. Estudió, se esforzó y por fin consiguió su primer empleo, inmensamente aburrido. Pero ya habían pasado seis meses desde que lo había dejado para marcharse a trabajar con Mark Prentice.

Si le hubieran preguntado al respecto, no habría sabido decir cuál de las dos ocupaciones era más aburrida. Sin embargo, su vida comenzó a cambiar poco después de que aceptara el nuevo empleo: Mark le pidió que saliera con él, lo cual le sorprendió un poco; hasta entonces había pensado que estaba saliendo con otra persona, pero resultó evidente que se había equivocado.

Erin ya había salido con varios hombres, pero su padre siempre había insistido en que todo amigo varón debía ir a buscarla a casa, lo que naturalmente implicaba un interrogatorio previo, otro posterior y una larga explicación con todo lujo de detalles sobre lo que había hecho y dónde había estado.

Sabía que su padre se comportaba de esa forma porque la quería y porque tenía miedo de que se convirtiera en una segunda Nina, pero su preocupación era innecesaria; aunque en muchos aspectos había salido a su madre, también había heredado parte del conservadurismo de él y no tenía intención de perder la virginidad así como así.

Por desgracia, su experiencia con Mark no salió bien. El tener que ir a su casa a buscarla no le molestó, pero reaccionó de un modo bien distinto cuando, al volver, descubrió que su padre los estaba esperando y que no pensaba irse a la cama hasta que él se marchara. Además, las cosas se estropearon del todo cuando Erin le dijo que no estaba interesada en acostarse con él.

Sabía que su relación estaba condenada al fracaso, pero siguió trabajando para Mark hasta que un día, seis semanas atrás, Dawn Mason, una ex novia de Mark, se había presentado en el despacho de Erin con la corbata que él llevaba puesta el día anterior.

—Sólo he venido a devolverle esto a Mark —había dicho la mujer—. Se la dejó anoche en mi casa.

Erin se quedó tan aturdida que en ese momento no fue capaz de decir nada. Dawn se marchó enseguida y diez minutos después, cuando Mark entró en el despacho, no pudo contenerse.

—¿Anoche estuviste en casa de Dawn Mason?

—Sí —respondió él, con sinceridad.

—¿Cómo te has atrevido? —preguntó, indignada—. No te habrás acostado con ella…

—Lo siento, Erin, pero no me has dejado otra opción. He hecho con ella lo que tú nunca habrías sido capaz de hacer —dijo Mark.

En aquel preciso instante, Erin descubrió que no era como su padre ni como su madre, sino una persona hecha y derecha, con carácter y perfectamente capaz de vivir su vida.

Sin pensárselo dos veces, tomó la chaqueta y el bolso, se volvió hacia Mark Prentice y declaró:

—Muy bien. En tal caso, puede que Dawn Mason también quiera ocuparse de escribir tus cartas.

Erin no se arrepentía de haber dejado el empleo por una simple pataleta emocional. Bien al contrario, se sentía orgullosa por haber sido capaz de reaccionar con energía y por haber tomado la decisión de hacer algo más que sentarse en una butaca y aceptar dócilmente que le pidieran toda clase de estupideces.

Sin embargo, una semana más tarde volvió a sentir que su vida era gris y aburrida. Aunque su padre le pasaba una mensualidad y no necesitaba trabajar, empezó a buscar un nuevo empleo y a hacerse determinadas preguntas sobre la vida que había llevado; no en vano, era consciente de que otras mujeres de su edad disfrutaban mucho más de la existencia y se divertían más que ella.

Poco después, llegó a la conclusión de que parte del problema que tenía era precisamente su virginidad, así que decidió hacer algo al respecto. Lamentablemente, seguía demasiado enganchada a su padre y se sintió culpable por ello; siempre había insistido en que le contara todo lo que le preocupara, en que fuera sincera con él, pero no podía llegar un día a su casa y decirle que se había acostado con un hombre.

Dos largos y sombríos días más tarde, el mundo de Erin dio un giro inesperado cuando se encontró con Charlotte Fisher.

En las afueras de Croom Babbington había dos grandes mansiones. Una la ocupaban su padre y ella; la otra había sido el hogar de Charlotte y de su familia durante una buena temporada. Charlotte era algo mayor que Erin, pero se habían llevado muy bien hasta que su amiga se marchó del pueblo. Por eso se alegró tanto cuando la vio en la oficina de correos.

–¡Charlotte! ¿Qué estás haciendo aquí? –exclamó.

–¡Erin!

Su vieja amiga dejó lo que estaba haciendo y corrió hacia ella para abrazarla.

Un segundo después, estaban charlando animadamente como si nunca se hubieran separado. Charlotte le contó que sus padres seguían viviendo en Bristol, que ella se había marchado a Londres y que estaba a punto de casarse.

–Como mi abuela sigue viviendo aquí, he venido a presentarle a Robin, mi prometido –le explicó Charlotte–. ¿Quieres venir a tomar un café con nosotros? Sólo tengo que comprar unos sellos y después podríamos charlar un rato.

Erin agradeció la invitación, pero no quiso aceptar porque supuso que a la abuela de Charlotte no le apetecería compartir con nadie las pocas horas que tenía para estar con su nieta y su futuro esposo. Sin embargo, las amigas aprovecharon el breve paseo hasta la esquina para ponerse al día sobre sus respectivas vidas.

–¿Empezaste aquel curso de empresariales? –preguntó Charlotte–. Recuerdo que estabas pensando en ello cuando nos marchamos de aquí.

Erin asintió.

–Empecé y terminé, aunque de momento estoy sin empleo.

–Qué lástima que no vivas en Londres –dijo Charlotte–. Si estuvieras allí, podría ayudarte.

–Ojalá estuviera en Londres –le confesó–, porque cambiar de aires me vendría muy bien.

Charlotte se tomó el comentario como algo serio y comenzó a presionarla. Le contó que estaba trabajando en la industria textil, en un pequeño negocio que dirigía ella misma, pero que los preparativos de la boda no le dejaban demasiado tiempo y que necesitaba una ayudante con urgencia.

–Sólo sería un empleo temporal, para salir del atolladero, pero me gustaría mucho que vinieras a ayudarme –declaró–. Venga, anímate. Hazlo por mí.

Erin no necesitó que insistiera. La idea la entusiasmó enseguida, en gran parte porque era una oportunidad perfecta para escapar del horrible tedio de su existencia.

–Me encantaría –dijo al fin.

Sin embargo, acababa de pronunciar las dos palabras cuando recordó que su padre se enfadaría al saberlo. Y Charlotte también debió de darse cuenta, porque dijo:

–Ah, claro, Leslie Tunnicliffe… ¿Permitiría que te marcharas? ¿O sigue empeñado en meterse en tu vida y en controlar todo lo que haces?

Erin se sorprendió un poco al comprender que la actitud de su padre era de dominio público. Por una parte, le molestó que hablaran de él en esos términos; pero por otra, le irritaba más que todo el pueblo pensara que no era capaz de tomar decisiones sin su aprobación y que ella ni siquiera se hubiera dado cuenta hasta entonces.

–Oh, estoy segura de que no le importará –mintió–, aunque no le hará especialmente feliz que me marche a vivir a otra parte. Además, vivir en Londres será todo un problema. Los alquileres son muy caros y no quiero que él me lo pague.

–Bueno, creo que eso se puede solucionar con facilidad. De hecho, nos haremos un favor mutuo.

Charlotte le explicó que había tenido el mismo problema con su padre cuando dejó su hogar en Bristol para marcharse a vivir a la capital británica, así que le había comprado un pequeño apartamento.

–Ciertamente es muy pequeño –continuó–, pero es bonito. Además, no sabía qué hacer con él. No quería venderlo ni me sentía muy convencida con la posibilidad de alquilárselo a un desconocido, así que tú serías la solución ideal para mi dilema.

Erin estaba cada vez más emocionada con la idea.

–Entonces, quieres alquilármelo…

–No, no, no sería un verdadero alquiler. Te lo dejaría muy barato por tratarse de ti y porque es cierto que me quitas un peso de encima. Desde luego no es gran cosa, pero puedo decirte que me enamoré del apartamento en cuanto lo vi y que estoy segura que a ti te ocurrirá lo mismo. ¿Y bien? ¿Vendrás entonces?

Erin ya había tomado una decisión. Además, su padre no le preocupaba demasiado porque contaba con la señora Johns, el ama de llaves, que había estado con ellos toda la vida y que sin duda cuidaría de él.

–Pero si es tan pequeño como dices, ¿cómo podremos vivir las dos juntas?

–Yo no suelo pasar por allí. Sinceramente me paso la vida en la casa de Robin, y ahora que se aproxima la fecha de la boda, cuando no estoy con él estoy en Bristol con mi madre –explicó su amiga–. Bueno, ¿qué dices? ¿Irás a vivir a Londres?

–¿Te importa que te responda más tarde?

–No, claro que no.

Charlotte le dio varios números de teléfono y añadió:

–Si no estoy en el trabajo y no puedes localizarme en mi teléfono móvil, llama al número de Robin. Pero aunque todo esto sea muy repentino, no me llames a menos que tu respuesta sea positiva...

Las dos amigas se separaron entonces y Erin se dirigió a su casa. Su padre estaba allí y le recriminó que no hubiera recogido el paquete que había ido a buscar a la oficina de correos.

—Bueno, iré más tarde... Por cierto, me he encontrado con Charlotte Fisher.

—¡Charlotte Fisher! Caramba... ¿Es la misma Charlotte Fisher que vivía en la casa de al lado?

—La misma, sí.

Erin le contó rápidamente lo sucedido, incluida su propuesta de marcharse a vivir a Londres.

—¿Y qué le has dicho? —preguntó él, menos preocupado de lo que Erin había imaginado.

—Le he dado a entender que no me importaría, aunque sólo sea algo temporal. Pero pensé que te molestaría...

—Bueno, te confieso que la idea no me resulta especialmente atractiva —dijo su padre—. Sin embargo, cuando cumpliste veinte años me dije que pronto levantarías el vuelo y te marcharías de casa, así que no me sorprende.

—¿En serio? ¿Lo esperabas? —preguntó, atónita.

—Por supuesto. He hecho todo lo que he podido por protegerte, pero no sería justo que intentara retenerte a mi lado. Tienes que vivir tu vida.

La sorpresa de Erin, con ser grande, fue poca cosa en comparación con el inmenso amor que sintió por él.

—Oh, papá...

Sin embargo, el enternecedor momento no duró demasiado. Su padre se puso enseguida a hablar sobre las cuestiones más prácticas de la mudanza a Londres y dejó bien claro que su decisión de dejarla vivir su vida no implicaba que no quisiera seguir controlándola.

–Naturalmente, querré ver ese apartamento antes de que te mudes a él. Y en cuanto al alquiler, no debes aceptar que Charlotte te permita pagar una suma mínima. Pagarás el alquiler entero. Yo puedo encargarme de eso.

Erin deseó llevarle la contraria y demostrar que estaba dispuesta a ser una mujer independiente, pero era su padre y además sabía que, a pesar de su aparente comprensión, la idea de dejarla marchar no podía resultarle fácil.

Ya estaba a punto de telefonear a Charlotte para darle la noticia cuando su amiga se le adelantó y la llamó. Por supuesto, se alegró de que su respuesta fuera positiva. Y tras unos minutos de conversación, añadió:

–Me harías un gran favor si pudieras ayudarme con todo el papeleo que se ha acumulado en mi oficina.

–¿Cuándo quieres que empiece? –preguntó Erin.

–Tan pronto como sea posible.

Erin pasó el día siguiente haciendo las maletas para lo que se suponía que iba a ser un acuerdo temporal, de sólo tres meses de duración. Y veinticuatro horas más tarde, Leslie Tunnicliffe subió a su coche y siguió al vehículo de su hija hacia el destino previsto: Londres.

Tal y como Charlotte había previsto, Erin se quedó encantada con el apartamento. Era pequeño, pero no tanto como había comentado su amiga; tenía un dormitorio, un cuarto de baño, un salón que se abría a una cocina americana y una salita que se podía utilizar como despacho. Incluso su padre, que no era fácil de convencer, quedó encantado.

Cuando llegó la hora de las despedidas, él dijo:

—Eres una buena hija. Confío en ti y sé que sabrás comportarte.

Una vez más, Erin se sintió atrapada entre la necesidad de remarcar su recién conquistada independencia y el amor que sentía por su padre, quién sólo estaba preocupado por ella.

—Descuida, seré buena.

Leslie besó a su hija y se marchó, dejándola sola.

Acababa de empezar la gran aventura de Erin y todavía no salía de su asombro. Una semana antes estaba sin trabajo y todavía molesta por su experiencia con Mark Prentice. Y ahora, en cambio, todo había cambiado de repente y Mark sólo era un vago recuerdo del pasado.

Durante unos breves segundos, sintió pánico. Las manías de su padre le habían dejado huella y en el fondo tenía miedo de convertirse en una segunda Nina, pero enseguida se tranquilizó y se dijo que eso no podía suceder.

Sólo entonces cayó en la cuenta de que no había informado a su madre de lo sucedido, de modo que pospuso la inevitable tarea de sacar las cosas de las maletas y la llamó por teléfono.

Sorprendentemente, estaba en casa.

—No me lo puedo creer —dijo al saberlo—. Y todavía me creo menos que tu padre te haya dejado…

—Bueno, sólo es algo temporal. Serán tres meses.

Nina rió.

–Créeme: no querrás volver con él dentro de tres meses. Lo sé. Anda, dame tu nueva dirección... Iré a verte en cuanto tenga un rato libre.

Desde la conversación con su madre ya había transcurrido un mes. Erin había empezado a trabajar para Charlotte y no había tardado demasiado en ponerse al día en todas las cuestiones relativas a su nuevo empleo.

Ahora estaba tumbada en la cama, pensando en lo mucho que había cambiado su existencia. Acababa de despertarse y estaba haciendo tiempo antes de ducharse y prepararse para el nuevo día de trabajo.

Nina había acertado. No quería volver a Croom Babbington. Lo había sabido el día anterior, cuando regresaba de una visita de fin de semana; aunque sólo había estado un par de días con su padre, se le habían hecho interminables. Pero tenía un buen problema: había sido tan eficaz en el trabajo que el papeleo de Charlotte estaría totalmente al día en muy poco tiempo, y entonces volvería a quedarse sin empleo.

Además, tampoco se podía decir que su vida en Londres fuera apasionante. No había hecho gran cosa además de recibir la visita de su madre, de ver unas cuantas veces a Charlotte y de conocer al prometido de su amiga, Robin, un hombre de treinta y cinco años, muy agradable.

Por su parte, la única aventura que había vivido hasta ese momento había sido el intento de coqueteo de Gavin Gardner, un comerciante que tenía su tienda junto al establecimiento de Charlotte. Era un individuo bastante pagado de sí mismo que le desagradó enseguida, y por supuesto había rechazado sus reiteradas ofertas de salir juntos. Pero eso no evitaba que siguiera insistiendo. Ni que ella, naturalmente, insistiera en las negativas.

Erin salió del apartamento minutos más tarde. Como estaba acostumbrada a vivir en una localidad pequeña, al principio había cometido el terrible error de pretender ir al trabajo en coche. Pero después de un par de atascos espeluznantes y de unas cuantas horas de intentar encontrar un sitio libre para aparcar, llegó a la conclusión más lógica: que el transporte público siempre era la mejor opción.

Acababa de bajar del autobús y ya podía ver el letrero de Fisher Fabrics cuando se encontró con Gavin.

–¿Qué tal? ¿Has pasado un buen fin de semana?

–Sí, estuve en casa de mi padre –respondió, por simple educación–. ¿Y tú?

–Bueno, mi fin de semana habría sido mil veces mejor si me hubieras acompañado.

–Seguro que has estado muy ocupado.

–No tanto como para no haber podido tomarme un café contigo, o incluso salir a cenar.

Ella rió. Gavin no era precisamente muy sutil en sus intentos de aproximación, y por supuesto se alegró cuando por fin llegó a la entrada del establecimiento.

–Hasta luego, Gavin.

–Sé que algún días aceptarás mi oferta. Lo sé…

Erin todavía estaba sonriendo cuando entró en la tienda, que en realidad se parecía más a un almacén destartalado que a otra cosa.

Charlotte ya había llegado. Y cuando notó su gesto, preguntó:

–¿Gavin Gardner?

–En efecto. Pero estoy segura de que se cansará más tarde o más temprano.

–Si eres capaz de creer eso, eres capaz de creerte cualquier cosa. ¿Qué tal está tu padre, por cierto?

–Oh, se alegró mucho de verme… Creo que me echa de menos.

–Es lógico. Has estado todo el tiempo con él desde que tu madre se marchó.

El comentario de su amiga no hizo que Erin se sintiera mejor.

–¿Crees que debería volver a su lado?

–No, por Dios, claro que no. ¿Es que quieres volver?

Erin negó con la cabeza.

–No, no quiero. Aunque con el ritmo que llevamos en el trabajo, dentro de poco ya no necesitarás mis servicios.

Charlotte no lo negó, pero dijo:

–De todas formas, eso no quiere decir que no puedas quedarte.

–¿Dónde, en Londres?

–Claro. Dudo que tuvieras problemas para encontrar un empleo; además, te daría las mejores referencias posibles… Y en cuanto a la casa, todavía no he decidido qué hacer con el apartamento.

–¿Insinúas que podría quedarme en él?

–Por supuesto que sí. Pero si decidiera venderlo en algún momento, te avisaría con tiempo suficiente para que pudieras buscarte otra cosa. Como ves, no tienes motivos para preocuparte… ¿Qué dices? ¿Te quedarás?

Erin quería quedarse en Londres y en la casa, pero respondió:

–¿Puedo pensármelo?

–Claro –respondió con una sonrisa–. Y ya que no tenemos demasiado trabajo, ¿qué te parece si lo dejamos todo y nos vamos de compras? He tenido un fin de semana muy movido y me vendría bien descansar un rato.

Erin pensó en el trabajo que tenía por delante, que no era demasiado, y se dijo que la propuesta de ir de compras era la mejor que había oído en mucho tiempo.

–Muy bien, vamos…

Dos horas más tarde estaban sentadas en una cafetería, rodeadas de bolsas y a punto de disfrutar de un café.

Charlotte comentó que tal vez debería haber comprado un pañuelo que habían visto y justo entonces apareció un hombre alto y moreno, muy atractivo, que se acercó a la mesa.

–¡Josh!

Charlotte miró al recién llegado con evidente alegría.

–Cuánto me alegro de verte –dijo él–. Me ha parecido verte y he decidido entrar para saludarte y tomar algo. ¿Os importa que me una a vosotras?

–Por supuesto que no. Erin y yo acabamos de llegar. Hemos pasado casi toda la mañana de compras –dijo, mirando hacia las bolsas.

La mujer se volvió después hacia Erin y añadió:

–Te presento a Joshua Salsbury, que será nuestro padrino de bodas. Josh, te presento a mi vieja amiga Erin Tunnicliffe. Es del mismo pueblo de Gloucestershire donde crecí.

Joshua estrechó la mano de Erin, que se alegró de haberse puesto aquel día su traje preferido, uno que le quedaba particularmente bien.

Después, el hombre se sentó a la mesa y una camarera se aproximó de repente, como por arte de magia, para tomar nota.

Cuando la camarera se hubo marchado, Josh preguntó:

–¿Has venido a Londres de compras, Erin? ¿O estás viviendo aquí?

Charlotte se le adelantó.

–Erin estudió empresariales y me está ayudando en la tienda. En realidad me ha salvado la vida. Hay tanto papeleo acumulado que a veces pienso que me va a ahogar…

–Y sin embargo, ¿os pasáis la mañana de compras? –preguntó con ironía.

–De vez en cuando hay que disfrutar un poco –respondió Erin–. Además, nos lo hemos pasado muy bien.

Joshua sonrió y Erin se estremeció. El recién llegado le había causado una profunda impresión, y casi se alegró cuando la camarera regresó con lo que habían pedido y rompió la magia del momento.

Pero la joven se alegró todavía más unos minutos más tarde. Charlotte comenzó a hablar con su amigo y le comentó que había pasado mucho tiempo desde la última vez que Robin y ella lo habían visto. El hecho de que se refiriera a él en singular, y el tono que utilizaba, la convencieron de que Joshua Salsbury estaba soltero y de que al parecer no mantenía ninguna relación sentimental con nadie.

Joshua le contó a Charlotte que había pasado una larga temporada fuera del país, y después se dirigió a Erin.

—¿Llevas mucho tiempo en Londres?

—No, sólo un mes.

—En principio va a estar dos meses más —explicó Charlotte—. Aunque estoy intentando convencerla para que se quede cuando termine de trabajar para mí.

—¿Dónde vives? —preguntó él.

—Erin se aloja de momento en mi apartamento —volvió a adelantarse Charlotte—. No sé qué hacer con él, de modo que nos hacemos un favor mutuo.

Pocos minutos más tarde, Joshua miró la hora, terminó su café y se marchó, tras pagar la cuenta y prometer a Charlotte que se pondría en contacto con Robin.

Erin deseó preguntar a su amiga por el hombre que tan buena impresión le había dejado. Estaba deseando hacerlo, pero no quería que Charlotte pensara que le interesaba demasiado. Nunca había conocido a nadie como Joshua Salsbury. Le parecía que lo tenía todo: belleza, inteligencia, éxito y refinamiento. En comparación con él, los hombres con los que había salido le parecían simples niños.

Al final, no se atrevió a verbalizar sus deseos. En lugar de eso, dijo:

—¿No querías comprar ese pañuelo?

Charlotte asintió.

—Sí, creo que sí. Sé que me arrepentiré más tarde si no vuelvo a esa tienda a comprarlo.

Tras un largo y divertido día de compras, Erin regresó a su apartamento. Se lo había pasado muy bien, pero sus pensamientos seguían en aquel hombre alto y moreno, de ojos grises.

No había conseguido quitárselo de la cabeza en ningún momento. De hecho, todavía estaba pensando en él cuando al viernes siguiente se marchó de nuevo a ver a su padre. Ahora estaba más convencida que nunca sobre la idea de quedarse a vivir en Londres, pero no sabía cómo planteárselo a Leslie.

Estuvo dando vueltas al asunto, sin encontrar el momento oportuno para decírselo, hasta el domingo por la tarde. Ya no podía esperar más, así que preguntó:

–¿Te importaría que me quedara a vivir en Londres cuando termine el trabajo con Charlotte?

Leslie Tunnicliffe no reaccionó bien. Le dijo unas cuantas cosas, algunas bastante duras, pero enseguida comprendió que se había excedido y se disculpó.

–Lo siento, Erin, he sido injusto contigo. Supongo que te gusta Londres, porque de lo contrario no lo habrías planteado… Haz lo que quieras, hija. Pero mantenme informado de tus planes.

Erin regresó a Londres mucho más contenta de lo que había imaginado. Una vez más, su padre la había sorprendido al demostrar una comprensión de la que nunca le había creído capaz. Y al lunes siguiente, cuando volvió a encontrarse con su amiga, le contó lo sucedido.

–¡Eso es magnífico! –exclamó Charlotte–. Me alegro mucho por ti y hasta por mí misma. Así no tendré que tomar una decisión sobre el apartamento de manera inmediata.

—¿Te importa que empiece a buscar otro empleo?

—No me importa en absoluto, siempre y cuando no te marches antes de terminar aquí... Pero si encuentras algo que sea realmente bueno, algo que no puedas rechazar, tampoco me importaría que lo dejaras antes.

Aquella tarde, Erin compró un periódico cuando se dirigía de vuelta a casa. Sin embargo, no encontró ninguna oferta de trabajo que le pareciera interesante y decidió prepararse algo de comer.

Unos minutos más tarde, sonó el teléfono. Erin se sorprendió un poco; estaba utilizando su teléfono móvil y no le había dado el número del fijo a nadie, así que supuso que la llamada sería para Charlotte.

—¿Dígame?

—Hola, Erin —dijo una voz firme y bien modulada—. Soy Josh Salsbury.

—Ah, hola... —dijo ella, algo nerviosa—. Me temo que Charlotte no está en casa en este momento.

—Bueno, no importa. En realidad he llamado para hablar contigo.

Erin no podía creerlo. El alto, atractivo y moreno Joshua Salsbury quería hablar con ella.

—¿Qué puedo hacer por ti? —preguntó ella con tanta tranquilidad como pudo.

—Cenar conmigo —respondió él.

Si la llamada de Josh la había sorprendido, la inesperada propuesta la dejó sin aliento. Se sentó en un sillón y sin darse cuenta de lo que estaba haciendo, dijo:

—No estarás casado ni nada parecido...

Él rió.

—No, no estoy casado ni nada parecido. De hecho, ni siquiera estoy divorciado, aunque últimamente es algo muy popular y hay quien lo encuentra divertido –declaró con ironía–. ¿Te parece bien que cenemos el viernes?

–Me parece muy bien.

–En tal caso, pasaré a recogerte a las siete y media. Hasta el viernes, Erin…

Josh colgó entonces y Erin se quedó en el sitio, paralizada.

No estaba segura de que aquello fuera real. No podía creer que Joshua Salsbury la hubiera llamado por teléfono para cenar, y mucho menos que ella hubiera aceptado de inmediato y sin dudarlo.

Al día siguiente, apenas pudo concentrarse en el trabajo. No dejaba de pensar en Josh y casi agradeció que Charlotte se presentara con varios clientes, porque su presencia permitía que se concentrara en otra cosa.

En parte, estaba deseando contarle a Charlotte que había quedado a cenar con Josh; pero por otro lado, era demasiado tímida y no se atrevía. Además, sospechaba que no era de la clase de mujeres con las que Josh solía salir a cenar y no quería que su amiga arqueara una ceja, con incredulidad, si finalmente cedía a la tentación de contárselo.

A fin de cuentas, Joshua Salsbury era un hombre de mundo, y ella, Erin Tunnicliffe, sólo una joven de provincias que por lo demás se dejaba dominar por su inseguridad. Temía no ser capaz de cenar con él sin hacer algo estúpido, y la simple idea de sentarse a su lado, en su coche, bastaba para estremecerla.

Cuando el miércoles volvió a casa después de su jornada de trabajo, estaba tan nerviosa que consideró la posibilidad de llamar a casa de Robin para que le dieran el número de Josh y anular la cena. Y probablemente lo habría hecho de no haber recordado los verdaderos motivos que la habían animado a marcharse a Londres: empezar una nueva vida, convertirse en otra mujer, ser libre y disfrutar de la existencia.

Tenía la impresión de que empezar por una relación tan peligrosa como la que podía mantener con Joshua Salsbury podía salirle bastante caro; sería como sumergirse en aguas profundas en las que ni siquiera sabía si sabría nadar. Pero al mismo tiempo, sabía que ya era hora de que se sumergiera en ellas y que aquel hombre podía ser, sin duda alguna, un magnífico profesor.

A la mañana siguiente, no pudo contenerse más y le contó a Charlotte que el viernes había quedado a cenar con él.

–¿Vas a salir con Josh Salsbury? –preguntó Charlotte, sonriendo–. Vaya, vaya… ¿Es que no sabes que las mujeres más atractivas de Londres están locas por él? Se morirán de envidia…

–Bueno, debo admitir que a mí me sorprendió tanto como a ti…

Una vez más, Erin se sintió profundamente insegura. Sabía que al referirse a las mujeres más atractivas de Londres, Charlotte estaba hablando, de forma implícita, de las más refinadas. Y no quería que Josh la encontrara, por comparación, estúpida o ingenua.

Espoleada por su orgullo, se atrevió a pedirle a Charlotte el número de teléfono de Josh. Su vieja amiga tuvo la delicadeza de no preguntarle para qué lo quería y se limitó a darle los números de su domicilio y del trabajo.

Aquella noche, cuando llegó a casa, Erin ya estaba convencida de que quería salir a cenar con él. No sabía si sabría estar a la altura de las circunstancias cuando Josh se presentara a buscarla al día siguiente, pero sabía que quería hacerlo y que deseaba poner un poco de emoción en su vida.

En esas estaba cuando echó un vistazo al periódico y se llevó una buena sorpresa. En una de las páginas interiores había una fotografía en la que aparecían dos hombres. Uno de ellos era el propio Joshua Salsbury; el otro, un hombre bastante mayor pero también atractivo. Los dos llevaban esmoquin, así que supuso que habrían sacado la instantánea en algún tipo de acto social.

En el pie de foto se leía: *Thomas Salsbury, presidente de Salsbury Engineering Systems, y su hijo Joshua Salsbury, director ejecutivo.* Según se afirmaba, la fotografía era de archivo porque Thomas Salsbury acababa de sufrir un infarto, dos días antes, que lo había dejado maltrecho.

Estremecida, siguió leyendo. Pero sólo encontró una descripción de Salsbury Engineering Systems, que al parecer era una empresa internacional de cierto éxito, y una mención sobre la posibilidad de que Joshua Salsbury sustituyera a su padre en la presidencia.

Erin lo lamentó por Josh. Era evidente que debía de estar preocupado por el estado de salud de Thomas; además, la imagen del periódico bastaba para imaginar que los dos hombres se llevaban muy bien, y supuso que a Josh no le gustaría tener que sustituirlo por algo tan desagradable como su estado de salud.

La noticia revivió sus intenciones iniciales de llamarlo para cancelar la cena; de hecho, y habida cuenta de las especiales circunstancias, no le habría extrañado que el propio Josh la llamara para cancelarla. Pero al final no lo hizo por dos razones: por una parte, sentía una timidez tan acentuada que no se atrevía a descolgar el auricular; y por otra, era bastante probable que Josh se encontrara en el hospital y no pudiera localizarlo en ninguno de los teléfonos que le había dado Charlotte.

En ese momento llamaron a la puerta y se levantó para abrir. Era su madre, Nina.

—Hola, hija… Pasaba por la zona y me he dado cuenta de que llegaba demasiado pronto a cierta cita, así que he pensado que podía pasar media hora contigo. Espero no interrumpir nada…

—Adelante, pasa.

Erin imaginó que su madre iba a salir con algún hombre y se preguntó cuánto tiempo le duraría esa vez. Pero no hizo ningún comentario al respecto. Se limitó a llevarla al salón y ya estaba a punto de preguntarle si quería un café cuando su madre vio la fotografía del periódico y exclamó:

—¡Dios mío, Thomas Salsbury!

—¿Lo conoces? —preguntó.

—Claro. Estuve con él la semana pasada —explicó Nina, alarmada—. No puedo creerlo… Podría haber sufrido ese infarto estando conmigo. Menos mal que me libré a tiempo de él.

—¿Qué te libraste de él?

—Sí, exactamente. Me libré de él, lo largué, lo eché… No sé qué expresión utilizáis actualmente para decir esas cosas. Empezó a hacer preguntas sobre mi familia, sobre esas cosas por las que se interesan los hombres cuando se ponen serios, y decidí que ya era hora de poner fin a nuestra relación. Debí haberlo hecho antes, pero...

–¿Cuando se ponen serios? –preguntó su hija, asombrada–. ¿A qué te refieres? ¿Pretendía casarse contigo?

–En efecto. Me pidió que me casara con él, y naturalmente lo rechacé.

–¿Lo rechazaste?

–Claro –dijo Nina.

Erin no sabía qué pensar. Su propia madre había estado saliendo con el padre de Josh, e incluso cabía la posibilidad de que hubiera contribuido a su infarto al rechazar su petición de mano y librarse de él.

Confusa, preguntó:

–¿Le dijiste que tienes una hija?

–¿Has perdido el juicio? Por supuesto que no. Además, ya me conoces y sabes que ni siquiera pensaría en presentarte a mis amigos... Eres demasiado guapa para ellos. Por cierto, estoy pensando en hacerme la cirugía estética.

–¿Qué tipo de cirugía? ¿Un estiramiento facial?

–¿Por qué tienes que ponerlo en términos tan crudos? –protestó su madre–. Para empezar, sólo he dicho que lo estoy pensando, no que lo vaya a hacer. Si fuera algo que se pudiera hacer de la noche a la mañana, lo haría sin dudarlo. Pero la idea de someterme a la operación y a la anestesia no me hace ninguna gracia.

–Pero mamá, ¿por qué quieres operarte? Eres una mujer muy atractiva –dijo su hija, con sinceridad.

–¿Lo dices en serio? –preguntó, sonriendo–. Sólo por eso, te perdono que me hayas llamado mamá. Pero dejemos ese asunto por el momento… Si permites que use tu cuarto de baño, me refrescaré un poco y me marcharé. No quiero llegar tarde.

Nina se marchó minutos después y Erin se sentó y pensó en lo que le había contado su madre.

Si Nina había estado saliendo con Thomas Salsbury, Josh estaría al tanto de la relación y del hecho de que su madre lo había rechazado. En tal caso, cabía la terrible posibilidad de que Josh sólo deseara salir a cenar con ella para vengarse de la hija de la mujer que había causado tanto sufrimiento a su padre.

Volvió a pensar en él. Recordó su firme mandíbula, sus preciosos ojos grises, su imponente anatomía y se preguntó de nuevo si era lógico que un hombre como él quisiera salir a cenar con ella. La respuesta, desde su punto de vista, era evidente: no.

Convencida de que en aquella cita había algo extraño, decidió llamarlo para cancelar la cena. Pero Joshua no estaba en ninguno de los dos números y tuvo que insistir media hora más tarde. Esa vez tuvo más suerte.

–¿Dígame?

–¿Joshua? Soy Erin Tunnicliffe… –dijo, intentando controlar su nerviosismo–. He leído en el periódico que tu padre ha sufrido un infarto. Espero que se encuentre mejor…

–Gracias por llamar, Erin. Está recibiendo el tratamiento adecuado y creo que se recuperará.

Erin no supo qué decir al respecto, así que decidió ir directamente al grano.

–También te he llamado porque mañana no podré cenar contigo.

–¿Cómo?

Joshua parecía sorprendido y Erin pensó que merecía algún tipo de explicación, pero no era capaz de encontrar ninguna excusa y por otra parte no podía decirle la verdad.

–Bueno, es que… yo… En fin, han surgido una serie de complicaciones que…

Erin se sintió tan culpable por lo que estaba haciendo que casi agradeció que Joshua la interrumpiera, claramente molesto, para decir con frialdad:

–¿Y por qué no me has llamado antes?

–Yo…

No tuvo ocasión de continuar. Josh cortó la comunicación y Erin se quedó mirando el aparato, nada sorprendida con lo sucedido. Se había portado mal con él y no le habría extrañado que no quisiera volver a saber de ella.

De repente, se sintió profundamente deprimida. Deseaba cenar con aquel hombre y, a pesar de ello, lo había estropeado todo. Después de aquello, era muy dudoso que pudiera tener una segunda oportunidad. Estaba segura de que Joshua Salsbury no estaba acostumbrado a que lo dejaran plantado.

Pero ya no tenía remedio. Pensó que ya no podía llamarlo otra vez y que, desde luego, él no insistiría en que salieran a cenar. De hecho, Erin se quedó convencida de que no volvería a verlo.

CAPÍTULO 2

L A VIDA volvía a ser mortalmente aburrida cuando Erin se presentó en el trabajo a la mañana siguiente. Cuando pensaba en lo sucedido, se deprimía. Había destrozado una relación antes incluso de que pudiera empezar, y lo había hecho cuando Josh se encontraba inmerso en una situación tan complicada como el infarto de su padre. Sólo esperaba que Thomas Salsbury se recobrara pronto.

–¡Buenos días, Erin! –la saludó Charlotte, obviamente contenta.

Estuvo charlando unos minutos con su amiga, o más bien haciendo esfuerzos por mantener la conversación. Todavía no podía creer que hubiera cancelado la cena con un hombre que le gustaba, pero decidió que sería mejor que dejara de pensar en ello.

Casi lo había conseguido cuando, un buen rato después, hizo un pequeño descanso para tomar café y coincidió con su amiga.

–Esta noche vas a cenar con Josh Salsbury, ¿verdad? –le preguntó.

Erin comprendió en ese momento que tampoco le podía decir la verdad a Charlotte. Si Josh iba a ser su padrino de bodas, resultaba evidente que era un buen amigo de Robin y tal vez de la propia Charlotte.

–No, me temo que no… –acertó a decir.

Erin temía que Charlotte se interesara al respecto, pero también se había enterado del infarto de Thomas y supuso que habían cancelado la cita por ese motivo.

–Ah, claro, el padre de Josh…

La situación se había complicado tanto que Erin estaba más confundida que nunca. Y cuando volvió al trabajo después de comer, hizo algo sorprendente: se encontró con Gavin Gardner, que por supuesto insistió en sus invitaciones de costumbre, y aceptó salir a tomar algo con él.

–¿En serio? ¡Magnífico! –exclamó Gardner–. Podemos salir esta noche, si te parece bien. Pasaría a buscarte en mi coche, pero acabo de firmar un contrato importante y vamos a celebrarlo con una pequeña fiesta, así que será mejor que vaya en taxi. Supongo que beberemos y no me gustaría que me retiraran el carnet de conducir.

Erin le dio su dirección, todavía asombrada por lo que acababa de hacer, pero rechazó que pasara a buscarla a las siete y media porque era la misma hora a la que habría visto a Josh Salsbury de no haber anulado la cena.

–Mejor a las ocho –dijo ella.

–Maravilloso. Estoy deseando que llegue la hora…

Gardner se marchó entonces y Erin pensó que había cometido un grave error. Sin embargo, ya no podía hacer nada; además, había decidido marcharse a vivir a Londres para vivir nuevas experiencias y debía empezar de algún modo.

Cuando llegó a casa, se duchó y eligió ponerse un traje azul para la cena. Pero mientras se vestía, pensó que de haber salido a cenar con Josh se habría puesto algo mucho más sugerente, como un vestido.

Gavin llegó a las ocho menos cuarto; por suerte, Erin ya se había arreglado y no se sintió obligada a invitarlo a entrar en la casa.

Minutos más tarde ya habían llegado a su destino. No era un club corriente, sino una especie de hotel elegante con un bar público.

–¿Qué quieres tomar? –preguntó él, mientras se humedecía los labios.

–Una tónica, por favor.

El brillo de los ojos de Gavin denotaba que había tomado bastantes copas durante su pequeña fiesta, así que Erin pensó que sería mejor que uno de los dos estuviera sobrio.

Gavin fue a pedir las bebidas. Cuando regresó, dijo:

–Me he tomado la libertad de pedir al camarero que añada un poco de ginebra a tu tónica.

A Erin no le apetecía tomar alcohol, pero Gavin lo dijo de un modo tan abierto y normal que no pudo enfadarse con él. Bien al contrario, alzó el vaso y propuso un brindis.

–Por el contrato que has firmado hoy –dijo, sonriendo.

La sonrisa de Erin había desaparecido una hora más tarde. Gavin se estaba poniendo muy pesado y no dejaba de beber; cada vez que iba a la barra regresaba con otra ginebra con tónica para ella, que por supuesto se quedaba entera en la mesa.

–Bebe, Erin, eres muy lenta…

–No, gracias –dijo ella, cansada de su insistencia–. Será mejor que pidamos un taxi, ¿no te parece?

Gavin la miró, sorprendido, y respondió:

—Buena idea. ¿Vamos directamente a tu casa?

Sólo entonces Erin cayó en la cuenta de que Gavin había malinterpretado la situación.

—¿Sabrías recordar dónde vives?

—¿Es que prefieres que vayamos a mi casa?

Ella estaba a punto de responder cuando él le puso una mano sobre un muslo. En otras circunstancias, Erin lo habría encontrado hasta gracioso; pero en aquellas, le disgustó profundamente.

Apartó la mano con firmeza y dijo:

—Vuelve a tocarme y te aseguro que te daré una bofetada.

Gavin la miró con tristeza y Erin se maldijo por haber aceptado su invitación. Entonces, miró hacia la barra y se llevó una nueva sorpresa, aún más desagradable que las anteriores.

El destino le estaba jugando una mala pasada. Por increíble que pareciera, a escasa distancia se encontraba un hombre alto, moreno, de ojos grises, que desde luego había notado el gesto de extrema familiaridad de Gavin al tocarle la pierna. Por supuesto, era Joshua Salsbury. La persona a la que había rechazado para salir a tomar unas copas con un borracho.

Lamentablemente, no tuvo tiempo de recobrarse del susto. Su acompañante volvió a ponerle una mano en el muslo y ella se levantó, molesta. Gavin también lo hizo, y al mirarlo, supo que no podía dejarlo allí, en aquel estado, por mucho que lo deseara.

Lo tomó del brazo y dijo:

—Venga, vámonos.

Gavin sonrió y se dejó llevar.

Pero la mala suerte de Erin no había terminado todavía. Para salir del local tenían que pasar por delante de la barra, donde se encontraba Josh. Y por si fuera poco, Gavin tropezó y lo golpeó precisamente a él.

—Está visto que eres una fuente de complicaciones, Erin —comentó Josh, mientras se quitaba de encima a Gavin.

Erin quiso decir algo duro y contundente, algo para ponerlo en su sitio; pero no se le ocurrió nada.

Avergonzada, salió del local intentando mantener en pie a Gavin. Y aún tuvo que esperar un buen rato, en la calle, a que pasara un taxi.

Cuando por fin consiguió uno, subieron al vehículo. Erin le dio su dirección al conductor y preguntó a Gavin por la suya; tenía la intención de bajarse al llegar a casa y dejar que el taxista se llevara a su acompañante. Pero las cosas se complicaron de un modo inesperado: unos minutos más tarde, el taxi se detuvo ante el domicilio de la mujer. Erin abrió la portezuela y salió. Sin embargo, también salió Gavin. Y antes de que pudieran reaccionar, el conductor arrancó y se marchó.

Ahora tenía un buen problema. Sabía que encontrar otro taxi en su barrio, a esas horas de la noche, sería imposible. Y ya estaba considerando la posibilidad de permitir que Gavin durmiera en el sofá cuando increíblemente apareció un segundo taxi y se detuvo delante de la casa.

Pero no iba vacío. Llevaba a un viejo conocido suyo, Joshua Salsbury, que abrió la portezuela del coche y preguntó:

—¿Puedo ayudarte?

–Bueno, si no te importa compartir tu taxi con Gavin… Pretendía que el otro taxista lo llevara a su casa, pero se ha bajado y el tipo ha desaparecido.

–Me pregunto por qué –dijo Josh con ironía–, pero está bien. Vamos, Gavin, es hora de ir a la cama.

Josh lo ayudó a entrar en el vehículo y, acto seguido, preguntó:

–¿Dónde vive?

Erin le dio la dirección y Josh se la dio al conductor. Para entonces, ella ya estaba convencida de que aquella noche había sido la peor de toda su vida. Sólo quería entrar en casa, meterse en la cama y olvidarlo todo. Y eso habría hecho, exactamente, si Josh no hubiera dado otra vuelta de tuerca a la pesadilla: cerró la portezuela del coche y el taxista se marchó sin él.

–¿Qué has hecho? –preguntó ella, asombrada–. Te advierto que encontrar otro taxi en este barrio no será nada fácil…

Joshua Salsbury la miró y se limitó a decir:

–Me apetece un café. Solo y sin azúcar.

Erin lo miró, en pleno desconcierto, y pensó que no había conocido a nadie como él. Pero también se dijo que le debía un favor por haberla librado de Gavin, así que accedió.

–Está bien, adelante –declaró, mientras abría la puerta de la casa–. ¿Ya habías estado antes aquí?

–Sí, estuve una vez en una fiesta que dio Charlotte.

Erin pensó que la fiesta tendría que haber sido realmente pequeña. Dadas las dimensiones del apartamento, cuatro personas habrían parecido una verdadera multitud.

Cuando entraron, Erin dijo:

–Siéntate si quieres. Voy a preparar café.

Sin embargo, Josh no se sentó. La siguió a la cocina americana y la observó mientras llenaba la cafetera.

–¿Por qué nos has seguido? –preguntó ella–. ¿O es que venías en la misma dirección?

Josh se encogió de hombros.

–Tuve la impresión de que no estabas muy contenta con tu acompañante y decidí asegurarme de que todo iba bien. Además, no tenía nada que hacer. Digamos que alguien rompió mis planes anoche.

Erin quiso disculparse por haber anulado la cena, pero no se atrevió y decidió cambiar de conversación.

–¿Qué tal está tu padre?

–Mejorando.

–¿Has ido a verlo esta tarde?

–Sí. Y tus padres, ¿qué tal están? –preguntó él, con evidente intención de tomarle el pelo.

–Bien, gracias.

Erin se sentía muy incómoda, pero intentó darle conversación y estuvieron charlando de cosas intranscendentes. Después, sirvieron el café y se sentaron a tomarlo en el salón.

–Hace unos días me preguntaste si estaba casado o algo parecido –dijo él, de repente–. ¿Y tú? ¿Estás saliendo con ese tipo?

–No, por Dios… Yo…

No sabía qué decir. Había anulado su cena con Josh a cambio de tomar unas copas con Gavin, y nunca podría perdonárselo.

Desconcertada, preguntó:

–¿Está bien tu café?

–Oh, sí, muy bien. Pero, ¿qué te ocurre? Pareces nerviosa…

–No estoy nerviosa –mintió–. Es que todo esto es nuevo para mí… nunca había invitado a nadie a tomar un café en ausencia de mi padre…

–¿Quieres decir que esta es la primera vez que…?

–Olvida lo que he dicho.

–No puedo creerlo… ¿Cuándo viniste a Londres? ¿Hace cinco o seis semanas? Y antes, ¿vivías con tus padres en Gloucestershire?

–Mis padres están divorciados. Vivía con mi padre.

–Comprendo –dijo él.

Erin se sentía tan infantil y fuera de lugar que dijo, como para intentar remarcar que ya era toda una mujer:

–Tengo veintidós años, Josh.

–Y yo treinta y cinco. ¿Y qué?

Josh lo dijo de un modo tan divertido que ella rió.

–Erin, eres una mujer muy bella. Pero sospecho que no has vivido demasiado…

–No, bueno…

–¿Nunca has salido con ningún hombre?

–Por supuesto que sí. De hecho, te aseguro que tengo un montón de pretendientes –volvió a mentir–. Oh, maldita sea, esto es desesperante…

A pesar de la evidente desesperación de Erin, él insistió.

–Si tienes tantos novios, podrás decirme qué pasó con el último…

Erin se sorprendió diciéndole la verdad.

–Lo dejamos cuando descubrí que Mark se estaba acostando con una de sus ex novias.

–¿Y tú? ¿Te has acostado alguna vez con alguien?

–No, pero tengo intención de hacer algo al respecto.

Cuando se dio cuenta de lo que acababa de decir, añadió:

–Discúlpame. He tomado varias ginebras con tónica y estoy hablando demasiado.

–Descuida, no me importa. Pero dime, ¿por eso te marchaste de tu casa? ¿Para solventar ese pequeño problema lejos de tu padre?

–Haces que suene horrible…

–No es horrible en absoluto. Eres una mujer joven con las necesidades lógicas de toda mujer joven. Supongo que tu castidad habrá sido toda una pesadilla para ti…

–Sí, parece que todo el mundo se divierte más que yo –confesó.

–No, no creas –dijo, con una ternura que Erin agradeció–. ¿Y tienes a alguien en tu punto de mira?

Josh se refería, evidentemente, a si había encontrado a un hombre con el que perder la virginidad.

–No, aún no –respondió–. Me temo que puedo llegar a ser bastante difícil. Además, mi vida es algo complicada.

Erin pensó que el comentario podía molestar a Josh, dado que había cancelado la cena sin dar explicaciones. Pero no parecía molesto con ella.

–Y esas complicaciones, ¿tienen algo que ver con la anulación de nuestra cita?

Ella negó con la cabeza.

–No –dijo, sincera.

–Sea como sea, no tengas prisa, Erin. Si quieres que tu primera vez sea algo especial, elige con cuidado.

–Lo haré. Pero ahora, si no te importa, será mejor que te vayas. Te acompañaré a la puerta.

Erin estaba muy nerviosa y quería librarse de él cuanto antes, pero la casa era tan pequeña que tropezaron al levantarse y lamentó haberse ofrecido a acompañarlo a la salida.

Entonces, Josh hizo algo inesperado: se inclinó sobre ella, la tomó entre sus brazos y la besó brevemente.

El corazón de la joven comenzó a latir más deprisa. Lejos de asustarse, se apartó un poco para contemplar sus labios y sus ojos, deseando que la besara otra vez. Josh interpretó correctamente el gesto y volvió a besarla de forma más cálida y apasionada.

Sin embargo, no tardó en romper el hechizo.

–Bueno, creo que es hora de que las niñas buenas se vayan a la cama –comentó él–. Buenas noches, Erin.

Josh se marchó y ella se quedó total y absolutamente fascinada. Durante las horas siguientes no hizo otra cosa que pensar en aquel último beso, y a medida que transcurría la semana, comenzó a sentirse más segura sobre sus propios deseos. Era la primera vez que se comportaba de un modo tan espontáneo con un hombre, pero a fin de cuentas, Josh era un hombre especial.

De Gavin Gardner, en cambio, no podía decir lo mismo. Aunque él intentó disculparse cuando volvieron a encontrarse, diciendo:

–Sospecho que el otro día lo estropeé todo, ¿verdad?

–Estabas borracho.

–Fue por culpa de ese acuerdo comercial. Empecé a festejarlo muy pronto y cuando pasé a buscarte ya estaba algo pasado... Pero eso no me ocurre todos los días, ni mucho menos. ¿Podrías concederme una segunda oportunidad?

–No, Gavin. Una ya ha sido bastante.

Erin esperaba que Josh la llamara por teléfono. Sin embargo, no lo hizo y supuso que aquel encuentro nocturno habría sido el último acto de su corta relación. Además, tampoco se podía decir que el resto de la vida social de la joven fuera precisamente apasionante; no hacía otra cosa que trabajar y buscar un nuevo empleo, pero hasta ese momento sólo había encontrado una oferta laboral que le gustaba, una oferta de la empresa de Josh y de su padre: Salsbury Engineering Systems.

Cuando la vio en el periódico, pensó que trabajar con él no sería buena idea. Pero después se dijo que era un trabajo interesante y que le permitiría quedarse en Londres; además, el puesto que necesitaban cubrir era del departamento de investigación de la empresa, cuyas oficinas se encontraban a varios kilómetros de la sede central. Con un poco de suerte, ni siquiera vería a Josh Salsbury.

Por fin, se decidió a solicitar una entrevista y todo salió bien. No sólo le gustó la oferta, sino que le ofrecieron ponerse a trabajar en cuanto estuviera disponible.

Erin aceptó el empleo y acordó empezar al lunes siguiente. Ya sólo tenía que informar a Charlotte, cosa que hizo ese mismo día.

–Voy a echarte de menos –le confesó su amiga–, pero sigues viviendo en mi apartamento y nos veremos a menudo. Por no mencionar que espero verte en la boda… Sin embargo, las cosas no van a ser iguales sin ti.

Tal y como Erin había imaginado, su nuevo trabajo resultó bastante más divertido que el anterior. Era eminentemente administrativo, pero variado, y se llevaba muy bien con sus compañeros.

Casi todos los hombres eran maduros y la trataban como si ella fuera su hija; sin embargo, entre los más jóvenes había uno, Stephen Dobbs, que le caía mejor que el resto. Y una tarde, tres semanas después de empezar a trabajar, se acercó a ella y le dijo:

–Si no tienes nada que hacer mañana, ¿te apetecería salir a cenar conmigo?

Erin no tenía intención de hacer nada, así que aceptó.

–Claro…

La velada resultó muy divertida y se lo pasó en grande con él. Incluso llegaron a besarse brevemente, pero no había verdadera atracción entre ellos.

No obstante, siguieron saliendo y volvieron a besarse varias veces más, hasta que Erin comprendió que no podrían llegar a nada y se lo dijo. Stephen también era consciente de la situación, así que no se molestó en modo alguno; bien al contrario, insistió en que siguieran viéndose como amigos.

Después de aquello, la vida de Erin siguió por los cauces habituales. De vez en cuando se dejaba llevar por la imaginación y pensaba en Josh Salsbury, mientras dividía su tiempo entre el trabajo y las frecuentes visitas a su padre. Pero antes de que concluyera su primer mes en Salsbury Engineering Systems, sucedió algo fuera de lo normal.

Era un martes, y Erin había llegado particularmente contenta a la oficina porque acababa de recibir la invitación de Charlotte y Robin para asistir a la boda, en Bristol. Además, sabía que Josh estaría presente y era una ocasión perfecta para volver a verlo.

Las sorpresas del día no terminaron ahí, ni mucho menos. Erin se dirigía a su escritorio cuando se abrió la puerta del despacho del gerente, Ivan Kelly, quien se alegró de verla.

–Ah, Erin… Precisamente iba a buscarte ahora mismo.

–¿Qué puedo hacer por ti?

–¿Qué tal estás de conocimientos técnicos?

–Bueno, han mejorado bastante desde que trabajo aquí… –respondió con una sonrisa.

–Te lo digo porque el profesor ha convocado una reunión para esta tarde, pero Kate está enferma.

El profesor era Joseph Irving, uno de los investigadores de la empresa.

–¿Quieres que sustituya a Kate?

–Te lo agradecería mucho.

–En tal caso, así lo haré.

Erin temía no estar a la altura de las circunstancias, porque normalmente sólo trabajaba en cuestiones administrativas. Pero la reunión transcurrió sin incidente alguno y ya empezaba a relajarse cuando ocurrió algo inesperado que desató su nerviosismo.

Joshua Salsbury, quien hasta entonces no había aparecido por el departamento de la empresa, entró en la sala de reuniones en compañía del jefe de investigadores.

Erin se ruborizó de forma tan llamativa que temió que todo el mundo se diera cuenta. Por fortuna, los demás están concentrados en el director ejecutivo y nadie prestó atención a la reacción de la joven.

Mientras Joseph Irving estrechaba la mano a Joshua, Erin se dejó llevar por el recuerdo de sus besos; pero hizo un esfuerzo por controlarse y supo mantener la calma. La reunión ya había concluido, de modo que tomó la libreta donde había tomado nota de lo discutido y se levantó del asiento con intención de volver a su escritorio.

Josh no la había visto todavía. Además, en ese momento estaba charlando con el profesor y Erin supuso que podría marcharse sin que notara su presencia. Lamentablemente, se equivocó. Josh la vio y sus miradas se encontraron, aunque ninguno dijo nada.

Impaciente, Erin salió disparada de la sala y se dirigió directamente a su puesto de trabajo. Una vez allí, dejó la libreta en el escritorio y corrió a esconderse al cuarto de baño.

No podía creer que la simple presencia de Josh la afectara de aquel modo. Al fin y al cabo no habían hecho otra cosa que besarse, y estaba segura de que habría besado a muchas mujeres desde entonces.

Intentó convencerse de que la vida emocional de Josh no le importaba en absoluto, pero no lo consiguió.

DESPUÉS de la visita de Joshua Salsbury, nada volvió a ser lo mismo. De hecho, sus propios compañeros de trabajo se comportaron de forma extraña cuando Erin apareció al día siguiente, y no tardó en averiguar el motivo de su entusiasmo.

Según le contaron, Josh sólo pasaba por allí muy de vez en cuando porque prefería no interrumpirlos con su presencia. Pero el día anterior se había presentado por una buena razón: quería que parte del trabajo del departamento se llevara a la sede de la empresa, lo que evidentemente implicaba el traslado de varias personas.

—¿Tendremos que mudarnos? —le preguntó a Ivan Kelly, su jefe inmediato.

—Supongo que sí. El profesor llevaba mucho tiempo quejándose de que aquí no tenemos suficiente espacio y parece que la dirección le ha hecho caso. Espero que no te importe…

—No, en absoluto. El lugar donde trabajemos no es importante.

Naturalmente, Erin estaba preocupada con el traslado. Pero al domingo siguiente pasó por delante de Salsbury House, la sede central de la empresa, cuando regresaba de visitar a su padre. Y le pareció un lugar tan grande que pensó que nunca se encontraría con Josh.

Dos semanas después, los trasladaron. Las nuevas instalaciones eran más amplias y modernas; además, se encontraban en un pequeño edificio separado del principal y tenía su propia entrada, lo que dificultaba que pudiera tropezarse con el hombre de sus sueños.

Siguió trabajando con normalidad y no hizo nada especialmente interesante, salvo escribir a Charlotte para aceptar la invitación a la boda. Un par de días más tarde llamó a su madre por teléfono y por su tono de voz tuvo la impresión de que las cosas no iban bien.

—¿Qué sucede? —preguntó Erin.

—Nada. No sucede nada en absoluto.

Erin conocía de sobra a su madre y sabía que estaba mintiendo, así que decidió que sería mejor que la viera.

—¿Qué te parece si comemos juntas mañana? No te preocupes, te prometo que no le diré a nadie que soy tu hija…

—Espero que no, porque soy demasiado joven para tener una hija de tu edad —bromeó Nina—. Sin embargo, tendría que ser una comida rápida… He quedado por la tarde con Philippe para que me arregle el pelo. Es un peluquero maravilloso.

Al día siguiente, Erin no tardó en convencerse de que a su madre le ocurría algo. Durante la comida estuvo tan callada e inusualmente tranquila que cualquiera se habría dado cuenta.

—¿Qué sucede, mamá? Es obvio que ocurre algo malo.

–No pasa nada, en serio –aseguró la mujer–. Por cierto, me sorprendió saber que estás trabajando para Tommy Salsbury. ¿Qué tal te va?

–Bien. Acaban de trasladarnos a la sede central, pero… Ah, ahora lo entiendo… Es eso, ¿verdad? Estás preocupada por él.

–¿Preocupada? ¿Yo? ¿Por quién? –preguntó Nina Woodward.

–Por Tommy. Por Thomas Salsbury. ¿Qué sabes de él? ¿Está mejor? ¿Ha sufrido alguna recaída?

–¿Cómo voy a saberlo? No tengo ni idea.

–¿Entonces?

–Por Dios, Erin, empiezas a comportarte como tu padre –protestó–. Cuando cree que sabe algo, se pone muy pesado. Pero está bien, te diré la verdad: he conocido a alguien.

–¿Y eso qué tiene de particular? Conoces a mucha gente, todo el tiempo.

–Ya, pero éste es distinto.

–¿Distinto? ¿Hasta qué punto?

Su madre la miró con exasperación.

–Para empezar, es más joven que yo. Aunque no mucho.

–¿Y?

Nina sonrió.

–Me hace reír. Me llama por la mañana y me hace reír. Me llama por la tarde y…

Su madre no terminó la frase.

–¿Te has enamorado de él? –preguntó Erin.

–Yo no diría tanto, aunque es cierto que Richard tiene algo especial –dijo, mientras miraba la hora en su reloj de pulsera–. En fin, ahora tengo que dejarte.

Podríamos repetir la experiencia y comer juntas otra vez uno de estos días...

Nina se marchó después de besar a su hija. Erin pagó la cuenta y volvió al trabajo; deseaba que las cosas le fueran bien con su nueva conquista, pero conocía a su madre y no se hacía demasiadas ilusiones.

El viernes por la noche, Erin salió de nuevo con Stephen. El sábado fue a ver a su padre a Croom Babbington y se quedó allí hasta el domingo. Y tras un lunes de absoluta normalidad en el trabajo, Ivan Kelly se presentó el martes en su despacho para decirle que quería hablar con ella.

—¿Qué sucede? —preguntó Erin—. Por tu expresión, cualquiera diría que te ha tocado la lotería...

—Ojalá, pero se trata de una cuestión bien diferente. Parece que tus rezos han llegado a las alturas, porque te acaban de elegir para trabajar nada más y nada menos que con nuestro director ejecutivo —le informó.

Erin se quedó boquiabierta.

—¿Con el director ejecutivo?

—En efecto, con Joshua Salsbury en persona —respondió Ivan—. Te voy a echar de menos, pero sólo serán dos semanas... Bueno, nueve días. La secretaria del señor Salsbury, Isabel Hill, se encuentra de vacaciones y necesita una sustitución temporal.

—¿Pero cómo puedo sustituirla? No conozco su trabajo...

—Descuida, no estarás sola. Otra mujer ocupa su puesto durante sus vacaciones, pero no puede con todo el trabajo y necesita que la ayuden. Tú serás su ayudante.

–¿Estás diciendo que voy a trabajar en el despacho de Joshua Salsbury? –preguntó ella, sin salir de su asombro.

–En su despacho, no; en el despacho contiguo –puntualizó con una sonrisa–. Serás la ayudante temporal de la secretaria temporal del próximo presidente de la empresa. Así que márchate de una vez... pero vuelve.

Erin terminó lo que estaba haciendo, sin dejar de preguntarse por qué la habrían elegido a ella, y una hora después estaba en el edificio principal, dirigiéndose al departamento donde se encontraba el despacho de Josh.

Cuando llegó, decidió llamar a la puerta de Josh en lugar de llamar al despacho de la secretaria. Quería que Josh la informara personalmente de las razones de su traslado.

–Me han ordenado que venga para ayudar a tu secretaria temporal, pero espero que no se trate de ninguna estratagema tuya. ¿Con qué cara podría regresar después a mi trabajo si sucede algo raro? –preguntó ella, molesta.

–Yo no me preocuparía mucho por tu cara. Es muy bonita, créeme –bromeó él.

–Estoy hablando en serio, Josh. ¿De verdad quieres que trabaje contigo?

–Claro. ¿Por qué no iba a quererlo?

A Erin se le ocurrieron unas cuantas respuestas, incluido el hecho de que no la había llamado desde su último encuentro. Pero no dijo nada. No quería resultar demasiado personal.

–Entonces, ¿cuándo quieres que empiece?

–Cuanto antes. Pero ven conmigo y te presentaré a Angela Toon.

Erin no tardó en comprobar la diferencia que existía entre trabajar en su departamento y hacerlo en la dirección de la empresa. Dos días más después de aceptar su nuevo empleo temporal, ya sabía por qué habían tenido que buscarle un ayudante a Angela Toon; había tanto trabajo, y tan complicado, que era excesivo incluso para dos personas. Por lo visto, Isabel Hill debía de ser una mujer muy especial.

Pero en ese tiempo descubrió una cosa mucho más importante y sin duda más inquietante: que estaba enamorada de Josh Salsbury.

Había intentado convencerse de que no era así, de que era un simple capricho, pero ya no podía negarlo. Pensaba en él todo el día, desde que se levantaba por la mañana hasta que se acostaba por la noche, aunque afortunadamente el trabajo la mantenía ocupada y el tiempo pasaba muy deprisa. Además, le gustaba su nueva ocupación.

Cuando salió de la oficina al viernes siguiente, estaba tan desesperada por quitarse a Josh de la cabeza que cruzó los dedos para que Stephen la llamara por teléfono. Pero no lo hizo y el fin de semana transcurrió con la habitual visita a su padre y poco más.

El lunes siguiente empezó con mal pie. Angela se había acatarrado y su estado empeoró de tal forma que el propio Josh pasó por el despacho el miércoles y dijo:

–Angela, valoro mucho tu trabajo, pero será mejor que te vayas a casa. Tendremos que arreglárnoslas sin ti hasta que te recuperes.

—Pero estoy bien… —protestó la mujer.

—Lo estarás después de descansar unos días.

Su jefe insistió en ello y Angela no tuvo más remedio que obedecer y marcharse a casa. Después, Josh se dirigió a Erin para arreglar la situación.

—Será mejor que llames a personal para que te envíen a un ayudante.

—¿Eso significa que me acabas de ascender?

—Más o menos —dijo él, sonriendo.

Josh volvió a su despacho y Erin descolgó el teléfono para llamar a personal. Pero no lo hizo. En lugar de eso, se levantó y entró en el santuario del hombre que amaba.

En ese momento estaba hablando por teléfono, así que tuvo que esperar un poco para hablar con él.

—Estaba pensando que lo de llamar a personal no tiene sentido. A fin de cuentas, tu secretaria volverá dentro de dos días.

—¿Qué pretendes decirme?

—Que si llamo para pedir un ayudante, me pasaría los próximos dos días explicándole cómo funciona todo.

—¿Insinúas que no quieres que te ayuden?

—Bueno, sé que no podría estar a la altura de Isabel, pero sí, eso es lo que estoy diciendo.

—¿Crees que podrás encargarte de todo el trabajo?

—Sí. Seguramente tendré que quedarme a hacer horas extraordinarias, pero creo que puedo hacerlo.

La mirada de Josh se clavó en los labios de Erin.

—Muy bien, como quieras —dijo él, con un brillo extraño en los ojos—. En tal caso, adelante.

Erin volvió entonces a su despacho. Sabía que el trabajo en el departamento de investigación le iba a

parecer mortalmente aburrido después de haber pasado nueve días con Joshua Salsbury, pero estaba dispuesta a disfrutar del tiempo que le quedaba.

Josh se marchó a media mañana y no regresó hasta
las tres. Erin todavía estaba allí, trabajando.

—¿Qué tal te va? —preguntó él.

—Muy bien. Me estoy divirtiendo mucho.

—Ya lo imagino… —dijo con ironía—. Pero hay algo
que quería preguntarte: ¿no habías dicho que sólo pre-
tendías estar en Londres una temporada?

—Digamos que me gustó lo que vi al llegar y que
decidí quedarme —respondió ella, sonriendo.

—¿Y no te preocupa ser una mala hija? —bromeó—.
Mira que dejar solo a tu padre…

—Bueno, yo…

—Oh, lo siento, no pretendía incomodarte…

—No, descuida. De todas formas, paso todos los fines de semana con él —le explicó—. Y hablando de padres, ¿cómo se encuentra el tuyo?

—Ha mejorado bastante. Y si sigue las indicaciones
de los médicos, estoy seguro de que la recuperación
será total.

—Me alegra mucho que se encuentre mejor, sinceramente.

Erin lo dijo con un tono de voz tan entusiasta que
despertó el interés de Josh.

—¿Es que conoces a mi padre?

—No, claro que no... —se apresuró a responder.

Como no quería que Josh insistiera en aquel asunto, derivó la conversación hacia cuestiones profesionales y aprovechó la primera ocasión para volver a su
despacho. No le habría importado que supiera que

Nina conocía a Thomas, pero no le pareció que aquel fuera el momento más oportuno para decírselo; entre otras cosas, porque sospechaba que Nina Woodward tenía cierta responsabilidad en el ataque al corazón que había sufrido el padre de Josh.

Además, temía que la enviara de vuelta al departamento de investigación cuando se enterara de ello; o peor aún, que la despidiera de Salsbury Engineering Systems.

Definitivamente, no podía decírselo. Mientras estuviera en la empresa, podría seguir viendo a Josh de vez en cuando. E incluso en el caso de que regresara a su anterior ocupación, cabía la posibilidad de que volvieran a llamarla para sustituir a su secretaria en alguna otra ocasión.

Erin suspiró al pensar en él.

Lo amaba. Y por muy débil que se sintiera por amarlo, por muy inconveniente que fuera, no quería perder la oportunidad de seguir viéndolo.

Sin embargo, no le agradaba lo que el amor había hecho con ella. No disfrutaba sintiéndose dominada por el deseo, así que hizo un esfuerzo e intentó concentrarse en lo que mejor hacía: trabajar.

Aquella tarde se quedó en la oficina hasta muy tarde. Josh se había marchado hacia las cuatro y todavía no había regresado cuando Erin recogió sus cosas y salió del despacho, pensando que no podía permitir que él llegara a conocer sus sentimientos.

A la mañana siguiente, Josh se dirigió a ella y preguntó:

—¿Hasta qué hora te quedaste ayer?

—¿Por qué lo preguntas?

–Por nada. Es que me ha sorprendido que hayas adelantado tanto el trabajo en mi ausencia.

Erin supuso que se refería a los informes que había dejado sobre la mesa de su jefe y dijo, en tono de broma:

–No fui yo. Habrá sido algún genio…

Josh, por supuesto, rió. Y el día transcurrió en perfecta armonía hasta que, poco después de las seis de la tarde, él entró de nuevo en el despacho y preguntó:

–¿Te queda mucho?

–No demasiado. ¿Ya te vas?

–Tengo una cena y no me gustaría llegar tarde.

Erin sintió unos celos tan intensos que se sintió dominada por la rabia y lo odió con todas sus fuerzas. Pero a pesar de ello, consiguió controlarse y hasta despedirse de él con aparente normalidad.

Aquella noche Erin no durmió bien. No dejaba de pensar que Josh habría pasado la velada en brazos de alguna belleza londinense. Además, aquel iba a ser su último día de trabajo en el departamento del todavía director ejecutivo; Isabel Hill regresaba el lunes de sus vacaciones y obviamente volvería a ocupar su puesto.

Horas más tarde, se dirigía hacia la entrada del edificio de la empresa cuando coincidió con Josh.

–¿Dónde has aparcado tu coche? –preguntó él.

–No vengo en coche. Suelo utilizar el transporte público… es mucho más útil –respondió.

Los dos entraron en el edificio y, acto seguido, en el ascensor. Como ya no estaban solos, Erin tuvo ocasión de reaccionar y recobrar la compostura. Pero todo el mundo se bajó del ascensor antes de que llegaran al último piso, donde se encontraban las oficinas de la dirección.

—¿Qué tal te fue la cena de anoche? —preguntó ella, por decir algo.

—Bien. Se alargó un poco, aunque suele ocurrir con esas cosas.

—¿A qué te refieres? ¿A la cena?

—No, a la velada. Ya sabes cómo son esas cenas de negocios.

Erin no tenía la menor idea de cómo eran las cenas de negocios, pero de repente se sentía la mujer más feliz de la Tierra. Había imaginado a Josh en brazos de otra mujer y se había equivocado por completo.

Después de lo que acababa de averiguar, la mañana transcurrió maravillosamente bien hasta las once menos cuarto. En ese momento sonó el teléfono y Erin oyó una voz masculina que tardó en reconocer.

—Hola, ¿eres Erin?

—Sí, la misma.

—Soy Mark Prentice.

Erin se quedó helada.

—Hola, Mark… ¿Qué tal estás? Acertó a preguntar.

Josh apareció entonces en el despacho y la miró como imaginando que la llamada podía ser para él, pero Erin negó con la cabeza y le comentó que era para ella. Después, Mark le dijo que estaba en Londres y que había pensado que tal vez le apetecería que comieran juntos.

—Sé que es muy repentino, pero te llamé ayer al teléfono móvil y no contestaste. Además, no conseguí el número de tu despacho hasta anoche.

Erin supuso que su padre le habría dado el número y pensó que estaba tan ocupada que no podía permitirse el lujo de salir a comer. Pero por otra parte, tampoco quería que Mark pensara que le había dejado una huella tan profunda como para no querer verlo.

Así que aceptó el ofrecimiento.

—Me encantaría comer contigo.

Se pusieron de acuerdo sobre la hora y el lugar y Erin cortó la comunicación. Minutos más tarde, Josh se acercó y preguntó:

—¿Has quedado para comer?

La pregunta sorprendió a Erin por el tono de su jefe. La había pronunciado de tal modo que resultó evidente que le molestaba que saliera. Y sin poder evitarlo, Erin respondió, molesta:

—¿Te importa?

Sin embargo, su enfado con Josh no le duró demasiado. Estaba enamorada y no era capaz de molestarse demasiado con él.

Cuando llegó la hora de comer, salió de la oficina y se dirigió al local donde se había citado con Mark. Al verla, su antiguo novio sonrió y la besó en la mejilla. En realidad había intentado besarla en los labios, pero Erin se apartó a tiempo.

—Estás tan encantadora como siempre —comentó él.

—Tú también tienes buen aspecto.

Se sentaron en la mesa que habían reservado, uno frente al otro, y ella se preguntó qué habría visto en aquel hombre. En Croom Babbington le había parecido algo especial, pero ahora vivía en Londres y desde entonces había conocido a muchos hombres distintos, tan diferentes como Stephen Dobbs o el propio Gavin

Gardner, por no mencionar a Joshua Salsbury. En comparación con ellos, Mark carecía de interés alguno.

–Te he echado de menos, Erin.

–¿En serio? –preguntó ella–. ¿Por qué? Estoy segura de que tu nueva secretaria es una gran profesional.

–Lo es, pero no me refería al trabajo.

–Ya. ¿Y cómo van las cosas en tu empresa? ¿Tan bien como siempre?

Mark no hizo caso del evidente intento de cambiar de conversación e insistió con los asuntos más personales.

–Cometí un error contigo –dijo.

–Eso ya no tiene remedio, Mark.

–Fui un estúpido, Erin. Si pudiera hacer algo para cambiar el pasado…

–Pero no puedes. En cualquier caso, todos hacemos cosas de las que nos arrepentimos más tarde.

–Cierto. Y no sabes cuánto me arrepiento de lo que hice contigo.

–Olvídalo, Mark. Sobran las disculpas.

–¿Eso quiere decir que me has perdonado? ¿Estás insinuando que podríamos volver a intentarlo? Porque si fuera posible…

–No, no estoy diciendo eso en absoluto. Ahora vivo y trabajo aquí y ya no podríamos vernos.

–Pero podría venir todos los fines de semana a Londres…

–Lo siento, Mark, pero no es posible. Salir juntos otra vez no sería una buena idea.

Erin tardó un buen rato en convencerlo de que las circunstancias habían cambiado, pero al final, Mark pareció comprender que no tenía ninguna posibilidad.

Mientras tanto, Erin sólo pensaba en volver al despacho. El restaurante estaba lleno de gente y el servicio era muy lento, así que la comida se le hizo interminable.

–Tal vez podríamos vernos este fin de semana –dijo él, cuando terminaron de comer.

–Tal vez –dijo ella.

A pesar de lo que acababa de decir, Erin no tenía intención alguna de volver a ver a Mark. Salir con él a comer había sido un error que no pensaba repetir, aunque en ese momento sólo le preocupaba que se había hecho tarde.

Cuando llegó a la oficina, se disculpó.

–Siento el retraso… Los camareros eran tan lentos que pensé que me quedaría allí toda la tarde.

–¿Mark es ese novio que tenías en el pueblo donde vivías?

La inesperada pregunta de Josh la dejó sin habla.

–Yo…

–Sí, claro –continuó Josh–. Es ese tipo que se acostó con una ex novia… Y dime, ¿vas a volver con él?

–No. Me lo ha pedido, pero he rechazado el ofrecimiento.

–¿Quería que volvieras a su lado?

Erin estuvo a punto de decirle que eso no era asunto suyo, pero se contuvo.

–Sí. Y me he librado de él.

Los dos pusieron fin a la conversación y Erin se concentró en el trabajo hasta que un buen rato más tarde entró en el despacho de su jefe para preguntarle un par de cosas. Pero en ese momento sonó el teléfono y resultó que, una vez más, era para ella.

–Ah, hola, Stephen…

–Hola, Erin. ¿Vas a hacer algo esta noche? ¿Sabes jugar a los bolos?

–No he jugado en mi vida, pero de todas formas esta noche no puedo salir. Te veré el lunes…

–Está bien, hasta el lunes entonces.

Cuando colgó, Josh volvió a demostrar que empezaba a estar realmente celoso.

–Veo que has avanzado mucho con tu vida social –comentó.

–Sí, ya sabes cómo son las cosas –dijo ella con frialdad.

El resto de la tarde transcurrió sin más comentarios que los estrictamente profesionales. Erin terminó el trabajo y lo preparó todo para que Isabel Hill no tuviera problemas cuando regresara al lunes siguiente. Después, se levantó y se dispuso a despedirse de Josh; estaba convencida de que no volvería a verlo hasta la boda de Charlotte.

Ya estaba a punto de despedirse cuando Josh se le adelantó y dijo:

–Pareces cansada…

–Bueno, ha sido un día muy largo.

Josh miró la hora y dijo:

–En ese caso, será mejor que te lleve a comer algo.

–Ya he comido bastante esta tarde, aunque te agradezco la invitación.

Erin regresó a su despacho, recogió el bolso y el resto de sus pertenencias y salió del edificio. Pero antes de que pudiera llegar a la entrada del metro, un vehículo se detuvo a su lado y el conductor abrió la portezuela.

Era Joshua Salsbury.

—Sube —dijo.

Erin dudó. Y esa duda fue suficiente para romper su resistencia.

Ella subió al vehículo, pero cuando vio que Josh se dirigía a su pequeño apartamento, supuso que había renunciado a llevarla a cenar y que sólo pretendía dejarla sana y salva en casa.

Durante el corto trayecto no cruzaron ni una sola palabra. Él había comentado que parecía cansada y había acertado, aunque su cansancio era tanto emocional como físico. Sólo entonces cayó en la cuenta de que Josh también había estado trabajando todo el día y se preguntó si habría comido algo.

Cuando se detuvieron ante el edificio de apartamentos, Erin se sintió culpable por no tener nada interesante que ofrecerle en casa. Sin embargo, estaba enamorada de él y quiso cuidarlo de todos modos.

—Si quieres puedo prepararte algo de cenar —se atrevió a decir—. Pero sólo si dejamos los besos para otro momento.

Josh la miró con repentina hostilidad y dijo:

—Francamente, no tengo hambre… Y en cuanto a tu preocupación, descuida. Imagino que muchos hombres querrían acostarse contigo, pero no me encuentro entre ellos.

Erin se quedó mirándolo, boquiabierta y dominada por la rabia. No podía creer que hubiera hecho un comentario tan despreciativo, de modo que salió del coche tan deprisa como pudo y lo maldijo.

TAL Y como Erin había imaginado, el trabajo en el departamento de investigación le resultó tedioso después de haber estado en la dirección de Salsbury Engineering Systems. Lo echaba mucho de menos e incluso pensó en marcharse de la empresa, pero no podía hacerlo.

Al cabo de dos semanas, consiguió readaptarse. Sin embargo, seguía pensando noche y día en Josh; y aunque había llegado a hacerse ilusiones con la posibilidad de que Isabel Hill la mandara llamar para ayudarla en su trabajo, no lo hizo; se limitó a enviarle una nota de agradecimiento por su trabajo y a informarle de que recibiría una paga extra a fin de mes.

Para empeorarlo todo, apenas conseguía conciliar el sueño. Josh estaba constantemente en sus pensamientos y todavía no lo había perdonado por no haberle dado las gracias por su ayuda. Pero sabía que era un hombre muy ocupado y suponía que no podía esperar otra cosa.

Por suerte, contaba con la amistad de Stephen Dobbs. Salían juntos de vez en cuando; iban a la bolera o se reunían con amigos y durante esos breves periodos de esparcimiento conseguía olvidar todo lo demás.

Su sentido común le decía que debía pasar página, sacar totalmente a Josh de su vida y seguir adelante. Su recuerdo no le estaba haciendo ningún bien, y de haber podido, habría renunciado a asistir a la boda de Charlotte con tal de no coincidir con él; pero no podía hacerle eso a su amiga. Así que dos días antes del feliz acontecimiento, Erin salió de compras y encontró un precioso vestido de color violeta, de seda y sin mangas, que iba a juego con sus ojos.

Cuando llegó el domingo, subió a su coche y condujo hasta Bristol. Aunque no quisiera aceptarlo, ardía en deseos de volver a ver a Josh y estaba preocupada por su aspecto; pero se sintió mucho más animada cuando llegó y notó que varios hombres la miraban con evidente apreciación. De hecho, dos de ellos, que se presentaron como Greg Williams y Archie Nevitt, la acompañaron a su asiento en la iglesia y se acomodaron a su lado.

No tardó en divisar al objeto de sus desvelos. Josh estaba sentado en la primera fila, junto a Robin, de espaldas a ella. Todavía no la había visto, pero al cabo de unos segundos se volvió y sus miradas se encontraron. En ese preciso momento, Greg comentó algo y Erin sonrió, cosa que no pareció gustarle demasiado a Josh.

Disgustado, el jefe de la joven apartó la mirada y ella aprovechó la ocasión para observarlo con más detenimiento. Estaba particularmente atractivo con aquel traje; parecía despierto y relajado, elegante y amistoso al mismo tiempo.

Erin lamentó que las cosas no fueran diferentes y se maldijo por no haberle contado a tiempo que Nina conocía a Thomas. Aquel había sido el origen de todos sus problemas.

Charlotte entró en la iglesia pocos minutos después, acompañada por su padre. Estaba radiante y Erin siguió el acto con emoción contenida, intentando apartar la vista del padrino.

Por suerte para ella, habían invitado a tanta gente que no se encontró con Josh cuando salieron de la iglesia para dirigirse al hotel de Bristol donde se iba a celebrar la comida. Greg y Archie se ofrecieron para llevarla, pero Erin rechazó la oferta y fue en su propio vehículo. Sin embargo, los dos hombres se las arreglaron de algún modo para que los sentaran en la misma mesa que ella.

En realidad, Erin agradeció la compañía. Greg, en particular, era un tipo tan atractivo como encantador. Y se divirtió tanto con él que consiguió no pensar constantemente en Josh.

Comieron, rieron y pasaron un buen rato. Luego, Erin tuvo ocasión de intercambiar unas cuantas palabras con los recién casados, que por supuesto abrieron el baile con un vals. Parecían tan felices y hacían tan buena pareja que se alegró mucho por ellos.

Erin también bailó. Primero con Greg y más tarde con Archie. Pero Josh Salsbury no se acercó en ningún momento.

Hacia las ocho de la tarde, Charlotte se marchó para cambiarse de ropa y Erin pensó que ya era hora de irse. No soportaba estar allí, observando a Josh mientras bailaba con la madrina.

–Creo que yo también voy a irme –le informó a Greg.

–Oh, no puedes irte todavía. No me has contado casi nada de ti y me gustaría que nos conociéramos más a fondo –declaró con una enorme sonrisa.

Erin abrió la boca para disculparse por tener que marcharse de la fiesta y librarse de Greg cuando apareció Josh Salsbury y dijo con frialdad:

–¿Seguro que quieres conocerla? No sabes dónde te metes.

Por suerte, Josh lo dijo en voz tan baja que sólo pudo oírlo Erin. Sin embargo, aquello hizo que cambiara de opinión. Se volvió hacia Greg y dijo:

–Tienes razón, Greg. ¿Quieres bailar?

Greg la llevó a la pista de baile. Unos segundos después, Erin ya se había arrepentido por haberlo utilizado para molestar a Josh. Sobre todo, porque su acompañante la abrazaba de un modo demasiado íntimo.

Cuando se cansaron de bailar, Greg la acompañó a una mesa, consiguió dos copas de champán de un camarero que pasaba en ese momento y sonrió.

–Me han comentado que el hotel está lleno –dijo el hombre–. Pero si esperas un momento, iré a hablar con la recepcionista para ver si puede conseguirnos una habitación donde descansar un rato.

Erin lo miró, atónita, y él añadió:

–Vuelvo enseguida.

En cuanto se quedó a solas, bebió un trago de champán. Estaba tan obsesionada con Josh que no dejaba de cometer todo tipo de errores con el resto de los hombres, y sabía que había estado coqueteando más de la cuenta con Greg.

Justo entonces, oyó una voz conocida.

–¿Qué haces? ¿Bebes para animarte, Erin?

Aquello era lo último que necesitaba. Josh Salsbury había decidido acercarse a la mesa para mortificarla.

–Ya que tanto te interesa, no he bebido casi nada.

–No, claro que no –se burló él–. ¿Qué fue lo que dijiste en aquella ocasión? Ah, sí... Que tenías intención de acabar con tu pequeño problema, con tu virginidad, tan pronto como fuera posible. ¿Quiere eso decir que esta puede ser la gran noche?

Erin estaba a punto de perder los estribos, pero retomó el comentario sobre el consumo de champán para decir:

–¿Sabes por qué he bebido tan poco? Porque tengo intención de volver a Londres en coche. Sola.

Erin estaba enfadada con Josh por su grosería. Pero también estaba enfadada con ella misma por sentirse en la necesidad de darle explicaciones y, desde luego, estaba molesta con Greg.

–Pero ya que te interesas por mi vida sexual, te aseguro que no voy a acostarme con nadie esta noche –continuó ella–. De hecho, te agradecería que se lo digas a Greg Williams cuando lo veas.

Erin se levantó de la mesa y giró en redondo, tan deprisa como pudo, para salir de allí cuanto antes. Por desgracia, su movimiento fue tan rápido que Josh no pudo detenerla a tiempo y la joven se estrelló contra una columna de mármol que se encontraba tras ella y en la que no había reparado.

El golpe fue tan fuerte que Erin perdió el conocimiento. Y cuando empezó a recobrarlo, lentamente, oyó voces que no pudo distinguir y se dijo que quería seguir durmiendo. Pero alguien insistió y preguntó:

–¿Cuántos dedos ves en esta mano?

Ella abrió los ojos y los cerró de inmediato. La luz le hacía daño.

–Si te digo que tres, ¿te callarás y me dejarás en paz? –preguntó.

–Parece que está bien –dijo alguien.

Esta vez, reconoció la voz de Josh. Sin embargo, Erin seguía tan confusa que pensó que estaba soñando.

–¿Qué tal te encuentras?

–¿Cómo me encuentras tú? –preguntó ella.

–Tan bella como siempre.

Erin suspiró y se dijo que era un sueño maravilloso. Quiso confesarle que lo amaba, pero no lo hizo.

–¿Te gusto? –preguntó.

–Tú le gustas a todo el mundo.

–Un comentario muy apropiado, aunque poco comprometido –dijo ella, antes de suspirar–. Buenas noches, cariño…

–Buenas noches, corazón.

–¿Podrías besarme antes de que te duermas? Sólo un beso ligero, como el último…

Erin sintió el contacto de sus labios y añadió:

–Gracias, Josh.

–¿Cómo sabes que soy yo?

–¿Cómo no iba a saberlo? Eres el único hombre que aparece en mis sueños. Buenas noches…

Erin volvió a perder el conocimiento.

Cuando despertó, no sabía dónde se encontraba. Estaba en una cama, pero no era la suya; y lo mismo sucedía con la habitación. Sin embargo, todavía le esperaba una sorpresa mayor: en el otro extremo de la cama había un hombre, que al parecer estaba durmiendo: Josh Salsbury.

Erin sonrió.

–Vaya, sigo soñando...

Sólo entonces comprendió que no se trataba de un sueño. Josh se incorporó, se sentó en la cama y la miró. No llevaba más ropa que los pantalones.

–¿Qué ocurre? –preguntó ella–. Pero qué... Oh, Dios mío, mi cabeza...

La cabeza le dolía tanto que volvió a cerrar los ojos. Y cuando los abrió de nuevo, vio que Josh se encontraba ante ella y que se había puesto una bata.

–Tómate esto –dijo él, mientras le tendía un par de pastillas–. El médico dijo que te las tomaras al despertar porque tal vez te harían falta.

Ahora Erin ya no tenía ninguna duda. Aquello no era un sueño. Era terriblemente real.

Se tomó las dos pastillas, aceptó un vaso de agua y preguntó:

–¿El médico? ¿Qué médico?

–Te diste un buen golpe.

–¿Un golpe? ¿Y se puede saber dónde estoy?

–En un hotel de las afueras de Bristol.

–Dime una cosa... ¿Te pedí que me besaras?

Josh sonrió.

–¿Lo recuerdas? Sí, lo hiciste. Y a decir verdad, no fue un encargo nada desagradable.

Erin hizo un esfuerzo por seguir recordando.

–Estuve en la boda de Charlotte, ¿verdad?

–En efecto. Y hasta hiciste lo posible por lograr que Greg Williams se sobrepasara contigo.

–Ah, sí, ahora lo recuerdo… Me acusaste de pretender acostarme con él.

Josh volvió a sonreír.

–Por desgracia, te levantaste tan deprisa de la mesa que te diste un buen golpe contra una columna de mármol y te desmayaste –explicó él.

–¿Contra una columna de mármol? –preguntó, perpleja–. ¿Y se puede saber qué estoy haciendo en la cama contigo?

–Tranquilízate, no te alteres. En la fiesta había un médico y nos recomendó que te lleváramos a algún lugar donde pudieras descansar y donde él pudiera comprobar tu estado. Por fortuna, yo ya había reservado esta habitación y naturalmente se la ofrecí.

–Pero eso no explica que estemos compartiendo la misma cama… –protestó.

–Está visto que no eres precisamente una mujer agradecida –comentó Josh con ironía.

Erin hizo caso omiso del comentario.

–¿Y quién me ha traído?

Él se encogió de hombros.

–Yo. Alguien tenía que hacerlo. Pero eso carece de importancia… Lo esencial es que el médico ha dicho que estás bien y que te recuperarás en cuanto descanses unas horas –explicó–. Ha estado aquí hasta medianoche.

–¿Y tú te has quedado para cuidarme? –preguntó sorprendida.

–Bueno, no podía ir a otra parte. El hotel está lleno y no podía pedir otra habitación, así que me he quedado a tu lado.

–¿Y qué has hecho? ¿Observar cómo dormía?

–Ha sido muy divertido. Eres extraordinariamente bella, Erin…

Erin se ruborizó.

–¿Lo dices en serio? –preguntó en un murmullo.

–Por supuesto que sí. Pero dormías tan plácidamente y yo estoy tan cansado que al final decidí tumbarme un rato.

–Comprendo… Así que te limitaste a acostarte conmigo.

–Bueno, antes me quité casi toda la ropa –comentó con humor.

–Menos mal que te dejaste puestos los pantalones…

–Y los calcetines, no lo olvides.

A pesar del intercambio de ocurrencias, Erin no encontró nada divertida la situación. Especialmente porque acababa de caer en la cuenta de que estaba casi desnuda. Alguien le había quitado el vestido y no llevaba nada más que las braguitas y el sostén, que asomaba debajo de las sábanas y que se apresuró a tapar.

–¿Quién me ha desnudado? ¿La madre de Charlotte? –preguntó.

–Bueno, hubo muchas ofertas. Tantas, que supongo que te alegrará saber que lo hice yo.

–¿Tú? –preguntó ruborizada.

Pero Erin se recobró tan rápidamente que añadió:

–Al contrario de lo que puedas pensar, sigo siendo bastante conservadora. Te has acostado conmigo, aunque sólo sea para dormir, y ahora no queda más que una solución: tendremos que casarnos.

Josh palideció y ella añadió, riendo:

–Tranquilo, sólo es una broma.

–Maldita bruja… –dijo él, divertido–. Pero en fin, al menos ha quedado claro que no sufres ninguna conmoción. Ahora, túmbate y descansa un poco.

–¿Te quedarás aquí?

–Son las cuatro de la mañana… –le informó.

A ella no le importó que se quedara. No había otra opción, habida cuenta de la hora y del hecho de que no quedaban más habitaciones libres en el hotel. Además, se había comportado muy bien con ella al llevarla a aquel lugar.

–Está bien. Buenas noches…

Josh se inclinó sobre ella y Erin temió que quisiera besarla, pero se limitó a taparla bien. Después, ella se preguntó si estaría cómodo en alguno de los sillones que había visto en la habitación y dijo:

–Si tienes frío, seguro que hay alguna manta sobrante en el armario. Los hoteles suelen tener esas cosas.

–Ah, no te preocupes por eso… Estaré bien.

Entonces, y para sorpresa de ella, Josh se metió en la cama en lugar de tumbarse en un sillón. Pero cuando quiso protestar, sólo logró que la cabeza le doliera más todavía.

–Mi cabeza…

–Tal vez estarías más cómoda si la apoyas en una almohada.

Erin pensó que era la mejor sugerencia que le habían dado últimamente y lo hizo.

–Buenas noches –repitió ella.

–Buenas noches, Erin. Que duermas bien.

Erin lo miró y deseó extender una mano para tocarlo, pero no lo hizo aunque la situación resultaba muy tentadora y aunque a esas alturas ya sabía que quería hacer el amor con él. De hecho, era consciente de que el menor contacto podría haber provocado una reacción en cadena.

Sin embargo, se dijo que Josh estaría cansado y decidió dejarlo para otro momento. Al cabo de un rato se quedó dormida y luego comenzó a despertarse, lentamente. Estaba muy cómoda y notó que estaba apretada contra algo cálido, pero justo entonces sintió que uno de sus pies acababa de golpear lo que parecía ser una pierna y se sobresaltó.

—¿Podrías hacer el favor de dejar de pegarme patadas? —protestó Josh.

Erin abrió los ojos de golpe y recordó que estaba en la cama con Josh. Curiosamente, no se alarmó en absoluto por haber dormido con él ni por estar contemplando su pecho desnudo, en ese momento, a plena luz del día.

—¿Qué hora es?

—Hora de que uno de los dos se levante —respondió él.

—Puedes ir primero al cuarto de baño, si quieres.

—Qué amable… ¿Te sigue doliendo la cabeza?

—No, ya no me duele.

—¿Ni siquiera un poco?

—Estoy como nueva —respondió con sinceridad—. Menuda manera de acabar la noche… Por cierto, fue una boda maravillosa.

—¿Siempre eres tan charlatana por las mañanas o es consecuencia indirecta del golpe?

—No lo sé. Esta es la primera vez que me despierto con un hombre al lado.

–Pues qué vida más triste has llevado hasta ahora –se burló.

–Y dime, ¿qué se suele hacer cuando una mujer se despierta con… un amigo? –se atrevió a preguntar.

Josh la miró, sonrió y la besó. Después, se excusó por su comportamiento:

–Lo siento, no debería haberte besado. Pero te lo has buscado con esa pregunta.

–¿Si volviera a preguntarlo, volverías a besarme?

Josh negó con la cabeza.

–No sería buena idea.

Erin se sintió tan herida con el comentario que él se apresuró a añadir:

–No lo he dicho porque no me parezcas atractiva, Erin. Todo lo contrario. Pero no sé si eres consciente de que ahora te encuentras en un estado muy vulnerable…

Ella era perfectamente consciente de su estado, pero también lo era de que lo amaba y de que quería que la besara otra vez.

–Por lo visto, nunca conseguiré… experimentar –se quejó.

–Erin, si sigues diciendo esas cosas, te buscarás muchos problemas.

–Oh, vamos, un beso no haría ningún daño…

Josh la miró, divertido.

–Necesito afeitarme –comentó.

Erin pensó que no le importaba en absoluto que no se hubiera afeitado y extendió un brazo para tocarlo.

–Eso tampoco es buena idea –murmuró él, al sentir el contacto.

Pero la provocación de Erin funcionó y Josh no pudo resistirse a la tentación de besarla.

–¿Y bien? ¿Satisfecha? –preguntó él.

Ella sonrió.

–¿Bromeas?

–No, pero eso es todo lo que vas a conseguir de mí.

–Venga, dame uno más. Pero esta vez, bésame bien.

Josh arqueó una ceja.

–¿Me estás pidiendo que te bese apasionadamente?

–Por supuesto que sí.

–Erin…

Josh la tomó entre sus brazos, la atrajo hacia su fuerte pecho y la besó tal y como lo había pedido. Ella se dejó llevar y se estremeció cuando sus lenguas se encontraron.

Entonces, se apartó un momento y pronunció su nombre.

–Josh…

–¿Sorprendida?

Ella sonrió con malicia.

–Encantada –contestó.

Esa vez, fue ella quien lo besó. Fue un acto perfectamente calculado, una invitación a que rompiera las barreras y a que fueran más allá de los besos y las primeras caricias, que no tardaron en llegar. De hecho, se excitó tanto que a punto estuvo de confesarle que lo amaba. Pero en ese preciso instante sintió que le estaba desabrochando el sostén y no llegó a decir nada.

Lejos de resistirse, Erin permitió que le quitara la prenda y acto seguido apretó los desnudos senos contra el pecho de Josh.

–Oh, Josh…

–¿Te encuentras bien?

–Sí, sí, sí…

Josh la besó con más pasión todavía y acto seguido se inclinó y lamió sus pezones.

–Eres exquisita…

Erin había perdido casi todos sus miedos, pero todavía no se sentía tan cómoda en el nuevo mundo que se abría ante ella y se apretó un poco más contra él para dificultarle la visión de sus senos.

Josh pareció comprender el gesto de pudor, porque dijo:

–Si quieres, puedo detenerme.

–Ni se te ocurra –le advirtió.

Entonces, él siguió lamiéndole y chupándole los pezones, suavemente, pasando de uno a otro, y la volvió loca de deseo.

–Josh…

Lo necesitaba más que nunca. Necesitaba sentirlo, así que se apretó aún más contra él, entrelazando sus piernas, e intentó provocar su reacción para que le hiciera el amor.

Sin embargo, Josh se quedó muy quieto de repente.

–¿Qué sucede? –preguntó ella, preocupada.

–Que no estás segura de lo que haces, Erin. Y no quiero hacer el amor contigo si no estás completamente segura.

–Estoy segura. Yo…

–No, no lo estás. Ahora sé que acostarme contigo no ha sido una idea precisamente buena.

Josh se levantó de la cama y comenzó a vestirse. Ella no podía creer lo que estaba pasando. Necesitaba que se quedara a su lado y habría sido capaz de hacer cualquier cosa por conseguirlo, pero era una mujer muy orgullosa y reaccionó enfadándose.

–Claro, ahora lo comprendo –dijo con amargura–. Siento ser tan poco deseable…

–Aunque tengas poca experiencia, sabes perfectamente que eres muy deseable –dijo él, mientras se abrochaba la camisa–. Pero ahora será mejor que te vistas y te vayas a casa.

Josh se marchó entonces y la dejó a solas, tan desconcertada que ni siquiera pudo decirle lo que pensaba de él.

No podía creer que la hubiera abandonado así, sin más. No podía creer que se hubiera marchado.

CAPÍTULO 5

AL LUNES siguiente, Erin llegó a la oficina con la decisión tomada de dejar el trabajo. Pero cuando se encontró cara a cara con Ivan no fue capaz de decírselo y en lugar de dimitir le hizo unos cuantos comentarios sobre el trabajo que estaba pendiente.

La semana transcurrió con una normalidad exasperante y el viernes por la tarde se dirigió a Croom Babbington como de costumbre. Por supuesto, no había dejado de pensar en Josh ni un solo momento; se sentía tan decepcionada por el brusco final de su pequeña aventura que lo había probado todo para olvidarlo, incluido el vano intento de enfadarse con él.

Sabía que la deseaba. Lo había demostrado claramente. Pero la había rechazado y Erin lo encontraba muy humillante.

Se dijo que pasar el fin de semana con su padre serviría al menos para que se relajara un poco y recobrara el control de sus sentimientos. Sin embargo, no fue así. Cuando llegó el domingo, se despidió de él con la promesa de volver al viernes siguiente y subió a su coche para volver a Londres.

Al llegar al apartamento, vio que su madre le había dejado un mensaje en el contestador automático, así que la llamó. Sabía que no era la única mujer de la familia con problemas emocionales.

—¿Qué tal el fin de semana? —le preguntó su madre.

—Bien. He estado con papá —respondió.

—¿Y eso te parece divertido? —preguntó con ironía.

Erin hizo caso omiso del comentario y preguntó a su vez:

—¿Y tú? ¿Qué tal te ha ido?

—Bueno…

—¿Ha pasado algo importante?

—No, nada en absoluto. En realidad sólo te he llamado para ver si te apetece comer conmigo mañana.

Erin supo en aquel preciso instante que su madre estaba muy preocupada.

—Por supuesto. ¿Quedamos en el sitio de la última vez?

—Me parece un sitio tan bueno como otro cualquiera. Además, mañana no tengo gran cosa que hacer, así que podría pasar a recogerte.

—Pero estaré trabajando, mamá…

—Lo sé, lo sé. Y por favor, deja de llamarme mamá —protestó.

—¿Es que no recuerdas que trabajo en la empresa de Thomas Salsbury?

—Lo recuerdo, pero dudo que me encuentre con él. He oído que sigue en Londres, pero convaleciente en alguna de sus propiedades. Y de todas formas, no me importaría verlo… Tommy siempre fue un excelente acompañante. Hasta que le entró esa manía de casarse conmigo, claro.

—No me refería a la remota posibilidad de que te encuentres con él —puntualizó Erin.

–Ah, ¿te refieres a su hijo? ¿Es que temes que me acuse de haber rechazado a su padre? –preguntó, divertida.

–Dudo que se atreviera a hacer algo así, pero creo que sería mejor que nos encontráramos en el restaurante.

Como a su madre le daba igual dónde se encontraran, al final quedaron en el restaurante. Erin sentía verdadera curiosidad por saber qué se traía Nina entre manos, pero sobre todo se alegró de encontrarse con ella lejos de la oficina. Aunque Josh no solía estar en la empresa a la hora de comer, no quería arriesgarse a que se encontraran.

A la mañana siguiente, fue a ver a Ivan Kelly y le preguntó:

–¿Te importa que hoy me tome más tiempo del habitual para comer?

–Por supuesto que no. ¿Se trata de algún hombre? En ese caso, lo envidio…

–No, no se trata de ningún hombre, sino de mi madre. Pero creo que con media hora más, bastará.

–Tómate el tiempo que quieras –dijo Ivan, sonriendo.

Erin intentó concentrarse en el trabajo y unas horas más tarde salió hacia el restaurante donde se habían citado. Nina ya estaba allí, lo que significaba que debía de estar realmente preocupada; en condiciones normales, siempre llegaba tarde.

–Querida, eres tan bella que no deberías trabajar –comentó al verla–. Dile a tu padre que te dé más dinero. Aunque ahora que lo pienso, es tan estricto que casi será mejor que hable yo con él.

–No necesito más dinero. Mi situación económica es bastante buena.

–¿En serio? Espero que no te estés volviendo tan estoica como él…

Erin estuvo a punto de protestar, aunque no lo hizo. Su padre siempre había sido un hombre extremadamente generoso con el dinero; de hecho, Nina era más consciente de ello que nadie porque le había dejado una inmensa suma de dinero tras el divorcio.

Prefirió olvidar el asunto y empezaron a comer. Pero cuando llegó el segundo plato, su madre seguía hablando de cosas intranscendentes. Por lo visto, el problema estaba relacionado con algún hombre.

–¿Qué tal está Richard? –se atrevió a preguntar.

–Ah, Richard…

–¿Todavía te hace reír?

Nina suspiró.

–Se ha puesto serio conmigo y lo ha estropeado todo.

–¿Quieres decir que te has librado de él?

–Bueno, me ha pedido que me case con él. Es increíble… Llevo años rechazando peticiones similares. Y ahora me ha pedido que me case con él –repitió–. ¿Puedes creerlo? Dejé perfectamente claro que no tenía intención de volver a casarme con nadie.

–Pero, ¿te gusta?

–Claro que me gusta –confesó–. Sin embargo, ya he estado casada dos veces y no quiero cometer el mismo error otra vez.

Nina se detuvo un momento antes de continuar. Pero cambio radicalmente de conversación.

–Supongo que el fin de semana que viene lo volverás a pasar con tu padre, ¿verdad? –preguntó.

—Le gusta que pase a visitarlo cuando tengo ocasión.

—Es un viejo demonio. Dile que tienes tu propia vida y libérate de una vez.

—Bueno, no voy todos los fines de semana... Pero espera un momento. ¿Es que quieres que vaya contigo a alguna parte? —preguntó con curiosidad.

—Me alegra que lo preguntes, porque no me importaría que pasaras a visitarme el sábado y que te quedaras hasta el domingo.

—¿Se puede saber en qué tipo de problemas te has metido?

—No se trata exactamente de un problema. Sólo necesito espacio y tiempo para decidir...

—¿Espacio? ¿Tiempo? Pensaba que tenías las dos cosas.

Nina negó con la cabeza.

—Hace unas semanas quedé con Richard en que pasaría por casa el próximo fin de semana porque tiene que asistir a una especie de competición benéfica en la piscina de Norman y Letty Ashmore. Y no se cómo, me presté a ello.

—¿Quieres decir que vas a participar?

—No, cariño. Simplemente le ofrecí que pasara la noche del sábado en casa porque está cerca de la piscina.

—¿Y aceptó?

—Por supuesto. Pero ahora no puedo anularlo sin quedar mal con él y con los amigos que van a asistir al acto... Oh, ¿por qué diablos ha tenido que estropearlo todo con esa propuesta de matrimonio?

—¿Ya lo has rechazado?

–No. Richard se dio cuenta de que iba a hacerlo y se apresuró a sugerir que lo pensara con calma antes de responder.

–¿Y te mostraste de acuerdo?

–Sí, me temo que sí.

–Pero ahora, has decidido que no quieres pasar demasiado tiempo con él…

–Bueno, casi lo he decidido.

–¿Y vas a rechazar su propuesta?

–Me encantaría responder a tu pregunta, pero creo que él debe ser el primero en saberlo –respondió su madre.

–¿Y estás segura de que quieres que vaya a tu casa?

–Por supuesto que sí… Es esencial. ¿Vendrás?

–Claro. Sólo espero no equivocarme y no llamarte mamá…

–Oh, descuida. Richard sabe que tengo una hija.

Erin la miró con asombro.

–¿Se lo has dicho?

–Me pilló en un mal momento y se lo confesé, pero no lo sabe nadie más. Además, no tienes por qué acompañarnos a ese acto benéfico. Richard irá por la mañana y yo iré más tarde… Aunque ahora que lo pienso, no me importaría que la gente supiera que tengo una hija tan maravillosa.

Erin pensó que su madre debía de estar muy mal para dedicarle semejante cumplido, pero al pensar en los problemas amorosos de Nina recordó los suyos con Josh y sólo entonces cayó en la cuenta de que se estaba haciendo tarde.

–Vaya, será mejor que vuelva al trabajo… ¿Te importa que no tome postre?

–No, yo tampoco pensaba tomarlo.

Pagaron la cuenta y salieron del restaurante. Pero desafortunadamente, Erin no pudo encontrar ningún taxi.

Nina se ofreció a llevarla a la oficina. Sin embargo, su hija se negó por las mismas razones que le había dado para impedir que pasara a buscarla.

–¡Eso es absurdo! –protestó Nina–. No he hecho nada malo… Venga, te llevaré en el coche.

Erin la acompañó al lugar donde lo había aparcado e intentó convencerse de que su madre no había tenido nada que ver en el infarto de Thomas Salsbury. Pero en el fondo de su corazón, sabía que la negativa de Nina a casarse con él estaba directamente relacionada con lo sucedido.

–¿A qué hora quieres que llegue el sábado? –le preguntó cuando arrancaron.

–A primera hora de la tarde estaría bien. Le diré a Richard que pase a buscarte. Vive a un par de kilómetros de tu casa y sería estúpido que fuerais en dos coches distintos.

Erin pensó que su madre lo había calculado todo. Si Richard pasaba a recogerla y la llevaba en su coche, no tendría más remedio que acompañarla también el domingo, lo que significaba que Nina no se quedaría a solas con él en ningún momento.

El plan era tan retorcido que supuso que su madre apreciaba realmente a aquel hombre. Por una parte, era evidente que no quería romper todos los lazos con él; pero por otra, tenía miedo de ceder a la tentación, tener un momento de debilidad y aceptar su proposición de matrimonio.

Cuando se detuvieron ante la sede de Salsbury Engineering Systems, Erin seguía tan preocupada por el asunto que olvidó una de las leyes de Murphy más conocidas: que si podía suceder algo verdaderamente inconveniente, sucedería. Justo en ese momento, Josh Salsbury se disponía a entrar en el edificio. Y en el colmo de la mala suerte, vio a Erin.

Pero lo peor de todo no fue eso. Lo peor fue que reconoció a Nina.

La expresión de Josh cambió por completo y se endureció. Erin lo conocía bien y supo que estaba furioso.

Se despidió de su madre, salió del coche y se dirigió a su oficina. Cuando llegó, se disculpó por el retraso.

—Siento llegar tarde, Ivan. No me había dado cuenta de la hora.

—Descuida, no tiene importancia. Pero necesito que me pases a limpio un informe y es posible que te lleve bastante tiempo.

—Si es necesario, no me importa quedarme hasta tarde.

Erin no dejó de dar vueltas a lo sucedido. Su relación con Josh ya era bastante complicada antes de que reconociera a Nina, y ahora no sabía lo que podía pasar. Pero intentó concentrarse en el trabajo y estuvo en el despacho hasta las seis, cuando terminó el informe.

Acababa de llegar a casa y se estaba tomando un té cuando, a través de la ventana de la cocina, vio que un coche se detenía frente al edificio. Erin reconoció el vehículo de inmediato y se estremeció.

Era Josh. Unos segundos después, llamó a la puerta.

–¿Te importa que entre?

–No, adelante…

Tal y como había imaginado, Josh estaba muy enfadado. Podía notarlo en el brillo de sus ojos.

–Sólo quería decirte que no me gustan nada las compañías que te buscas últimamente –declaró él.

En ese momento, Erin reaccionó. Llevaba toda la tarde preocupada por el desafortunado encuentro, pero no estaba dispuesta a permitir que Josh insultara a su madre. A fin de cuentas, era carne de su carne y sangre de su sangre.

Lo miró con cara de pocos amigos y se alejó hacia el salón. Él la siguió y se detuvo a cierta distancia de ella.

–Parece que te llevas muy bien con esa mujer… ¿Se puede saber dónde la has conocido?

–Ya que tanto te interesa, deberías saber que esa mujer que tanto detestas es mi madre.

Josh se quedó helado y sin habla. Resultaba evidente que no esperaba semejante respuesta, pero no tardó en recobrar la voz.

–¡Pero si no tiene hijos!

–Hijos, no. Pero tiene una hija.

–No puede ser… Ni siquiera llevas su apellido.

–Claro, porque sólo uso el de mi padre desde que se divorció de él.

–Ah, sí… sus famosos divorcios. ¿Con cuántos se ha casado ya?

–Sólo con dos. Mi madre tiene aversión al matrimonio.

—Pues se lo podría haber dicho a mi padre antes de que perdiera el tiempo con ella —protestó.

—Probablemente se lo dijo.

—Si lo hizo, ¿cómo es posible que se llevara tal sorpresa cuando lo rechazó? ¿Cómo es posible que le sorprendiera tanto como para sufrir un infarto? —preguntó Josh, realmente ofendido—. Ah, ahora lo comprendo todo… Tú lo sabías. Lo sabías desde el principio y me mentiste.

—Yo no sabía nada, Josh —dijo ella, molesta.

—¿No? Te pregunté si conocías a mi padre y me dijiste que no.

—Porque no lo conocía…

—Mentiste por omisión. No lo conocías personalmente, pero ya sabías que había estado saliendo con tu madre y que ella lo había rechazado.

—Bueno, yo…

—Supongo que tu madre y tú os habréis divertido mucho a nuestra costa. Lo que os habréis reído...

—¡Yo jamás me reiría de ti! —exclamó ella—. Y deja de hablar de mi madre en esos términos.

—¿Por qué? Tu madre se dedica a romper corazones. Y por lo visto, a ti se te puede aplicar el refrán «de tal palo, tal astilla»

—¿Qué quieres decir con eso?

—¿Cómo te atreves a preguntarlo? Todo ese discursito sobre tu falta de experiencia con los hombres y luego resultó que tu inocencia, tu nerviosismo y tu ingenuidad eran fingidos. Me di cuenta la otra noche, en la cama.

—¿Estás intentando ofenderme deliberadamente, Josh?

–¿Ofenderte? No, sólo digo lo que pienso. No te comportaste como una mujer sin experiencia. Me sedujiste y me manipulaste. Eres igual que tu madre.

Erin se quedó sin aliento. Josh pretendía insultarla y lo había conseguido.

–Mi madre no es como crees. Y en cuanto a mí, te equivocas por completo –se defendió.

–¿Ah, sí?

–Sí. Además, sabes que estás equivocado.

–¡Vaya, eso sí que es bueno! ¿Vas a negar que la otra noche estabas tan excitada que me pediste que no me detuviera?

–Estás sacando las cosas de contexto.

Josh negó con la cabeza.

–Al parecer, no hace falta gran cosa para excitarte –comentó, mientras avanzaba hacia ella.

Erin se preocupó al ver que seguía acercándose y dijo:

–Será mejor que te marches, Josh.

–Me marcharé cuando haya terminado contigo.

–No. Márchate ahora.

Josh se limitó a sonreír con malicia.

–De modo que estoy equivocado, ¿eh?

En aquel momento, ella supo que Josh estaba decidido a demostrarle que podía tomarla cuando quisiera.

–Si me obligas a ello, te aseguro que me defenderé –le advirtió.

–Eso sería muy interesante –dijo él–. Resultaría más divertido.

Erin miró a su alrededor y calculó las probabilidades que tenía de poder escapar, pero Josh adivinó su intención.

—Ni lo intentes.

—Basta ya, Josh…

Josh la tomó entre sus brazos y preguntó:

—¿Seguro que quieres que me detenga? Tus palabras dicen una cosa y tus ojos, otra.

—No, Josh, no lo hagas…

Josh sonrió.

—Supongo que esto es nuevo para ti. Ahora no se trata de actuar ni de fingir. Esto es real.

—¡Márchate! —exclamó ella.

Él la besó entonces, pero Erin se resistió y comenzó a darle patadas.

—Resístete si quieres. Pero al final, cederás.

Entonces, la alzó en brazos y la llevó hacia el dormitorio.

—¿Qué vas a hacer?

—Llevarte a un sitio donde estaremos más cómodos.

De repente, Erin supo lo que pretendía y comenzó a luchar como una tigresa por liberarse. Pero a pesar de que consiguió apartarse de él durante unos segundos, Josh volvió a apresarla y la tumbó en la cama. Ahora la tenía justo donde quería.

—¡Déjame, Josh!

—¿Por qué? ¿Intentas convencerme de que no te gusta?

—¡Vete al infierno!

Josh volvió a sonreír.

—No te pongas así, no es para tanto.

—¡Te odio!

—Bueno, prefiero tu odio a tu amor, cariño.

Josh la besó entonces en el cuello y comenzó a desabrocharle la falda.

—Déjame, por favor...

Josh no la dejó. Siguió besándola, seduciéndola, intentando demostrarle que podía hacer lo que quisiera con ella.

Entonces, Erin cayó en la cuenta de que estaba adoptando una estrategia equivocada. Josh esperaba que se resistiera a él porque su resistencia alimentaba su enfado. Pero cabía la posibilidad de que la dejara en paz si adoptaba una actitud absolutamente pasiva.

Dejó de moverse y de luchar. Sin embargo, la situación se complicó todavía más por un detalle del que hasta ese momento no había sido del todo consciente: Josh también la deseaba.

Sin embargo, ni aquel era el momento más oportuno para valorar ese hecho ni las circunstancias resultaban especialmente románticas.

Cuando Josh comprendió lo que estaba haciendo, dijo:

—Si crees que adoptar una actitud pasiva va a detenerme, te equivocas.

Ella se encogió de hombros.

—Sé lo que quieres hacer conmigo. Pero francamente, no me esperaba nada parecido.

—¿Por qué lo dices? —preguntó con curiosidad.

Ella sonrió.

—Corrígeme si me equivoco, pero hace unas semanas me comentaste que no te encontrabas entre los hombres que querrían acostarse conmigo. ¿Es que has cambiado de idea?

Josh Salsbury se apartó de ella y la miró con un brillo extraño en sus ojos grises. Ella se las arregló para permanecer sobre la cama, sin moverse, aunque su odio resultaba más que evidente.

Por fin, él dijo:

—Puede que tengas razón. Sin embargo, y a diferencia de la relación que mantuvieron tu madre y mi padre, yo no te pediría que te casaras conmigo por nada del mundo.

Erin pensó que podría haber hecho algún comentario sarcástico al respecto. La ocasión lo merecía, sin duda alguna. Pero a pesar de que había ganado, a pesar de que había conseguido librarse de él, se sintió profunda y totalmente derrotada cuando Josh salió de la habitación.

CAPÍTULO 6

AQUELLA noche se le hizo interminable. A las tres de la madrugada, Erin seguía pensando en la visita de Josh. Ahora sabía que había hecho bien al contarle que la mujer que había roto el corazón de su padre, en más de un sentido, era Nina; bastaba con ver lo que había sucedido cuando Josh lo había descubierto.

Estaba tan confusa que no dejaba de dar vueltas en la cama. Sabía que se iba a enfadar cuando lo supiera, pero no creía ser merecedora de semejante maltrato.

Por fin, comenzó a amanecer y Erin se levantó de la cama sabiendo que en el fondo siempre estaría enamorada de él. Desafortunadamente, el amor no se podía arrancar de cuajo, por mucho que se quisiera.

Mientras entraba en la ducha, se alegró de darse cuenta que, a pesar de todo, su orgullo había resurgido. Había perdido buena parte de la semana avergonzándose por su necesidad de tener relaciones sexuales con él, pero eso se iba a terminar. Esperaba que la noche anterior hubiera servido para demostrarle a Josh Salsbury que se había equivocado y que, contrariamente a lo que afirmaba, ella no era una cualquiera. Se negaba a seguir pensando que si la hubiera besado con ternura, como si no la odiara, el resultado habría sido diferente. Estaba enamorada de él, era cierto, pero no podía tolerar que la tratara de aquel modo.

En cuanto llegó a la oficina, Erin se dirigió al despacho de Ivan Kelly y le presentó la dimisión. De haber podido elegir, habría preferido marcharse directamente, pero siempre había decenas de trámites por hacer. Además, apreciaba a todos los que trabajaban allí y, por lealtad a sus compañeros, se sentía en la obligación de darles un mes para que pudieran encontrar a alguien que la reemplazara.

—¡No te puedes ir! —protestó Ivan, antes de mirarla con recelo—. Ah, ahora comprendo… Ayer no fuiste a comer con tu madre. Estuviste en una entrevista de trabajo.

—Te equivocas, es cierto que fui a almorzar con mi madre. De hecho, no tengo ningún otro empleo en vistas.

—Entonces quédate hasta que lo tengas. ¿O es que hay algo con lo que no estás contenta? Si es así, dime de qué se trata, por favor —suplicó él—. Sea lo que sea, estoy seguro de que puedo remediarlo.

Ella movió la cabeza en sentido negativo. Era muy infeliz. De hecho, jamás se había sentido tan triste y abatida, pero ni Ivan ni nadie podía hacer nada al respecto.

—Es un problema personal —contestó.

Erin apreció enormemente que Ivan respetara su intimidad y no siguiera presionándola. Después, se pasó el día haciendo lo imposible por ocultar su infelicidad y su desesperación y cuando por fin regresó a su piso, apenas podía contener las lágrimas. Aun así, no lloró; el orgullo la sostuvo una vez más y la convenció de que ningún hombre merecía su dolor.

Justo cuando había conseguido transformar la pena en indignación por permitir que Josh la hundiera hasta ese extremo, sonó el teléfono. No se sentía en condiciones de contestar, pero si se trataba de su padre podía aprovechar la oportunidad para avisarle de que ese fin de semana no iría a visitarlo a Croom Babbington.

Para su asombro, no era su padre, sino Josh Salsbury.

—Soy yo... —balbuceó.

Aquella vacilación era extraña en él; al parecer, no sabía qué decir. Para evitar que Erin notara su incomodidad, se apresuró a continuar y le informó:

—Estoy en Nueva York.

Erin se quedó tan sorprendida que fue incapaz de contestar en el momento. Pero su orgullo volvió a resurgir y se enfureció al pensar que la había llamado para volver a insultarla.

—Te veré cuando regrese... —alcanzó a decir Josh.

Pero ella no lo dejó seguir.

—No. ¡Si te veo antes que tú a mí, te aseguro que no me verás! —gritó ella.

Acto seguido, colgó el teléfono.

A Erin se le llenaron los ojos de lágrimas, pero se resistía a llorar. Se preguntó cómo era posible que se hubiera atrevido a llamarla. El hecho de que la hubiera llamado a casa significaba que no era por un asunto de trabajo, y si se trataba de algo personal, seguramente pretendía insistir en la idea de que tanto ella como su madre eran poco menos que unas aprovechadas.

Se fue a la cama angustiada, se levantó molesta y fue al trabajo decidida a no seguir permitiendo que

Josh Salsbury le arruinara la vida. Así que, cuando Stephen Dobbs entró en su despacho y la invitó a salir esa tarde, sonrió de oreja a oreja y aceptó.

Aquella noche durmió muy mal; estaba alterada desde por la tarde, cuando había tomado el periódico para echar una ojeada a las ofertas de empleo y había visto una fotografía de Joshua Salsbury vestido con un traje muy elegante y escoltado por una belleza neo-yorquina.

Lo había odiado y había odiado a la mujer que estaba con él, hasta el punto de que recortó la fotografía y la dejó sobre su mesita de noche, diciéndose que por la mañana compraría dardos para practicar tiro al blanco con ella.

A la tarde siguiente, Erin mantuvo una complicada conversación telefónica con su padre. Él podía aceptar que no fuera a verlo durante el fin de semana, pero le parecía absolutamente inaceptable que su ausencia se debiera a la intención de pasar esos días en casa de su madre. Erin sabía que a Nina le importaba un rábano lo que le contaba a su padre, pero viendo la manera en que había reaccionado, creyó que sería mejor no mencionarle que Richard, el amigo de su madre, iba a pasar a recogerla.

A eso de las nueve de la noche, sonó el teléfono. Como nadie solía llamar a esas horas, Erin se puso nerviosa. Pero a pesar de ello, y de que imaginaba que era Josh, sacó fuerzas de flaqueza y levantó el auricular.

—¿Sí?

–¿Erin?

–Sí, soy yo.

No era Josh. Ella suspiró aliviada.

–Soy Greg Williams.

Erin se sorprendió al saberlo. Greg Williams era la última persona con la que necesitaba hablar en aquel momento.

–Hola, Greg. ¿Cómo estás?

–Ahora que te he encontrado, mejor. ¿Cómo estás tú? Por lo visto, te caíste redonda cuando te golpeaste con aquella columna...

–Estoy bien, gracias.

Erin tenía la esperanza de que sólo hubiera llamado para interesarse por su salud, porque en tal caso, la conversación sería breve. Pero sus ilusiones se esfumaron enseguida.

–Me ha costado conseguir tú numero –comentó él.

Por cortesía, Erin esperó antes de preguntar para qué quería su número de teléfono y él aprovechó para continuar.

–Nuestros planes del otro sábado quedaron en nada, ¿verdad? Pero me gustaría volver a verte.

Erin se exasperó al recordar que los planes de Greg para aquel sábado no coincidían con los suyos y que Josh Salsbury, más experimentado en esas lides, se había dado cuenta antes que ella de qué era lo que Greg tenía en mente. De repente, Erin cayó en la cuenta de que tal vez había sido su comportamiento con Greg, precisamente, lo que había convencido a Josh de que era una cualquiera.

–Lo siento, Greg –dijo de forma brusca–, perdí el conocimiento antes de poder decirte que nunca tuve intención de ser otra cosa que una amiga. O en otras palabras, que no tengo el menor interés de acostarme contigo.

A la dura declaración de Erin, le siguió un largo silencio. Sin embargo, la respuesta de Greg hizo que recobrara parte de la simpatía que había sentido hacia él. Tras un suspiro de resignación, el hombre comentó:

—A veces se gana, a veces se pierde.

Al oír que ella reía, se atrevió a seguir adelante.

—De cuando en cuando voy a Londres, así que podría llamarte un fin de semana. ¿te parece bien? Podríamos ir al zoológico o algo así...

La propuesta le hizo soltar una nueva carcajada. Le costaba imaginarlo perdiendo el tiempo en el zoológico, pero la había puesto de buen humor y se lo agradecía.

—En ese caso, llámame cuando vengas —dijo.

Con todo, Erin sabía que como solía pasar los fines de semana fuera de Londres, difícilmente estaría en la ciudad si llegaba a llamarla.

En cuanto terminó la conversación telefónica, Erin volvió a pensar en Josh; pero esa vez descubrió que ya no lo odiaba tanto como antes.

El sábado, cuando Richard Percival fue a buscarla para llevarla a casa de su madre en Berkshire, Erin lo estaba esperando con el bolso de viaje preparado. Era un hombre atractivo, unos cuantos años mayor que Joshua Salsbury, y a Erin le cayó bien en cuanto lo vio.

–Nina me ha dicho que trabajas para la empresa de los Salsbury –comentó Richard cuando arrancó el vehículo.

Ella comprendió que no iba a ser fácil quitarse a Josh de la cabeza.

–¿Conoces la empresa? –preguntó con amabilidad.

–Sólo por su reputación que, como sabrás, es de primer nivel.

Era agradable saber que la empresa de Joshua tenía tan buena fama, pero eso no la ayudaba a olvidarlo.

–¿Y tú en que trabajas? –preguntó, desesperada por alejar al apellido Salsbury de su conversación.

Erin ya había tenido una excelente impresión inicial de Richard, pero en las siguientes veinticuatro horas se convenció de que era una persona adorable. No sólo hablaba con el corazón sino que, además, notó la manera en que miraba a Nina y no dudaba de lo profundamente enamorado que estaba de ella.

Como tampoco dudaba de lo mucho que le preocupaba a Nina quedarse a solas con él, algo que a Erin la incomodaba. Aunque su madre se comportó correctamente y trató a Richard como al mejor de sus invitados, cada vez que erin salía de la habitación por algún motivo, Nina encontraba una excusa para marcharse también.

–En algún momento tendrás que mantener una conversación en privado con Richard –afirmó Erin, al ver que su madre se levantaba a ayudarla a llevar las tazas a la cocina.

–Mantente cerca –dijo Nina, cortante.

Justo en aquel momento, Richard se unió a ellas.

–¿A alguien le apetece dar un paseo? –preguntó.

Aunque a Erin le encantaba la idea de salir a estirar las piernas, era consciente de que la invitación iba dirigida a su madre y la habría rechazado de buena gana. Pero su madre la miró con desesperación.

—Es una idea maravillosa —comentó Erin finalmente.

Erin sabía que Richard no era tonto y que comprendía perfectamente lo que pasaba; aun así, estaba segura de que ella era la que se sentía más avergonzada de los tres. Sobre todo, sabiendo que había propuesto ir a dar un paseo sólo para pasar un momento a solas con la mujer que le robaba el corazón y que, incluso así, Nina se negó a acompañarlos.

—No tenemos por qué ir muy lejos —señaló Erin, algo incómoda.

—Oh, vamos, será bueno para los dos —replicó él, alegremente—. He pasado demasiadas horas sentado esta semana.

Pero el tono alegre desapareció cuando cinco minutos después, Richard preguntó:

—¿Nina te ha comentado que le he pedido que se case conmigo?

Erin no sabía qué decir. Se suponía que una propuesta matrimonial era algo privado, entre dos personas; especialmente si, como imaginaba, el pretendiente había sido rechazado.

—Bueno, yo... —balbuceó.

—Lo siento. No he debido preguntártelo de ese modo —se disculpó él, dando la enésima muestra de sensibilidad—. Cambio la pregunta: ¿Cómo te sentirías si tuviera la suerte de convertirme en tu padrastro? No te disgustaría, ¿verdad?

Ciertamente, a ella no le habría disgustado la idea, porque Richard era un hombre encantador, una buena persona y, tras haber visto cómo observaba a su madre, tenía la impresión de que se llevarían muy bien. Sin embargo, esperaba que él comprendiera que, aunque no le disgustara la idea, no iba a alentar su petición de matrimonio sólo porque ellos se llevaran bien.

–Lo único que quiero es que mi madre sea feliz –contestó.

–¿Y crees que es feliz conmigo?

Sabía que Nina era feliz con él. No obstante, también sabía que a su madre le aterraba meterse en un tercer matrimonio del cual quizá querría escapar al poco tiempo. Pero no quería lastimar a Richard, así que trató de encontrar una respuesta agradable.

–Nina dice que le haces reír –afirmó.

–Bueno, eso es alentador –comentó él, sonriendo con complicidad–. Te prometo que no volveré a mencionar el tema.

A la mañana siguiente, Erin se quedó en su dormitorio, aunque sabía que Richard estaba en pie desde temprano. Salió de la cama, se duchó, se vistió y, cuando cerca de las siete bajó las escaleras, se encontró con su madre, también acostumbrada a madrugar.

–Supongo que tengo que ir a ese acto con los Ashmore –dijo Nina, a modo de saludo.

Acto seguido, fue al grano y preguntó lo que quería saber.

–¿De qué hablaste con Richard en vuestro paseo de ayer?

–Si querías saberlo, deberías haber venido con nosotros –contestó Erin.

–¿Me estás desafiando?

–¿Me estás reprendiendo?

Ambas rieron a carcajadas y Erin le contó lo que
había charlado con Richard, aunque no sin sentir cierta deslealtad de su parte hacia aquel hombre tierno y
gentil.

–Hablamos de propuestas matrimoniales. Una en
particular.

–¿Sigue teniendo ganas de casarse conmigo? –interrogó Nina.

–Sabes que sí.

–¡Vaya por Dios!

Erin temió lo peor, porque su madre no parecía
muy feliz con el tema.

–Será mejor que me vaya –declaró Nina–. Jamás
he podido soportar estas situaciones.

Un segundo después, volvió a ser la mujer efusiva
de siempre.

–Con suerte todos habrán salido del agua y estarán
vestidos –agregó–. Les he visto las piernas llenas de
varices y, créeme, no es una visión agradable.

Nina soltó una carcajada y se marchó a ver a sus
amigos, los Ashmore.

Erin no pudo evitar volver a pensar en el hombre
al que había odiado el martes y al que esperaba seguir
odiando ese día.

–Te veré cuando regrese –había dicho él.

A Erin se le aceleró el corazón de sólo pensarlo.
Pero se le apaciguó al recordar la furia con la que había respondido:

–No. Si te veo primero, no me verás.

Dudaba si volvería a verlo después de eso. A pesar de lo cual, no dejaba de preguntarse por qué la había llamado desde Estados Unidos para decirle que se verían a su regreso. Por lo que sabía de él, le habría parecido más lógico que, si le apetecía verla, sencillamente llamara a su puerta. Aunque, a la vez, seguía sin comprender por qué quería volver a verla y temía que sólo fuera para repetir el maltrato de su última visita. Si se trataba de eso, Erin no estaba dispuesta a tolerarlo. Y si él no tenía intención de presentarse en su piso, pero esperaba verla en su lugar de trabajo, era mejor que no regresara de Nueva York durante las próximas tres semanas.

Como Nina y Richard iban a comer en casa de los Ashmore, Erin se preparó algo para almorzar y siguió pensando en Joshua Salsbury y su llamada telefónica desde Nueva York. Imaginaba que él se pasaba la vida haciendo llamadas internacionales, por lo que no veía ninguna relevancia en el hecho de que se hubiera molestado en llamarla desde tan lejos. Sin embargo, no dejaba de preguntarse por qué lo había hecho y si estaba intentando insultarla otra vez.

Poco después de las tres, más temprano de lo que Erin esperaba, Nina aparcó junto a la entrada principal, seguida de cerca por el coche de Richard. La mujer no se detuvo a esperarlo y entró a la casa directamente.

–¿Qué tal el día de natación? –preguntó Erin a Richard cuando lo vio entrar.

–¡Genial! –declaró él con una sonrisa–. Modestamente, estás ante un auténtico campeón.

Erin lo felicitó y sonrió alegremente. Sin embargo, no pudo evitar sentir la tensión que había en el aire; en particular cuando Richard rechazó el té que Nina le ofreció.

Aunque su madre y él eran demasiado educados como para comportarse de un modo inadecuado delante de los demás, Erin sintió que era un buen momento para marcharse.

—Cuando quieras regresar a Londres, me avisas —le dijo a Richard.

—Tengo un trabajo importante esperándome. Si estás lista, podríamos irnos ahora mismo.

A la media hora ya estaban en la carretera. Durante el viaje, Richard la hizo reír con su entretenido relato de la mañana en la piscina. Pero a medida que se iban acercando a Londres, cada vez podía sostener menos la pretensión de que todo estaba bien.

Como casi todos los domingos, los vecinos de Erin tenían visitas y el tránsito por los patios era complicado. Al ver la situación, Richard dio marcha atrás y aparcó el coche cerca de la entrada.

Ella habría recogido su bolso y se habría despedido allí mismo, pero él insistió en llevarle el equipaje hasta la puerta.

—¿Te gustaría tomar un té?

Erin se sentía en la obligación de retribuirle de alguna manera la generosidad de llevarla a casa. Además, Richard le caía muy bien.

Él negó con la cabeza y dejó el bolso junto a la puerta.

—Me tengo que ir —contestó y sonrió con ternura—. Habría estado muy orgulloso de ser tu padrastro.

El hombre hablaba con calma, pero tenía los ojos llenos de dolor.

—Oh, Richard.... —dijo ella, apenada—. ¿Mi madre te ha...?

—La dama ha dicho que no.

—Lo siento tanto...

—Dudo que nuestros caminos vuelvan a cruzarse —comentó él.

Entonces, Richard avanzó hacia ella y la abrazó.

—Adiós, Richard.

Erin era consciente de que nada de lo que pudiera decir serviría para aliviar su dolor, así que se limitó a abrazarlo a su vez y besarlo en una mejilla.

—Adiós —se despidió él.

Mientras lo veía alejarse, Erin se entristeció.

—Pobre Richard —murmuró.

La apenaba saber que, después de todo, había tenido que soportar que Nina se saliera con la suya. También sentía pena por su madre porque suponía que, siguiendo con su costumbre y sin importarle lo que sintiera por él, se negaría a volver a verlo. Richard lo sabía y por eso se había despedido diciéndole que dudaba que sus caminos volvieran a cruzarse.

Erin se volvió hacia la puerta, introdujo la llave en la cerradura y la giró. Pero en cuanto abrió la puerta se sobresaltó al ver que una mano masculina que había aparecido de la nada levantaba su bolso y lo arrojaba dentro. Cuando el hombre se enderezó y la miró con cara de pocos amigos, ella se quedó observándolo estupefacta. Era Josh.

Antes de que Erin consiguiera recobrar el aliento, él la interrogó:

—¿Quién era ese tipo?

—¡El trotamundos ha regresado! —exclamó ella, con ironía.

No podía evitar pensar en la última vez que lo había visto y tampoco se sentía con ganas de ser amable. No iba a ceder a la tentación de alegrarse de verlo, su orgullo se lo prohibía.

—¿Quién? —preguntó Josh.

Ella hizo caso omiso a la pregunta y le lanzó una mirada amenazadora.

—Si has viajado especialmente para despedirme, temo que no podrás hacerlo —se jactó—. Ya he presentado mi renuncia y me marcharé dentro de tres semanas.

Josh no parecía impresionado.

—¡Esto no tiene nada que ver con los negocios! —protestó.

Acto seguido, Erin cruzó el umbral del apartamento. Josh la siguió y, deliberadamente, cerró de un portazo. Lleno de furia, insistió:

—¿Quién era ese tipo?

Después del impacto que le había causado la inesperada visita de Josh, Erin casi había olvidado que alguien llamado Richard la había llevado a su casa desde Berkshire.

—¿Quién? —replicó, molesta.

—¡No juegues conmigo! —gritó Josh.

Se preguntó quién se creía que era para tratarla así pero, en cuanto lo miró a los ojos, se le aceleró el corazón. Josh estaba cerca, demasiado cerca. Estaban al pie de la escalera y era un sitio demasiado pequeño para dos personas furiosas.

Erin necesitaba más espacio, así que se volvió y comenzó a subir las escaleras.

—Sabes dónde está la salida —dijo con tono arrogante y sin mirar atrás.

Si creía que eso le bastaría para librarse de él, estaba equivocada. Josh la siguió hasta el final de la escalera, la tomó de los hombros y la obligó a mirarlo a la cara.

—¡No me des la espalda! —ordenó, enfadado.

En aquel momento, Erin supo que estaba en problemas; pero estaba demasiado alterada para disculparse y responder a todo lo que el quería saber.

—¿Me equivoco o ya hemos pasado por esto antes?

La expresión amenazadora en los ojos de Joshua la hizo temblar, pero no lo suficiente como para que cerrara la boca.

—¿Esta no es la parte en la que me alzas en brazos y me llevas a la cama? —agregó.

Como si le quemara, Josh se apartó de ella y fue hacia el salón. Erin sabía, o suponía, que era su oportunidad para volver a bajar las escaleras y escapar del piso. Pero amaba a ese hombre malhumorado, y adoraba y necesitaba estar con él, más allá de las consecuencias que eso pudiera generarle, así que hizo exactamente lo que su cabeza le decía que no hiciera: seguir a Josh.

Entró en el salón sin hacer el menor ruido; no obstante, y aunque estaba de espaldas, Josh sintió su presencia y se volvió para mirarla. No dijo nada, sólo se limitó a contemplarla con detenimiento.

Después de unos segundos, Josh respiró hondo y mirándola a los ojos, insistió:

–¿Quién era ese tipo, Erin?

–No importa quién era. No volveré a verlo.

Él interpretó erróneamente el comentario.

–¡Qué forma tan tierna de despedirse! –dijo con sorna.

–¿Qué? –preguntó ella, desconcertada.

–¿Has pasado todo el fin de semana con él?

Josh hablaba con una tranquilidad inusual en él y Erin supo que era la típica calma que precedía a las tempestades.

Podría haberle dicho que Richard y ella habían pasado el fin de semana con su madre y que Richard había sido el amante de Nina. Pero recordó lo sucedido con el padre de Josh y creyó que era mejor no decirle ni dónde había estado ni que su madre había rechazado a otro hombre. Más allá de su padre, Josh tenía una mala opinión de Nina y Erin no quería que tuviera una peor.

–¿Y bien? –reclamó él, inquieto.

–Sí –mintió.

Al oír la afirmación de Erin, Josh tensó la mandíbula.

–He estado con él desde que vino a buscarme ayer –añadió, con la barbilla temblorosa.

–¡Así que finalmente lo has hecho! –exclamó él, pasando del tono tranquilo a la estridencia total.

Ella comprendió perfectamente a qué se refería.

–¡Sabía que me considerabas una especie de mujerzuela –protestó Erin, con la cara roja como un tomate–, pero eso no te da derecho a preguntar si lo he hecho o no!

Y ansiosa por cambiar de tema, repitió:

–No lo voy a volver a ver.

–O lo has hecho y la experiencia no te ha interesado demasiado, o no lo has hecho y él se ha enfadado porque has arruinado sus planes para el fin de semana. ¿Qué ha pasado?

Erin estaba furiosa con él. Le indignaba que creyera que podía invadirla de esa forma y pretender que le diera detalles de su vida íntima.

–No es asunto tuyo…

–¿Te has acostado con él? –la interrumpió Josh.

–Sinceramente, ¡estoy harta de ti!

–¡Lo has hecho!

–¿Y a ti qué te importa? –gritó Erin, odiando a Joshua Salsbury una vez más.

–¡Me importa un cuerno! –gruñó él.

Acto seguido, se acercó y la miró a los ojos con rabia y desesperación.

–¿Por qué habría de importarme? –continuó– ¿Si sólo soy el idiota que se negó a hacerte el amor cuando te metiste en su cama?

Erin lo golpeó. No quería hacerlo, pero perdió los estribos; la rabia la cegó y, sin pensarlo, levantó la mano derecha y le pegó un puñetazo. La cabeza de Joshua se ladeó hacia un costado y ella se sintió horrorizada y avergonzada al mismo tiempo. La violencia no formaba parte de su naturaleza, o al menos eso creía. Desde que se había enamorado, sentía que su vida estaba patas para arriba y ya no estaba segura de conocerse.

–¡Perdón! –se disculpó, con voz entrecortada–. No quería golpearte. Es que...

Erin se interrumpió y se volvió para no mirarlo. No podía soportar ver la expresión de furia en el rostro de Josh.

Permaneció inmóvil, esperando que él le devolviera la agresión y sin saber adónde ir. Pero para su sorpresa, Josh no reaccionó bruscamente como ella suponía, sino que, por el contrario, la tomó de los brazos con suavidad y ternura.

—Estás temblando —dijo él.

—Solía ser una persona sensata y racional antes de conocerte —declaró ella, casi sin pensar.

Al darse cuenta de que con lo que acababa de decir estaba revelando sus sentimientos, intentó plantear las cosas desde otro ángulo.

—Vienes aquí —continuó, mientras se volvía— y sacas conclusiones sobre mi amistad con Richard...

—¿Richard era ese hombre?

Ella asintió en silencio aunque sin levantar demasiado la cabeza porque temía que Josh viera en sus ojos lo frágil que se sentía en ese momento.

—Si sólo sois amigos, puedo suponer que no sois amantes, ¿no es así?

Cuando Josh actuaba de un modo tan dulce y amable, Erin comprendía qué la había enamorado en él. Sentía que podía abrirle el corazón y revelarle todos sus secretos.

—Perdóname por haberte golpeado, juro que no quise lastimarte —se disculpó de nuevo.

—¿Y ese Richard y tú no habéis sido amantes? —insistió él, levantándole la barbilla con una mano para que lo mirara a los ojos.

Pero ella sólo se atrevió a mirarlo cuando sintió que había recuperado el control sobre sí misma.

—No, claro que no —aseguró.

Josh sonrió.

–¿Y Stephen? –preguntó–. ¿Tampoco te has acostado con él?

–No, pero sigo viéndolo –contestó, con sinceridad–. Perdóname por lo que he hecho… Si te sirve de consuelo, creo que me he roto la mano.

Josh gruñó.

–¿Qué voy a hacer contigo? –dijo, antes de besarle la palma de la mano.

Se miraron en silencio durante un largo rato. Después, Josh la tomó lentamente entre sus brazos, dándole todo el tiempo del mundo para que se apartase si quería. Pero Erin no opuso ninguna resistencia; sentía que habían pasado siglos desde la última vez que lo había visto y quería que la abrazara. Además, hizo lo que siempre había querido hacer: recostar la cabeza sobre el pecho de Josh.

Él parecía estar feliz de poder sostenerla tiernamente. Cuando le acarició la cabeza, Erin pensó que podría pasarse la vida así. Pero el viejo temor de que Josh se diera cuenta de lo profundos que eran sus sentimientos hacia él comenzó a agitarse en su interior y, haciendo un esfuerzo sobrehumano, se apartó de él.

Josh dejó de acariciarle la cabeza y eso le bastó para saber no sólo que era libre, sino que él no iba a retenerla contra su voluntad. Erin sentía que, otra vez, estaba perdidamente enamorada de él.

Quería encontrar una buena excusa para su reacción y no se le ocurría nada sensato.

–Será mejor que llame a mi padre –dijo finalmente–. Le dije que lo llamaría en cuanto regresara.

Él la miró con una mueca graciosa.

–¿Y quieres llamarlo justo ahora?

Definitivamente, ella no quería y temía que sus ojos revelaran ese sentimiento. Al parecer, sus temores eran fundados porque, con la misma dulzura de antes, Josh comenzó a atraerla hacia él. Esta vez, Erin no recostó la cabeza sobre su pecho, sino que se dejó llevar y esperó a que la besara.

—Oh —suspiró ella cuando dejaron de besarse.

Joshua soltó una carcajada.

—¿Eso significa que quieres más? ¿O significa que ya es bastante?

Erin rió con él. Era absolutamente ridículo.

—Me apetece uno más, pero sólo para reparar el daño que te he hecho al golpearte.

—Me lo merecía —sonrió con picardía—. Aunque, sin duda, un beso ayudaría a aliviar el dolor.

—¿Aún te duele? —preguntó ella, alarmada.

—No, en absoluto.

Antes de que Erin pudiera averiguar si decía la verdad, Josh inclinó la cabeza y volvió a besarla.

Compartieron mucho más que un beso reparador y los besos de Joshua sirvieron para perdonarlo por aquellos otros besos robados la última vez que habían estado juntos.

A ella le latía el corazón con fuerza y no sabía ni le importaba adónde los estaban llevando sus besos; sencillamente, se entregó al placer de las caricias y los besos en el cuello. Él le desabrochó la camisa y deslizó la boca entreabierta por la piel desnuda y trémula de Erin, apartando la camisa y el sostén mientras saboreaba la dulzura de aquellos hombros delicados y elegantes.

Erin estaba maravillada y no dejaba de repetir mentalmente el nombre de su amante. El roce de sus dedos, sus labios, su lengua, era algo mágico. Lo rodeó con los brazos y se besaron de nuevo, un beso que insinuaba que pronto llegarían a un punto sin retorno. A Erin no le preocupaba, ardía en deseos por Josh y quería hacerle el amor desesperadamente. Presionó los senos semidesnudos contra él y, cuando sintió que la tomaba de las caderas y la atraía hacia su cuerpo, se estremeció complacida.

–Josh, yo.... –balbuceó.

–¿Asustada? –preguntó él, mirándola a los ojos con seriedad.

–Asustada, no. Más bien, nerviosa.

Josh sonrió.

–Bueno, esto se parece mucho a una aventura y es lógico que estés nerviosa.

Erin respiró hondo y afirmó:

–Creo que estoy preparada.

Él la besó con ternura.

–Tienes que estar segura de que estás lista, preciosa; no es suficiente que creas que lo estás.

Aunque sabía que Josh tenía razón, ella estaba demasiado enamorada como para poder pensar lógicamente.

–Es un paso muy importante –insistió él con dulzura.

Erin lo sabía, pero él era el primer y único hombre en su vida y quería hacerle el amor para recordarlo cuando se marchara. No obstante, por un momento vaciló. Le preocupaba la posibilidad de estar siendo demasiado atrevida.

–¿Soy demasiado ansiosa?

Joshua sonrió.

–No, mi amor –la tranquilizó–. Has esperado demasiado tiempo por esto y uno de nosotros tiene que estar seguro de que ha llegado el momento de hacerlo.

–¿Tú no estás seguro?

En cuanto terminó de pronunciar esas palabras, Erin se dio cuenta de que parecía que le estaba pidiendo algún tipo de compromiso a Josh. Sin pensarlo más, se apartó y retrocedió dos o tres pasos. Se sonrojó al ver el desaliño de su ropa y se apresuró a abotonarse la camisa.

–Es mejor que te vayas –masculló.

Josh respetó la necesidad de espacio de Erin y se quedó donde estaba.

–¿Son los nervios los que hablan? –preguntó.

–¿Cómo podría saberlo? –contestó ella, con cierto enfado–. Nunca había llegado tan lejos con un hombre, pero tú...

A Erin se le hizo un nudo en la garganta y no pudo seguir hablando.

–Oh, Erin –dijo Josh, suavemente–. Ven aquí, conmigo.

Ella lo miró sin saber qué hacer. No quería que supiera que estaba enamorada de él, pero se moría por regresar a sus brazos.

–¿Me lo estás pidiendo? –preguntó, con cautela.

Josh no vaciló ni un segundo.

–Te lo estoy pidiendo –replicó, sonriendo de oreja a oreja.

–En ese caso...

Erin regresó a él y se besaron de nuevo. Había perdido el control de sus emociones y lo deseaba con todas sus fuerzas.

Josh la llevó al sofá; sus cuerpos estaban entrelazados en un abrazo cuando de repente sonó el teléfono. Los dos trataron de no prestarle atención, pero no dejaba de sonar insistentemente. Josh se apartó un poco y, mientras se sentaban, gruñó:

—Esto es imposible.

Erin no podía estar más de acuerdo con él.

—Debe de ser mi padre —manifestó—. Es capaz de insistir una y otra vez. Será mejor que lo atienda porque si no...

—¿Si no, qué?

—Si no, me va a preguntar por qué he tardado tanto en contestar y.... —explicó ella, ruborizada.

Josh sonrió con picardía y Erin, con las emociones a flor de piel, se acomodó la ropa y corrió al teléfono. No era su padre quien llamaba, sino Greg Williams.

—Ah, hola, Greg —dijo ella, con una mueca de desilusión— ¿Que tal estás?

Erin vio que a Josh se le desdibujó la sonrisa y que, con los labios temblorosos, se levantó del sofá y fue hasta la ventana para mirar al exterior.

—¡Por fin te encuentro! —replicó el hombre al teléfono—. He estado llamando a tu casa desde ayer por la tarde.

—Lo siento, Greg.

Erin estaba mucho más atenta a Josh que al hombre con el que estaba hablando. Justamente, porque no estaba pensando en lo que decía, después de haberse cuidado de no hacer ninguna referencia a su madre en presencia de Salsbury, cometió el error de explicarle a Greg por qué no había podido encontrarla antes.

—He pasado la noche en casa de mi madre —dijo.

Al darse cuenta de su imprudencia, Erin se apresuró a mirar a Josh y, al ver la rigidez de su espalda, supo que podía olvidarse de compartir más besos con él. Él se dio vuelta y por la expresión de sus ojos se notaba que estaba pensando en su padre y en lo que Nina le había hecho. Erin apartó la vista. Sin duda, a Josh no le alegraba saber que su aventura con la hija de Nina Woodward era, en cierta forma, una deslealtad a su padre.

Erin trató de concentrarse en lo que Greg estaba diciendo, algo acerca de que podía ingeniárselas para tomarse un día libre a la semana siguiente e ir a Londres para verla. No le apetecía ver a Greg Williams de nuevo, pero de repente pensó que Josh podía interpretar el hecho de que estuviera dispuesta a perder su virginidad con él como una señal indiscutible de que le importaba más que el resto de los hombres. Y decidió aprovechar la ocasión para remarcar su independencia.

—¿Y bien? ¿Qué me dices? ¿Quedamos el jueves? —insistió Greg.

—Me encantaría verte —aseguró ella.

Josh la miró con el rostro desencajado. Erin no le dio importancia y continuó:

—Intentaré salir antes del trabajo. Déjame tu número de teléfono y te llamaré para ver dónde quedamos.

—¡Magnífico! —exclamó él.

Entusiasmado, Greg le dio su número. Habría seguido charlando un rato más pero Erin, tratando de no demostrar ninguna afectación por la mala cara de Josh, le dijo que tenía compañía y que no era el mejor momento para hablar.

–Estaré esperando tu llamada –se despidió Greg, y cortó la comunicación.

Cuando Erin colgó el auricular, le dolía el corazón. La expresión gélida en el rostro de Josh le decía que no irían a ninguna parte. Imaginó que, a pesar de los momentos de pasión, siempre había tenido razón al pensar que entre ellos no había futuro.

–¿Imposible, dije? –preguntó Josh, sarcástico–. Tendría que haber dicho: total y absolutamente imposible. No deberías haber interrumpido tu llamada por mí. ¡Me voy de aquí!

Erin podía tener el corazón partido en mil pedazos, pero su orgullo seguía intacto y dijo, con voz dulce:

–Te acompaño a la salida.

Sin embargo, Josh le negó el pacer de cerrarle la puerta en la cara. La miró con rabia, cruzó el salón y salió, dando un portazo violento y definitivo.

ERIN creyó que podría olvidar a Josh; sin embargo, no lograba quitárselo de la cabeza. Trataba de pensar en otras cosas, en otros hombres, pero apenas lo conseguía durante unos segundos e inevitablemente sus pensamientos siempre volvían a él.

En un último y desesperado intento por expulsarlo de su mente, decidió llamar a su padre, tal y como le había prometido. Pronto descubrió que Josh Salsbury la inquietaba tanto que ni siquiera estaba en condiciones de hablar con nadie.

Media hora después, él la llamó.

—¿Hace mucho que has regresado? —la interrogó.

—No tanto. Estaba a punto de llamarte.

—¿Lo has pasado bien con tu madre?

Erin era muy sensible a los sentimientos de su padre, pero sintió que debía ser sincera con él.

—Hemos pasado un fin de semana muy agradable —dijo.

—¿Y con quién esta saliendo ahora?

La conversación acababa de entrar en una zona complicada. Erin se preguntaba si todas las parejas divorciadas se insultaban cuando uno de los dos seguía sintiendo algo por el otro.

–Mamá no está viendo a nadie en este momento –replicó, feliz de poder ser sincera con él.

–¡Qué milagro! –exclamó él, sarcástico.

Erin trató de cambiar de tema.

–¿Qué tal tu fin de semana, papá?

El hombre vaciló unos segundos y ella se sintió intrigada. Y mucho más cuando oyó sus siguientes palabras.

–Bueno, la mujer que el mes pasado se mudó a la antigua casa de Raven nos invitó anoche a varios vecinos a tomar algo.

Erin no podía creer que hubiera aceptado. Desde que tenía uso de razón, su padre siempre había huido de esas invitaciones.

–¿Y fuiste?

–Pensé que debía ir –contestó él.

Ella decidió que era hora de utilizar sus privilegios de hija indiscreta.

–¿Y qué te ha parecido su esposo? –preguntó, con tono casual.

–Brenda es viuda.

Erin estaba sorprendida; su padre acababa de referirse a su nueva vecina por el nombre de pila, algo que no solía hacer con el resto de las demás mujeres del pueblo.

–De hecho –continuó Leslie Tunnicliffe–, se me ha ocurrido que, dado que es nueva en la zona, estaría bien invitarla a cenar un sábado en casa, ¿no te parece?

Aquella situación era tan insólita que hasta había servido para que Erin dejara de pensar en Josh durante un rato.

–Iré a casa el viernes –replicó, antes de que su padre pudiera arrepentirse–. ¿Te parece bien invitarla este sábado o es muy pronto?

–Lo pensaré –dijo él.

No obstante, ella conocía bien a su padre y sabía que estaba sonriendo.

Aunque la llamada le había dado algo más en que pensar, en cuanto terminó de hablar con su padre volvió a pensar en Josh. La había llamado preciosa y mi amor, y ella quería tenerlo de nuevo entre sus brazos, pero el portazo que había dado al marcharse era una prueba clara de que no volvería a llamarla.

Erin se evadió de la espantosa realidad recordando con ilusión los momentos de pasión compartidos. Pensó en aquellos besos maravillosos, en la ternura y la dulzura de Josh y anheló poder volver el tiempo atrás. Se estremeció al recordar que la llamada de Greg Williams lo había cambiado todo. Ella había mencionado a su madre y eso había bastado para que, en un segundo, él se transformara en alguien frío y distante. Josh había dicho que lo suyo era imposible y estaba en lo cierto.

A las nueve de la noche, lo único que Erin quería era meterse en la cama, cubrirse con las mantas hasta la cabeza y dormir hasta la mañana siguiente. Sin embargo, aunque la lógica le decía que necesitaba descansar, apenas pudo conciliar el sueño. Cuando se levantó el lunes al amanecer, se había pasado casi toda la noche recordando cada palabra, mirada y gesto compartido con Josh Salsbury desde el momento en que se conocieron, aquella mañana en que se unió a ella y a Charlotte para tomar un café.

Erin se duchó y se vistió pensando en Josh. Al final, se resignó y abandonó la lucha por quitárselo de la cabeza para intentar apaciguar la rabia y el dolor incesantes. Se preguntaba qué lo había hecho creer que tenía derecho a meterse en su casa sin que lo invitara. Suponía que tal vez había pensado que, después del episodio previo, pasaría mucho tiempo antes de que volviera a invitarlo. Con todo, Erin no entendía a qué había ido Josh el día anterior. Le inquietaba saber si había llegado al mismo tiempo que ella y Richard o si llevaba un buen rato esperándola. Pronto comprendió que la idea de que la hubiera estado esperando era una locura, porque entre ellos no había una relación amorosa ni nada que mereciera un gesto semejante.

Pero mientras aceptaba que sólo los unía un vínculo laboral, recordó su semidesnudez del día anterior y se estremeció. Habían pasado muchas cosas entre ellos. Había dormido con él y, si bien sólo lo había hecho en el sentido literal del término y no por propia voluntad, lo cierto era que entre ellos había una relación que excedía notablemente el simple vínculo laboral.

Al mismo tiempo, sabía que eso no bastaba para que él considerara que podía presentarse en su casa cada vez que quisiera y estaba decidida a dejárselo en claro la próxima vez que se vieran.

En aquel momento, a Erin se le hizo un nudo en la garganta. Recordó la frialdad en las palabras de despedida de Josh, el modo en que la había mirado antes de marcharse y el horrible portazo con el que había sellado su última visita, y supo que, probablemente, no volvería a verlo nunca más.

Se sentía derrotada y, como todavía era temprano y no necesitaba correr a la oficina, se sentó en el sofá. Permaneció en silencio y con la mirada perdida en el horizonte. Nunca se había sentido tan infeliz y comprendió que tendría que modificar su actitud respecto al amor y la vida, porque no podía seguir así.

Justo entonces sonó el teléfono. Erin pegó un salto y, aunque sabía que era una locura, no pudo evitar que se le acelerara el corazón al pensar que podía tratarse de Josh.

Su sospecha era incorrecta. No era él, sino Nina.

—¡Buenos días, querida! —dijo Nina efusivamente—. Supuse que te encontraría levantada y quería saber si hoy podías comer conmigo.

—Por supuesto, mamá —contestó Erin, con idéntico tono—. ¿Te parece que quedemos en el mismo sitio?

—Si a ti te gusta, por mí está bien —afirmó Nina.

Tras despedirse de su madre, Erin analizó la situación y decidió que no volvería a pedirle más tiempo a Ivan para comer. Sería mejor que lo llamara y pusiera fin, definitivamente, a lo último que la mantenía ligada a Joshua Salsbury.

Debía apartar definitivamente a Josh de su vida. Suponía que a él no le importaría demasiado y que ni siquiera notaría que ya no trabajaba allí; en cambio, Erin sabía que mientras siguiera en la empresa, ella estaría pendiente de todos y cada uno de los movimientos de Josh.

Poco después de las nueve, levantó el auricular del teléfono y marcó. No temía vacilar en su decisión, pero estaba nerviosa.

—¡Erin, no puedes marcharte así! —protestó Ivan Kelly cuando ella argumentó problemas personales para su renuncia intempestiva–. Es posible que la gente del departamento de recursos humanos te pueda ayudar. Son muy buenos y, sobre todo, muy discretos...

Erin se sentía peor que antes y se apresuró a interrumpirlo.

–No, pero gracias de todos modos. Ha sido un auténtico placer trabajar contigo, Ivan. Es que...

Ivan había vivido lo suficiente como para entender que ciertos asuntos no podían ser resueltos con la ayuda de los demás y se limitó a pedirle a Erin que le prometiera que lo llamaría cuando hubiera resuelto sus problemas, asegurándole que le gustaría volver a contratarla.

Erin terminó la conversación telefónica feliz por lo que había hecho, pero tan angustiada como antes. Ivan había sido muy atento con ella al no insistir y eso la apenaba y avergonzaba a la vez. Con todo, tenía claro que era lo único que podía hacer si pretendía dejar de trabajar cerca de Josh; de lo contrario, habría pasado las siguientes tres semanas pendiente de lo que Salsbury hacía o dejaba de hacer. Aunque sabía que había hecho lo correcto y se enorgullecía de la firmeza de su decisión, se sentía triste y frustrada.

Se esforzó por sonreír cuando se reunió con su madre. Sin embargo, a medida que la comida iba avanzando comenzó a notar que la sonrisa siempre brillante de Nina tampoco era del todo sincera.

–He terminado con Richard –dijo la mujer, fingiendo naturalidad–. Pásame la salsa tártara.

Erin le dio lo que le pedía y comentó:

–Richard lo mencionó.

—¿Te lo contó? —exclamó Nina— ¿Qué te dijo?

—Sólo que se habría sentido orgulloso de ser mi padrastro, pero que tú habías rechazado su propuesta.

—¿Estaba molesto?

—Claro que estaba molesto, madre.

Que Erin hubiera llamado madre a Nina era una prueba de que Richard no era el único que estaba molesto.

—Lo echarás de menos, ¿verdad? —agregó.

Su madre suspiró hondo y la miró a los ojos.

—Ya lo echo de menos —admitió—, y ni siquiera han pasado veinticuatro horas. Pero no ha llamado ni ayer por la noche ni esta mañana.

—¿Y esperabas que lo hiciera?

Nina volvió a suspirar.

—Supongo que no y, además, sé que de haberlo hecho me habría contrariado —declaró—. Pero voy a extrañar esas llamadas.

Para Erin, que también estaba sufriendo un problema amoroso aunque sin solución aparente, lo mejor que su madre podía hacer era buscar un teléfono y llamar a Richard.

—Sé que ni estoy ni he estado casada, y que no puedo saber lo horrible que es que tu matrimonio fracase —se atrevió a decirle a Nina— pero, ¿para ti sería algo tan terrible casarte con Richard?

—¿Te refieres a un tercer matrimonio?

Al ver que Nina no rehusaba hablar sobre el tema, Erin se atrevió a ir un poco más lejos.

—Para serte sincera, me parece una locura que si te importa Richard y tú a él, os obliguéis a una separación que os hace infelices, cuando podríais hacer algo para evitarlo.

–¿Pero casarnos? Hija, te recuerdo que lo he intentado en dos ocasiones.

–Lo sé, pero imagino que habrás aprendido algo...

–Sí, que no podría soportar un tercer divorcio.

–¿Por qué pones las cosas en esos términos? –protestó Erin– ¿Prefieres no volver a ver a Richard en tu vida?

Aunque Nina no respondió a esa pregunta, su hija se dio cuenta de que se le partía el corazón ante la posibilidad de no ver nunca más a Richard.

–Los hombres se aplacan mucho cuando se casan –reveló la madre, con gesto resignado–, y yo no estoy preparada para pasarme los días atenta a lo que dan en televisión o preocupada por la cena. ¡Hay hombres que en cuanto se casan se olvidan de su mujer y sólo tienen ojos para el mando a distancia!

Erin soltó una carcajada y pensó que su madre era un caso perdido.

–Por lo que he podido ver, diría que Richard estaría encantado de darte su mando como regalo de boda.

–Erin, ¿no entiendes lo que quiero decir?

Lo que ella comprendía era que estaba perdiendo la discusión y que sus intentos de hacerle ver a Nina que podía ser feliz eran inútiles.

–¿Le has dicho a Richard cómo te sientes? ¿Le has confesado que, aunque no lo demuestres, sigues sufriendo las heridas de tus dos fracasos matrimoniales?

–¡Eso no tiene nada que ver con él! –afirmó Nina, mirando a su hija con gesto reprobatorio–. ¡Y eres lo suficientemente perspicaz como para darte cuenta!

Erin pensó que, perspicaz o no, ella era una mujer enamorada que sufría por una relación imposible.

–No quiero que seas infeliz, Nina. Eso es todo –dijo con ternura–. ¿Por qué no llamas a Richard? Ábrele tu corazón, dile...

–¡Le diré lo que considere apropiado decirle y ni una palabra más! –advirtió la madre, frunciendo el ceño.

Erin se sintió complacida al ver que, a pesar de la mala cara, esa vez Nina no había declinado la posibilidad de llamarlo.

Al despedirse, madre e hija ya habían hecho las paces y Erin regresó a su piso sintiendo que tenía mucho en que pensar. Como era lógico, tenía de nuevo a Josh en la cabeza y cuando era capaz de concentrarse en su madre, esperaba que Nina no se sintiera tan abatida como ella, en particular, porque podía hacer algo para remediar su situación con Richard; todo lo que tenía que hacer era llamarlo y hablar con sinceridad.

La idea le devolvió a Josh a la mente. No podía estar muy lejos y, estuviera donde estuviera, Erin sabía que podía llamarlo. Sólo que así como Nina tenía la certeza de que Richard la amaba, estaba convencida de que Josh no sentía nada parecido por ella.

No dudaba del deseo que había demostrado en varias ocasiones pero, a pesar de su falta de experiencia sexual, Erin sabía que deseo no era un sinónimo de amor.

Cerca de las siete, se preparó una taza de té e intentó leer un poco. No podía concentrarse, así que decidió dejar el libro a un lado y ordenar sus pensamientos. A las ocho seguía sentada allí, meditando sobre su existencia. Empezó por plantearse qué iba a hacer con su vida, pero no pudo evitar distraerse pensando en Josh, en su madre, en Richard, en su padre y hasta en la desconocida Brenda. Obviamente, Josh era el que más atención acaparaba. Tras reflexionar un buen rato sobre su situación laboral llegó a la conclusión de que no tenía ninguna necesidad de quedarse en Londres. A fin de cuentas, podía trabajar en cualquier parte.

La posibilidad de volver a vivir a Croom Babbington quedaba descartada casi de antemano. Amaba a su padre y sabía que estaría encantado de que volviera con él, pero después de haber vivido sola y de haber probado algo diferente durante los últimos meses, no le apetecía regresar a la rutina del pueblo. Por muchas vueltas que le diera al asunto, lo cierto era que, a pesar de todo, quería quedarse en Londres.

Justo en aquel momento sonó el teléfono. Por un instante pensó que podía tratarse de Josh, pero enseguida comprendió que era una idea absurda. Sin embargo, no pudo evitar que se le acelerara el corazón al atender.

–¿Hola?

–¿Estás bien, Erin? –preguntó Stephen Dobbs, preocupado–. Hoy he tenido uno de esos lunes insufribles y, para colmo, cuando me estaba yendo, Ivan mencionó que habías llamado para decir que ya no regresarías pero no dijo por qué. ¿Es algo que...?

–Es una cuestión personal –contestó ella, recurriendo a la misma excusa que le había dado a Ivan.

A esas alturas, Stephen era más un amigo que un compañero de trabajo; no obstante, Erin no se sentía en condiciones de confiarle intimidad emocional.

–¿Puedo ayudarte en algo? –ofreció él, con la amabilidad que lo caracterizaba.

–No. Puedo encargarme sola. De todas formas, gracias por preguntar.

–¿Te apetece tomar una copa conmigo alguna noche de esta semana? –sugirió Stephen–. Es más, podríamos cenar si quieres…

Erin estaba a punto de decirle que lo dejaran para la semana siguiente cuando, de pronto, recordó la fotografía de Josh y su espectacular acompañante en Nueva York y sintió la necesidad de vengarse.

–Me encantaría –respondió.

Acordaron una cita para el miércoles por la noche y se despidieron. En cuanto Erin colgó el teléfono, éste volvió a sonar. Esa vez no se emocionó ante la posibilidad de que fuera Josh; él no acostumbraba a llamar por teléfono sino que, directamente, se presentaba en la puerta y se invitaba a entrar. Sin más demoras, Erin levantó el auricular.

–¿Hola? –dijo con tono cansino.

–Tu línea estaba ocupada.

El corazón de Erin dio un salto.

–Stephen –balbuceó, aturdida.

–¿Stephen? –preguntó Josh.

Ella trató de recobrar la compostura.

–Veré a Stephen el miércoles –explicó, más tranquila–. ¿Qué...?

–Y a Greg Williams el jueves –interrumpió él.

La voz de Josh sonaba extraña y asombrosamente monocorde, casi como si estuviera esforzándose por no perder el control. Erin se preguntó qué podía inquietarlo tanto, pero evitó darle demasiada importancia porque era consciente de que el amor la hacía llegar a conclusiones absurdas.

—Ya sabes cómo es esto —replicó—. Ni una cita en años y, de repente, una detrás de otra.

Josh permaneció en silencio durante algunos segundos y luego, con el mismo tono de antes, advirtió:

—Te recuerdo que lo que Williams podría esperar de vuestra cita no necesariamente coincidirá con lo que tú esperas.

Erin suspiró y se sentó en el sofá.

—Greg sabe que no soy así.

—La vez que os vi juntos me pareció entender otra cosa —afirmó Josh—. ¿Cuándo se lo has dicho?

—¿El qué? —dijo ella desconcertada por la pregunta.

—¿Cuándo le has dicho que, si pretendía tener relaciones sexuales contigo, estaba perdiendo el tiempo?

Erin soltó una carcajada. Aunque estaba molesta con Josh, no pudo evitar reírse del comentario.

—Me llamó hace unos días y se lo dije.

—Obviamente, le diste tu número de teléfono en la boda de Robin y Charlotte.

—De hecho, yo no se lo di —contestó Erin, feliz de estar hablando con el hombre que amaba—. Supongo que llamó a los padres de Charlotte para pedírselo.

—Entonces, ¿cuántos amantes potenciales tienes? —quiso saber Josh.

—No creo que...

—Según mis cuentas, por lo menos cinco.

—¡Diablos! Sabes más de mi vida íntima que yo —comentó Erin, sarcástica.

—Gavin, Mark... —enumeró él.

—¿Gavin? ¿Quién es Gavin?

—Gavin, el de los pantalones ajustados.

—¡Gavin Gardner! ¡Qué memoria tienes!

–Richard, Stephen –retomó Josh–, y, desde luego, Greg Williams.

Erin no terminaba de entender la situación.

–¿Para qué más has llamado, Josh Salsbury? –preguntó, sin rodeos.

Josh hizo una breve pausa, como si la pregunta lo hubiera tomado por sorpresa.

–Pensé que te gustaría saber que tengo un ojo morado.

Ella contuvo el aliento y rogó para que no se debiera al golpe que le había dado el día anterior.

–¡Dime que no! –suplicó–. Dime que no tienes nada, que sólo te estás burlando de mí.

Él no se demoró más de dos o tres segundos antes de contestar, aunque para Erin la espera fue una tortura insoportable.

–No te preocupes, no tengo nada –admitió finalmente–. Sólo estaba buscando tu compasión.

Ella no daba crédito a sus oídos. Habría preferido no estar enamorada de él, pero lo estaba. No obstante, aunque se moría de ganas de hablar con Josh durante horas, su vena orgullosa la llevó a preguntar:

–No has llamado por eso, ¿verdad?

Erin no ignoraba que al presionarlo de esa forma se arriesgaba a que Josh se despidiese de ella para siempre.

–Hoy no estabas en el trabajo.

–Es que ya no trabajo para ti –puntualizó ella, algo sorprendida por el comentario.

–Eso he oído. ¿Puedo preguntar por qué? Creí que habías dicho que aún restaban unas cuantas semanas para que te fueras.

A Erin no le apetecía que la sometieran a un interrogatorio, pero no alcanzaba a comprender qué lo preocupaba. Aunque sabía que había sido buena en su trabajo, no dudaba de que podrían remplazarla pronto con alguien igual de eficiente. El problema era que, esa vez, no podía escaparse diciendo que tenía un problema doméstico porque estaba segura de que, a diferencia de Ivan Kelly, Josh iba a presionarla hasta averiguar la verdad.

—He tenido suficiente —declaró.

El silencio que siguió a la afirmación de Erin parecía indicar que Josh estaba tratando de digerir lo que acababa de oír. Después, y otra vez con tono monocorde, preguntó:

—¿Es por mi culpa?

—¡Tú lo has dicho!

Para Erin no tenía sentido ocultarle que había renunciado por él ni que, después de la visita del día anterior, había decidido que ya era suficiente. A pesar de esa supuesta determinación, la réplica de Josh la descolocó por completo.

—¿Tanto te afecta mi presencia, Erin?

—Yo... —balbuceó ella—. Mira, Salsbury, ni te invité a mi casa ayer ni te he pedido que me llamaras así que, ¡o me dices para qué has llamado o colgaré el teléfono y cambiaré de número!

Se hizo un silencio al otro lado de la línea y Erin pensó que Josh se había ido. Sin embargo, no iba a colgar hasta no estar completamente segura y suerte que no lo hizo, porque él seguía ahí.

—Me estaba impacientando de tanto esperar —murmuró el hombre.

—¿Esperar? ¿De qué hablas?

—No me has llamado.

Erin no entendía ni una sola palabra de lo que Josh le estaba diciendo.

—¿Yo? —preguntó desconcertada.

—Dijiste que me llamarías.

—¡Eso no es cierto! —protestó ella—. ¿Cuándo he dicho que te llamaría?

—¿No te acuerdas? Seguro que sí. Tú y yo teníamos una cita, creo que era un jueves, pero el día anterior llamaste para decir que no podrías acudir.

—Era un jueves —confirmó ella, con un hilo de voz.

Erin recordaba perfectamente la situación. Aquella noche había leído en el periódico que el padre de Josh había sufrido un ataque al corazón. Después, Nina había llamado y le había contado su relación con los Salsbury.

—Si recuerdas eso, también recordarás que cancelaste nuestra cita porque tenías un problema. Creo que mencionaste algo sobre unas pequeñas complicaciones.

Ella se quedó en silencio y Josh esperó unos segundos antes de continuar.

—Te sugerí que me llamaras cuando las hubieras resuelto —prosiguió—, y no lo has hecho. Dado que han pasado meses desde entonces, supongo que ya habrás resuelto los problemas que te impedían salir conmigo.

Erin estaba aturdida y perpleja. Le costaba creer que Joshua Salsbury la estuviera invitando a salir. El corazón le latía a mil por hora y, como no sabía qué contestarle, colgó el auricular.

Por un momento se lamentó de haberlo hecho, pero enseguida pensó que había hecho lo correcto. Sabía que el padre de Josh había estado loco por su madre, que seguramente Nina le había dado esperanzas, que luego lo había rechazado y que, poco después, el hombre había tenido un infarto que lo había puesto al borde de la muerte. Cualquiera se habría amedrentado ante semejante situación y, por muy orgullosa que fuera, Erin no era una excepción a la regla.

Sin embargo, sabía que tendría que haberle dicho la verdad a Josh en lugar de permitir que la descubriera por su cuenta. Por eso la confundía tanto que, a pesar de todo, la estuviera invitando a salir. A esas alturas, Erin dudaba de todo. No sabía si eso significaba que no había tales complicaciones ni estaba segura de que Josh la hubiera invitado a salir.

Recordó lo tenso que se había puesto el día anterior al oírla hablar de su madre y comprendió que se estaba ilusionando torpemente porque, de ninguna manera, él la había llamado para preguntarle si estaba en condiciones de concretar su cita fallida.

De todas formas, si la hubiera invitado Erin lo habría rechazado, porque no quería salir con él. Sabía que, de hacerlo, jamás conseguiría olvidarse de él.

Estaba demasiado inquieta como para permanecer sentada y decidió que una ducha la ayudaría a tranquilizarse. Se levantó, fue al cuarto de baño y pasó un largo rato bajo el agua caliente. Después de secarse y ponerse un camisón, regresó al salón y se sentó de nuevo en el sofá. A pesar del intento, no dejaba de pensar en la conversación telefónica ni de preguntarse para qué la había llamado.

Seguía sin poder creer que fuera porque quería invitarla a salir, pero si así era, no entendía por qué. Sabía que entre ellos había una atracción innegable y que el menor contacto físico encendía el deseo y la pasión. No obstante, Josh había tenido la oportunidad de hacer el amor con ella y no había querido. Entonces, ¿por qué se molestaba en llamarla?

Había dos posibilidades: que ella le gustara de verdad o que tuviera algún tipo de revancha en mente, algo para que Erin pagara por lo que Nina le había hecho a su padre.

Definitivamente, Erin prefería creer que no estaba motivado por la venganza. Pero en cualquier caso, no tenía importancia, porque ni ella quería salir con él ni él la había invitado a salir.

Decidió que lo más sensato sería olvidarse de la llamada y fue a la cocina para prepararse un café. No le preocupaba que la mantuviera despierta, porque sabía que de todas formas no iba a poder dormir.

Se sentó en el sofá, echó la cabeza hacia atrás e intentó aclarar sus ideas. Después, echó un vistazo al reloj y vio que casi era medianoche. Estaba deseando llamar a Josh, pero se resistía a hacerlo.

Se puso de pie y caminó por el salón. El teléfono parecía tener un efecto hipnotizador. Una parte de su cerebro le gritaba que no podía llamarlo y la otra, que no estaba dispuesta a volver una y otra vez a la misma rutina. Tenía que decidir entre hacerlo esa noche o esperar a la mañana siguiente. Pero si esperaba demasiado, cabía la posibilidad de que se marchara temprano o incluso de que fuera al aeropuerto y tomara un avión a cualquier parte.

Instintivamente, Erin acercó la mano al teléfono. Sabía que Josh debía de estar en la cama pero, si se llegaba a subir a un avión a primera hora de la mañana, iba a tener que esperar una semana como mínimo para poder hablar con él.

Ahora sólo le restaba decidir si realmente quería hablar con él. Tras meditarlo durante varios minutos, asumió que quería oír su voz y saber por qué la había llamado. Le costaba creer que un hombre como Josh pudiera llamar a alguien porque no tenía nada mejor que hacer. Y, además, aunque estuviera en la cama, no era el único que tenía derecho a molestar a los demás con sus llamadas y sus visitas intempestivas.

Sin pensarlo más, Erin levantó el auricular y marcó el número que le había dado Charlotte. Él contestó enseguida, como si hubiera estado esperando.

–¿Dígame?

–Yo…

–Me alegra que hayas llamado.

Erin se sorprendió de que supiera que era ella.

–Soy Erin –puntualizó, por si acaso.

–Lo sé.

Una vez más, ella se quedó sin palabras y tuvo que hacer un esfuerzo sobrehumano para reponerse y balbucear alguna frase inteligible.

–¿Cómo sabías que hoy no había ido a trabajar? –preguntó, aunque no era lo que quería saber.

–Porque he ido a tu departamento.

–Pero si nunca vas a ese sector…

–Pues hoy he ido.

Josh hablaba con más tranquilidad de la que ella habría imaginado y eso la ponía nerviosa. Recordó que él había dicho que estaba esperando su llamada con impaciencia y decidió que era mejor que fuera directamente al grano.

–Sobre nuestra cita...

Él no la dejó terminar.

–Iré a buscarte –dijo, y colgó el teléfono.

Antes de devolver el auricular a su sitio, Erin se quedó observándolo atónita durante varios segundos.

Josh había dicho que iría a buscarla, pero no cuándo, y eso la inquietaba sobremanera. Pensó que, dado que él sabía que el miércoles tenía un compromiso con Stephen y el jueves había quedado en ver a Greg, probablemente iría a buscarla el viernes. Entonces comprendió que cabía otra posibilidad y sintió que su corazón se detenía. Josh no había dicho cuándo iría y eso significaba que en cualquier momento podía llamar a la puerta. No estaba segura de ello, pero lo creía capaz de hacerlo.

Miró el reloj y, al ver que casi era la una de la madrugada, se dijo que se estaba preocupando sin motivo. Era ridículo pensar que se presentaría a esas horas.

Ridículo o no, prefería estar preparada. Así que fue a su dormitorio, se cambió de ropa interior y se quitó el camisón para ponerse sus mejores pantalones y un delicado jersey de cachemira.

Después, agradeció que nadie fuera testigo de su extraño comportamiento y comenzó a dar vueltas por la casa; estaba histérica y no soportaba la idea de sentarse en el sofá a esperar que el paso del tiempo le demostrara que no iba a presentarse en la casa.

Sin tener demasiada conciencia de sus pasos, se dirigió a la cocina, pero no encendió la luz. La vista del exterior era mucho mejor en la oscuridad. Cinco minutos más tarde fue al baño a cepillarse el cabello, pero volvió corriendo a la cocina porque creyó oír que un coche se acercaba.

No había ningún vehículo a la vista. Esperó otros diez minutos y rió al pensar en su comportamiento. No sólo había creído que iría a verla a esas horas; además, lo había tomado por una especie de superhombre: aunque hubiera tenido intención de presentarse, no podía llegar en tan poco tiempo.

De repente, vio que un coche entraba en su calle y contuvo la respiración. Trató de tranquilizarse pensando que era probable que fuera uno de sus vecinos, pero al ver que se detenía frente al edificio, se estremeció. Aunque estaba oscuro, le pareció reconocer el coche. Entonces, vio que un hombre abría la portezuela del piloto. Era un hombre alto. Como Josh.

A medida que el sujeto se iba acercando, se sentía cada vez más mareada. Ahora ya no había ninguna duda. Era él.

—Iré a buscarte —había dicho.

Y, tal como había prometido, allí estaba.

Erin comenzó a temblar como una hoja y se pregunto de dónde iba a sacar las fuerzas necesarias para avanzar y abrirle puerta.

ERIN estaba tan impresionada que se quedó paralizada. De hecho, cuando Josh llamó a la puerta tuvo que hacer un esfuerzo enorme para conseguir que las piernas le respondieran. Además, estaba muy confundida.

Josh volvió a llamar al ver que no abría y ella aprovechó aquel momento para intentar recobrar la calma. Pero cuando por fin abrió la puerta, seguía temblando.

Trató de tranquilizarse y de mostrarse natural, pero Josh estaba tan atractivo que lo único que pudo hacer fue contemplarlo boquiabierta y dar un paso atrás, invitándolo a pasar. Él no se movió, sin embargo. Parecía estar disfrutando de estar ahí, de pie y llenándose los ojos con la visión de Erin.

—No sueles esperar a que te inviten, ¿verdad? —preguntó ella, casi sin pensar en lo que estaba diciendo.

Josh la miró en silencio y después afirmó:

—Me parece, Erin Tunnicliffe, que todas mis costumbres han cambiado desde que te conocí.

Ella no sabía si aquel comentario era una broma, pero como no sabía qué contestar, prefirió no darle mayor importancia.

—Será mejor que entres —dijo.

Mientras subían a la casa, Erin sentía una mezcla de emociones indescifrables. En cuanto llegaron al salón, se volvió para mirarlo y descubrió que, aunque seguía sin saber a qué había ido, la hacía feliz que estuviera ahí.

–¿Quieres tomar un café, Josh?

–¿Tu padre lo aprobaría?

–¿A la una de la madrugada? Probablemente, no. Pero mejor dejemos a mi familia a un lado. Aunque pensándolo bien, sería imposible, porque de eso se trata todo esto, ¿no es así? De mi madre y tu padre...

Erin hizo una pausa al comprender que estaba acelerando el enfrentamiento. Respiró hondo y trató de recuperar la senda de la cortesía.

–¿Quieres sentarte? –agregó.

–Gracias –contestó Josh, y esperó a que ella se sentara para tomar asiento.

–Estás siendo tan extremadamente amable que no puedo evitar desconfiar de tus intenciones. Has venido aquí para vengarte, ¿no es cierto?

–¿Vengarme?

Josh parecía sorprendido, pero Erin no era tonta.

–Es la única respuesta posible a todo esto. Ninguna persona normal llamaría a la una de la mañana para preguntar por una cita pendiente.

Él apartó la mirada.

–Como te he dicho hace un momento, ya nada es normal para mí –dijo, con dulzura–. ¿Venganza? ¿De qué venganza hablas?

Aunque él se había cuidado de no desnudar demasiado sus sentimientos, Erin percibió que la culpaba de que ya nada fuese normal para él. Trató de tranquili-

zarse pensando que no era un apreciación ilógica porque ellos se habían conocido justo cuando el padre de
Josh había sufrido el infarto y, con toda probabilidad,
esa situación lo había afectado tan dramáticamente que
se había visto obligado a modificar desde su estilo de
vida hasta su ritmo de trabajo. Sin duda, ya nada era
normal para él.

–Sabes de lo que estoy hablando –se obligó a responder–. Crees, correcta o incorrectamente, que mi
madre es responsable de que tu padre enfermara y
quieres que yo pague por eso.

Josh la miró con incredulidad.

–¡Eres increíble! –afirmó–. Tonta de los pies a la
cabeza.

–¿Cómo dices?

–¡Increíble! –insistió él–. Pensar que cuando traba-
jaste en mi oficina, estaba impresionado por lo inteligente que eras...

Erin trató de no dejarse amedrentar e insistió con
su concepto.

–No puedes negar que frunces el ceño cada vez
que se menciona el nombre de mi madre. Ni...

–Al principio, puede ser –la interrumpió.

–¿Puede ser? –exclamó ella, y se puso de pie–.
Hasta un ciego habría visto el odio en tu rostro.

–Bueno, estaba furioso. Indignado, si te gusta más.
Pero sólo cuando me enteré.

Erin no olvidaba que la noche anterior, en ese mismo salón, él había pasado de ser un amante cálido y
amable a ser un extraño frío y monosilábico en cuanto
ella había mencionado a Nina. Resopló molesta y decidió dejarlo cavar su propia fosa.

—Adelante, Josh, entiérrate tú solito.

—Es verdad –insistió él–. Al principio, estaba furioso cuando te vi en el coche con ella y más, cuando comprobé que sentías devoción por tu madre. La insensibilidad de esa mujer casi mató a mi padre. No sé lo que habría hecho si no hubiese sido capaz de seguir con...

—Así que seguiste tu camino y viniste hasta aquí. Aquella noche viniste aquí y....

A Erin se le atragantó la voz y no pudo seguir hablando.

—Erin, mi dulce y preciosa Erin –dijo Josh, apenado–. He tratado de borrar aquella noche oscura de mi mente, pero no he podido. Estaba tan descontrolado cuando me dijiste que Nina Woodward era tu madre...

Hizo una pausa, la miró a los ojos y movió la cabeza en sentido negativo.

—Todavía no puedo creer que haya intentado abusar de ti –añadió.

Josh parecía muy afectado por el recuerdo y Erin comprendió que lo amaba demasiado como para disfrutar de verlo sufrir.

—Creías que era una mujerzuela –le recordó.

—¡Eso no excusa lo que hice, Erin! –declaró, rabioso–. De todas formas, jamás creí nada semejante.

Si Josh estaba enfadado consigo mismo, ella lo estaba aún más con él. Tanto, que ni siquiera intentó facilitarle las cosas.

—¡Pues has sabido engañarme muy bien! –replicó.

Josh la miró durante algunos minutos y luego confesó:

–Ahora me doy cuenta de que estaba tratando de engañarme a mí mismo.

Erin se detuvo a contemplar el apuesto rostro de Josh. Lo adoraba, pero no iba a cometer el error de bajar la guardia por segunda vez.

–Intrigante, por no decir total y absolutamente desconcertante –comentó como de pasada–. Por cierto, ¿estás seguro de que no quieres un café antes de irte?

Él soltó una carcajada. Le hacía gracia la forma en que Erin acababa de sugerirle que debía marcharse.

–Erin Tunnicliffe, hay tantas cosas que deberías saber de mí... –dijo, suavizando el tono–. He estado esperando este momento con ansiedad. Necesito decirte algunas cosas, pedirte que me disculpes por lo que he hecho y, sobre todo, necesito saber algunas cosas y no descansaré hasta que contestes a mis preguntas. De modo que, preciosa, no me iré a ninguna parte hasta que no satisfaga mis inquietudes y, ojalá, las tuyas también.

A ella se le hizo un nudo en la garganta. Josh acababa de afirmar que tenía cosas que decir, disculpas que pedir e inquietudes que satisfacer y Erin no sabía cómo reaccionar ante tamaña declaración. Creyó que lo mejor era tomárselo con calma.

–Tomaré eso como un no. Es una pena, porque mi café es exquisito.

–Erin, Erin. Me vuelves loco.

Ella abrió los ojos con asombro.

–¿Yo? –preguntó, incrédula.

Él sonrió.

–Si me prometes que no saldrás corriendo, me armaré de coraje y te explicaré que...

Josh se detuvo como si en verdad necesitara reunir fuerzas para seguir hablando. Después, respiró hondo y confesó:

—La verdad, Erin Tunnicliffe, es que me interesas desde el primer momento en que te vi.

Al oírlo decir semejante cosa, Erin sintió que se le paraba el corazón y que el cerebro se le partía en mil pedazos. Trató de tranquilizarse y lo miró con sus preciosos ojos de color violeta.

—Te refieres a físicamente, ¿verdad? —preguntó—. Quiero decir, sé que...

—Me refiero a lo físico, sí. Es innegable que me interesas físicamente, pero...

Salsbury vaciló algunos segundos, necesitaba encontrar las palabras exactas antes de continuar.

—Es más que eso —dijo, por fin.

Erin se estremeció y se aferró a los braceros de la silla para que no se notara que le temblaban las manos.

—Encuentro esa afirmación un poco, o más bien, bastante confusa.

—Abre tu mente y escúchame —suplicó Josh.

—Soy toda oídos.

A pesar de lo que acababa de decir, Erin estaba tan aturdida que por un momento temió estar soñando. Le costaba creer que Joshua Salsbury, el hombre al que amaba, estuviera allí y que hubiera afirmado que no se marcharía hasta que sus inquietudes estuvieran resueltas.

—Has dicho que no tiene nada que ver con una venganza, ¿no es así? —insistió ella, sólo para comprobar.

Erin seguía pensando que Josh estaba ahí para tomar revancha. Sin duda, nadie saldría a esa hora de su casa sólo para discutir las condiciones de una cita.

–Te doy mi palabra, esto no tiene nada que ver con venganzas ni nada que se le parezca –aseguró él–. Mi padre estuvo muy enfermo, pero ahora está prácticamente repuesto. Y reconozco que me enfurecí al enterarme de que Nina Woodward era tu madre.

–¿Y cuándo entraste en razón?

Josh sonrió, como disculpándose.

–Me he comportado como un cerdo, ¿verdad? –dijo, sin esperar respuesta–. Cuando conseguí calmarme, comprendí que tú no tenías la culpa de lo que había ocurrido y que te debía una disculpa. Te llamé desde Nueva York para pedirte perdón, pero...

–¿Por eso habías llamado? –lo interrumpió Erin, pasmada–. ¡Vaya! Ahora recuerdo que ni siquiera te dejé hablar.

–Parecías muy enfadada –asintió él–. Pero tenías razón, me había comportado como un canalla. Te había insultado, maltratado y dejado sola. No merecía un trato mejor. Sin embargo, en ese momento supe que una disculpa telefónica no era la manera de pedirte perdón.

–¡Y viniste a hacerlo en persona! –exclamó ella–. A eso venías ayer. Mejor dicho, el domingo.

–También vine el sábado, cuando regresé de Nueva York.

–¿El sábado?

–Varias veces –confirmó él–. Incluso cuando sabía que habías ido a pasar el fin de semana con tu padre.

–Esta vez, con mi madre.

De inmediato, Erin recordó que él lo sabía porque la había oído hablar con Greg Williams. En cualquier caso, estaba mucho más interesada en seguir oyendo lo que Josh tenía para decir que en dar explicaciones sobre dónde y con quién había pasado el fin de semana.

—¿Tan ansioso estabas por disculparte? –agregó.

—Por disculparme y por verte.

—¿Verme aceptar tus disculpas? ¿Por eso volviste el domingo?

Ella se resistía a pensar que Josh estuviera tan desesperado por verla como para correr a su puerta desde el aeropuerto.

—Llevaba un buen rato esperándote cuando te vi llegar. Con Richard, claro.

—Nos habíamos quedado a dormir en casa de mi madre.

—¿Llevas a todos tus novios a pasar el fin de semana con tu madre?

—Yo... –balbuceó ella.

—Sé sincera conmigo, Erin –reclamó Josh, con firmeza.

A él parecía importarle tanto que fuera sincera que, después de pensarlo unos segundos, Erin tomó aire y dijo:

—No te lo quise decir más por mi madre que por mí.

—¿Qué tiene que ver tu madre con esto? –preguntó sorprendido.

—Ya tenías una pésima opinión de ella y no quería seguir alimentando tu odio.

Él la miró con seriedad.

—Creo que tenemos que acordar que lo que haya pasado o dejado de pasar entre nuestro padres no tiene nada que ver con nosotros.

A ella se le aceleró el corazón al oírlo referirse a ellos con un nosotros.

—Josh, yo...

Erin se detuvo al darse cuenta de que estaba pensando tonterías. No había ningún nosotros y, en breve, alguno se enfadaría por algo y volverían a su ya típica relación de perro y gato.

Sin embargo, no quería pelear con él y él le había pedido que fuera sincera. Eso significaba romper la confianza de su madre y, durante un momento, Erin se debatió entre el cariño y la lealtad a su madre y el amor y la confianza de Josh.

Aunque se sentía en una encrucijada, finalmente respiró hondo y se arriesgó.

—Mi madre le tiene pánico al matrimonio —confesó, mirándolo con atención para ver cómo reaccionaba—. Ha estado casada dos veces y se ha divorciado otras dos. De todas formas, es una persona muy divertida y resulta particularmente atractiva para el sexo opuesto.

Hizo una pausa y volvió a mirar a Josh con detenimiento. No parecía contento de oír comentarios halagüeños sobre la mujer que había rechazado a su padre, pero tampoco parecía dispuesto a saltarle a la yugular, así que Erin decidió seguir con su relato.

—A Nina, prefiere que la llame así, no le gusta que sus amigos sepan que tiene una hija adulta.

—Una preciosa hija adulta —puntualizó él.

—Como sea, creo que siempre le deja en claro a sus nuevos amantes que el matrimonio está fuera de discusión.

Erin habría dado cualquier cosa por saber en qué estaba pensando Josh en ese momento.

–¿Por qué te estoy contando todo esto? –preguntó, aturdida.

–Porque necesito saber.

Aunque la respuesta la confundió todavía más, Erin siguió hablando sobre Nina.

–El asunto es que, a veces, alguno de esos hombres cree que se conocen bien, que la aversión de mi madre al matrimonio no es tanta y le propone casarse. En el último tiempo, han sido dos los que intentaron quebrar su negativa tajante.

–Mi padre...

–Y Richard –completó Erin.

–¡Richard! –exclamó Josh, atónito–. ¿Tu Richard?

–Nunca ha sido mi Richard.

–¿Nunca?

A Erin le pareció vislumbrar una leve sonrisa en los labios de Josh.

–Nunca jamás –insistió–. De hecho, hasta el sábado pasado ni siquiera lo conocía. Mi madre rompió su regla de oro y le dijo que tenía una hija. Al parecer, Nina tenía un evento de caridad ese fin de semana y Richard estaba invitado. Pero él ya le había propuesto matrimonio y le había pedido que lo pensara, y como no quería estar a solas con él...

–Te invitó a pasar el fin de semana con ellos –dedujo Josh.

–Exacto. Y como Richard no vive lejos de aquí, mi madre le pidió que me pasara a buscar de camino.

–Porque te quería en su casa mientras él estuviera allí –adivinó Josh–. Entonces, cuando dijiste que no volverías a verlo, no eras tú quien lo había rechazado, sino tu madre, ¿no?

Erin habría querido encontrar más formas de excusar a Nina y pensó en la posibilidad de decirle que, quizá, las cosas entre Richard y su madre no habían terminado. Pero el que Josh estuviera allí no tenía nada que ver con sus padres, sino con ellos dos a quienes, hacía apenas unos momentos, él había definido como nosotros. Y, mientras sentía que tocaba el cielo con las manos, Erin consideró que ya había dado demasiadas explicaciones sobre Nina y su novio.

–Fue una bonita manera de echar por tierra tus disculpas, ¿verdad? –mencionó Erin, recordando cómo había reaccionado Josh al verla con Richard.

–Estaba algo malhumorado, ¿no es cierto? –admitió él, avergonzado.

Erin quería sonreír, pero se contuvo.

–¿Por qué?

Josh la miró a los ojos, respiró hondo y confesó:

–Por celos.

–¡Celos! –exclamó ella, abriendo los ojos como platos.

–Simples y puros celos. Estaba muerto de envidia.

–Pero...

Erin no sabía qué decir y cuando por fin había encontrado las palabras y la fuerza necesaria para seguir, Josh se le adelantó.

–Tú, Erin Tunnicliffe, has alterado mi vida desde el primer momento.

Ella lo miró con detenimiento.

–¡Mentira! –protestó.

–Verdad –replicó él–. La primera vez que te vi fue aquel día en que estabas comiendo algo con Charlotte. Estabais sentadas en una mesa junto a la ventana cuando entré al local y debo confesar que no podía quitarte los ojos de encima, hasta el punto que me llevó un buen rato notar que Charlotte estaba contigo.

—¡Dijiste que querías invitarnos con un café!

—¿Qué otra cosa podía decir para presentarme ante la mujer más hermosa que había visto en mi vida?

Erin se quedó boquiabierta. Josh acababa de decir que creía que era la mujer más bella del mundo.

—¡Oh! —balbuceó.

—Estaba fascinado contigo y quería invitarte a salir.

—Pero no lo hiciste —consiguió articular Erin.

Josh sonrió con ironía.

—Estaba aturdido. No estaba acostumbrado a que me conquistaran de esa manera. Jamás me había pasado una cosa así.

—Mmm... —murmuró ella—. Así que dejaste pasar una semana y luego me llamaste.

—Y acordamos que pasaría a buscarte el viernes siguiente. Sólo que esa invitación a cenar nunca se concretó, porque la cancelaste.

Erin se quedó observándolo y recordó que él no parecía decepcionado cuando ella había llamado para cancelar la cita. Pero comprendió que un hombre tan sofisticado como Josh difícilmente se deprimiría por perderse una cena con alguien que, en ese momento, era poco más que una desconocida.

—La complicación de la que hablabas era tu madre, ¿no es cierto? —preguntó él al ver que ella no decía nada.

Erin asintió.

—No tenía idea de que mi madre conocía a tu padre hasta que pasó a verme aquel jueves. Yo había comprado el periódico de la tarde con la intención de buscar empleo –explicó–, y en la portada había una fotografía tuya con tu padre y un artículo en el que informaban que había sufrido un ataque cardíaco. Mi madre se detuvo a mirarlo y me contó que tu padre le había propuesto matrimonio y que ella había sentido que tenía que decirle que no.

Erin trató de suavizar lo que su madre le había dicho al respecto.

–Y tú fuiste lo bastante sensible como para ver que su rechazo podía haber contribuido a que mi padre se enfermara –concluyó Josh, amablemente.

Erin volvió a asentir.

–Supe que no podía mantener nuestra cita a menos que te lo contara. Y si te decía la verdad, lo más probable era que tú no quisieras salir conmigo. No sin antes asesinar a mi madre...

–Y tu lealtad hacia ella te impedía hacer algo que la pusiera en riesgo.

Una vez más, ella asintió con la cabeza.

–Quise decírtelo muchas veces. Aunque, para ser sincera, había pensado en llamar para cancelar la cena antes de que mi madre apareciera aquella noche.

–¿No querías salir conmigo? –dijo Josh, con el ceño fruncido.

–No es eso –se apresuró a contestar ella–. Supongo que estaba nerviosa. Jamás había salido con alguien como tú.

Él relajó el gesto y sonrió.

–No tienes mucha experiencia con los hombres, ¿verdad, cariño? Lo descubrí cuando vi que preferías a un borracho como Gavin antes que a mí. Entonces supe que había algo en ti, algo que debí haber captado por la forma en que intentabas arreglártelas en el bar de ese hotel, y que me hizo pensar que necesitabas ayuda.

—Nos seguiste hasta aquí —comentó Erin—. ¿Te molestó que te hubiera rechazado? Pero, pensándolo bien, nunca te he rechazado, aunque es cierto que jamás estuvimos....

—¿Cerca? —aventuró Josh—. No creo que estuviera molesto porque me rechazaras, sino más bien inquieto e intrigado por ti. Eras una experiencia nueva para mí, por eso no es extraño que pensara tanto en ti.

Erin se estremeció. Joshua Salsbury había asegurado que la tenía en mente y, aunque ella no hacía otra cosa que pensar en él, sentía que estaba soñando.

—¿Has pensado en mí? —preguntó, sin ocultar su sorpresa.

—Erin, Erin, estabas en mi cabeza todo el tiempo. Tendría que haber aceptado lo que me estaba pasando en ese momento, pero no lo hice.

—¿Y qué te estaba pasando?

Josh la miró a los ojos y contestó casi en un susurro.

—Estaba enamorado.

—¿De mí? —exclamó ella.

A Erin le costaba creer lo que acababa de oír y, a la vez, quería creerlo. Con todo, se sentía tan avergonzada por su pregunta que se puso de pie y se volvió para darle la espalda. Sabía que a Josh no le gustaba que hiciera eso, pero no podía mirarlo a los ojos. Era obvio que no estaba enamorado de ella. Sólo un idiota podía creer algo tan absurdo.

Permaneció en el lugar, avergonzada y deseando que Josh desapareciera como por arte de magia para no tener que volver a mirarlo a la cara de nuevo. Bien al contrario, él se levantó de su asiento, se acercó a ella y, tomándola por los hombros con delicadeza, la obligó a volverse y a mirarlo de frente.

Erin no levantó la vista ni siquiera cuando Josh inclinó la cabeza hacia ella y murmuró:

—Por eso estoy aquí, Erin, para decirte que te amo.

Ella comenzó a temblar, pero se resistió a mirarlo. No lo podía creer. Cada vez estaba más convencida de que todo se trataba de un burdo juego de Josh.

—Es una revancha, intentas vengarte. Has dicho que no, pero...

Se calló cuando él le soltó los hombros y la abrazó.

—Olvida la revancha, olvida la venganza —suplicó, dándole una pequeña sacudida—. El amor y la lealtad que sientes por tu madre es igual a lo que siento por mi padre. Pero por mucho que los queramos, esto es entre tú y yo.

Sólo entonces Erin se atrevió a levantar la vista. Josh le sostuvo la mirada y, por la expresión de sus ojos, ella supo que estaba siendo sincero.

—¿Tú y yo? —balbuceó ella, y comenzó a temblar.

—Nosotros —puntualizó él—. Esto no tiene que ver con nadie más, sólo con nosotros. Tú y yo. Estoy aquí porque he estado viviendo un infierno y después de tu llamada supe que no podía esperar más. Comprendí que no podía pasar otra noche de insomnio y que necesitaba averiguar, lo antes posible, si tenía alguna posibilidad contigo.

A esas alturas, Erin apenas podía controlar su cuerpo.

–Cariño, estás temblando –murmuró él, y la acercó un poco más a su pecho–. He venido a decirte que estoy profundamente interesado en ti y necesito saber si a ti te pasa algo parecido.

Josh parecía nervioso y ella no sabía qué hacer ni qué decir. Bajó la vista un momento, la levantó de nuevo y lo miró a los ojos, grises como el acero. Josh no sólo parecía nervioso sino que, claramente, lo estaba. Lo tomó por la cintura, pero lo soltó de inmediato. Necesitaba convencerse de que, después de todo, no era tan idiota como pensaba.

–¿Estás interesado en mí? –preguntó, titubeando.

–Te amo con todo mi corazón –declaró él–. Confieso que he estado sufriendo por ti. ¿Cómo podrías amarme? Me he torturado pensando que no merecía que me quisieras. Empujado por los celos, te he mostrado una parte de mí que ni siquiera sabía que tenía. ¿Cómo podrías amarme?

–Y aun así, ¿crees que podría?

–Creer, no; esperar, sí –corrigió él, con una dulzura irresistible–. Sentí que tenía alguna esperanza cuando recordé cómo habías respondido a nuestro romance en aquel hotel, pero la perdí cuando pensé en lo mal que te había tratado el día en que descubrí que Nina Woodward era tu madre.

–Tú mismo has dicho que fuiste muy bruto...

–¿Bruto? ¡Me comporté como una mala bestia! –afirmó, y la besó en la mejilla–. He pensado tanto en ti desde aquella mañana que casi me inventé una excusa para bajar a dar una vuelta por tu departamento. Pero no pude hacerlo. Tenía que resolver asuntos de trabajo de mi padre y mi propia agenda estaba cargada de cosas. Además, me tenías en tal estado de agitación que, en cierta medida, era mejor que tratara de olvidarme de ti. Juro que lo intenté por un tiempo, hasta que me decidí a llamar a tu oficina.

—¿Cuando todavía estábamos en el otro edificio?

Josh asintió.

—Charlotte había mencionado al pasar que estabas trabajando para la empresa y moví mis hilos —dijo, y sonrió con picardía—. No estoy acostumbrado a que las mujeres me llamen para cancelar citas. ¿Debería haber llamado para invitarte otra vez? No. Aunque debo reconocer que levanté el teléfono un par de veces para hacerlo...

—Pero no lo hiciste.

El corazón de Erin estaba descontrolado. Se sentía tan agitada que tuvo que apoyarse en Josh y a él pareció gustarle que lo hiciera.

—Pero no lo hice —repitió él—. Era un hombre al que le gustaba su libertad y, claramente, tú no conocías los límites. Traté de convencerme de que era mejor dejar que clavaras los colmillos en otro cuello, pero entonces me convertí en una víctima de mi propia trampa y me dejé ganar por los celos. Era como si un monstruo horrible estuviera agazapado, esperando enviarme al purgatorio si permitía que salieras con alguien más.

Erin conocía bien ese purgatorio y sabía que Josh no se habría sentido presa de los celos, ni estaría allí, revelándole sus más íntimos secretos, si el amor que aseguraba profesarle no fuera cierto. Lentamente, dejó de temblar y recuperó la confianza.

—Y aquella vez que fuiste a mi departamento, ¿fue para...?

La sonrisa burlona de Josh la hizo callar.

–No, nada de eso. Me dije que iba para discutir algunas cosas con el profesor, pero luego comprendí que me había dejado llevar por mi necesidad de verte –explicó, y la beso tiernamente en los labios–. Así que me las ingenié para que te mudaras a la sede central, algo que no ponía en riesgo mi libertad pero que me garantizaba poder verte diariamente porque te tendría trabajando en mi oficina.

–¿Pediste especialmente que me enviaran a mí?

–Por supuesto –admitió Josh–. No sólo me sentía atraído por ti, estaba embelesado. Aunque, obviamente, no lo iba a demostrar. Me habías rechazado, ¿recuerdas?

–¡No es cierto! –protestó Erin–. Sé que cancelé aquella cita, pero no podía llamarte....

–Lo sé, te preocupaba el asunto de tu madre. Como iba diciendo, estábamos trabajando en mi oficina cuando el monstruo celoso empezó a aparecer cada vez que tu ex novio Mark asomaba su desagradable cabeza.

Ella soltó una carcajada. Era tan maravilloso saber que Josh la amaba que se preguntaba cuándo iba a acabar el sueño.

–En realidad, Mark es bastante guapo.

–Realmente, no necesitaba saber eso –aseguró él, y le arrancó otra carcajada–. En cualquier caso, en cuanto oí que Mark ya no era un peligro, apareció Stephen para atormentarme.

–¡Stephen! ¿Por eso estabas tan malhumorado?

–Estaba celoso y molesto porque habías rechazado mi segunda invitación a cenar.

–¿Cuando dijiste «será mejor que te lleve a comer algo» me estabas invitando a cenar?

–¿Lo recuerdas?

–Cada palabra.

–¿Como yo he recordado y analizado cada palabra de cada frase que tú has dicho? –preguntó, desafiándola.

Erin suspiró emocionada. También recordaba cada una de las palabras, gestos y momentos compartidos, pero la conmoción le impedía contestar.

–¿Me quieres un poco? –susurró él.

–Sí.

–¡Cariño!

Acto seguido, Josh inclinó la cabeza y la besó. Ella respondió apasionadamente mientras se decía que, si aquello era un sueño, no quería despertar jamás.

Cuando dejaron de besarse, él la tomó de un brazo y la llevó hasta el sofá. Se sentaron y Josh se volvió para mirarla. No le apetecía nada más, sólo quería quedarse allí, sentado en silencio y disfrutando de la belleza de Erin.

–Mi preciosa –suspiró.

Al parecer, Josh podía creer que no lo hubiera rechazado. De pronto, como si hubiera recordado la cantidad de veces que había ensayado todo lo que quería decirle si las cosas salían bien, respiró hondo y retomó el relato.

–Así que ahí estaba yo, Joshua Salsbury, un hombre que nunca invita dos veces, y menos tres –dijo y se sonrojó–, deseando verte otra vez, pero teniendo que esperar hasta la boda de Robin y Charlotte.

–¿Sabías que estaría ahí?

–Me encargué de averiguarlo –admitió–. Lo cierto es que después de esperar ansioso a que llegara el día, me pasé toda la fiesta muerto de celos, viendo como todos y cada uno de los invitados te cortejaba.

—¿No te parece un poco exagerado? —sugirió Erin.

—¿Exagerado? Mencióname a uno con el que no hayas bailado.

—Tú.

—Es que estaba muy ocupado tratando de convencerme de que no me importaba con quién estabas bailando.

—Estabas muy ocupado con esa dama de honor tan risueña.

—Yo...

Josh se frenó y la miró con incredulidad.

—¡Estabas celosa!

Erin tuvo que sonreír.

—Desquiciada, para ser más exactos.

—¡Mi vida! —exclamó él y la besó, sin dejar de mirarla a los ojos—. Sólo estaba cumpliendo con mis responsabilidades de padrino de bodas. Nada más que eso, lo prometo. Es más, mientras charlaba con ella tenía un ojo puesto en lo que estabas haciendo con Greg Williams. Después te golpeaste con la columna y aquella noche supe cuál era mi problema, y que no sólo se trataba de una cuestión de celos.

—¿No?

Él movió la cabeza en sentido negativo.

—En ese momento, demoliendo toda mi terquedad histórica, comprendí lo que pasaba y me negué a que nadie, salvo el médico y yo, se ocupara de ti —explicó y sonrió con ternura—. Pero no sólo me quedé a esperar que te durmieras sino que permanecí allí, mirándote dormir. Entonces comprendí que ya no había dudas de que estaba enamorado de aquella bella durmiente.

Ese día supe que te amaba y que siempre te amaría. Estabas allí y no quería dejarte escapar.

—¡Oh, Josh! —gimió Erin—. Aquella noche supe que eras el único hombre con el que deseaba hacer el amor.

—¿Me amabas entonces?

Erin asintió.

—Empecé a sentir que estaba enamorada de ti la noche en que enviaste a Gavin en taxi a su casa.

Josh la miró con incredulidad.

—¡No puede ser! ¡Eso pasó hace meses!

—Meses en los que ese amor incipiente fue creciendo hasta convertirse en el inmenso amor que siento ahora —admitió ella, tímidamente.

Erin adoró oír cómo Josh murmuraba su nombre, la atraía hacia él y la besaba una y otra vez.

Finalmente, Josh se apartó un poco y la miró con una expresión que parecía indicar que tenía la necesidad de explicarle por qué se había comportado tan mal con ella.

—Te confieso, mi amor, que esta emoción nueva me asaltó por sorpresa; que este profundo e infinito amor que siento por ti me atravesó por completo y que lo único que quería era estar contigo.

—¡Pero no te volví a ver hasta una semana después de la boda!

—Lo cual debería servir para que te hagas una idea de lo que has hecho con mi confianza.

Erin lo miró sorprendida. Josh era el hombre más seguro de sí mismo que conocía.

—¿Cómo? —balbuceó—. Yo...

—Deseaba verte. De hecho, estaba desesperado por verte. Pero estaba enamorado de ti y no sabía qué ha-

cer —explicó él—. Toda mi seguridad se había esfuma-
do y era una especie de masa de nervios que no dejaba
de preguntarse una y otra vez qué sentirías por mí. Me
correspondías físicamente, pero eso no significaba que
te importara. Nunca me habías llamado. En todos los
meses que transcurrieron desde que sugerí que podías
hacerlo, ¡ni una sola vez marcaste mi número! Me
pasé una semana sufriendo hasta que el lunes pasado,
después de la semana más angustiante que recuerdo,
decidí que no podía seguir así y que iba a tener que
ponerme en contacto contigo para verte y averiguar si
había algún mínimo destello de amor en tu mirada.
Pero tenía previsto viajar a Nueva York al día siguiente y, aunque habría sido mejor que esperara a estar de
vuelta en Londres, no sabía si iba a ser capaz de esperar tanto tiempo.

—Eso fue antes de que me vieras con mi madre,
¿verdad?

Josh la miró compungido.

—Sí. En un primer momento, pensé que la imaginación me estaba jugando una mala pasada —afirmó, besándola con ternura—. Pero cuando comprobé que de
verdad eras tú, me sentí tan desesperado por tocarte,
que supe que no podía esperar a regresar del viaje.

—¿Entonces reconociste a mi acompañante?

—La reconocí. Y, como si eso no bastara para ce-
garme de furia, noté el cariño con el que te despedías
de ella.

—¡Parecía que ibas a asesinar a alguien!

—Lo siento, preciosa. Perdóname. Pero había visto a
mi padre tan esperanzado… Y de repente, se quedó de-
solado y destrozado porque Nina Woodward no sólo lo

había rechazado sino que le había dicho que no quería volver a verlo. Tanto es así, que poco después sufrió el ataque al corazón.

–Lo siento –se disculpó Erin.

–No tienes que disculparte por nada –le dijo Josh, con una sonrisa tierna en los labios–. Yo estaba descontrolado y furioso y no podía hacer nada salvo decirte unas cuantas cosas antes de subirme al avión al día siguiente.

–Cuando viniste aquella noche, seguías furioso –afirmó ella.

–¡No me lo recuerdes! –suplicó Josh–. Te insulté descaradamente. Cuando pienso en cómo te traté, en las cosas que dije...

Erin no podía soportar verlo tan mortificado por ese recuerdo.

–Por favor –lo interrumpió–. No importa. Ya no importa. No ahora que estás aquí...

–Sí que importa –insistió él–. Me estabas destrozando el corazón. Te amaba y te odiaba al mismo tiempo y no sabía qué hacer... Oh, Erin, mi amor... Aquella noche no pude dormir. Sabía que me había portado muy mal contigo. Pero sobre todo, temía no volver a verte otra vez.

–Sin embargo, llamaste desde Nueva York para disculparte.

–Y me alegro de haberlo hecho. Pero cuando vi que besabas a ese Richard, estuve a punto de perder la esperanza.

–Es que acababa de contarme que mi madre lo había rechazado y quise animarlo de algún modo.

–Estoy seguro de que lo conseguiste.

–Bueno, yo también debo disculparme. Si no recuerdo mal, te di un buen puñetazo…

–Creo que merecía más de uno. Pero terminaste de desesperarme por completo cuando, después de estar en mis brazos, después de besarme, te pusiste a hablar tan tranquilamente con ese Greg y hasta quedaste con él –explicó–. Comprende que yo también tengo mi orgullo.

–¿Fue eso lo que te molestó? Pensaba que seguías enfadado por lo de mi madre…

Josh la besó entonces.

–Ya da igual. Pero espero que hayas anulado tu salida del jueves…

Erin rió.

–Lo haré, no te preocupes. Será un placer.

–¿Y qué me dices de Stephen?

–Stephen sólo es un amigo. Trabaja en tu empresa.

–¿Y no es nada más?

–No, nada más.

–¿Y si te digo que quiero verte el miércoles y el resto de los días de la semana?

–Entonces, estaré encantada de poner tu nombre en mi agenda –bromeó–. Pero hablando de celos, recuerdo cierta fotografía que te hicieron en Nueva York…

–Ah, eso… ¿Y sentiste celos? Es la esposa de un buen amigo mío. Además, yo no hacía otra cosa que pensar en ti. Por eso, cuando fui a buscarte a tu departamento esta mañana…

–¿Fuiste a buscarme?

–Encontrar una excusa para pasar por allí fue fácil. Pero no podía imaginar que habías presentado la dimisión y al saberlo comprendí que te había acusado de ser irracional y que, realmente, el irracional era yo. Supongo que perdí el sentido común al conocerte.

–Y decidiste venir…

–Quería hacerlo, pero no pretendía molestarte y pensé que sería mejor que te llamara antes.

–Y me recordaste que te debía una llamada…

–Sí, pero créeme: esperar tu llamada ha sido una de las cosas más traumáticas que he hecho en toda mi vida.

–¿Sabías que llamaría?

–Casi había perdido la esperanza cuando lo hiciste.

Josh se detuvo entonces y la miró durante un buen rato, en silencio.

Después, abrió la boca y preguntó:

–¿Quieres casarte conmigo?

–Sí, me encantaría –respondió ella, llena de felicidad.

Estaba tan confundida que no sabía qué añadir, así que preguntó:

–¿Te apetece un café?

–Creo que el champán sería más apropiado para la ocasión, ¿no te parece?

–¿Has dicho lo que creo que has dicho?

–Oh, sí, mi amor, desde luego que sí. Una vez me dijiste en broma que tendría que casarme contigo porque habíamos dormido juntos. Y en lugar de asustarme por eso, me asusté porque la idea de casarme contigo me pareció maravillosa –confesó Josh–. Como ves, estoy hablando muy en serio.

–¿De verdad?

–Por supuesto que sí. Pero, ¿me amas?

–Con locura…

Josh la besó y la miró con intensidad a los ojos.

–Entonces, dime que quieres casarte conmigo. Dímelo, por favor.

–Quiero casarme contigo, Josh –dijo, llena de amor.

–En ese caso, ¿sabes dónde podríamos comprar una botella de champán a estas horas de la mañana? –preguntó él.

Erin lo miró y pensó que era una pregunta retórica, una simple broma. Si había alguien que supiera dónde se podía comprar champán a horas tan tempranas, esa persona era él.

Pero a fin de cuentas, el hombre con el que se iba a casar era tan maravilloso como excepcional.

Josh volvió a abrazarla entonces. Y antes de besarla, dijo:

–Oh, sí. Te amo con todo mi corazón, Erin Tunnicliffe.

JAZMÍN™

CARLA CASSIDY

REGLAS DE
COMPROMISO

NATE Leeman estaba de pie junto a la ventana de su despacho, observando la nieve que caía en abundancia.

No entendía por qué la gente hablaba de lo bonito que estaba Boston en enero. Para él aquel tiempo sólo acarreaba molestias y más horas de transporte.

Por eso, algunas veces prefería quedarse a dormir en su ostentoso despacho de vicepresidente del departamento de tecnología. Contaba con un pequeño bar que raramente usaba, una televisión y un DVD que nunca había tocado y un sofá cama que no extendía.

Lo único que realmente le importaba era su ordenador. Era su vida.

Pero, a pesar del empeño que ponía en proteger el sistema y la información que albergaba, alguien había accedido a sus ficheros.

En aquella heladora noche, Nate había colocado otro teclado y otra pantalla próximos a los suyos. Su visión no hacía sino encender aún más su ya caldeado ánimo.

Alguien llamó a la puerta.

—Adelante —dijo él, apartándose de la ventana.

Emily Winters, vicepresidenta del departamento de ventas e hija del director general, entró en el despacho.

—El pronóstico del tiempo dice que habrá unos diez centímetros de espesor a eso de la medianoche.

—¿A qué hora llega su avión? —preguntó él, refiriéndose al vuelo en el que viajaba Kathryn Sanderson. Aquella investigadora especializada en crímenes tecnológicos era parte de un pasado que Nate prefería olvidar.

—Dentro de una hora —dijo Emily.

—Entonces no debería haber problema —respondió Nate.

Esperaba que sus sentimientos personales no interfirieran en su trabajo.

Él no era el jefe, ni tampoco el que había decidido pedir ayuda externa. Se la habían impuesto. Por desgracia, habían tenido que contactar a una de las pocas mujeres que se movían en aquel sector y alguien con quien Nate había tenido una historia dolorosa.

—Le he reservado una habitación en el hotel Brisbain, para que esté cerca de la oficina

–dijo Emily y lo miró preocupada–. Tenemos que solucionar esto cuanto antes, Nate. Hemos invertido demasiado tiempo y dinero en este proyecto y no podemos dejar que nuestros competidores nos lo roben.

–Créeme, estoy tan preocupado como tú –respondió él.

–Mi padre y yo confiamos plenamente en que Kathryn y tú lo resolveréis. Sois los mejores en vuestro campo –Emily se volvió hacia la puerta–. En cuanto llegue, te la enviaré.

Dicho aquello, se marchó.

Nate se hundió en su sillón sin dejar de mirar la pantalla. El intruso no era un pirata cualquiera. Debía de saber mucho, pues había podido acceder sin dejar pistas sobre cómo ni por dónde.

Abrió el cajón inferior de su escritorio y sacó dos revistas de informática. En ambas había artículos sobre la sobresaliente Kathryn Sanderson. Aquella mujer que había trabajado toda su vida en Silicon Valley, durante los últimos cinco años se había dedicado a investigar y capturar a muchos criminales informáticos. No sólo había trabajado para grandes empresas, sino también para varios departamentos de policía.

Miró la borrosa foto que acompañaba a uno de los artículos. No le hacía justicia. Su rostro

fino y sus grandes ojos no reflejaban la viva-
cidad de su expresión. Recordaba su siempre
entusiasta mirada, con aquellas brillantes pupilas color miel que cambiaban de tono.

Llevaba, como siempre, el pelo corto y
lleno de mechas que iluminaban su cabello
castaño.

Cerró la revista con energía y la volvió a
meter en el cajón.

Había dicho adiós a Kathryn cinco años
atrás y había asumido que no volvería a verla.
Habría deseado que eso hubiera sido así.
Aquella mujer era el único riesgo sentimental
que se había atrevido a asumir y no quería
volver a pasar por nada semejante.

Frunció el ceño y se masajeó el cuello para
librarse de parte de la tensión que sentía.

Sólo necesitaba un poco de tiempo para poder averiguar quién se había metido en los archivos.

Quizás pudiera tener el asunto resuelto antes de que Kathryn bajara del avión.

Nate trató de concentrarse. Pero no habían
pasado ni dos minutos cuando unos golpes en
la puerta anunciaron otra visita.

–Adelante –dijo él, frustrado.

Carmella López, secretaria del director de
la compañía, Lloyd Winters, entró con una
cesta de fruta.

Al sonreír, su calidez natural templó la gélida estancia.

—El señor Winters ha pensado que estará bien ofrecerle esta cesta a la señorita Sanderson cuando llegue —dejó la cesta en la mesa donde se encontraba la cafetera.

—Bien —dijo Nate, tratando de controlar la irritación que el gesto le provocaba. Estaba claro que toda la empresa estaba ansiosa por darle la bienvenida a la visitante—. Seguro que se lo agradece.

—Nosotros agradecemos que venga a ayudarnos —respondió Carmella.

Nate sabía que su actitud era infantil y poco profesional, pero no podía evitarla. Utopía era su creación y Lloyd Winters le estaba pidiendo que se la cediera a otra persona. Por supuesto, nadie conocía la relación personal que había entre Kathryn y él. Tampoco pensaba hacerla pública.

Carmella miró por la ventana. La nieve cada vez caía con más fuerza.

—Han cambiado la previsión del tiempo. Puede que para medianoche ya haya veinte centímetros de nieve. Espero que la señorita Sanderson se haya traído la ropa adecuada.

Era muy típico de Carmella preocuparse por cosas así. Sin duda, no eran temas que a Nate le importaran en exceso.

–La nieve es hermosa, pero traicionera –aseguró Carmella–. Bueno, me voy y te dejo trabajar.

En cuanto la mujer cerró la puerta, Nate miró a la cesta de fruta que había quedado voluptuosamente posada sobre la mesa. Quizás los empleados de Wintersoft estuvieran deseosos de darle a Kathryn Sanderson la bienvenida, pero ninguno de ellos tendría que trabajar con ella. Él, sí.

Pensó en las palabras de Carmella: «hermosa, pero traicionera». Dos adjetivos perfectos para aplicárselos a Kathryn.

Se levantó y volvió a la ventana. Respiró profundamente y trató de prepararse para la dolorosa experiencia de volver a verla.

Emily Wintersoft estaba esperando a Carmella cuando ésta salió del despacho. La tomó del brazo y la llevó a la sala de conferencias.

–¿Qué sucede? –preguntó Carmella.

–Creo que vamos a tener que dejar de mirar en los archivos personales de la compañía. Con Nate y Kathryn investigando sobre el intruso que ha accedido a nuestro sistema, no podemos arriesgarnos a que nos descubran.

–Lo que tú consideres mejor –dijo Carmella–. Al fin al cabo, sólo nos quedan dos solteros.

–Y las posibilidades de que Nate Leeman o Jack Devon se casen en breve son casi nulas –respondió Emily.

Nate Leeman parecía no reparar en la presencia de mujeres en el planeta. Jack Devon, por el contrario, debía de salir con todas.

Las dos mujeres salieron de la sala y se encaminaron a sus respectivos despachos.

Emily se sentó ante su mesa y pensó en el plan que Carmella y ella habían empezado a poner en práctica hacía unos meses.

Había sido Carmella la que había oído una conversación telefónica de Lloyd Winters. El dueño de la compañía, hablaba sobre su ilusión de una posible relación entre alguno de los altos ejecutivos y su hija, Emily Winters.

Emily se había quedado desolada al enterarse. Ya había vivido una situación parecida en su anterior matrimonio. Se había casado con un ejecutivo de la empresa para satisfacer los deseos de su padre. Pero la unión había acabado en divorcio. Habían pasado ya cuatro años del desastre y Emily, renovada y con su vida rehecha, no estaba dispuesta a repetir sus errores.

Para frustrar los planes de Lloyd, Carmella había sugerido otro alternativo. Tras revisar la información personal de cada soltero, sólo tenían que encontrar la pareja perfecta.

Hasta aquel momento, la idea había funcionado sin que apenas tuvieran que intervenir.

Ya sólo quedaban el solitario Nate y el distante Jack.

Pero sus problemas habían cambiado. No se trataba ya de su vida personal, sino de la profesional. No podía permitir que nadie descubriera que ella y Carmella habían accedido a los archivos personales de los empleados. Cualquiera con una mínima capacidad de asociación podría deducir que los empleados espiados eran aquéllos que se habían casado recientemente. Estaba en juego su reputación.

Por otro lado, sabía la importancia que el trabajo de Nate y Kathryn tenía para la compañía. Debían encontrar cuanto antes al pirata que amenazaba con poner en peligro el futuro de Utopía, un revolucionario software financiero que Nate había creado para Wintersoft.

A pesar de sus temores, esperaba que lograran, cuanto antes, cazar al delincuente y destruirlo, antes de que hiciera más daño.

Kathryn Sanderson se detuvo ante la puerta del enorme edificio que albergaba a la compañía Wintersoft.

Sabía que la estaban esperando, pero no estaba segura de estar preparada para entrar.

Levantó la vista hacia el cielo y dejó que la nieve le cayera sobre el rostro. Era una extraña y maravillosa sensación sentir los copos fríos, sobre todo para una mujer que nunca antes había salido de California.

No obstante, sabía que no era sólo la nieve lo que le provocaba aquella extraña e intensa excitación. También iba a verlo a él.

Nate.

Habían pasado más de cinco años desde su «adiós» definitivo. Kathryn había cumplido los veintiséis años cuando Nate había llegado a Silicon Valley para recibir unos cursos de informática. Ella también se había inscrito y allí se conocieron.

Después de cuatro meses de relación, habían roto. Él había regresado a su vida en Boston y ella se había quedado en California.

Miró a la parte superior del edificio.

Le habían dicho que Nate estaba en la planta cuarenta y nueve. Era el vicepresidente del Departamento de Tecnología. Sin duda había logrado alcanzar su sueño de convertirse en el gran ejecutivo de una gran empresa.

Se preguntó si ya tendría una mujer que lo hubiera acompañado en su ascenso.

Se cambió de mano la maleta y decidió que ya era hora de enfrentarse a él.

Entró en el edificio y tomó el ascensor.

Al salir, una eficiente secretaria, Mary Sharpe, la saludó y la acompañó hasta el despachó de Nate.

Kathryn se quedó en la puerta durante unos segundos antes de atreverse a entrar. A pesar de lo absurdo que resultara, estaba nerviosa. Sabía que no tenía sentido tener aquella sensación por un hombre al que no había visto en años. Pero su relación había sido muy intensa, había sido la promesa truncada del futuro que ella ansiaba.

Pero, ¿qué decía? Nate no había sido el futuro, sino sólo un sueño que había acabado por convertirse en una pesadilla.

En aquel instante estaba a punto de entrar en el santuario de trabajo de aquel mismo hombre para compartir una labor profesional.

Respiró profundamente y llamó a la puerta.

Cuando él abrió, ella no pudo evitar un cosquilleo inquietante en el estómago.

Fue como retroceder en el tiempo. Su pelo seguía siendo igualmente denso y negro que antaño. Sus ojos verdes brillaban con la misma intensidad. El traje gris que vestía no hacía sino enfatizar la perfección de su cuerpo. No había cambiado nada.

–Hola, Nate.

Él asintió, con un gesto helador.

–Hola, Kathryn.

Dijo «Kathryn» y no el más coloquial y cercano «Kat» con que solía nombrarla.

–¿Puedo pasar?

–Por supuesto.

–¡Estupendo despacho! –exclamó ella al entrar. Dejó la maleta en el suelo, se quitó el abrigo y lo puso sobre el sofá.

Se encaminó hacia la enorme ventana. La espesa nieve impedía la visión de la ciudad.

–No me puedo creer que esté en Boston –dijo ella.

–Yo tampoco –respondió él, dejando notar cierto reproche en su tono.

Ella se volvió. Pero el gesto impávido de él no le dio clave alguna sobre sus sentimientos.

–La fruta es para ti –dijo él, indicando la cesta que estaba sobre la mesa.

–¡Muchas gracias! –dijo ella

–No me las des a mí, sino al señor Winters –dijo él secamente.

–Bien, así lo haré –respondió ella con tensión. Se acercó al sofá y se sentó–. ¿Cómo estás, Nate? Tienes un aspecto estupendo.

–Hasta que ese maldito pirata se ha metido en mi sistema, todo ha ido muy bien.

Con su habilidad de siempre, había desviado la conversación de lo personal a lo profesional.

–Lo primero que necesito es que me des información. Emily Winters fue muy escueta por teléfono.

–Utopía es un producto estrella, que se ha desarrollado bajo las más estrictas medidas de seguridad –dijo él.

–De haber sido así, nadie habría podido acceder a él –apuntó ácidamente ella.

Él la miró de reojo y luego se sentó en su sillón.

–Comencé a trabajar en Utopía hace un par de años. Se trata de un software financiero que integra todas las labores, haciendo que la información se comparta entre unas aplicaciones y otras, y siendo capaz de procesar infinidad de datos en tiempo real.

–Pensé que ése era el tipo de producto en el que se especializaba Wintersoft.

–Así es. Pero Utopía es más rápido y eficiente.

Mientras hablaba sobre el producto, sus facciones fueron cobrando vida. Kathryn recordó entonces cómo aquel hombre había llegado a mostrar aquella misma vitalidad sólo por tenerla a su lado.

Él se levantó y comenzó a caminar de un lado a otro mientras le daba los detalles.

–Bien, pues si el tiempo es tan importante, supongo que deberíamos ponernos manos a la obra ahora mismo –dijo ella en cuanto él terminó.

Había un millón de preguntas que ella quería hacer y ninguna se relacionaba con el programa. Quería saber si aún untaba la mantequilla en las tostadas con la precisión de un cirujano, se preguntaba si su color favorito seguía siendo el azul. Ansiaba saber si había encontrado la felicidad, si tenía una mujer adorable y unos hijos esperándolo en casa.

Más que nada, se preguntaba si alguna vez pensaba en ella y en aquellos días que pasaron juntos.

Pero tenía la sensación de que la respuesta era que no. Siempre había tenido la sensación de que para Nate no había sido más que un nuevo juego de ordenador y que, al darse cuenta de que no podía programarla a su antojo, había cerrado el archivo y no lo había vuelto a abrir jamás.

–Quiero que sepas que no estoy acostumbrado a trabajar con nadie ni a compartir mi espacio –por primera vez la miró directamente a los ojos. Sus pupilas emanaban un frío helador.

Ella forzó una sonrisa.

—Pues ya te puedes ir acostumbrando, porque voy a estar invadiendo «tu espacio» hasta que este problema se solucione.

Dicho aquello, se sentó en el sillón más amplio y confortable que había: el de Nate Leeman.

NO PODÍA soportarla. Ni siquiera podía entender qué lo había poseído años atrás para haberse sentido enamorado de ella.

Mientras se sentaba en su sillón, reparó en el jersey azul que llevaba y se preguntó si lo habría hecho a propósito, si aún recordaba que aquél era su color favorito.

El suave material parecía diseñado para ser tocado. Además, se ajustaba perfectamente a su cuerpo, resaltando la sinuosa curva de sus senos.

Sí, ya estaba convencido. Su elección había sido premeditada y eso lo irritaba aún más.

—Estás en mi sitio —dijo él con crispación.

—¿Y? Hay dos sillas y dos ordenadores, ¿no? —ella alzó la vista con un inesperado gesto de inocencia.

—Yo necesito trabajar en mi ordenador. Hay cosas en él a las que no quiero que accedas.

—Bueno, bueno... de acuerdo —ella se levantó de la silla y se sentó en la que había a la izquierda.

Nate se situó en su asiento y trató de acomodarse, pero el femenino aroma de la intrusa lo perturbó. Olía, tal y como lo había hecho años atrás, a un perfume refrescante y embriagador.

La recordó impregnándose levemente la zona trasera de las rodillas con aquella pócima embrujadora. Decía que el olor viajaba de arriba abajo y que así los vapores prodigiosos acababan envolviéndola toda.

—¿Vamos a trabajar, o te vas a limitar a quedarte ahí sentado con esa sonrisa incompleta en el rostro?

El recuerdo se disipó junto a la involuntaria mueca, y frunció el ceño, irritado.

Sin duda, aquel reencuentro debía de ser algún tipo de castigo del destino. Aún no sabía el motivo de que le hubiera enviado de vuelta semejante maleficio, pero tendría que averiguarlo.

—Vamos a trabajar —dijo él con sequedad. Abrió un cajón y sacó un trozo de papel que le mostró—. Supongo que ya has firmado todos los contratos de confidencialidad.

Ella asintió.

—Ésta es la palabra clave para acceder al sistema. Memorízala y, pase lo que pase, no se la digas a nadie.

–¡Vaya, hombre! Yo que tenía prevista una cita caliente para esta noche, en la que poder susurrarle la clave a mi amante.

–Te aseguro que no le encuentro la gracia a ese comentario –dijo él.

–Pues entonces, deja de tratarme como si fuera una idiota, Nate –respondió ella con sequedad–. Sé la importancia de mantener en secreto una clave.

Él se ruborizó.

–Lo siento –murmuró.

–Disculpas aceptadas.

Ella miró durante unos segundos la clave y memorizó la compleja combinación de números y letras. Luego se lo devolvió.

–Antes de nada, necesito un momento para poder familiarizarme con el sistema antes de entrar en el programa.

Él asintió y centró la atención en su propio monitor.

Durante unos minutos hubo un silencio absoluto. De no ser por aquel desconcertante olor, habría podido olvidar que estaba allí.

Bueno, lo habría intentado.

Se sorprendió a sí mismo, en varias ocasiones, lanzándole miradas de soslayo, comparando su aspecto presente con el pasado. Cinco años habían transcurrido desde que sus encantos lo habían cautivado, pero seguía tan maravillosa como antaño.

Seguía teniendo el mismo pelo rojizo y corto que enfatizaba sus pómulos y aquellos ojos rasgados y seductores de pupilas acarameladas. Era alta y delgada y recordaba su cuerpo esbelto luciendo, hermoso, en aquel biquini amarillo que había usado en su viaje a la playa.

Los recuerdos hicieron que la temperatura de Nate subiera rápidamente. Invadió sus sentidos el olor a aceite de coco que había extendido con deleite sobre su piel aterciopelada. Casi podía sentirla bajos sus dedos.

—¡Vaya! Tienes el solitario —dijo ella encantada.

—No habrá tiempo para juegos —respondió él, feliz de que su comentario lo devolviera a la realidad. Unos minutos más y habría necesitado con urgencia una ducha fría.

—Siempre hay tiempo para el solitario —protestó ella—. Pienso mejor mientras juego.

Por esa misma razón lo había instalado en su ordenador, porque a Nate también le servía para pensar. Pero no estaba dispuesto a confesársolo a ella. El hecho de tener algo en común lo desconcertaba.

Cinco años atrás había tenido la sensación de compartir muchas cosas con ella. Sin embargo, había quedado como un verdadero necio. No estaba dispuesto a permitir que aquello sucediera otra vez.

Kathryn agarró su bolso y sacó de dentro un paquete de galletas.

–Ahora dime, ¿qué te hace sospechar que un pirata pueda haber accedido a tus ficheros?

Nate no podía creerse que ella se hubiera puesto a comer en su despacho. La expresión de su rostro debió de hacerse explícita.

–Lo siento, pero apenas si he comido –se excusó ella, mirando avergonzada las migas depositadas en el borde de la mesa.

–Todo parecía estar en orden hasta hace un mes –le explicó Nate sin aventurarse a mirarla a la cara–. Entonces, me di cuenta de que el primer segmento del programa mostraba que había sido copiado y que algunas partes habían sido variadas para impedir su funcionamiento. Pensé que algún técnico del departamento lo habría hecho por motivos que desconocía. Reparé el problema y aplacé la conversación con ellos para el día siguiente. Pero al volver a acceder poco después, vi que había vuelto a ocurrir.

–¿Quién tiene acceso a Utopía?

–Sólo mis colaboradores directos.

–¿Y quiénes son?

–Profesionales de primera –dijo él con frialdad–. Llevan trabajando en mi equipo desde que yo entré en la compañía.

–¿Qué sabes de sus vidas personales? –continuó ella.

–Nada.

Ella lo miró atónita.

–¿Llevas años trabajando con esa gente y no sabes nada de su vida personal?

El tono acusatorio de su voz lo irritó.

–Yo vengo aquí a trabajar, no a socializar –murmuró él–. Confío en esa gente.

–Nate, piensa, por favor. ¿Qué razón puede tener alguien para robar el programa?

Repentinamente, una pregunta inesperada e inadecuada se formó en la mente de él: ¿Ella se habría casado? Miró su mano en busca de un anillo, pero no encontró ninguno.

–¿Nate? ¿Por qué querría alguien copiar el programa? –repitió ella.

–Para venderlo –respondió él–. Wintersoft tiene muchos competidores a los que les encantaría quitarnos este producto.

–Eso significa que una copia del programa podría valer mucho dinero.

–Una pequeña fortuna –admitió él.

–Lo primero que tengo que hacer es estudiar con detenimiento el programa –dijo ella.

Él miró al reloj.

–Tengo una reunión a la que atender por otro asunto. Volveré en una hora aproximadamente –dudó un momento. No le gustaba la idea de dejarla sola en su santuario particular, pero necesitaba desesperadamente un poco de espacio.

–No te preocupes, Nate. No me tiraré en tu elegante sofá, ni me beberé tu alcohol mientras estés fuera. Tampoco hurgaré en tus cajones.

Eso esperaba.

–Luego te veo –dijo él, y se marchó.

Una vez en el pasillo se detuvo un momento sin saber qué hacer. Había mentido. No había ninguna reunión, pero necesitaba desesperadamente respirar aire fresco, librarse de aquel aroma embriagador que lo perturbaba, calmar los nervios que lo habían poseído desde el instante mismo en que ella había entrado.

Pensó en ir a la sala de empleados. Pero no sabía ni siquiera dónde estaba.

Tomó el ascensor y salió a la calle, con la esperanza de que el aire helado borrara de su mente las cálidas imágenes de la playa y de una hermosa mujer de nombre Kat.

Había conocido a Nate en un curso de especialización de la Universidad de California. Ya entonces le había llamado la atención no sólo su atractivo físico, sino también su brillante mente.

Según iba analizando los ficheros de Utopía, la complejidad del programa iba confirmando su percepción. Aquel hombre gozaba de un intelecto privilegiado. De haber estado trabajando por su cuenta, aquel producto le habría proporcionado muchos millones. No era de extrañar que la empresa estuviera tan preocupada por mantener a buen recaudo aquel tesoro.

Mientras revisaba el programa, trató de no prestar atención al poderoso olor a colonia cara que se respiraba en el ambiente. Era demasiado sugerente.

Se levantó de la silla y se dirigió a la mesa de café. Agarró una naranja, se sentó en el sofá y comenzó a pelarla, sin dejar de mirar la pantalla del ordenador desde la distancia. Su pensamiento estaba aún con el hombre que, sólo momentos antes, había salido del despacho.

De los seis meses que habían acudido a la facultad en Silicon Valley, dos los había tenido que invertir Kathryn en convencer a Nate de que en la vida había muchas cosas aparte de su ordenador.

–Todo eso no es más que historia pasada –murmuró ella.

Mientras se comía lentamente los gajos no podía, sin embargo, dejar de pensar en él y en la complejidad del programa que había desarrollado. Si un pirata había accedido, la compañía podía tener un grave problema.

Perdió la noción del tiempo sumida en sus pensamientos. Para cuando quiso ponerse de nuevo a revisar el programa, Nate ya estaba de vuelta.

Entró sin mediar palabra y se dirigió directamente a las cáscaras de naranja que ella había dejado olvidadas. Las recogió con una servilleta.

—Lo siento —se disculpó ella.

—Yo nunca como cuando estoy en el ordenador —afirmó tajantemente él.

—Pues yo siempre lo hago —respondió ella. Había olvidado lo rígidos y compulsivos que eran sus hábitos.

Después de tirar los desperdicios, se colocó detrás de ella y miró el punto del programa en que Kathryn se había detenido.

—Lo que has creado es brillante —le dijo ella.

—Gracias —respondió él y se sentó en su puesto—. He estado trabajando en él durante meses, pero llevaba visualizándolo años. No puedo creer que finalmente esté hecho.

—Todo lo que tenemos que conseguir es cazar a ese desaprensivo pirata antes de que haga daño de verdad.

—Hasta ahora, ha sido capaz de copiar cinco secciones del programa y de cambiarlas sutilmente. No he podido aún descubrir cómo ha accedido.

–Debes de tener algún acceso desprotegido en algún sitio –dijo ella.

–Lo sé. Pero no he sido capaz de descubrir dónde.

El tiempo que Nate se había tomado para la reunión no parecía haber mejorado su estado de ánimo. Estaba aún más tenso que al principio.

–Estoy segura de que lograremos dar con ese acceso y cerrarlo.

Las tranquilizadoras palabras de Kathryn tuvieron un efecto inverso en él.

–Estoy seguro de que podría haberlo solucionado todo yo solo.

Al parecer con lo que iba a tener que batallar más intensamente era con el orgullo herido de aquel hombre inaccesible.

–Estoy convencida de que eso es verdad. Pero con dos personas trabajando sobre el mismo problema podemos hacerlo en la mitad de tiempo.

–Espero que se resuelva de inmediato para que puedas regresar cuanto antes a tu vida en California.

Ella sintió un repentino cansancio y cierta irritación. Desde el instante en que había entrado en su despacho no había hecho sino dificultarle la estancia. Había tenido un largo vuelo, no había comido adecuadamente y estaba cansada. Necesitaba irse al hotel para tomar una buena comida caliente y prepararse mentalmente para trabajar con un hombre que se negaba a colaborar.

—Te aseguro que me encantaría poder resolver el problema de inmediato y perderte de vista cuanto antes. Pero, de momento, me voy a ir al hotel a descansar, para poder empezar fresca y renovada mañana —se levantó y apagó el monitor.

Tomó el abrigo olvidado en el sofá.

—Si no te importa, indícame dónde está el hotel Brisbain.

—A dos manzanas de aquí. Al salir tienes que ir a la izquierda y lo encontrarás en la misma acera. Te llamaré un taxi.

—No, es absurdo tomar un taxi para dos manzanas. Iré andando. Necesito respirar un poco de aire fresco. El ambiente está muy cargado aquí —se puso el abrigo y agarró su maleta—. Supongo que estarás aquí a primera hora de la mañana.

—Con que vengas a las nueve es suficiente —respondió él con su habitual frialdad.

Kathryn se preguntó si realmente había oído alguna vez aquellas cálidas y dulces palabras que recordaba escapando de su boca.

Abrió la puerta del despacho.

—Hasta mañana, Nate.

Cerró la puerta y recorrió el pasillo hasta el ascensor.

Estaba cansada y la presencia de Nate no había hecho sino alterar su capacidad de concentración. Había creído que verlo de nuevo no supondría nada especial. Pero se había equivocado. No había esperado que ejerciera aún aquel efecto sobre ella.

Llamó al ascensor y, mientras esperaba, se prometió a sí misma que aquella misma noche se encargaría de poner punto final a las emociones que la alteraban.

Se abrieron las puertas y entró sin prestar atención a lo que sucedía a su alrededor. Inesperadamente, notó la presencia de Nate dentro de la cabina. Disimuló su sorpresa.

–¿Te vas a casa con tu mujercita? –preguntó ella.

–No hay ninguna mujercita.

–Entonces una mujerona...

Él estuvo a punto de sonreír, pero se contuvo.

–No hay mujer de ningún tipo. He pensado que será mejor que te acompañe al hotel. Es tarde y no deberías ir sola.

Él agarró el asa de la maleta y ella se resistió inicialmente a dársela. Pero era tarde y el equipaje pesaba. Finalmente, cedió.

–Así que no te has casado –dijo ella cuando salían del ascensor.

–No. ¿Y tú?

–El matrimonio nunca fue una de mis prioridades en la vida.

–Sí, lo recuerdo –dijo él con amargura, dando claves de que el pasado que habían compartido no estaba completamente olvidado.

Ella sintió una extraña presión en el pecho, pero se negó a prestarle atención. No tenía sentido hacer caso a los sentimientos que despertaba un asunto zanjado. Eso no haría sino dificultar aún más su trabajo juntos.

Al llegar a la puerta del edificio, Kathryn observó que la nieve había dejado una espesa capa que cubría de blanco las calles.

–¡Oh, Nate! ¡Es precioso! –se apresuró a salir a la calle, con ese entusiasmo infantil que la caracterizaba.

Abrió los brazos y comenzó a girar con la mirada al cielo, dejando que los copos que aún caían se posaran sobre su rostro.

Nate la miró con el mismo gesto distante y taciturno de siempre, como si ella fuera una alienígena.

–No es más que nieve.

–La primera que veo en mi vida.

–¿De verdad? ¿Nunca has ido a las montañas a esquiar?

–No. Están muy lejos de mi casa.

Agarró un puñado de nieve, hizo una bola y miró a Nate con lúdica malicia.

–No se te ocurra ni pensar en ello –le advirtió él.

Sin darse tiempo a recapacitar, lanzó la masa helada al centro de su pecho. Él observó los restos de hielo depositados en la lana y alzó el rostro de nuevo. Lentamente, dejó la maleta en el suelo y recopiló un puñado de nieve.

–¡No, Nate, no! –una carcajada nerviosa se escapó de los labios de Kathryn–. Lo siento, lo siento de verdad. No era mi intención...

Se dio la vuelta para correr, pero la bola le golpeó de lleno en la espalda.

Durante todo el camino hacia el hotel se dedicaron a dispararse bolas heladas y, por primera vez desde su llegada, ella pudo volver a oír la cálida y densa risa de Nate.

Al detenerse ante la entrada, él le quitó cuidadosamente los restos de nieve que habían quedado atrapados en su pelo. Pero en el instante en que su mano le rozó el rostro, toda risa quedó consumida por la repentina tensión. Él se apartó rápidamente.

–Ya estás aquí, sana y salva –le dijo, entregándole la maleta.

–Gracias por acompañarme –dijo ella–. Ha sido un gesto muy caballeroso por tu parte.

–Lloyd y Emily Winters jamás me perdonarían que te sucediera algo antes de que atrapes al pirata.

Kathryn sintió un repentino frío que le caló los huesos. Por un momento la cálida actitud de Nate le había hecho olvidar que aquel había sido el hombre que le había partido el corazón.

Seguía siendo el mismo ser insensible, incapaz de amar. Jamás existiría para él nada más allá de su trabajo y de su cuadriculada concepción de la vida.

–Gracias en cualquier caso –respondió ella–. Te veré por la mañana.

Él asintió secamente, se dio la vuelta y se alejó. Ella observó su solitaria figura hasta que se perdió en la distancia.

Luego, entró en el lujoso hotel que la compañía le había buscado.

Lo primero que hizo después de registrarse fue pedir que le sirvieran una copiosa cena en la habitación. Necesitaba recabar fuerzas para la dura tarea a la que tendría que enfrentarse.

No se había imaginado que trabajar con Nate pudiera llegar a ser tan duro.

Sólo con verlo le habían vuelto a la memoria escenas del lecho compartido con aquel amante fabuloso y apasionado.

Pero no podía olvidar que los cuatro meses

de amor y locura que había pasado a su lado no habían sido más que una ilusión temporal. Nate había fingido ser humano. La había engañado, haciendo que creyera que la comprendía. Pero la verdad se había impuesto.

–Me engañó una vez, pero no me va a engañar dos –se dijo ella y se estiró en el sofá, ante la mesa repleta de comida que el servicio de habitaciones acababa de llevar.

Tiempo atrás había creído que Nate tenía sangre en las venas. Pero había comprobado que estaba compuesto de megabites y que era un bostoniano tradicional con rígidas ideas sobre la familia y la esposa. Ella no había encajado en sus almidonadas ideas y jamás lo haría.

NATE caminó de vuelta a la oficina, ligeramente encorvado para evitar que la nieve le golpeara de lleno en la cara. Las calles estaban solitarias. El único vehículo que había era la máquina quitanieves.

No tenía intención alguna de conducir a casa en aquellas condiciones. El trayecto sería espantoso y la vuelta matutina al trabajo, una tortura.

Mientras caminaba, trató de apartar de su mente la lúdica imagen de Kathryn. Su expresión luminosa, sus mejillas sonrosadas por el frío invernal, su mirada resplandeciente y traviesa mientras formaba nuevas bolas de nieve.

En el trayecto entre la oficina y el hotel, Nate se había dejado embriagar por su infantil felicidad. Verla disfrutar, totalmente libre de pudor social, llena de vida, había removido algo incómodo dentro de él.

Se sacudió la nieve del abrigo al entrar en el edificio de Wintersoft, sin dejar de pensar en Kathryn. El problema de aquella mujer era su exceso de espontaneidad. Se dejaba guiar por los impulsos sin pensar en las consecuencias. Su exuberante modo de disfrutar era a la vez contagioso e irritante.

Nate siempre había vivido en Boston y, hasta entonces, jamás había participado en una batalla de bolas de nieve. Sin embargo, en cuestión de segundos, Kathryn había logrado alterar su forma normal de comportamiento incitándolo a participar en un juego pueril.

–Hermosa y viva, pero traicionera –dijo él al entrar en su despacho.

Se quitó el abrigo y lo colgó, sin poder evitar pensar en los cuatro meses de relación que habían vivido. Por primera vez en su ya larga existencia se había dado cuenta de que necesitaba algo más que ordenadores y programas, que la vida no sólo consistía en estudiar y trabajar.

Habían compartido largos paseos por la playa, noches de pasión y mañanas de ternura. Le había enseñado a jugar al Monopoly, a pasear por las calles de San José, a disfrutar de pequeños restaurantes, a comprar en tiendas divertidas, ropa que jamás antes había pensado en ponerse.

Al atardecer habían acabado siempre en el apartamento que él había alquilado, porque ella compartía una casa en Santa Cruz con media docena de amigos, y necesitaban intimidad.

Kathryn le había hecho creer que quería lo mismo que él, que eran espíritus gemelos y que podrían compartir su presente y su futuro.

Pero, la realidad lo había desengañado cuando Wintersoft le había ofrecido un trabajo que para Nate significaba el inicio perfecto de su vida con Kathryn. Desde su punto de vista, un extraordinario empleo en su ciudad natal y una mujer adorable eran las dos cosas que completarían su vida.

Había sido un necio, sin duda, al creer que tenían los mismos intereses.

Miró el reloj. Eran aún las siete. Todavía tenía tiempo de ponerse a trabajar. Quizás, con un poco de suerte, lograría dar con aquel pirata que no sólo había alterado su trabajo, sino también su vida.

Ése sería el único modo de conseguir que Kathryn se marchara cuanto antes y de recuperar la tranquilidad.

Unos golpes en la puerta captaron su atención.

Emily Winters entró en el despacho.

–Me imaginaba que te habrías quedado a trabajar hasta tarde –dijo ella y miró de un lado a otro–. ¿Y Kathryn?

–Acabo de acompañarla al hotel. Quería descansar para poder empezar mañana a primera hora.

–Me parece estupendo. Querría haberme pasado antes, pero tenía reuniones –se apoyó en el marco de la puerta–. Ahora que os habéis conocido, espero que congeniéis y podáis hacer un buen trabajo juntos.

–La cierto es que yo ya conocía a Kathryn.

Emily lo miró sorprendida.

–¿Sí?

–Asistimos juntos a un curso en la Universidad de California.

–¡Vaya! –sus intensos ojos azules se fijaron en él, provocándole la sensación de que podía ver más allá, que era capaz de leer en su mirada que la conocía muy bien–. Se ha creado una merecida reputación en la industria informática. Varias revistas del sector han sacado impresionantes artículos sobre ella. Por lo que he leído, no suele salir de su oficina en California. Hemos tenido suerte de que accediera a venir. Espero que sea la persona que necesitamos. Lo único que importa es que te ayude a resolver el problema –dijo con énfasis–. Bueno, me marcho. Y creo que tú deberías hacer lo mismo si tienes intención de irte a casa. He oído que las carreteras están muy mal.

En el momento en que Emily salió de la

oficina, él se sentó en su silla y volvió a quedarse pensativo.

Sin duda, sentía su orgullo herido. Se suponía que era uno de los mejores técnicos de la profesión y, por algún motivo, sentía que no le estaban permitiendo utilizar todo su potencial.

«Un hombre sólo es lo que demuestra ser con su trabajo», resonaron las palabras de su padre y de su madre en su cabeza.

¿Qué tan bueno demostraba ser si la empresa requería contratar ayuda externa para solucionar un problema?

Al recordar a sus padres, pensó que hacía más de un mes que no había hablado con ellos. Eran gente muy ocupada y raramente contactaban.

Lo que necesitaba hacer en aquel instante era centrarse en su trabajo y resolver el problema por si solo, para lograr librarse de Kathryn Sanderson de una vez por todas.

Kathryn durmió profundamente, como siempre. Daba lo mismo el tumulto emocional o mental en que se hallara, en el instante en que cerraba los ojos se quedaba plácidamente dormida.

Sabía que era afortunada por ello.

Pero también sabía que había sido un mecanismo de defensa adquirido tiempo atrás para poder lidiar con el problema de su madre.

Siempre había requerido toda su energía para enfrentarse a ella.

Se levantó de la cama y se apresuró a acercarse a la ventana. Las calles nevadas producían el efecto de una ciudad de caramelo. Admiró la escena durante unos segundos y luego se apartó de la ventana.

El descanso nocturno le había proporcionado suficiente energía para enfrentarse al reto que le esperaba aquel hermoso día.

Se sentía fuerte y capaz de superar cualquier traba que Nate quisiera ponerle. Lo conocía y sabía hasta qué punto podía afectar con su frialdad a los que lo rodeaban. Pero no iba a permitir que la perturbara.

A eso de las siete de la mañana ya estaba vestida y desayunada.

Definitivamente, no iba a esperar a las nueve para ir a la oficina. Además, estaba segura de que él llegaría antes también.

Recorrió las nevadas calles hasta llegar al edificio de Wintersoft, mientras pensaba en el hecho de que él no se hubiera casado. No la sorprendía. Soportar a Nate y cumplir con sus ideales de esposa perfecta eran dos actos heroicos a los que, al menos ella, no había querido comprometerse, ni querría jamás. Tampoco parecía que él tuviera intenciones de pedírselo a juzgar por su irritante encuentro del día anterior.

El guarda de seguridad la saludó al entrar y le pidió que firmara el libro de registro.

Recorrió los silenciosos pasillos de la oficina hasta llegar al despacho de Nate. No se sorprendió de que la puerta estuviera abierta. Pero sí se quedó atónita al descubrir que él estaba allí, con lo que parecía la misma ropa del día anterior, profundamente dormido con la cabeza apoyada sobre el teclado del ordenador.

La inesperada visión la perturbó. Se había quitado la chaqueta y la fina tela de su camisa dejaba adivinar la fuerte musculatura de sus hombros anchos.

Debería haberlo despertado de inmediato, pero no lo hizo. En lugar de eso, se quedó observándolo.

Seguía siendo el hombre más guapo que había conocido. Tenía unos rasgos perfectos que parecían haber sido esculpidos por un artista. Su rostro era delicado y a la vez masculino, con largas pestañas oscuras que ensombrecían y daban profundidad a su mirada. Tenía los labios ligeramente entreabiertos y respiraba profundamente. Recordó los besos apasionados que había recibido de aquella boca. Quizás pareciera inmensamente frío, pero ella sabía muy bien hasta qué punto podía ser apasionado en el trabajo y en la cama.

De pronto, abrió los ojos y las pupilas verdes se fijaron en ella con fiereza.

Alzó la cabeza de inmediato.

—¿Qué hora es? —preguntó, y movió los hombros para liberarse del dolor.

—Son casi las siete y media.

—Te había dicho que vinieras a las nueve.

Ella hizo un gesto de indiferencia.

—Decidí venir más pronto —antes de que él pudiera levantarse, le posó las manos en los hombros y comenzó a darle un masaje. Notó los músculos tensos bajo sus dedos.

—Antes siempre te dolía la espalda —dijo ella.

—Deberías haber sido fisioterapeuta profesional —dijo él.

—Espera a que recibas la cuenta, ya verás —se rió ella. Aprovechó el momentáneo acercamiento para tratar un tema que la perturbaba—. Nate, sé que no estás particularmente contento de que haya venido...

Ella notó que él se tensaba.

—No estoy particularmente contento de que Wintersoft haya contratado a alguien externo para solucionar un problema mío –respondió él.

–En cualquier caso, aquí estoy, y no quiero que el pasado se interponga en nuestro trabajo, que los sentimientos dificulten las cosas –dijo Kathryn.

–Nuestra historia terminó hace mucho tiempo. Yo no siento rencor –dijo él en un frío tono, carente de emociones.

Kathryn habría querido poder leer en su rostro si lo que decía era cierto.

–Kat, sé que ayer estuve un tanto desagradable –continuó él–. Pero es porque me juego mucho con este proyecto y un indeseable pirata amenaza con arruinarlo todo.

–Tranquilo, Nate, lo cazaremos –le aseguró ella.

Continuó con el masaje durante unos segundos más, hasta que notó que sus músculos se habían suavizado. Entonces deslizó la mano lentamente por su nuca hasta hundir los dedos en su abundante pelo.

Él se levantó de inmediato, como impelido por una fuerza superior.

–Puedes empezar a trabajar mientras yo me refresco un poco.

Dicho aquello, se dirigió a toda prisa al lujoso baño y cerró la puerta.

La suave sensación de su cabello quedó

impresa en los dedos de Kathryn. Su cabeza se llenó de pronto de pasados recuerdos sobre sus encuentros amorosos.

Ella se sentó en la silla y trató de apartar de su mente aquellas imágenes, pero le resultó difícil.

Nate no había sido su primer ni su último amante. Pero no había tenido tantos y, desde luego, ninguno tan especial. Había habido entre ellos, desde el principio, una compenetración especial, algo que los había unido mágicamente.

Durante el día, en las clases, competían ferozmente. Sin embargo, al llegar la noche, hacían el amor con entrega y pasión.

«Amor», repitió mentalmente ella. No, no había sido amor lo que habían sentido, sino pasión. Sus sueños y su visión de la vida no habían coincidido en absoluto.

Kathryn encendió el ordenador y observó la pantalla mientras se iluminaba.

El sonido de agua corriendo le hizo pensar que el cuarto de baño debía de tener una ducha. Trató de no visualizar el cuerpo desnudo de Nate.

Introdujo la contraseña de acceso a los ficheros de Utopía. En aquel instante, la puerta se abrió y una hermosa mujer impecablemente vestida entró en el despacho.

–Ya veo que tenemos en la oficina una nueva madrugadora –dijo la recién llegada con una amplia sonrisa en los labios–. Hola, soy Emily Winters.

–Señorita Winters, es un placer –respondió Kathryn y le estrechó la mano.

–Por favor, vamos a tutearnos –señaló la silla para que Kathryn se sentara–. Lamento no haber podido pasar ayer a tiempo de recibirte. Estuve reunida la mayor parte de la tarde. Espero que te encuentres bien en el hotel Brisbain.

–Tengo una habitación preciosa, gracias.

Emily miró hacia la puerta del baño.

–Asumo que Nate está ahí dentro.

Kathryn asintió.

–Creo que ha pasado la noche aquí.

–No me sorprende. Siempre le digo que no sé para qué se gasta el dinero en una casa, si pasa todo su tiempo aquí.

–Ya era así cuando lo conocí. Está bien ser responsable, pero yo siempre trato de convencerlo de que sólo trabajar le va a convertir en una persona muy aburrida.

–He oído que Kathryn está murmurando a mis espaldas.

Kathryn miró hacia la puerta del baño y vio salir a Nate con un traje limpio y una camisa impecable.

Se acercó a ella y la rodeó con su aroma a limpio.

Emily se rió en un claro intento de distender la atmósfera que se había creado.

–No está diciendo nada que no sepamos, Nate. Todo el mundo sabe que trabajas demasiado –dijo ella y se volvió hacia Kathryn–. Si necesitas cualquier cosa, no dudes en hacérmelo saber.

–Muchas gracias.

Dicho aquello, Emily salió.

–Será mejor que nos pongamos a trabajar –dijo Nate en el instante en que estuvieron solos. Se sentó ante su ordenador y tecleó el código de entrada.

–Estás enfadado conmigo, ¿verdad? –preguntó Kathryn.

–¿Por qué debería estarlo?

–Porque me has oído decir que eres aburrido.

–No tengo motivos para enfadarme cuando me consta que no sabes nada de mí, Kathryn. Hace cinco años que no nos hemos visto, desconoces por completo lo que ha sido de mi vida desde entonces –con cada palabra sonaba más y más a la defensiva.

–Háblame de ti ahora.

Él frunció el ceño.

–¿Qué?

–Cuéntame cómo ha sido tu vida, cuáles son tus aficiones, cómo son tus amigos.

–Nada de eso es de tu incumbencia. Además, no tenemos tiempo. Hay mucho trabajo por hacer –dicho aquello, se concentró en la pantalla de su ordenador.

Kathryn había hecho esas preguntas con el ánimo de lograr un pequeño acercamiento. Pero estaba claro que el efecto logrado había sido justo el inverso.

Tenía que concentrarse en su trabajo y olvidarse del hombre que se sentaba a su lado.

Trabajaron en silencio durante un tiempo, analizando cada segmento del programa, buscando claves que los ayudaran a encontrar al pirata.

Pero Nate olía demasiado bien y a Kathryn cada vez le resultaba más difícil concentrarse.

No podía evitar que su mirada se desviara de la pantalla hacia las manos masculinas que tecleaban con prisa. Siempre le habían gustado sus dedos largos.

Apartó la vista y trató de no recordar cómo aquellas manos la habían acariciado, habían arrancado de su boca suspiros de placer.

La hora de la comida llegó y Nate no hizo ni el más mínimo amago de tomarse un descanso.

Kathryn recordó lo increíblemente competitivo que era. Aquella actitud despertaba en ella su espíritu de lucha. No iba a ser la primera en sugerir un descanso. Podía trabajar tanto tiempo como quisiera sin parar. Además, una vez metida en la tarea de analizar aquel prodigioso programa las horas iban pasando sin que se diera cuenta.

Admiraba a Nate. La inteligencia en un hombre siempre le había resultado atractiva. Pero, además, él lo combinaba con un extraordinario físico.

Trabajar a su lado le resultaba complicado, pues despertaba en ella deseos dormidos de un modo que ningún hombre lograba despertar.

No obstante, la idea de retomar una tormentosa relación con él no era ni de lejos una opción. Su separación había sido lo más doloroso que le había sucedido en su vida. Jamás volvería a ponerse en una situación semejante.

En varias ocasiones a Nate lo interrumpieron con llamadas y una de ellas lo obligó a salir del despacho. Kathryn aprovechó el momento para sacar un paquete de galletas y tomarse un plátano de la cesta de fruta. Dio gracias de que Lloyd y Emily Winters hubieran decidido enviarle algo tan nutritivo en lugar de un ramo de flores.

Acababa de terminarse la fruta cuando él entró. Se sentó con el ceño fruncido.

–¿Por qué tienes que comer mientras trabajas? –preguntó él recogiendo con rabia los restos de migas.

–Porque tú no paras para comer. No hemos almorzado siquiera y son ya las seis de la tarde. De momento tampoco te he oído mencionar la posibilidad de una cena. Puede que tú puedas vivir sin comida, pero yo la necesito para pensar.

Él la miró sorprendido.

–Si querías parar a comer, ¿por qué no lo has dicho?

–Porque a eso de la una decidí que si tú no querías parar, yo no lo haría. Sé lo importante que es esto para ti. Pensé que, quizás, invirtiendo más tiempo seguido, lograríamos dar con el problema. Pero no hemos avanzado nada y yo estoy hambrienta –dijo ella con frustración.

–Siempre te pones de malhumor cuando no has comido adecuadamente.

–Pues si piensas que estoy de malhumor, espera un par de horas más y verás lo que es bueno.

–Supongo que podríamos pedir una pizza, pero sólo si me prometes no comértela delante del ordenador.

–En este momento sería capaz de prometerte que me la voy a comer colgando de la ventana con tal de que la pidas.

Un ligera sonrisa se dibujó en los labios de él. Aquel inesperado gesto le provocó Kathryn un escalofrío.

–No hace falta que llegues a tanto –le aseguró él–. Te gustaba de salami y champiñones, ¿verdad?

Le sorprendió que recordara aquel detalle y asintió mecánicamente.

Se creía inmune a los encantos de Nate, pero una insignificante sonrisa había sido capaz de desarmarla por completo y de despertar sueños, de crear ilusiones dentro de ella.

Esperaba que todo fuera producto del hambre y que un poco de comida aplacara tan confusos sentimientos.

Emily Winters salió de la última reunión del día ansiosa por marcharse a casa. Pero se encontró con una visita inesperada.

–¡Todd! –no pudo evitar fruncir el ceño al ver al hombre que había sido su marido años atrás. Llevaban divorciados cinco años. Su matrimonio sólo había durado dieciocho meses.

–Hola, Emily. ¿Trabajando hasta tarde, como siempre?

Todd Baxter era un hombre atractivo, de pelo rubio y sonrisa agradable.

Llegó a casarse con él por una combinación de razones: para agradar a su padre, porque pensaba que hacían una buena pareja y porque amaba Wintersoft tanto como ella. También había pensado que el matrimonio era el paso adecuado que dar en aquel momento y Todd le pareció el hombre adecuado.

Pero ninguna de dichas razones fueron las adecuadas.

El divorcio fue doloroso, pero mucho más lo era vivir con él.

—Me voy a casa —dijo ella—. ¿Qué haces aquí a estas horas?

—He venido a tomar algo con tu padre.

—Ya —dijo ella, sin ocultar su desagrado ante la noticia—. Creo que últimamente ves a mi padre más que yo.

—Me gusta estar con él y me da buenos consejos.

—¿Qué tal va tu búsqueda de trabajo?

Todd había perdido recientemente su puesto de trabajo, en un recorte presupuestario que la compañía había tenido que realizar.

—Bien. Tengo algunas buenas propuestas. Además, con la indemnización que recibí tengo para poder sobrevivir un tiempo sin agobios. De hecho, estoy disfrutando de mi tiempo libre.

La sorprendió inclinándose sobre ella y retirando de su rostro un mechón de pelo. El gesto fue innecesario y excesivamente íntimo a gusto de Emily. Ella retrocedió.

—Estás muy guapa –dijo él–. El azul siempre te ha sentado bien. Me encanta verte así vestida. Bueno, será mejor que me vaya. No quiero hacer esperar a Lloyd.

Todd se alejó por el pasillo y Emily se pasó la mano por la falda, en un gesto incómodo. No le gustaba la sensación de que Todd le hiciera cumplidos. Le resultaba extraño.

En las últimas semanas había pasado con frecuencia por las oficinas de Wintersoft y aquella situación no le gustaba a Emily.

—He visto a tu ex marido por aquí.

La cálida voz de Carmella la sorprendió.

—Creo que ha venido a tomarse unas copas con mi padre.

—Lo mejor que has hecho en tu vida fue divorciarte de él –dijo Carmella con total sinceridad–. Jamás entendí el apego que le tenía Lloyd.

—Cuando nos divorciamos temí que mi padre jamás me lo perdonara –recordó con pesar aquellos dolorosos momentos vividos en el pasado.

–Se sintió decepcionado. Esperaba mucho de vuestro matrimonio –dijo Carmella.

Emily asintió.

–Yo también. Pero en el momento en que nos casamos, Todd cambió por completo.

Nada más acabar la ceremonia, Todd dejó claro que él sería el jefe de Wintersoft cuando Lloyd se retirara, tomando el puesto que a Emily le correspondía por derecho.

El papel de ella habría de limitarse al de esposa de un hombre rico y poderoso. Pero Emily esperaba de su vida mucho más que eso.

Después del divorcio, Todd había acabado por abandonar la compañía, alegando que le resultaba incómodo trabajar junto a ella y a su padre.

Emily recordó el modo en que le había tocado el pelo y el inesperado cumplido.

–Espero que mi padre no esté buscando ningún tipo de reconciliación.

–No creo –respondió Carmella–. Además, recuerdo que lo que le comentó tu padre a tu tía por teléfono fue que entre los ejecutivos de la compañía había buen material para un estupendo marido. ¿Por qué piensas eso? ¿Te ha dicho algo?

–No, realmente no –respondió Emily. Quizás sólo estaba cansada e imaginaba cosas.

Decidió cambiar de tema–. He conocido a Kathryn Sanderson.

–¿Qué tal? –preguntó Carmella, claramente interesada.

–Parece muy agradable, aunque mientras estuve en el despacho de Nate noté cierta tensión entre ellos.

Carmella asintió.

–Me temo que Nate no debe de ser el hombre más fácil del mundo para trabajar con él.

Emily sonrió al recordar a Kathryn.

–Tengo la sensación de que ella sabe manejarlo.

–¿Crees que debemos comentarles que hemos accedido a los archivos del personal?

–No creo que debamos decir nada aún. Quizás el tema no salga a la luz y no sea necesario airearlo. Al fin y al cabo, no ha sido nada ilegal.

Carmella sonrió pícaramente.

–Era un caso de emergencia. Conocer la historia personal de nuestros ejecutivos era de vital importancia para ayudarlos a encontrar a su pareja perfecta. En cualquier caso, si algo ocurre, asumiré la responsabilidad.

–Ni hablar –dijo Emily–. Si nos descubren, afrontaremos las consecuencias juntas. Ahora me voy. Estoy deseando llegar a casa para darme un baño y tomarme un buen chocolate caliente.

De camino a casa, Emily pensó en todo lo sucedido hasta entonces. Recordó cuándo Carmella le había contado que Sarah Morris estaba enamorada de su jefe, Matt Burke. Poco habían tenido que hacer Emily y Carmella para que en sólo un mes acabaran comprometidos.

La segunda pareja tampoco había requerido apenas ayuda. Emily le había presentado a Ariana Fitzpatrick, la jefa de relaciones públicas, a Grant Lawson, el gran consejero legal de la compañía, para que la ayudara a solucionar un asunto personal. Aquél había sido el comienzo de su historia de amor. Sólo semanas después ya estaban comprometidos.

Felices con los buenos resultados de su plan, Emily y Carmella habían ido por el siguiente soltero: Brett Hamilton. Necesitado de una hermosa mujer que fingiera ser su novia ante sus padres, había recurrido por casualidad a Sunny Robins. Por suerte, lo que había comenzado como amor fingido había acabado en un amor profundo y real.

La cuarta pareja había vivido una historia verdaderamente romántica. Después de muchos años, Reed Connors había regresado, gracias al consejo de Carmella, a su ciudad de origen, donde su único amor le había partido el corazón. El reencuentro había permitido deshacer muchos malentendidos y había acabado con el feliz compromiso de la pareja.

De un modo u otro había sido promotora de varios felices enlaces y eso le causaba una agradable sensación.

Por desgracia, dicha sensación se vio nublada por el recuerdo del reciente encuentro con su ex marido. Le había dado la impresión de que trataba de seducirla de nuevo y no le gustaba.

Se preguntó qué estaría tramando y si trataría de hacer pensar a su padre que iba a haber una reconciliación.

Su divorcio había destrozado el corazón de su padre y había provocado una crisis en su relación familiar que habían tardado meses en superar. No quería volver a pasar por todo aquello. Pero tampoco estaba dispuesta a convertirse de nuevo en la esposa ni de Todd Baxter ni de nadie.

CAPÍTULO 4

EL SONIDO del teléfono desconcentró a Nate.

Miró a Kat mientras rebuscaba en su bolso a la caza del ruidoso aparato.

Sólo había recibido un par de llamadas en la semana que llevaban trabajando juntos, y siempre habían sido breves y escuetas. Por lo que podía deducir de las conversaciones, se trataba de amigos. En aquella ocasión era diferente.

–¡Mamá! –dijo ella al responder el teléfono. Se levantó y se dirigió a la ventana–. ¿Cómo estás?

Él se sintió aliviado al ver que ella se alejaba.

La última semana había sido realmente dura. No sólo no habían conseguido encontrar pistas sobre el pirata informático, sino que la presencia de Kathryn lo estaba volviendo loco.

Hora tras hora tenía que soportar el desconcertante aroma de aquella mujer, escuchar su respiración o sus leves sonidos de frustración.

No hacía nada conscientemente para irritarlo, pero lo irritaba.

Se decía a sí mismo que sólo le afectaba trabajar con alguien en su espacio, cuando estaba acostumbrado a hacerlo solo. Pero no era eso. Eran los recuerdos, aquellos malditos recuerdos, los que lo invadían y lo atormentaban.

—Estupendo, mamá —la voz de Kathryn resonó con fuerza interrumpiendo sus pensamiento.

Nate cambió de posición en la silla, tratando de encontrar la mejor postura para verla mientras paseaba de un lado a otro de la oficina.

Iba vestida con unos pantalones azul oscuro y una camisa blanca de manga larga, que se ajustaba a su cuerpo enfatizando sus curvas.

Los rayos de sol que entraban por la ventana se reflejaban en su pelo corto. Estaba preciosa.

Miró con deleite el lóbulo de su oreja y recordó cómo su boca había atrapado aquel pequeño apéndice con apetito voraz. Se preguntó si su respuesta volvería a ser tan salvaje como antaño, pero no esperó contestación. Se obligó a sí mismo a mirar al monitor.

–Estoy trabajando, sí. No, todavía no he podido ver Boston. No hemos podido parar ni un momento. Sí, sé que llevo aquí toda la semana... Yo también te quiero. Ya hablamos. Un beso.

Apagó el teléfono.

–¿Tu madre sigue viviendo en Florida?

–No. Lleva cinco años en California. Vive cerca de mí.

–¿Os veis con frecuencia?

–Sí, un día sí y otro no. Aunque ella tiene muchas cosas que hacer.

–¿Y tu padre? No recuerdo que jamás lo hayas mencionado.

Kathryn frunció el ceño.

–No hay mucho que decir sobre él. Dejó a mi madre por otra mujer cuando yo tenía ocho años. Mantuvo un esporádico contacto conmigo durante un año y, después de eso, no volví a saber nada sobre él.

Era curioso, pero durante el tiempo que habían estado juntos no le había contado nada de aquello. Lo cierto era que no habían hablado de nada realmente importante. Habían estado demasiado ocupados riendo y haciendo el amor.

Miró al monitor. Quizás si hubieran hablado más desde el principio se habrían dado cuenta de lo poco adecuados que eran el uno para el otro. Tal vez eso habría evitado que le partiera el corazón.

Miró al reloj. Eran casi las siete, hora de pedir comida, tal y como habían hecho cada día durante la última semana.

Se volvió hacia ella.

—¿Pedimos pizza?

—No, yo no quiero pizza.

—Entonces, ¿chino?

Ella frunció el ceño.

—No. No quiero comer basura otra vez.

Se dirigió a su puesto de trabajo y cerró una aplicación detrás de otra, hasta apagar el ordenador.

—¿Qué haces?

—Me voy —dijo ella bruscamente.

—¿Qué te pasa?

—¿Qué me pasa? Que llevo una semana en Boston y lo único que he visto es este maldito despacho. Me obligas a trabajar sin descanso como si fuera una mula. Pero no lo soy. Soy una persona que, a diferencia de ti, necesita tener una vida fuera de la oficina.

Se dirigió al armario y sacó el abrigo.

—Me voy a cenar a un restaurante, donde me sirva una persona real y donde pueda oír a otra gente hablar. Voy a respirar aire puro.

—Espera un momento.

Ella se puso el abrigo y se volvió a mirarlo.

–¿A qué?

–A mí –respondió él y apagó el ordenador.

Su pequeño discurso lo había hecho sentir culpable.

Ella lo miró sorprendida.

–¿Qué?

–He dicho que me esperes –tomó su abrigo y se lo puso–. Tienes toda la razón. Te he estado obligando a trabajar sin descanso y lo mínimo que puedo hacer es llevarte a cenar.

–No es necesario –aseguró ella.

–Insisto. Además, tú no conoces la ciudad y no sabes adónde ir.

Ella lo miró con cierta sospecha.

–¿De verdad me vas a llevar a cenar a un buen restaurante o me estás tomando el pelo? No puedo creerme que realmente conozcas alguno.

–Llevo toda mi vida en Boston. ¿Cómo no voy a conocer un buen restaurante?

Salieron del despacho y se encaminaron hacia el ascensor.

–Eso no significa nada –dijo ella–. Conocí a un tipo, un obseso por la informática también, que vivía en Nueva York y nunca había estado en la Estatua de la Libertad, ni había visto una obra en Broadway, ni había montado en el metro.

–Yo conozco Boston muy bien, todas sus

atracciones turísticas, sus lugares históricos, sus museos –no pudo evitar preguntarse si el hombre al que había hecho referencia habría sido su amante. En realidad, no era de su incumbencia–. Y, ¿qué quieres decir con que era «un obseso de la informática también»? ¿Eso es lo que yo soy según tú?

–Por supuesto. Y no sé por qué tienes que mostrarte ofendido. Yo también lo soy.

Llegaron a la planta baja, salieron a la calle y Nate paró un taxi.

–Al Boston Beanery –le dijo al conductor. Se apoyó en el respaldo y continuó la conversación–. ¿Y ser «un obseso de la informática» es algo bueno o malo?

–Depende –respondió ella–. Algunos se quedan tan atrapados en el mundo de las máquinas que son incapaces de vivir en el mundo real. He conocido gente que incluso empieza a descuidar su higiene personal –sonrió–. Últimamente yo me voy aproximando, porque cada vez acorto más mi baño diario. Llego tan tarde a la habitación del hotel que no tengo tiempo de tomármelo con calma.

Su mirada luminosa, su gesto vivaz removió algo dentro de él.

Se dio cuenta de que el modo en que la había estado forzando a trabajar había sido una especie de castigo de redención por el daño que le había infringido.

—Lo siento —se disculpó él.

—No pasa nada —dijo ella y le tocó levemente la mano. Le gustaba tocar. Eso era algo que había olvidado de ella.

—Nate, sé lo que te estás jugando y no me importa trabajar durante muchas horas. Pero después de tanto tiempo sin parar, mi cerebro ya no responde. Quizás tú no necesites hacer otras cosas, pero yo sí.

—Lo tendré en cuenta —respondió él.

—Y dime, ¿adónde vamos? Estoy realmente hambrienta.

—A un gran restaurante que se llama Boston Beanery. A veces quedo con mis padres allí.

—¿Qué tal están?

—Supongo que bien.

—¿Supones?

—No he hablado con ellos desde hace semanas —respondió.

—¿De verdad?

—Están muy ocupados —respondió él en un tono defensivo—. No somos de ese tipo de familia que suele tratarse a menudo.

Volvió la cabeza hacia la ventana. No le apetecía hablar de ellos. Eran buena gente y los quería. Pero a veces se sentía un tanto relegado.

Durante los veinte minutos de trayecto hasta el restaurante, Nate hizo de guía turístico, señalando aquellos lugares que tenían algún interés. Ella lo escuchó atenta, sin dejar de hacer preguntas. Él notó que el interés que ella sentía por su ciudad natal era genuino.

Al llegar ante la puerta del concurrido restaurante, pagaron al taxi y se bajaron.

—Nate, preferiría que no habláramos de trabajo durante la cena —le dijo ella antes de entrar.

—De acuerdo —dijo él, no muy contento con la petición. Si no hablaban de trabajo, ¿de qué iban a hablar?

Desde luego, él no estaba dispuesto a recordar lo sucedido entre ellos. Tampoco sabía mantener una conversación superficial. Hacía tanto tiempo que no se relacionaba socialmente, que había olvidado el mecanismo. Y, por algún motivo, no le agradaba que ella se diera cuenta de ello.

El restaurante era muy agradable. Estaba situado en un viejo edificio de ladrillo visto. En el interior, enormes cazuelas de barro cocían sobre fuegos de leña grandes cantidades de judías.

Aunque había muchos comensales, la distancia entre las mesas permitía guardar cierta intimidad.

Kathryn sintió una increíble felicidad. Al fin había abandonado la oficina e iba a cenar fuera del hotel.

—Buenas noches —dijo el joven camarero que se acercó a ellos. Les entregó las cartas—. ¿Qué tal están?

—Muy bien, gracias —Kathryn miró la placa con su nombre—. ¿Qué tal tú, Jimmy?

Él la miró sorprendido por la afable actitud con que lo correspondía.

—Bien, gracias.

—¿Eres estudiante?

—Sí. Estudio Medicina en la Universidad de Boston.

—Eso es fantástico. Seguro que te convertirás en un estupendo médico —dijo ella.

—De momento, soy un camarero alimentando a un montón de gente hambrienta.

Kathryn se rió.

—¿Y qué nos recomiendas esta noche?

—Nuestra especialidad son las costillas adobadas con mostaza y miel y las judías de la casa.

—Pues yo quiero eso —dijo Kathryn y le entregó su menú.

—Que sean dos. Y, para beber, una botella

de vino blanco –dijo Nate y se volvió hacia Kathryn en cuanto el camarero se alejó. La miró con media sonrisa–. Se me había olvidado que te gustaba flirtear con los camareros.

–No estaba flirteando –protestó ella.

–Entonces, ¿cómo lo llamas tú a lo que estabas haciendo ahora mismo?

Ella suspiró exasperada. Nate tenía un aspecto tan constreñido y crítico. ¿Dónde había quedado aquel hombre con el que había yacido desnuda, con el que se había reído a carcajadas mientras jugaban en el agua?

Al parecer, aquella época no había sido más que un momento de locura pasajera en la vida de Nate.

–No estaba flirteando, Nate. Sólo estaba siendo amable, sociable. Tú lo hacías muy bien cuando estabas en California.

–Cuando estuve en California hice muchas cosas de las que luego me he arrepentido.

–¿Como salir conmigo? –dijo ella.

Él la miró fijamente con sus penetrantes ojos verdes.

–¿Qué tratas de hacer, Kathryn? ¿Poner en mi boca palabras que nos lleven a una pelea?

Ella se contuvo al ver que Jimmy aparecía con una botella de vino. Sirvió a cada uno una copa y se marchó.

Kathryn suspiró pesadamente y retiró la copa.

–Quiero agua –dijo–. Y, no, no estoy intentando provocar ninguna pelea. Pero me dolería mucho que te arrepintieras del tiempo que estuvimos juntos.

Él agitó la mano en un gesto de aparente despreocupación.

–Lo pasado, pasado está. No hay arrepentimiento. ¿Sigues haciendo surf?

Era claro su intento de cambiar de tema y Kathryn decidió no tratar de seguir con la conversación planteada. ¿Qué bien podría hacerles recordar el pasado?

–Sí, todavía hago surf, pero no tan a menudo. Después de que te marcharas, mi madre regresó a Florida. Hasta ahora le he dedicado casi todo mi tiempo –dijo ella e, inmediatamente, se dio cuenta de que había hablado de más.

–¿Qué quieres decir? ¿Es que tu madre está enferma?

Su madre y los problemas que la mujer tenía eran algo que jamás contaba a nadie. Rápidamente buscó una vía de salida.

–No, está muy bien. Simplemente es... es que me echaba mucho de menos y quería pasar tiempo conmigo.

Dio un sorbo a su vaso de agua para evitar

que la mirada inquisidora de su acompañante la perturbara.

–¿Sigues viviendo en la casa de la playa?

–No. Se convirtió en una locura excesiva incluso para mí. Nunca tenía suficiente privacidad. Había demasiadas fiestas. En cuanto mi negocio empezó a funcionar, me compré un adosado. Es pequeño, pero es mío. Según tengo entendido, tú también te compraste una casa.

–Sí. Mi madre lo eligió a su gusto, ya sabes. Es demasiado grande, pero es mi casa.

Kathryn sabía poco acerca de sus padres. Durante el tiempo que habían estado juntos en California, había hablado ocasionalmente de ellos. Por la poca información que había obtenido, sabía que eran catedráticos de Historia en la Universidad de Boston, gente muy respetada en su campo.

En cuanto Jimmy les sirvió la comida, ambos se concentraron en disfrutar de ella. El ruido del establecimiento suplía la falta de conversación y hacía que Kathryn se sintiera de nuevo viva. Al fin estaban en un espacio lleno de gente.

–Si ya no haces surf, ¿en qué empleas tu tiempo después del trabajo? –preguntó él cuando el estómago ya empezaba a sentirse saciado.

–Salgo con amigos, voy al cine, cosas así. Estuve dos meses en un curso de cocina.

Él levantó la ceja sorprendido.

–¿Has aprendido a cocinar?

–No. Fracasé estrepitosamente. ¿Y tú?

Él negó con la cabeza.

–Nunca estoy en casa tiempo suficiente como para cocinar.

–Y, en algún momento, tendrás una esposa que se ocupe de cocinar para ti –dijo ella, sorprendida al darse cuenta de lo poco que le gustaba la idea.

–Eso es lo que tengo previsto –dijo él.

–¿Tienes a alguien en mente?

–No, la verdad es que no. No he tenido muchas oportunidades de conocer gente. Utopía me ha robado todo mi tiempo y energía –dijo él–. ¿Y tú? ¿Has encontrado ya al hombre adecuado?

–No, aún no he encontrado al hombre adecuado. Por desgracia, tú no fuiste el último de mi larga lista de «inadecuados» –la confesión le provocó un ligero dolor en el corazón. No había habido muchos hombres después de Nate, pero siempre había iniciado cada relación con la esperanza de que fuera la definitiva.

Nate había sido lo más próximo a lo que buscaba, hasta que le había dicho lo que esperaba de ella.

–Pues lo siento –dijo él.

–No te preocupes. Ya sabes que hay que besar muchas ranas antes de encontrar al verdadero príncipe azul.

Se preguntó cuántas mujeres habría besado él desde su partida. Tenía la sensación de que no habían sido muchas y tampoco sabía si eso le agradaba o entristecía.

NATE pronto se dio cuenta de que su preocupación por los temas de conversación no tenía razón de ser. Kathryn era una gran conversadora y siempre encontraba historias interesantes con las que entretener.

Después de la cena, se quedaron charlando amigablemente ante una taza de café. Las anécdotas que narraba sobre sus más pintorescos clientes le hacían reír.

Precisamente la risa había sido el regalo que le había hecho años atrás. Un regalo que luego le había robado.

Rápidamente, apartó aquel pensamiento. No quería que el pasado estropeara la noche.

—En ocasiones he trabajado con el departamento de policía —dijo ella.

—¿En cuestiones de seguridad?

—No exactamente. Yo fingía ser una niña de doce o trece años y me metía en chats en busca de posibles pedófilos.

–¿Era peligroso? –le preguntó.

–Realmente, no. Si contactaba con un posible pedófilo, concertaba una cita y era la policía la que se encargaba del resto.

–Yo tenía diez años cuando empecé a obsesionarme con los ordenadores. Claro que entonces aún no había chats.

–¿Y por qué estabas jugando con ordenadores y no subiéndote a los árboles y corriendo por ahí?

Nate dio un sorbo a su café.

–A mis padres no les gustaban los deportes y siempre me incitaban a estudiar. Aprendí desde muy pequeño que el modo de que me aceptaran era trabajar duro y aprender mucho.

–Eso es bueno, siempre y cuando hagas también lo que los niños suelen hacer.

Dio otro sorbo de café. Aquella conversación le hacía sentir incómodo. No estaba acostumbrado a hablar sobre él.

–Seguro que tú siempre tenías la casa llena de amigos –dijo él, tratando de desviar la conversación.

Ella bajó el rostro y hundió la mirada en su taza. Estaba preciosa bajo la luz de las velas.

Su rostro era dulce y suave y los años no lo habían cambiado. Ansiaba poder deslizar los dedos por la seda de sus mejillas.

–Siempre tuve amigos entrando y saliendo de casa hasta los ocho años. Pero, después de que mi padre nos abandonara, mi madre se desmoronó. Había construido toda su vida entorno a él y, de pronto, todo cambió.

Se inclinó sobre la mesa y la miró intrigado.

–¿Qué quieres decir?

Ella no apartaba la mirada del fondo de la taza.

–Ella estaba deprimida, así que dejé de traer a mis amigos a casa y me dediqué a pasar todo el tiempo en la de ellos. Nada más.

Algo le decía que había mucho más de lo que ella estaba diciendo. Pero no parecía dispuesta a contarlo. Tampoco él iba a insistir. Después de todo, ¿qué le importaba a él cómo hubiera sido su infancia?

–No sé tú –dijo ella–. Pero yo estoy agotada.

–Sí, será mejor que nos vayamos.

En cuestión de minutos pagaron la cuenta, salieron y tomaron un taxi en dirección al hotel de ella.

–Muchas gracias, Nate. Me lo he pasado muy bien.

–Yo también –reconoció él.

–Supongo que no pensarás volver a la oficina, ¿verdad?

–Pues me lo estaba planteando. Podría trabajar unas cuantas horas más.

Ella lo miró preocupada.

–¿Por qué no te vas a casa? Podemos empezar mañana a primera hora –dijo ella–. Seguro que en tu cama duermes más cómodo que sobre el teclado del ordenador.

–Tienes razón. Probablemente me vaya a casa –dijo él, aunque la cercanía de ella le impedía concentrarse en la conversación.

–Nate –le tocó la mano y la deslizó por su brazo–. Sé lo importante que es el trabajo que estamos haciendo, pero yo no puedo mantener el ritmo que has marcado esta semana.

Su mano cálida se detuvo unos instantes en la de él. La sensación le resultó demasiado agradable y se apartó rápidamente.

–Sé que te he estado forzando demasiado –dijo él.

Ella apoyó la espalda en el respaldo del taxi.

–Me gustaría conocer a los miembros de tu equipo –dijo ella.

–Por supuesto. Mañana te los presentaré.

Su conversación se detuvo al tiempo que el taxi se detenía ante la puerta del hotel.

Nate pagó al conductor y salió. Le tendió la mano a Kathryn para ayudarla a salir.

–Es muy tarde. Te acompañaré hasta tu habitación.

–No hace falta –respondió ella.

–No me importa. Además, me dará la oportunidad de bajar la cena.

Ella sonrió.

–Entonces, deberíamos subir por la escalera.

–¿Qué piso es?

–El veinte.

–Me quedo con el ascensor –respondió él con otra sonrisa.

Al entrar en la cabina ella lo miró fijamente.

–Es curioso. Durante el tiempo que estuvimos saliendo juntos en California, jamás hablamos sobre nosotros y nuestras familias.

–También he estado pensando en eso hace un rato –respondió él–. Sin embargo, jamás pareció faltarnos ningún tema de conversación.

–Es cierto –la puerta se abrió y salieron al pasillo–. Mi habitación está por aquí.

Ambos tomaron la ruta que ella había indicado.

Al llegar ante la puerta, Kathryn introdujo la tarjeta y abrió.

–Muchas gracias por todo. Ha sido un noche estupenda. Me lo he pasado muy bien.

Sus miradas se encontraron y él centró su

atención en aquellos labios sugerentes e insinuantes. Sin pensar, se inclinó sobre ella y la besó. Ella recibió el beso sin protestas, dejando que su lengua danzara en el interior de su boca y que inflamara su deseo dormido.

Al cabo de unos minutos, se apartaron el uno del otro. Ella se quedó mirándolo fijamente, con el rostro congestionado y una mirada de sorpresa.

–¿Por qué has hecho eso?

Nate no sabía la respuesta. Se metió las manos en los bolsillos del abrigo, irritado por su impulsiva acción.

–No lo sé. Costumbre, supongo.

–¿Costumbre? –ella levantó la ceja–. Pero si hace cinco años que no nos veíamos.

Él se encogió de hombros.

–Los viejos hábitos son difíciles de romper. Buenas noches, Kathryn –antes de que ella pudiera decir nada más, se dio media vuelta y se encaminó a toda prisa hacia el ascensor.

Con la mente en blanco, Nate salió del hotel y se encaminó hacia el edificio de Wintersoft, donde estaba su coche.

No sabía lo que le había pasado.

Sólo cuando el aire frío golpeó su rostro, pudo empezar a pensar en lo sucedido.

Quizás la novedad de haberse tomado un

descanso, de haber salido con alguien, lo había trastornado. O puede que hubiera sido la visión de aquel rostro suave, de aquellos labios sugerentes que tiempo atrás lo habían hecho feliz.

Fuera lo que fuera había encendido en él un fuego imposible de aplacar ni aun con los rigores del frío invernal.

Durante meses, después de haber regresado de California, había soñado con aquellos besos, con aquel cuerpo. Había ansiado poder volver a escuchar, aunque fuera una última vez, los dulces suspiros de su boca.

Tenía que apartar de su mente lo que acababa de ocurrir, pues no hacía sino encender una llama dolorosa que creía extinguida desde hace tiempo.

No podía volver a suceder nada igual. Kathryn no era más que una ayuda externa con la que conseguir solventar un problema de trabajo. Cuando todo se solucionara, ella regresaría a California y sus caminos no volverían a cruzarse jamás.

Aquel beso la había dejado inquieta toda la noche, incitándola a evocar imágenes que no quería recordar, trayendo al presente un pasado que había olvidado con gran esfuerzo.

Maldito Nate. Era un enigma, una mente brillante, el tipo de hombre que le resultaba atrayente. Pero también era un estúpido convencional que exigía cosas fuera de su tiempo.

Pensó en su breve narración sobre su infancia. Los pocos trazos que había dibujado sobre el lienzo vacío de la conversación habían dejado en ella la imagen de una niñez solitaria y triste.

Golpeó la almohada con el puño, se dejó caer sobre ella y cerró los ojos. Tampoco ella había tenido una niñez perfecta, pero había sobrevivido.

Aquel beso... Nate era realmente peligroso cuando besaba. Lo último que quería era volver a retomar la relación en el punto en que la habían dejado hacía cinco años.

Tiempo después de que él se marchara, se había dado cuenta de que la suya había sido una relación basada en el deseo. Se había acostado con él demasiado pronto y la pasión había permanecido viva durante los cuatro meses que habían estado saliendo juntos.

Pero, aunque eso era importante, no era suficiente para tener la relación sólida y duradera que ella estaba buscando.

Había llegado a un estadio de su vida en el que empezaba a considerar la posibilidad de casarse si encontraba al hombre adecuado.

Pero ése era el problema, encontrar a ese hombre.

Nate, por muy bien que besara, no lo era.

Se despertó muy pronto a la mañana siguiente. Su primer instinto fue conformarse con una taza de café y partir rápidamente para la oficina.

Pero, en lugar de eso, pidió un buen desayuno en la habitación y se dio un largo baño. Aunque Nate le había asegurado que se lo tomarían con más calma en adelante, no lo creía. Así que prefería llegar fresca, relajada y bien alimentada ante lo que sin duda sería un día de duro trabajo.

Eran ya más de las ocho cuando entró en el despacho. No se sorprendió al ver que Nate estaba allí.

—Buenos días —dijo ella, mientras se quitaba el abrigo.

—Alguien ha accedido al programa —dijo él sin mirarla.

Ella sintió que se le encogía el estómago.

—¿Qué ha ocurrido?

—Más segmentos del programa han sido saboteados. Si no llego a encontrarlos habría dejado de funcionar por completo.

Ella se sentó rápidamente y miró al monitor encendido.

—¿Los fragmentos han sido copiados antes

de ser cambiados? –preguntó ella y él asintió–. ¿Hay algún modo de saber cómo ha accedido esta vez?

–No he tenido tiempo de examinarlo. Lo más que he podido hacer ha sido reparar el mal.

Kathryn encendió su ordenador y accedió al programa.

–Mientras tú reparas, yo buscaré alguna pista.

Durante las siguientes dos horas ambos trabajaron en silencio. Nate recibió una única llamada que despachó con rapidez. Luego avisó a su secretaria para que no le pasara ninguna llamada más.

No fue hasta después del mediodía que Nate respiró aliviado.

–Creo que ya lo he arreglado todo.

Kathryn, por su parte, resopló frustrada.

–Pues yo no he conseguido nada. No encuentro la entrada por la que accede.

Se levantó de la silla y se estiró, sin darse cuenta de que la camisa dejaba al descubierto su vientre. La mirada de Nate la alertó y bajó los brazos a toda prisa.

Nate se levantó y se dirigió a la pequeña nevera.

–¿Quieres algo de beber? –preguntó él.

–Una botella de agua, por favor.

Después de servirse un whisky, tomó la botella de agua y llevó ambas cosas a la mesa.

—No recuerdo haberte visto nunca bebiendo alcohol.

Ella abrió la botella de agua.

—Porque no bebo —dudó un momento antes de continuar pero, finalmente, lo hizo—. Mi madre era alcohólica.

—Vaya, lo siento.

Kathryn dio un sorbo a su agua.

—Después de que mi padre se fuera, mi madre estaba tan deprimida que empezó a beber. Al principio no era tan malo, pero la cosa fue empeorando —aquella declaración fue como abrir la caja de Pandora. En el momento en que comenzó a hablar, ya no pudo parar—. Me daba vergüenza que mis amigos fueran a casa, porque nunca sabía qué me esperaría cuando abría la puerta. A veces, al llegar, me encontraba con que lo había organizado todo, la cocina estaba limpia, la casa en orden. Otras, sin embargo, lo había destrozado todo y estaba gritando como una loca, imprecando a mi padre.

Los dolorosos recuerdos de su niñez se agolparon en su mente.

—¿Cómo no me habías contado nada de esto antes? —le preguntó Nate confuso.

Ella se encogió de hombros.

—Me avergonzaba de todo aquello, y de ella. Cuando estábamos juntos mi madre vivía en Arizona. Temía que algún día apareciera y estropeara nuestro sueño, o que el simple hecho de contártelo bastara para que me abandonaras.

Él le tomó la mano.

—¿Cómo pudiste pensar eso de mí?

Ella sonrió.

—Sabía que tú no eras precisamente de clase obrera. Tu familia tiene dinero y prestigio, y un honor que mantener. No me sentí capaz de decirte que mi madre era una alcohólica y que estaba internada en un centro de desintoxicación.

—¿Durante cuánto tiempo permaneció allí?

—Cuatro meses. La ayudaron no sólo a desintoxicarse, sino también a aprender un oficio.

—Debió de costaros mucho dinero.

—Sí. Pero mi padre le había dejado un remanente cuando se marchó y mi madre no había querido tocarlo. Decía que era dinero culpable. La convencí de que lo usara para recuperarse.

—¿Y funcionó?

Kathryn sonrió.

—Sí. Lleva sin probar una gota de alcohol cinco años. Ahora somos grandes amigas y ha sido la mejor época de mi vida junto a ella. Trabaja como secretaria legal y le encanta, tiene un jardín con flores que sus vecinos envidian y, finalmente, ha encontrado la paz y se ha aceptado a sí misma.

La mirada de él se suavizó.

—Me alegro. Sólo que me gustaría que me lo hubieras contado antes.

La dulzura de sus ojos era peligrosa, tanto como su proximidad. Aquellos dolorosos recuerdos la incitaban a necesitar su abrazo reconfortante.

Se levantó bruscamente y se alejó del sofá.

—Por aquel entonces no estaba aún preparada para contarlo. Además, tampoco habría cambiado nada —se volvió hacia él y forzó una sonrisa—. Lo único que nos interesaba era divertirnos, pasarlo bien y acostarnos —dijo ella y se ruborizó ligeramente.

Él se tensó. Tomó el vaso, le dio un último sorbo y se levantó.

—Tienes razón. Y creo que ya hemos perdido bastante el tiempo por hoy. Pongámonos a trabajar.

Nate dejó el vaso sobre la nevera y se sentó ante su ordenador. Ella sabía que lo había enfurecido con su afirmación sobre el pasado. Había frivolizado sobre los sentimientos que habían compartido, pero era mejor así.

Trabajaron hasta las seis y la tensión no pareció remitir. Esperaba que su salida nocturna del día anterior hubiera ayudado a facilitar la relación, pero no había sido así. Era como si los agradables momentos de la cena no hubieran tenido lugar.

A las seis y media, Kathryn decidió que ya había tenido bastante. Apagó el ordenador y se levantó.

—¿Qué haces?

—Terminar mi trabajo por hoy. Ayer te dije que no estaba dispuesta a trabajar tanto como tú —se dirigió al armario y sacó su abrigo—. Se suponía que hoy ibas a presentarme a los miembros de tu equipo.

—Lo había olvidado.

—No importa. Realmente prefiero conocerlos fuera de la oficina, en un ambiente más distendido.

—Sé que salen todos los viernes a tomar algo a un bar cercano a la oficina. Si quieres podemos unirnos a ellos en su próximo encuentro.

—Eso sería perfecto, gracias —se puso el abrigo y sacó los guantes del bolsillo.

Él también se levantó y se dirigió hacia el armario, pero ella lo agarró del brazo y lo detuvo.

—Si vas a ponerte el abrigo para acompañarme al hotel, déjalo.

–Pero se está haciendo de noche. No deberías ir sola por la calle –protestó él.

–Nate, tengo treinta y un años y llevo arreglándomelas sola desde los ocho. Soy perfectamente capaz de caminar un par de manzanas sin compañía. Además, necesito estar sola.

Él la miró sorprendido.

–De acuerdo.

Ella se dirigió hacia la puerta.

–Hasta mañana.

–¿Dónde vas a ir a cenar?

–Me quedaré en el hotel. Pediré que me suban algo a la habitación.

–Puedo llevarte a algún sitio.

–Hoy no, pero quizás acepte tu invitación mañana.

–De acuerdo. Entonces, hasta mañana.

Salió de la oficina, ansiosa por alejarse de él. Se sentía vulnerable, demasiado para pasar más tiempo al lado de Nate.

La tensión que había habido entre ellos aquel largo día había sido diferente a la experimentada la semana anterior.

Durante todo el día el recuerdo del beso robado inesperadamente la había desconcertado. Un aletargado deseo se había despertado y no parecía querer abandonarla.

Pero la tensión no había sido sólo de ella, sino también de él.

Salió del edificio y se encaminó a toda prisa hacia el hotel.

La confesión sobre su pasado la había hecho sentir vulnerable. Pero el gesto de ternura de su mirada había acabado por desmoronarla. Nate no era una persona afectiva. Le resultaba difícil mostrar sus sentimientos. El hecho de que espontáneamente hubiera mostrado su comprensión la había afectado profundamente.

Tenía que concentrarse en el su trabajo, olvidar todo lo demás.

Lo sucedido la noche anterior, el cálido beso que había posado sobre sus labios no significaba nada. Debía olvidar a Nate y la relación que había tenido con él.

NATE estaba junto a la ventana, viendo cómo la nieve caía. Era aún muy pronto por la mañana y no esperaba que Kathryn apareciera hasta dentro de una hora aproximadamente.

Había establecido un rígido horario de trabajo. Llegaba a las ocho de la mañana, se tomaba una hora para comer y se marchaba a las seis o las siete.

Habían salido a cenar en un par de ocasiones y él no hacía sino decirse a sí mismo que era parte del trabajo. Pero la realidad era que disfrutaba de su compañía.

Hacía que viera el mundo de un modo diferente, como un lugar maravilloso donde todo era excitante y fabuloso. Eso había sido lo que lo había encandilado en el pasado y lo que seguía conquistándolo en el presente.

Le había sorprendido lo que le había contado sobre su pasado. La imagen que daba, tan segura de sí misma, tan alegre, no le había hecho sospechar el caos que había vivido durante la niñez.

Muy al contrario, Nate había vivido en un mundo meticulosamente ordenado: nada de ruido, ni de emociones, ni de alboroto. Frunció el ceño al darse cuenta de que hacía mucho tiempo que no sabía nada de sus padres.

En aquel instante, seguramente acababan de desayunar y se estaban preparando para marcharse. No obstante, decidió llamar.

Una agradable voz femenina atendió el teléfono.

—Señora Richards, soy Nate.

—¿Cómo está usted?

—Bien, gracias, muy bien —le dijo al ama de llaves—. ¿Está mi madre?

—No, están fuera, en un viaje de investigación.

Nate sintió un dolor en el pecho. Se habían marchado sin tan siquiera decirle adiós. No sabía por qué le molestaba tanto en aquella ocasión, cuando llevaba años siendo así.

—¿Durante cuánto tiempo?

—Tres meses —dijo la señora Richards—. Volverán en marzo.

—¿Adónde han ido?

—A algún lugar de Inglaterra. Si espera un momento puedo darle el itinerario.

—No, gracias, eso es todo —dijo Nate apresuradamente–. Supongo que me llamarán en algún momento. Gracias, señora Richards.

Murmuró una despedida y colgó.

Tres meses. No iban a estar en Boston cuando su Utopía saliera el mercado. ¿Qué le importaba? Tenía treinta y un años, no necesitaba a papá y a mamá a su lado.

A pesar de todo, le habría gustado tenerlos. Le habría gustado que, al menos una vez, le hubieran dado unos golpecitos en la espalda y le hubieran dicho que estaban orgullosos de él. Le habría gustado sentirse importante para la gente que lo había criado.

La puerta del despacho se abrió y él se volvió.

Era Kathryn que, como siempre, inundaba la estancia con su resplandeciente entrada, empuñando su mejor arma: una hermosa sonrisa.

—¡Ha nevado aún más! ¡Me encanta! —dijo ella.

—Pues yo lo odio —respondió él.

—Vaya, veo que te has levantado con el pie izquierdo —afirmó ella–. ¿O es otro ejemplo de tu adorable carácter?

Ella estaba preciosa. Llevaba una falda de color cobre, una blusa beige y una chaqueta. Los aros de oro relumbraban con intensidad y le daban, junto a la gargantilla, un toque de elegancia.

La sarcástica respuesta a su comentario que Nate había preparado murió en sus labios.

–He tenido una noticia que me ha decepcionado, eso es todo. Siento si lo he pagado contigo.

–No pasa nada –se sentó a su lado y le posó, amistosamente, la mano en la rodilla–. ¿Quieres hablar de ello?

Él miró la mano y fijó la vista en sus uñas cortas pero arregladas. Olía a algo fresco y seductor y sintió un repentino deseo.

No, no quería hablar de nada, no quería pensar en nada. Puso la mano sobre la de ella y notó su calor y la suavidad de su piel.

–Hace cinco años eras hermosa, pero ahora lo eres aún más.

Kathryn lo miró con sorpresa y entreabrió los labios atónita, gesto, este último, que le sirvió a Nate de invitación.

Antes de que ninguno de los dos pudiera pensar, él se inclinó sobre ella y la besó.

Durante los primeros segundos, Kathryn permaneció rígida. Pero, poco a poco, se dejó llevar por la agradable sensación de sus labios carnosos.

Él llevó su mano libre hasta la nuca de ella y le acarició el pelo. Siempre le había agradado su tacto.

El beso se intensificó cuando ella deslizó ambas manos por su cuello.

Sus lenguas se entrelazaban y jugaba mientras, lentamente, él iba tumbándose sobre ella.

Sus senos tocaron el firme torso de él y aquel íntimo contacto le evocó memorias pasadas. Lo había satisfecho como ninguna mujer lo había hecho.

Quería volver a disfrutar de aquello y ella no parecía poner reparos.

Rompió el beso y deslizó la boca hasta su cuello. Su aroma lo embriagaba, su sabor lo enloquecía.

La acelerada respiración de ella encendió aún más su pasión.

Nate olvidó que estaban en el despacho y que cualquiera podía aparecer. Sólo se dejaba guiar por su instinto, por la necesidad de poseer a aquella mujer.

Pero, al deslizar la mano por debajo de su blusa, ella murmuró una leve protesta.

—Nate...

Su voz lo llevó de vuelta a la realidad. Estaban en el edificio de oficinas de Wintersoft, un lugar público al que podía acceder cualquiera en cualquier momento. ¿En qué demonios estaba pensando?

Se apartó de ella y se sentó. Kathryn se levantó rápidamente y se colocó la blusa.

—No sé a qué ha venido todo esto. Pero en el futuro tendré más cuidado de dónde y cuándo te pregunto si quieres hablar.

Nate se sintió avergonzado. Se había dejado llevar por su debilidad ante Kathryn. Aquella mujer siempre había provocado aquel efecto en él.

—Lo siento —dijo y se levantó para colocarse la camisa y la corbata.

—No hace falta que te disculpes. Simplemente me has sorprendido.

—Te aseguro que me he sorprendido a mí mismo también —admitió él y se dirigió a su escritorio—. ¿Nos ponemos a trabajar?

Tras cuatro horas de trabajo intenso, Kathryn decidió bajar a la cafetería a comer algo. De camino hacia allí no podía dejar de pensar en Nate. La estaba volviendo loca.

Podía ser tan cálido como el aire del desierto y tan helador como la brisa antártica. Nunca sabía qué esperar.

Al entrar en el despacho aquella mañana, había percibido una mirada profunda y triste que no había visto antes. Algo que se había removido dentro de ella.

No obstante, lo último que había esperado era acabar tirada en el sofá y deseando, desesperadamente, hacer el amor con él. Pero en el momento en que sus labios la tocaron, supo que aquello era lo que realmente deseaba.

Había necesitado toda su fuerza de voluntad para pedirle que parara antes de que uno de los dos hiciera algo de lo que se pudiera arrepentir. Se negaba a volver a caer en el mismo tipo de relación que habían mantenido en el pasado, donde hacer el amor había sido tan fácil y la relación personal tan difícil.

Tras el incidente, trabajar a su lado le había resultado harto complicado. La tensión era tan intensa que Kathryn había querido gritar. ¿Cómo podía él mantener aquella fría y eficiente apariencia después de lo sucedido?

Con la comida ya en la bandeja, se encaminó a la mesa de Janie, la nueva amiga que había conocido en la cafetería de Wintersoft.

—¿Has tenido una mañana dura? —le preguntó ella.

—¿Se nota mucho?

Kathryn dejó la bandeja sobre la mesa.

—Es la presión de trabajar junto a Leeman —dijo Becky, la secretaria del departamento de ventas que estaba con Janie—. Nate Leeman puede ser guapo, pero eso no impide que tenga hielo en lugar de sangre en las venas.

Kathryn recordó la pasión con la que la había besado aquella misma mañana y concluyó que, en ocasiones, era sangre muy caliente la que recorría sus venas.

En su interior tenía una rara capacidad para la pasión y la risa, pero algo lo constreñía y le impedía dejar salir su parte lúdica.

—Tiempo atrás me sentía atraída por él —confesó Janie—. La verdad es que es guapo. Pero ni siquiera se dignaba a mirarme.

—Si en lugar de cara hubieras tenido un monitor, se habría casado contigo de inmediato.

Durante el resto de la comida, las dos nuevas acompañantes de Kathryn charlaron sobre sus cosas. A pesar de las quejas sobre los hombres, lo que pudo apreciar fue que ambas tenían vidas felices, maridos amorosos y unos hijos adorables. Eran la prueba viviente de que las mujeres podían conjugar el trabajo de la familia con su carrera profesional.

—¿Qué dices tú, Kathryn? ¿Está en tus planes casarte? —le preguntó Janie.

—Cuenta, cuenta —dijo Becky—. Seguro que tienes en perspectiva a algún guapo «surfista» californiano.

Kathryn se rió.

—Te aseguro que los «surfistas» californanos no valen tanto como se cree. No digo que no haya algunos estupendos, pero a mí siempre me han debido de tocar los que habían tragado demasiada agua salada.

Las otras dos mujeres se rieron.

—Eso significa que no hay ningún amor en tu vida.

—No en este momento. Tuve uno, tiempo atrás, pero acabó muy mal —aún después de años, la relación con Nate y la dolorosa ruptura seguían impresas en su memoria emocional con una intensidad pasmosa.

—¡Los hombres son todos unos imbéciles! —dijo una tercera comensal, Betty.

Era mayor que las demás y había pasado, recientemente por un duro divorcio.

—No puedes juzgar a todos los hombres por cómo era tu ex marido —le dijo Becky.

Kathryn pensó en si aquel calificativo podía aplicarse a Nate. La respuesta fue no. De haber sido así no habría seguido sintiendo lo que aún sentía.

Después de comer, de camino al despacho, se topó con Emily Winters.

—¿Qué tal van las cosas? —preguntó Emily.

—Demasiado despacio para Nate y, supongo, que también para el señor Winters y para ti.

—En lo que ha mi padre y a mí concierne,

no te preocupes. Sabemos que estás haciendo todo lo que está en tu mano.

Kathryn reparó en una pequeña y bonita caja que Emily llevaba en la mano.

—Es preciosa —dijo.

—Me la ha regalado mi ex marido para añadirla a mi colección.

—Muy amable por su parte, ¿no?

—Me trata mejor ahora que cuando estábamos casados, lo cual me hace preguntarme sobre sus intenciones —dijo con una sonrisa—. Bueno, será mejor que te deje ir a tu labor. La fecha de lanzamiento de Utopía cada vez está más cerca.

Kathryn dudó un momento y acabó por decidir que debía darle ciertos datos.

—La verdad es que no pensamos que sea un pirata externo.

Emily la miró atónita.

—¿Qué quieres decir?

—Que, probablemente, sea alguien de dentro de la compañía.

—¿Qué os hace pensar eso?

—No encontramos ningún signo que nos indique que se han burlado las medidas de seguridad que Nate ha puesto. Así que hemos concluido que, quien esté accediendo lo hace de un modo legítimo, con la contraseña autorizada.

–Eso significa que o ha sido un técnico del departamento o alguien con acceso propio.

Kathryn asintió.

–Esto va a partirle el corazón a mi padre –murmuró Emily–. ¿Necesitáis que haga algo?

–No de momento.

–¿Quieres que se lo cuente a mi padre?

–Aún no. Hoy por la noche Nate y yo vamos a salir con los técnicos del departamento a tomar unas copas. Quiero conocerlos en un ambiente distendido. Me será más fácil obtener información de ese modo. Preferiría esperar al lunes para dar la noticia.

–De acuerdo. ¿Te parece bien que convoque una reunión el lunes a las ocho de la mañana? Así podréis informar a mi padre de lo que está sucediendo.

Kathryn asintió.

–Sí. Para entonces tendremos más información.

–Parece que Nate y tú sabéis ya por dónde van las cosas –dijo Emily ligeramente distraída.

–Será mejor que me vaya. Nate se va a impacientar –se excusó Kathryn.

Emily sonrió.

–Es un hombre muy difícil, ¿verdad?

–Es obsesivo, tirano y sabelotodo, pero absolutamente brillante.

Dicho aquello, Kathryn se despidió y se encaminó a su trabajo.

Emily fue directa a su despacho y dejó la delicada caja sobre su escritorio. Todd la había sorprendido durante la comida con una de sus inesperadas visitas. Le había traído aquel regalo y le había hablado de un hermoso traje que había visto y que le gustaría comprárselo.

Su actitud era extraña. Ni aun cuando estaban juntos había sido muy proclive a dar regalos.

Pero, hasta entonces, había pensado que sólo trataba de ganarse una segunda oportunidad, que quizás quería que volvieran a intentar que su matrimonio funcionara.

Se apoyó sobre el respaldo del sillón y cerró los ojos. Las palabras de Kathryn resonaron en su mente.

Su padre había fundado aquella compañía basándose en la honestidad, la integridad y la lealtad de sus empleados. Cuidaba de todos ellos como si fueran parte de su familia.

Saber que había un traidor le dolería.

Unos golpes en la puerta la despertaron. Carmella asomó la cabeza.

—¿Estás bien?

Emily sonrió.

–¿Acaso tienes un sistema de alarma que te avisa cuando alguien tiene problemas?

–Sí, es la artritis, que me mata definitivamente cuando una persona se entristece –bromeó Carmella–. ¿Quieres hablar?

–Sí, pero, por favor, no le cuentes nada a mi padre aún.

Emily contó a su amiga lo que Kathryn le había comentado.

–¡Cielo santo! –exclamó Carmella–. Eso le va a doler mucho. ¿Quién tiene las claves de acceso?

–Mi padre y yo y, por supuesto, Nate. No estoy segura cuántos de sus técnicos están en este proyecto. Al parecer esta tarde van a salir de copas con todos ellos para ver si averiguan algo antes de dar la noticia. También están extrayendo información sobre los días y las horas en que se ha accedido al programa –se quedó pensativa mirando a la caja que su ex marido le había regalado–. Últimamente Todd pasa aquí más tiempo que cuando trabajaba en la empresa.

Carmella la miró preocupada.

–¿Piensas que puede tener algo que ver en todo esto?

–No, supongo que no –respondió Emily, sin poder evitar ciertas sospechas desconcertantes.

Carmella se despidió y Emily se quedó una vez más a solas con sus pensamientos.

Todd había sido un marido difícil y exigente, pero no había dado muestras de ser deshonesto. Además, no tenía las claves de acceso a los ficheros de Utopía.

Pero en un momento dado habían confiado en él lo suficiente como para que tuviera conocimiento de dónde se almacenaban ese tipo de datos.

Estaba sin trabajo y, quizás, su situación fuera más difícil de lo que él quería admitir.

Lloyd había sufrido mucho con su divorcio y una noticia como aquella lo destrozaría absolutamente. Todd era el hombre al que siempre había tratado como su propio hijo.

Esperaba que Kathryn y Nate descubrieran al culpable antes de tener que mencionar a ningún sospechoso sin pruebas.

LA TABERNA de Wiley estaba cerca de la oficina, así que Kathryn y Nate decidieron caminar hasta allí.

Había dejado de nevar a mediodía y el manto blanco había sido barrido casi por completo por las máquinas quitanieve. A pesar de todo, Kathryn parecía encantada con la heladora climatología de Boston.

—La gente que vive en California no sabe lo que se pierde por no ver la nieve —dijo ella.

—Siempre te he considerado una mujer de playa. Me sorprende que te guste tanto esto.

—Me gustan ambas cosas —respondió ella—. ¿Eres feliz viviendo en Boston?

Él la miró sorprendido. No sabía si podía considerarse exactamente feliz.

—Supongo que sí. Siempre he vivido aquí —respondió él—. ¿Por qué decidiste trabajar por tu cuenta? —le preguntó—. Sé que en la universidad ambos recibimos ofertas de trabajo de grandes empresas.

–Mi madre estaba aún en el programa de rehabilitación por entonces. No sabía qué esperar cuando saliera. Decidí que me convenía más trabajar como autónoma, de modo que pudiera organizarme el tiempo a mi modo. Así podría estar disponible si ella me necesitaba.

–Pero era una opción arriesgada.

–Sí, lo era. Me dije que, si en un año no había conseguido suficientes clientes, siempre podría servir hamburguesas –soltó una carcajada–. Por suerte, no fue así. La verdad es que ahora siento que tengo el tipo de vida que siempre había deseado. Mi madre está bien y sobria, tiene un novio adorable que la cuida y yo un trabajo excitante que me fascina.

–Así que todo es perfecto.

–Bueno, todo no –dijo ella, y él pudo notar en sus ojos la carencia a la que hacía referencia.

Kathryn cambió la mirada rápidamente y la reemplazó por aquel brillo entusiasta que solía iluminarla.

Finalmente, llegaron a su destino y Kathryn se agarró del brazo de Nate.

–Entremos y, además de averiguar quién está fastidiando tu programa, tratemos de divertirnos un rato.

La taberna era el típico espacio ruidoso y lleno de humo que Nate detestaba. Al principio de trabajar en Wintersoft, había ido un día a tomar copas con los miembros de su departamento. Pero pronto había decidido que no era una diversión de su gusto.

Al verlos entrar, el numeroso grupo se quedó sorprendido, pero pronto les hicieron sitio.

—Podéis sentaros aquí —dijo Roger Barlow, que se había levantado—. Yo me tengo que marchar.

Todo el mundo protestó.

—Tengo un montón de cosas que hacer y ya tenía previsto desde un principio marcharme pronto.

Roger se alejó y Kathryn tomó su lugar, mientras Nate se hacía con una silla vacía.

Durante los primeros minutos la conversación fue tensa y formal. Sin duda, la presencia de los recién llegados había arruinado la reunión.

Pero, poco a poco, la simpatía de Kathryn logró relajar el ambiente y, muy pronto, todos comenzaron a charlar distendida y amigablemente.

La intención de Nate había sido mantenerse al margen, disfrutando de su whisky y observando a los demás, pero Kathryn había impedido que fuera así, invitándolo a opinar continuamente.

Aquella reunión le hizo sentir una extraña mezcla de emociones. Se arrepentía de no haber salido más a menudo con su equipo, pues eran gente entusiasta y llena de optimismo.

Eso no le impedía recordar que quizás uno de ellos fuera el traidor. Sin duda el más sospechoso de todos era Roger Barlow por su repentina marcha.

–¿Crees que vamos a llegar a tiempo para la fecha de lanzamiento de Utopía? –preguntó Sam Brubaker.

–¿Qué te hace pensar que no vaya a ser así?

Sam, un joven de pelo rapado con un anillo en la lengua fue el que respondió.

–Todos sabemos lo que está ocurriendo. Hemos visto los fragmentos modificados del programa. Además, al enterarnos de que venía Kathryn Sanderson supimos que había un problema de seguridad.

–Estamos a punto de solucionarlo –afirmó Nate, con la esperanza de que su afirmación sonara con más seguridad de la que sentía.

–Me alegro. Me perturbaría mucho que la empresa pudiera tener problemas por eso –dijo Sam.

–No va a ocurrir nada de eso –respondió Nate.

Se volvió hacia Kathryn, pero reparó en

que estaba conversando con Lily Albright, la única mujer del equipo.

Aunque no podía oír la conversación, era patente que estaba realmente entretenida.

Nate pidió su segundo whisky. La taberna seguía siendo un lugar ruidoso, pero aquella noche no le importaba. Estaba realmente contento, sentado al lado de Kathryn y observándola.

En aquel instante se dio cuenta de que no había dejado de amarla nunca.

Aquella toma de conciencia sobre sus sentimientos no lo llenó precisamente de alegría. La amara o no, seguía sin ser la mujer apropiada.

Eran opuestos absolutamente en todo, desde el modo en que se relacionaban con los demás, hasta la manera de ver la vida. Nate era esencialmente pesimista, mientras que Kathryn hacía alarde de un optimismo vital envidiable.

Pero, sobre todo, discrepaban mucho en su visión de futuro. Para ella el trabajo era lo más importante y no era el tipo de mujer que él quería como esposa.

Se le partiría el corazón otra vez en el momento en que se marchara de Boston.

Salieron de la taberna después de las once pero Kathryn parecía seguir llena de energía.

—Dime la verdad –lo instó ella, tomándolo una vez más del brazo–. A que te lo has pasado bien, ¿eh?

Él se rió.

—Sí, tengo que reconocer que sí.

—Ves. Deberías salir más a menudo.

—Probablemente. Mi equipo está compuesto por gente estupenda. Siempre he sabido que eran excepcionalmente brillantes, pero no me di cuenta de que eran tan simpáticos y entusiastas. ¿Qué te han parecido a ti? ¿Sospechas de alguien?

—Por supuesto tendremos que investigar a Roger Barlow. Su repentina marcha ha levantado inevitablemente sospechas. Además, sé que acaba de comprarse un coche carísimo.

Nate la miró sorprendido.

—¿Cómo sabes eso?

—Me he enterado charlando con Lily. Es una gran fuente de información. Sé que le gusta Roger y me ha contado una serie de cosas. Me gustaría ver el archivo personal de ese hombre y hacer cierta investigación.

—¿Qué me dices de los demás? Todos saben que alguien está accediendo a los ficheros.

—No serían un buen equipo técnico si no lo hubieran notado –respondió ella–. A quien a mí me gustaría investigar también es a Lily.

—¿Por qué?

–Me ha mencionado que tiene una abuela en una residencia y que eso genera graves problemas económicos. No me extrañaría que se dejara comprar por otra empresa si los problemas que tienen son tan graves como me temo.

–Eres increíble –dijo él. No había pensado que la admiración que sentía hacia ella pudiera crecer, pero así era–. Tienes una gran capacidad para ganarte la confianza de la gente.

Ella se ruborizó.

–Es, simplemente, porque me abro a todo el mundo. Deberías intentarlo, se obtienen maravillosos resultados.

–Yo me abro –protestó él.

Ella soltó un carcajada.

–Sinceramente, Nate, eres tan abierto como una crustáceo atemorizado. Esta misma mañana, cuando te pedí que me contaras lo que te sucedía, la respuesta que obtuve fue un beso. Lo que fuera con tal de evitar hablar.

–Ésa no fue la razón por la que te besé. Simplemente estabas preciosa y quería hacerlo.

Ambos se detuvieron ante la puerta del hotel. Kathryn lo miró.

–Si realmente piensas eso, no sólo no eres abierto con otra gente, sino que tampoco lo eres contigo mismo.

Nate sintió la necesidad de probarle que estaba equivocada.

–Créeme, Kathryn. Te besé porque deseaba hacerlo. Y si quieres que te cuente por qué estaba así estaba mañana, invítame a subir a tu habitación.

Él sabía que si lo hacía, acabarían haciendo el amor. A pesar de que jamás podrían llegar a tener una relación estable, el deseo era más fuerte que la razón.

En los ojos de ella se reflejó la duda. Sabía que si la tomaba de la mano o se le acercaba, la debilitaría, la obligaría a ceder.

Pero no quería presionarla en modo alguno. Quería hacerle el amor sólo si ella lo deseaba con idéntica fuerza.

–¿Qué te parece si vamos al bar un rato a charlar? Mientras tomamos un café puedes abrirte a mí.

Nate se sintió claramente decepcionado. Al parecer ella no tenía el mismo interés que él. Miró al reloj.

–No sé, quizás debería encaminarme a casa. Se está haciendo tarde.

–Nate, no es tarde –protestó ella–. Tú sabes tan bien como yo que si vamos a mi cuarto no vamos a hablar. Cinco años atrás cometimos el error de no hablar lo suficiente y me he arrepentido de ello desde entonces.

Sus palabras lo sorprendieron y le provocaron una cálida y agradable emoción que limpió de su alma la decepción. Tenía razón. No habían hablado suficiente nunca.

—De acuerdo, tomemos esa taza de café.

Quizás después, acabara por invitarlo a su habitación.

Unos minutos más tarde, Kathryn y Nate ya estaban sentados en un apartado rincón del bar Liberty. El confinado espacio creaba una atmósfera íntima y los invitaba a aproximarse físicamente.

Kathryn podía notar el calor de su rodilla presionando sobre su pierna, el de su hombro sobre su brazo.

Había tenido un gran acopio de fuerza para negarse a que él subiera a su habitación. Pero sabía que no habrían tardado ni un segundo antes de sucumbir a la pasión. Habrían acabado por hacer el amor desesperadamente y eso no habría hecho sino dificultar aún más las cosas.

—Las malas noticias que había recibido esta mañana eran que mis padres se habían marchado de la ciudad sin decírmelo. Estarán fuera tres meses –dijo él.

Kathryn lo miró sorprendida.

–¿No sabías que se iban?

–No, pero eso no es extraño. Sólo me ha dolido que no vayan a estar aquí para la fecha de salida de Utopía –miró el líquido negro de su taza de café.

–Si realmente es tan importante para ti que ellos estén, lo siento –dijo Kathryn.

Nate la miró. Sus ojos irradiaban amargura.

–La verdad es que lo sorprendente es que me importe algo así. Estoy habituado a su frialdad. Tengo treinta y un años, no debería importarme su aprobación.

Kathryn sabía bien de qué estaba hablando. Había habido momentos en su vida en los que había odiado a su madre con la misma intensidad con que la amaba. Las contradicciones en los sentimientos filiales le eran familiares.

–Nate, durante toda mi infancia tuve una madre inútil y borracha que jamás estaba ahí para cuidar de mí. No por eso dejé de amarla ni de necesitar su reconocimiento.

Una vez más, él miró su taza.

–Creo que mis padres jamás deberían haber tenido un hijo –dijo pensativo–. Lo único que les importaba era su trabajo en la universidad, sus libros y su investigación. Aquélla era su vida. No estaban preparados mental ni emocionalmente para adaptarse a la realidad de un niño.

Ella tendió la mano y la posó sobre la de él. La frialdad de su piel le habló de su vulnerabilidad, de sus miedos. En el tiempo que habían estado juntos, jamás le había hablado con tanta sinceridad.

—En una ocasión, al volver del colegio, me encontré a mi madre desnuda en el jardín frontal, tratando de ahuyentar culebras inexistentes. ¿Qué te parece eso?

Él la miró y negó con la cabeza.

—Somos opuestos incluso en el tipo de infancia que hemos tenido.

—Cuéntame exactamente cómo fue la tuya.

—No hubo ninguna historia terriblemente dramática —apartó la mano de la de ella y le dio un sorbo a su café. Luego volvió a dejar la taza—. Lo que describe mejor mi niñez es el silencio y la desolación. No podía tener amigos porque los niños eran ruidosos y molestaban a mis padres. Tampoco podía ir a sus casas, porque, según mis padres, yo era demasiado inteligente para codearme con niños así.

De pronto era como si la maldición del silencio al que había estado obligado se hubiera roto. Una vez que las palabras comenzaron a salir, ya no podían parar.

—Oía a otros niños que hablaban de su familia, de las visitas al zoo, de ir al cine, de merendar galletas y leche después del colegio. Los padres jugaban con sus hijos y los ayudaban con sus deberes. Sonaba todo maravilloso, y no se parecía en nada a lo que yo tenía.

—Sé exactamente a qué te refieres –dijo ella–. Pero una cosa que he aprendido con los años es que las carencias eran de mi madre, no mías. Ella era la inadecuada, no yo. Yo solía pensar que si era muy buena, mi madre dejaría de beber.

Él asintió.

—Yo también creía que si demostraba ser muy inteligente y aprendía muy rápido, acabaría ganándome su aprobación y mi familia se convertiría en una familia normal.

En su mirada había una ligera luz, como si al hablar de su pasado parte de la carga hubiera desaparecido.

—Ya sabes lo que dicen –respondió ella–. Todos aquellos inconvenientes que acabamos por superar nos hacen más fuertes. Mira lo lejos que hemos llegado. Tienes que estar orgulloso de ti mismo. Yo lo estoy de mí.

—Lo único que quiero ahora es solucionar el problema de Utopía. Las dos últimas semanas han sido muy duras –una ligera sonrisa se formó en sus labios–. Seguramente no habría sido tan brusco contigo si no hubiera estado bajo tanta presión.

Ella le devolvió la sonrisa.

—No te preocupes, lo entiendo perfectamente. Ya verás como lo resolvemos todo. Estaría bien que tuviéramos todo más o menos resuelto para el lunes por la mañana.

—Eso significa mucho trabajo. Así que será mejor que te deje ir a dormir —dijo él, pero no hizo amago alguno de marcharse.

Ella sabía que esperaba su invitación.

—Nate —se inclinó sobre él y aspiró su seductor aroma. Lo deseaba con desesperación—. No podemos volver a lo que tuvimos hace cinco años. Si hacemos el amor, la separación volverá a ser muy dolorosa.

Él asintió y se levantó lentamente.

—Tienes razón. Supongo que debo irme a casa. Tengo la impresión de que mañana va a ser un largo día. ¿Te subes a tu habitación ya?

—No. Me voy a quedar aquí un rato hasta que me acabe el café —dijo ella—. Pero tú vete. Descansa, que te hace falta.

—Entonces nos vemos mañana por la mañana, ¿no?

Ella asintió y lo siguió con la mirada mientras lo veía encaminarse hacia la puerta.

Terminó su taza de café y le pidió al camarero que le trajera otra. Su cabeza estaba demasiado agitada para poder dormir. Estaba llena de imágenes de Nate, de las cosas que le había contado y de las que no le había contado.

Le había quedado claro por qué Nate era un solitario. Había sido criado por dos padres antisociales que jamás le habían permitido interactuar con otros niños. Su infancia también explicaba su increíble tenacidad en lo intelectual y su éxito. Aquel tesón había surgido en un intento por ganarse la aprobación de sus progenitores.

Todo aquello también explicaba el tipo de mujer que quería como esposa. Ella jamás sería así.

LLOYD Winters era un atractivo hombre de pelo cano y ojos azules que irradiaban inteligencia. Iba vestido con un traje perfectamente cortado y una corbata de seda azul marino.

Durante los cinco años que Nate había trabajado para él no había hecho sino crecer su admiración y lealtad hacia un hombre de negocios con un corazón de oro.

Al entrar en la sala de reuniones, Nate y Kathryn repararon en que no iban a estar solos con Lloyd.

Había otros cuatro sillones ante la enorme mesa de caoba.

Emily y Jack Devon ya estaban en sus puestos.

Nate no conocía bien a Jack. Era el vicepresidente senior del departamento de estrategia y desarrollo de negocio. Sus caminos raramente se cruzaban.

Lo único que Nate sabía sobre Jack era que

se trataba de un audaz negociador y que solía aparecer en las páginas de sociedad rodeado de hermosas mujeres. Era un atractivo moreno de ojos grises cuyo rostro jamás daba clave alguna sobre sus sentimientos o estados de ánimo.

Lloyd se levantó al verlos entrar y les ofreció asiento entre Jack y Emily.

–Buenos días –los saludó–. Emily me ha comunicado que tenías noticias para mí. Espero que sean buenas, porque dentro de dos semanas será el lanzamiento del producto.

–Lo cierto es... –comenzó a decir Nate.

–Papá, Kathryn me informó de que, probablemente, las intrusiones que se están haciendo en el programa se hacen desde dentro de la empresa.

–¿Desde dentro de la empresa? ¿Qué quiere decir eso? –Lloyd miró a Kathryn.

Ésta explicó cuidadosamente su punto de vista y mostró el cuadro informativo con los horarios de acceso ilegal al programa.

Nate no dejaba de preguntarse cuándo ella había encontrado el momento de contarle a Emily lo que pensaban y lo que ambos iban a hacer para averiguar más sobre el caso.

Lloyd, Emily y Jack continuaron interrogando a Kathryn y Nate se preguntaba para qué estaba allí.

Sabía que su actitud era ligeramente infantil, pero le dolía que Kathryn controlara una reunión en la que se trataba de su producto.

–Nate, ¿tienes la copia de los fragmentos alterados?

Sin mediar palabra, él le entregó la documentación.

–¿Quieres explicar lo que has hecho? –lo instó ella.

–No, sigue tú. Lo estás haciendo muy bien –dijo él un tono hiriente y helado que a ella no le pasó desapercibido.

Lo miró fijamente unos instantes, pero acabó por volverse hacia los asistentes que esperaban atentos su intervención.

Le llamó especialmente la atención de Emily al ver las fechas de acceso reflejadas en el papel.

–Según tengo entendido, estuvisteis con el equipo técnico de copas el viernes. Supongo que ninguno de ellos se emborrachó y confesó su autoría.

–Por desgracia, no. Pero si os fijáis, todos los accesos han sido realizados durante horas de trabajo. Puede haber sido cualquiera que tuviera la clave –dijo Nate.

–O alguien que accediera a la clave de otro –dijo Emily.

—Me gustaría echar un vistazo a los archivos personales de algunos empleados. Ya tengo dos posibles sospechosos.

—Carmella os dará toda la información que necesitéis.

Emily miró a su padre.

—Creo que deberíamos considerar la posibilidad de que hubiera sido Todd.

Lloyd levantó una ceja en un gesto de sorpresa.

—¿Todd? ¿Por qué iba él a hacer algo así? Es parte de la familia.

—Era parte de la familia, papá. Ya no lo es —Emily se levantó de la silla—. No puedo asegurar nada, pero veo al menos tres fechas y horas de acceso que coinciden con visitas de Todd. Sé, además, que en esos momentos estaban solo en mi despacho. Pudo entrar con mi clave.

Nate notó un profundo dolor en la mirada de Lloyd.

—O con la mía —suspiró Lloyd—. Pero, ¿por qué iba Todd a hacer algo tan atroz?

—Sólo hay una razón para hacer algo así: dinero —dijo Jack Devon.

—Pero, según me ha dicho, está a punto de conseguir un trabajo —aseguró Lloyd, con claras dificultades para asumir la responsabilidad de Todd.

–Lleva tres meses diciendo eso –dijo Emily.

–¿Qué deberíamos hacer? –preguntó Jack.

–De momento, quiero hablar a solas con mi padre –dijo Emily.

–¿El producto estará listo a tiempo para ser lanzado? –preguntó Jack.

–Sí, todo estará arreglado para entonces –dijo Lloyd y se levantó, dando por zanjada la reunión.

Kathryn y Nate se levantaron para marcharse.

–Kathryn, agradecemos mucho tu colaboración –dijo Lloyd.

–Nate... –comenzó a decir ella, pero Carmella los interrumpió.

–Señor Winters, los clientes alemanes ya están aquí, esperándolo.

Nate no esperó a Kathryn, salió a toda prisa de la sala. Recorrió el pasillo en dirección al ascensor que habría de llevarlo a su refugio. Oyó que Kathryn lo llamaba, pero no la esperó. No quería hablar con ella, temeroso de que su rabia lo traicionara.

Al entrar en el ascensor, vio que Jack Devon se detenía a hablar con ella. Bien, eso era justo lo que necesitaba, ganar tiempo y poder estar a solas.

En cuanto las puertas del ascensor se cerraron, se apoyó en la pared del cubículo y respiró profundamente. También él, como Lloyd, se sentía traicionado.

Había creído hasta entonces que su trabajo había sido de equipo, pero estaba claro que ella no lo había considerado así. Había aprovechado la más mínima oportunidad para brillar como una heroína. Había empezado todo el proceso hablando con Emily a sus espaldas.

El ascensor llegó a su destino y él se dirigió a su despacho con una creciente sensación de ira.

Al llegar allí, comenzó a pasear inquieto frente a la ventana.

Muy pronto, la puerta se abrió y ella entró.

—Estás enfadado —afirmó Kathryn sin preámbulos.

—No seas ridícula —dijo él con dureza—. ¿Por qué iba a estar enfadado? Llevo años trabajando en este proyecto y, en una sola reunión, te llevas el mérito de todo.

Ella se aproximó a él.

—¡No me he llevado el mérito de nada!

—¿No? —él no se apartó de la ventana—. Tu pequeña charla privada con Emily le hizo pensar que yo no había hecho nada. Parece creer que sin tu perspicacia e inteligencia no podríamos haber hecho nada.

—Puede que ella hiciera que sonara así, pero no fue ése el modo en que yo se lo dije.

Nate se volvió a mirarla.

—En realidad, no debería estar sorprendido.

—¿Qué se supone que quiere decir eso?

—Que por algo te has ganado la reputación profesional que tienes. Eres agresiva y ambiciosa, sólo te importa tu prestigio profesional y eres incapaz de comprometerte. Eso es lo que estropea todo...

De algún modo, él sabía que no estaba siendo justo, que estaba perdiendo el control y reaccionando de un modo excesivo, pero no podía evitarlo. Por primera vez en su vida, había perdido el control de sus emociones.

Kathryn lo miró confusa. Jamás lo había visto así antes. Era cierto que Lloyd y Emily parecían haber olvidado la presencia de Nate en la reunión, pero lo que decía carecía totalmente de sentido.

No era lógico que reclamara con tanta vehemencia algo que era evidente que tenía: el reconocimiento de todos a su trabajo. Si la habían alabado a ella no era sino por ser una contratada externa que en pocos días se habría marchado.

—Dime la verdad —le ordenó él con rabia—. Hace cinco años tampoco me amabas, sólo jugaste conmigo, sólo fui un divertimento pasajero.

—¡No! —en aquel instante se dio cuenta de que no estaban hablando de la reunión que acababan de tener, sino de su pasado y de todos los rencores que habían quedado irresolutos.

El dolor que había sentido con su marcha emergió de nuevo y atrapó el corazón de Kathryn con la misma vehemencia que lo había sentido en su despedida.

—Te amaba con todo mi corazón, Nate, como no había amado a nadie antes, como no he vuelto a amar después.

Y todavía lo amaba. Había pensado que no hacer el amor, que mantener una distancia física iba a salvar su corazón. Pero se había equivocado. A pesar del odio que emanaba su mirada, lo único que ella podía sentir era amor.

—Por supuesto, me amabas tanto que no fuiste capaz de hacer un pequeño sacrificio.

—¿Un pequeño sacrificio? —se acercó a él. Su ira iba creciendo por momentos—. No me pediste que hiciera un pequeño sacrificio, Nate. Me pediste que lo sacrificara todo. Querías que dejara mi hogar, mi familia.

—Yo no sabía nada acerca de tu madre. De habérmelo contado, te habría podido ayudar —dijo él con rabia.

–¡Tú no querías saber nada sobre mi madre! –Kathryn sintió en el pecho una presión intensa. Tenía la sensación de que el corazón iba a estallarle–. No querías saber nada que pudiera interferir en tus sueños. Estabas demasiado ocupado elaborando en tu cabeza tu futuro perfecto. No estabas dispuesto a admitir nada que pudiera alterar la visión que tenías. Te importaba muy poco quién era yo y qué era importante para mí.

–Eso no es verdad.

–Sí, claro que lo es –dijo ella, con los ojos llenos de lágrimas–. Tenías muy claro lo que tú querías de mí, pero no te preocupaba lo que yo necesitaba. En mi vida mi trabajo me es esencial –bajó los ojos y el tono de voz–. Vi cómo mi madre construía toda su vida entorno a mi padre y el modo en que se desmoronó cuando él la abandonó. No tenía nada suyo, sólo sabía cómo ser una esposa. Yo no estaba dispuesta a repetir sus errores.

–¡Tú no eres tu madre!

–Tampoco puedo ser la tuya –dijo ella en un leve susurro y, al ver el gesto de él, trató de aclarar su comentario–. Tú quieres una esposa que pueda crear el tipo de entorno que tú jamás tuviste. Buscas a alguien que se quede en casa, y te espere ansiosa cada día, una mujer absolutamente devota a ti y a tus hijos, que llene el vacío que sentiste en tu niñez –se pasó la mano por el pelo y trató de controlar las lágrimas–. Yo no soy esa mujer, Nate, no lo era hace cinco años y no lo soy ahora. Pero no me acuses de ambiciosa porque no es justo. Simplemente, amo mi trabajo como tú amas el tuyo. Hace cinco años no me pediste que hiciera un pequeño sacrificio, sino que sacrificara mi alma.

Se dirigió al armario y sacó el abrigo, luego se volvió hacia él.

–No me marcharé a California hasta que este trabajo esté concluido, independientemente de nuestros problemas personales. Voy a tomarme el resto del día libre, pero volveré mañana.

Sin esperar a que él respondiera, salió de la oficina y se dirigió al ascensor.

La discusión había despertado una vez más viejos sentimientos dormidos, un dolor y una amargura que quería desterrar.

Jamás podría darle lo que él pedía. La diferencia era que ya sabía de dónde venía aquella necesidad y eso no le facilitaba las cosas.

Lo único que prevalecía en aquella absurda e infernal situación era el odio que él sentía hacia ella, por no poder ser lo que necesitaba, por haberse entrometido en su vida una vez más y haber tocado su posesión más preciada: Utopía.

Ella, sin embargo, lo amaba con pasión. Lo que le quedaba de estancia en Boston sería, sin duda, una tortura.

Emily se sentó en el despacho de su padre, esperando a que él regresara.

Apenas si habían tenido la oportunidad de hablar después de la reunión con Kathryn y Nate.

Pero, cuanto más revisaba las fechas y horas de acceso al programa, más segura estaba de que Todd era el responsable.

Le dolía que así fuera, sobre todo por su padre que había tratado de mantener la relación viva aun después del divorcio de su hija.

—¡Emily! —dijo Lloyd sorprendido al verla—. Carmella no me dijo que estabas aquí.

Se acercó a ella y le besó la frente.

—Necesito hablar contigo, papá. Es acerca de Todd.

La sonrisa de Lloyd se desvaneció.

—¿Realmente piensas que es el responsable de lo que está sucediendo?

—Me he pasado todo el día comprobando los informes de los miembros del equipo técnico. No hay motivos para suponer que pueda ser uno de ellos. Roger Barlow se acaba de comprar un lujoso coche, pero no tiene responsabilidades, vive con su madre y gana un sueldo que le permite eso y más.

–Pero Nate y Kathryn mencionaron a otra técnico, Lily... Según parece tiene problemas económicos.

–El que esté robándonos no puede tener problemas económicos ya, papá. Le habrán pagado sobradamente. Todd lleva meses en paro y, sin embargo, dispone de dinero suficiente.

Lloyd se pasó la mano por la mandíbula y arrugó el ceño.

–Simplemente no quiero aceptar que pueda ser él.

–Lo sé, papá. Yo tampoco. Pero la verdad es que todo empezó a suceder en el momento en que Todd apareció de nuevo por aquí. Yo le he dejado solo en mi despacho al menos en tres o cuatro ocasiones.

–Sí, yo también –reconoció Lloyd–. Además él podría perfectamente haber accedido a los ficheros en los que tengo las claves de acceso. No he cambiado nada desde que él trabajaba aquí. ¿Qué crees que deberíamos hacer? ¿Enfrentarnos a él?

–Tengo una idea mejor –dijo Emily y le explicó rápidamente lo que tenía en mente–.

Creo que eso nos demostrará definitivamente si él es el responsable. Si no lo es, quedará eliminado como sospechoso.

Lloyd se quedó en silencio un momento. Luego asintió.

–De acuerdo. Lo dejaremos todo arreglado para un día de esta misma semana. Quiero que todo esto se resuelva cuanto antes.

En cuestión de un par de días sabrían la verdad sobre Todd. Pero, a pesar de sus discrepancias, Emily aún albergaba la esperanza de estar equivocada, aunque sólo fuera por evitarle dolor a su padre.

DE NO haber tenido ética profesional, Kathryn habría tomado un avión y se habría marchado a California.

En lugar de eso, allí estaba, caminando aquella fría mañana en dirección a las oficinas de Wintersoft. Sin duda habría preferido cualquier cosa a enfrentarse al dragón que la aguardaba en su guarida.

Pero iba a terminar el trabajo que había empezado, sin importarle los problemas que hubiera entre Nate y ella.

Hasta la última discusión, no había imaginado el odio y el resentimiento que él le había guardado. Tampoco había sido consciente del amor que ella le profesaba.

Nada más entrar en las oficinas de Wintersoft, Mary le advirtió:

—Ten cuidado, Nate está buscando pelea.

—No te preocupes, creo que ya sé cómo manejarlo. No obstante, muchas gracias por el aviso.

Kathryn respiró profundamente, abrió la puerta y entró en el despacho.

Nate estaba sentado ante su monitor y ni tan siquiera se molestó en alzar la cabeza.

Estupendo, si él iniciaba el ataque, ella contraatacaría con su mejor arma.

—Buenos días —dijo ella, en el tono más alegre que pudo lograr. A la gente furiosa la enfurece aún más la felicidad ajena.

Él gruñó como un cavernícola.

—¿Has hablado con Emily esta mañana? ¿Sabes cuál tiene previsto que sea el siguiente paso? —preguntó ella.

Nate la miró con rabia.

—Seguro que tú ya te has adelantado. Al fin y al cabo, tú eres la fabulosa Kathryn. Yo sólo trabajo aquí.

—No recordaba eso de ti.

Él frunció el ceño.

—¿A qué te refieres?

—A que pudieras llegar a ser tan infantil.

—Seré infantil, pero no soy un ladrón de prestigios.

—¡Yo no te he robado nada! Te estás comportando como un auténtico bebé.

—¡Se acabó! —dijo él, levantándose de golpe—. No estoy dispuesto a pasarme todo el día intercambiando insultos contigo.

—Tú has empezado —respondió ella, consciente de que su actitud era tan infantil como la de él.

Se sentó en la silla y, al mirar al monitor de Nate y comprobar que no estaba trabajando en el programa de Utopía, decidió abrir el solitario. No sabía qué otra cosa hacer.

Sentada al lado de Nate, no podía dejar de pensar en el hombre que había conocido cinco años atrás. En aquel entonces, contagiado por la luminosidad del entorno, seducido por la magia de su relación, había dado rienda suelta a la capacidad de ser feliz que albergaba en su interior. Había llegado a mostrar que, detrás de aquel hombre solitario y obsesionado con su trabajo existía otro Nate equilibrado y alegre.

Pero el curso de su vida lo había llevado a reafirmar el lado oscuro de su personalidad y lo había aderezado con un toque amargo.

—¿Piensas pasarte todo el día jugando?

—No lo sé. ¿Te molesto? —esperaba que así fuera, porque él sí la molestaba a ella.

—Creo que no tiene sentido que te quedes aquí. Lo mejor sería que te fueras al hotel. Ya te llamaré cuando sepa qué hay que hacer.

—Ya que he venido, me quedaré.

Estuvo jugando al solitario hasta la hora de comer. Luego, decidió bajar a la cafetería a comer. Prefería buscarse una mesa apartada del bullicio allí, que ir al restaurante, donde tendría que relacionarse con sus amigas.

A pesar de la aparente indiferencia que mostraba, se sentía abatida por la situación que se había creado con Nate. Le dolía que realmente pensara que había tratado de robarle algo.

Se sentó en el elegante local que estaba medio vacío y pidió un plato combinado.

Mientras esperaba la comida, no pudo evitar darle vueltas a su relación con el hombre que un día quiso por esposo.

Comprendía sus motivos para querer lo que quería, pero eso no invalidaba lo que ella deseaba.

A pesar de todo, el dolor que había sentido cinco años atrás se había afincado con más fuerza en su corazón.

Comió lentamente, sin dejar de mirar por la ventana. Boston era una ciudad hermosa. Con el tiempo, podría haber llegado a amarla, especialmente porque era el hogar de Nate.

Pero estaba claro que él ya no la amaba, que jamás podría perdonarla y que ansiaba verla partir hacia California.

Una vez concluida la comida y cuando se disponía a marcharse, vio a Emily entrar por la puerta.

–¡Kathryn! Hola. Ya veo que hoy te has decidido por la tranquilidad de la cafetería en lugar del bullicio del restaurante.

–Sí, necesitaba estar un rato a solas. Si no te importa, me gustaría hablar contigo un momento.

–Por supuesto –Emily se sentó a la mesa.

–Sólo quería asegurarme de que tu padre y tú entendéis la labor tan importante que ha hecho Nate. El grueso del trabajo lo ha llevado él y quiero que eso quede claro.

–Sobra la aclaración. Te aseguro que tanto mi padre como yo sabemos valorar a Nate. Pero, ¿qué te hace pensar que no sea así?

Kathryn se removió inquieta en la silla.

–En la reunión de ayer, yo hablé sin darle a él ocasión a explicar nada. Temía que tu padre y tú os hubierais hecho una idea errónea y pensarais que yo había realizado todo el trabajo.

–Es realmente ejemplar por tu parte que hagas esa aclaración, Kathryn, pero te aseguro que no es necesaria.

Kathryn asintió complacida y se levantó.

–Será mejor que te deje comer –dijo.

–Estoy trabajando en algo que ya os comentaré cuando lo tenga bien estructurado. Creo que podremos hablar de ello a primera hora de mañana.

Kathryn asintió.

–Muy bien.

–Sé que estarás deseando regresar a California.

Kathryn se encogió de hombros.

–No importa. Estaré aquí todo el tiempo que sea necesario. Además, lo poco que he visto de Boston me parece una ciudad encantadora.

–Asegúrate de visitarla a fondo.

–Lo haré.

Kathryn se despidió y salió de la cafetería pensando que no estaba dispuesta a conocer Boston. ¿Para qué se iba a enamorar de una ciudad en la que jamás iba a vivir?

Nate se dio cuenta de por qué sus padres jamás habían dejado las emociones entrar en su corazón. Una vez que les abrías la puerta, todo se sentía con más intensidad.

Desde su última discusión con Kathryn, tenía los nervios a flor de piel.

Se había sentido francamente aliviado al verla marcharse a comer. Necesitaba estar a solas.

Pensativo, observaba los copos de nieve que caían detrás de la ventana. Kathryn era como uno de esos copos: vivaz, individual, alegre. Por eso se había ganado el camino hasta su corazón.

La puerta del despacho se abrió y se cerró. Sabía que era ella.

–¿Por qué aceptaste este trabajo? –le preguntó, alejándose de la ventana–. Sabías que trabajaba aquí.

No pretendía que sonara como una acusación. Pero, por el modo en que ella levantaba la barbilla desafiante dedujo que como tal la había sentido.

–¿Qué querías que hiciera? ¿Que te llamara para pedirte permiso?

–Hablo en serio, Kathryn –se aproximó al sofá y se sentó. Estaba cansado, muy cansado–. Realmente me gustaría saber tus motivos para venir aquí.

Ella respiró profundamente.

–No los sé. Supongo que sentía curiosidad.

–¿Curiosidad?

–Quería saber cómo estabas, cómo te había ido, si te habías casado.

Él se levantó, inquieto.

–Pues ya has visto que estoy bien y que no me he casado. Para eso podrías haberme llamado por teléfono. No necesitabas venir hasta aquí.

–Tienes razón –respondió ella con dolor–. Me he dado cuenta de que este viaje ha sido un craso error. Ha abierto heridas del pasado que ya estaban casi cicatrizadas.

El brillo de lágrimas en los ojos de ella lo intranquilizó, lo desconcertó y lo incomodó.

Se levantó del sofá. Tenía que ponerse a trabajar. Eso era lo único que lo salvaría de aquel torbellino de emociones descontroladas.

Llegó hasta su sitio y centró de inmediato la atención en la pantalla.

Ella se sentó ante el ordenador y abrió el solitario, y un pesado silencio llenó la estancia.

Emily estaba en la cocina esperando a que el agua de la tetera se calentara. Había pasado toda la tarde trabajando con los técnicos del departamento de informática. Si todo iba como esperaba, al día siguiente ya sabría si Todd era inocente o culpable.

Se sentó en el asiento de la cocina. No podía dejar de pensar en su ex marido.

Se había casado con él con la esperanza de crearse un futuro juntos. Había pensado que, con el tiempo, habría llegado a amarlo.

No fue así. El hombre amable, divertido y amante de su trabajo, pronto había demostrado ser un ambicioso competidor que sólo quería quedarse con la compañía.

La tetera pitó y la sacó de su pensamiento.

Echó el agua en la taza y puso ésta en una

bandeja. Luego agarró el teléfono inalámbrico y se llevó ambas cosas a la mesa.

Marcó el número de Todd y éste pronto respondió.

—Todd, soy Emily.

—¡Emily! —su voz resonó complacida—. Me alegro de que me llames.

—¿Te pillo en un mal momento? —le preguntó.

—No. Me disponía a organizar papeles, eso es todo.

Ella se preguntó de qué tipo de papeles se trataría y si tendrían algo que ver con Utopía.

—Quería darte las gracias por la caja tan bonita que me regalaste la semana pasada.

—Me alegro de que te gustara —su voz sonó suave. Recordaba aquel mismo tono de los tiempos en que él la cortejaba—. Te echo de menos, Emily.

Sus palabras la sorprendieron, pero decidió utilizar la coyuntura.

—Yo también —las palabras le supieron amargas—. Todd, ¿por qué no comemos juntos mañana?

—Me parece estupendo —respondió él.

—Vente a la oficina a eso de las once —sugirió Emily—. Podemos ir desde allí a algún sitio tranquilo.

—Me parece estupendo —respondió él y,

usando un tono dulce, añadió–. Jamás logré superar lo nuestro, Emily...

–Mañana hablaremos –dijo ella, incapaz de seguir fingiendo–. A las once.

Respiró aliviada en el momento en que ambos colgaron. Dio un sorbo a su té y sintió un desagradable cosquilleo en el estómago ante lo que iba a ocurrir en cuestión de un día.

Si Todd no era culpable no sólo seguirían teniendo un grave problema en Wintersoft, sino que, además, tendría que enfrentarse a los reproches de su padre por sospechas infundadas.

Esperaba no estar cometiendo un grave error. Pero tenía que seguir su instinto, el mismo instinto que ya le había fallado una vez al contraer matrimonio con la persona equivocada.

KATHRYN y Nate ya habían pasado unas cuantas horas de silenciosa mañana, cuando a las diez y media Mary, la secretaria, asomó la cabeza por la puerta.

–La señorita Wintersoft quiere verlos en su despacho.

En cuanto la mujer se marchó, Nate intercambió una mirada con Kathryn.

–Al parecer ha llegado el momento de ponernos en acción.

Kathryn asintió. Esperaba que así fuera, porque no se sentía capaz de pasarse otro día sentada junto a él en la misma situación.

A aquellas alturas, lo único que ansiaba era acabar con su trabajo y abandonar Boston. Esperaba que el calor de su tierra natal la ayudara a olvidar todo lo sucedido.

Cuando se dirigían al despacho de Lloyd, el perfume embriagador de Nate le golpeó inesperadamente la pituitaria. El aroma le resultó dolorosamente familiar. Durante los últimos dos días se había sorprendido a sí misma planteándose la posibilidad de una vida sin su trabajo, una vida con Nate, siendo la mujer que él necesitaba.

Pero era una idea absurdamente romántica, porque sabía que, pasado el momento inicial de euforia, la frustración podría acabar con la relación. Se imaginaba a sí misma culpándolo de haberle robado una parte importante de sí misma.

—Adelante —dijo Carmella, interrumpiendo sus pensamientos—. Están esperando.

Nate abrió y, juntos entraron. En el centro de la sala había una gran televisión que les llamó la atención.

La imagen mostraba el interior del despacho de Emily, por lo que se deducía que se trataba de una cámara colocada en circuito cerrado.

Además de Emily y Lloyd, estaban en la sala Jack Devon y un hombre que Kathryn no había visto nunca antes. Era grande, con mucha barba y una pequeña insignia en el bolsillo.

—Sentaos, por favor —dijo Emily y señaló al hombre desconocido—. Éste es Randy Elliot, de Seguridad Elliot. Le dejaré explicar lo que ha montado.

–He puesto una cámara oculta en la oficina de la señorita Winters –dijo Randy con una voz profunda y una dicción segura. Se levantó y señaló el panel de control de la cámara–. Desde aquí podemos dirigir la cámara y hacer zoom hacia áreas específicas.

–Hablé con Todd ayer por la noche y lo invité a comer conmigo hoy –explicó Emily–. Llegará a las once. Lo conduciré a mi despacho y, antes de que nos vayamos a comer, Carmella me llamará y lo dejaré solo. Queremos ver qué hace.

De modo que si aquella pequeña operación de espionaje tenía éxito y descubrían al culpable, el trabajo de Kathryn en Wintersoft habría acabado.

Miró a Nate y sintió un profundo dolor ante la idea de que su vida continuaría sin él. Sólo le quedaba desterrarlo para siempre de su corazón.

Emily miró su reloj, se levantó y se estiró la falda.

–Será mejor que me vaya a mi despacho –dijo, no sin cierto nerviosismo.

Estaba a punto de salir, cuando Lloyd se aproximó a su hija y le dio un abrazo, dando muestras de la intensidad de las emociones que tenían lugar dentro de ellos.

Emily se marchó y Lloyd se dirigió hacia la

ventana. Se quedó allí, de espaldas a la pantalla de televisión, como si no quisiera ser parte
de todo aquello.

Kathryn, Nate y Jack se colocaron justo detrás de Randy. Vieron a Emily entrar y sentarse en su mesa.

–Si ese tipo usa el ordenador cuando se
quede solo, podemos enfocar claramente lo
que aparece en pantalla –aclaró Randy.

La espera se hizo larga, la situación era
tensa. Y Kathryn no podía dejar de pensar
que, si todo salía como estaba previsto, su
partida de Boston era inminente.

Daba igual, ya estaba todo perdido para
Nate y para ella. Aquel hombre de hielo había
levantado un muro intraspasable. Kathryn no
podía darle lo que necesitaba y no se confor-
maría con menos.

–Aquí entra nuestro protagonista –dijo
Randy.

Todd apareció en escena, impecablemente
vestido y peinado. Se acercó a Emily y la
abrazó.

–Me alegro mucho de que me llamaras
anoche, Emily –le colocó delicadamente un
mechón de pelo detrás de la oreja.

Kathryn se sentía como una mirona, observando un momento privado.

Antes de que la escena se hiciera demasiado embarazosa, todos pudieron oír una llamada en la puerta.

Carmella entró.

–Emily, Matt, de contabilidad, necesita verte. Le he dicho que ibas a salir a comer, pero ha insistido. Al parecer es urgente.

–Vete sin preocuparte, Emily –dijo Todd y se sentó en una silla–. Te esperaré.

–¿Seguro que no te importa?

–Tranquila. No tengo otra cosa que hacer hoy.

–De acuerdo. Volveré lo antes posible.

Dicho aquello, Emily salió y cerró la puerta.

Momentos después, apareció en el despacho de Lloyd patentemente tensa.

Se sentó con los otros ante el monitor y llegó justo a tiempo de ver a Todd levantarse, acercarse al sillón de Emily y sentarse.

La tensión que había en el despacho de Lloyd se podía respirar.

El sospechoso sacó un disco del bolsillo y lo introdujo en el ordenador. Emily inspiró alarmada y el sonido captó la atención de su padre.

–Vamos a acercar la imagen –murmuró Randy.

De pronto, todos podían ver con facilidad la pantalla y el teclado.

Todd escribió algo.

–Es mi clave de acceso –dijo Emily.

–Acaba de abrir el programa de Utopía.

Emily se levantó con decisión y salió seguida del resto del grupo.

Al abrir la puerta de su despacho, Todd se levantó sobresaltado.

–Sí que has sido rápida –dijo nervioso y se justificó sin motivo–. Estaba mirando mi correo.

Se lanzó rápidamente a mover el ratón y Emily supo que estaba cerrando el programa. Sacó el disco a toda prisa y forzó una sonrisa.

–¿Qué es esto? ¿Una fiesta?

–Más bien una captura –dijo Emily–. Todd, ¿cómo has podido?

Dos guardas de seguridad, a los que Randy había avisado, se acercaron a él.

–¿Qué quieres decir? –dijo Todd con la voz temblorosa–. ¿De qué va todo esto?

–No nos trates como a estúpidos, Todd –dijo Lloyd–. Éste es Randy Elliot, jefe de Seguridad Elliot. Ha instalado un circuito cerrado de televisión con el que hemos podido ver claramente cómo accedías a los ficheros de Utopía, después de teclear la clave de Emily.

Todd se ruborizó.

–Dame el disco que tienes en el bolsillo –dijo Nate–. Lo que hayas copiado en él pertenece a Wintersoft. La policía se encargará de ti.

Todd estaba tan congestionado que Kathryn se preguntó si estaría a punto de sufrir algún tipo de ataque. Pero las palabras que salieron de su boca fueron de rabia, no de dolor.

—Todo es culpa de ella —se refirió a Emily—. Si hubiera hecho las cosas a mi modo, nada de esto habría sucedido. La empresa debería haber sido mía.

—Por suerte —respondió Lloyd—. Emily se dio cuenta a tiempo del tipo de individuo que eras —hizo un gesto a los guardias—. Llévenlo a la policía y que jamás se atreva a aproximarse a estas oficinas.

—Todo es culpa de Emily —insistió Todd—. Si no hubiera sido tan frígida, si en lugar de pensar en trabajar se hubiese molestado en ser una buena esposa...

—Una mujer sólo es frígida cuando está con el hombre equivocado —aseguró Jack Devon.

Kathryn miró rápidamente a Emily que se había ruborizado. Habría preferido no tener que presenciar una escena en realidad tan íntima.

La lucha que estaba teniendo lugar no se diferenciaba tanto de la que Nate y ella habían tenido hacía años. ¿Por qué los hombres se empeñaban en negar que las mujeres podían tener una vida profesional y ser, a la vez, buenas esposas?

—Bueno, ya hemos tenido bastante espectáculo por hoy —dijo Emily, totalmente repuesta y con un tono de fría profesionalidad—. Randy, muchas gracias por tu ayuda.

—De nada. En unos minutos tendré todo desmontado —afirmó Randy.

Lloyd se volvió hacia Carmella.

—Quiero que llame a los jefes de departamento para que convoquen a todos los empleados en la cafetería dentro de quince minutos.

—En seguida.

Lloyd se volvió hacia Nate y Kathryn.

—Os veré en unos minutos. Ahora hay una serie de asuntos que tengo que solucionar.

Nate y Kathryn salieron y se dirigieron al ascensor.

—Ha sido realmente duro —dijo ella, una vez en el despacho de Nate.

—Definitivamente muy incómodo —afirmó él.

Ella se dirigió directamente al armario y sacó su abrigo y su bolso.

—¿Qué haces?

—Recojo mis cosas. Supongo que nada más acabar la reunión podré marcharme. Con un poco de suerte hoy mismo tomaré un avión a California.

En principio ni siquiera lo miró, no podía. Le dolía demasiado aquel adiós.

Finalmente, se aventuró a fijarse en su gesto, pero no vio nada. Sus facciones permanecían esculpidas con aquella rigidez marmórea.

–Seguro que te alegrará volver a tener la oficina toda para ti.

Él asintió.

–Supongo que sí.

Dicho aquello, salieron del despacho en dirección a la cafetería. Muy pronto se convirtieron en parte de una multitud y sus caminos se separaron.

Bien, ése era el mejor modo de que su adiós fuera fácil, aséptico, sin sentimentalismos ni excesos.

En cuanto tuviera ocasión saldría del edificio disimuladamente.

Por desgracia, Emily se encargó de volver a reunirlos a todos y llevarlos a la zona frontal del local.

Lloyd abrió el micrófono y, tras unos segundos de espera, se hizo el necesario silencio.

–Sé que la mayoría de vosotros sabe que estamos a punto de sacar un nuevo producto que va a revolucionar el mercado. Lo que no sabe la mayoría es que, durante los últimos seis meses, alguien ha tratado de piratear y sabotear dicho producto.

Se oyó un murmullo y Lloyd levantó la mano para acallarlo.

–Por suerte, ya está todo resuelto y hemos encontrado al culpable y el producto saldrá a la venta en dos semanas.

Todo el mundo mostró su contento y Kathryn se alegró de haber sido parte de tan feliz final.

Lloyd se dirigió a ella.

–Quiero agradecer a nuestra colaboradora externa toda la ayuda que nos ha proporcionado para solucionar el problema.

Kathryn se ruborizó al oír los aplausos. Se limitó a asentir y a sonreír.

–También quiero aprovechar la oportunidad para darle las gracias a un hombre que, no sólo es absolutamente brillante, sino que, además, ha demostrado su lealtad a esta empresa. No sabe lo feliz que soy de que esté de nuestro lado.

Una vez más hubo claras muestras de alegría por parte de la multitud, momento que aprovechó Kathryn para dirigirse hacia la puerta.

Era el momento perfecto para una rápida huida. Nate estaba feliz, recibiendo todo tipo de felicitaciones y no podía prestarle mucha atención.

Salió al exterior tan pronto como pudo.

Pero, en el instante en que se halló fuera, las lágrimas comenzaron a deslizarse, impertinentes, por sus mejillas. Se dijo que eran producto del frío, pero su corazón no se dejaba engañar tan fácilmente.

El drama final que acababa de presenciar en Wintersoft no había hecho sino confirmar lo que siempre había creído. De haber cedido a las exigencias de Nate, de haberse convertido en su devota esposa, de haberlo abandonado todo por él, el resentimiento los habría conducido a un divorcio.

Se alegraba de que Nate y ella no se hubieran casado. Eso no impedía que, por otro lado, la entristeciera.

Entró en el hotel y, mientras subía en el ascensor no pudo parar de darle vueltas a la situación. ¿Qué habría sido de ellos si sus circunstancias, sus pasados, hubieran sido distintos? ¿Qué habría pasado si se hubiera casado con él? ¿Realmente tener a sus hijos habría sido suficiente para ella?

Sintió un escalofrío al pensar en la idea de hacer el amor con Nate y en concebir un hijo suyo.

Insertó la tarjeta de plástico en la ranura y entró en la habitación y trató de apartar aquella imagen de su mente.

Un nuevo pensamiento interfirió con el anterior: nunca jamás había llegado a decirle que la amaba.

Dejó las cosas, mientras se decía a sí misma que tenía que llamar a la aerolínea para reservar un billete, y que debía ponerse a hacer las maletas.

Pero en lugar de eso, se dejó caer sobre la cama pensativa.

Amaba a Nate, amaba su silencio, su estoicismo y su inteligencia. Podrían haber hecho una buena pareja.

Sin darse más tiempo, se levantó y tomó el teléfono. Ya estaba bien de sueños vanos.

Muy pronto descubrió que no tenía ningún vuelo disponible hasta mediodía del día siguiente.

Fantástico, estaba atrapada en Boston un día entero más y no paraba de nevar.

CAPÍTULO 11

PASA –le dijo Emily a Carmella. Ésta sonrió y se sentó frente a ella.

–¿Estás bien? –le preguntó la mujer.

Emily se encogió de hombros.

–Supongo que sí. No todos los días descubres que tu ex marido es un ladrón.

Carmella volvió a sonreír.

–Pero sabíamos que era un impresentable.

Emily soltó una carcajada.

–Sí, supongo que sí –asintió ella–. Me alegro de que descubriéramos quién era el responsable. Pero mi padre está realmente dolido.

–Lloyd es un hombre fuerte. Lo superará –dijo Carmella–. Me alegro de que Kathryn y Nate no llegaran a descubrir que habíamos estado accediendo a los ficheros de personal.

–Cierto. Lo que sí creo es que han descubierto algo más. Por lo que tengo entendido, han pasado bastante tiempo juntos fuera de la oficina. Me huele a romance.

Carmella sonrió.

–Si eso acaba siendo verdad, me alegro por Nate. Es un buen hombre y merece una buena mujer –de pronto, su sonrisa se desvaneció–. Y, hablando de emparejamientos, ¿qué quieres hacer con Jack Devon?

–Nada. Creo que ha llegado el momento de que dejemos todo esto. De algún modo, lo sucedido hoy me ha fortalecido. Si mi padre trata de encontrarme un marido, sencillamente me opondré. No estoy dispuesta a casarme hasta que no encuentre al hombre que me quiera como soy. Estoy segura de que mi padre también ha aprendido una lección con todo esto.

En el instante en que acabó la reunión, Nate buscó a Kathryn. Había dicho que se marcharía directamente desde allí, pero en ningún momento había asumido que lo haría sin despedirse.

Regresó a su despacho y se dejó caer en su silla. El silencio lo golpeó como un martillo.

La ausencia de Kathryn le dolía. Al parecer le había costado demasiado poco acostumbrarse a ella.

Los últimos días habían sido realmente difíciles y él no había podido dejar de recordar su pelea con ella una y otra vez. La verdad era que necesitaba pedirle una disculpa. Su acusación había sido injusta y fuera de lugar. La conocía demasiado bien como para haberse permitido la necedad de dudar de sus motivos y de sus acciones.

Se levantó de golpe, impelido por la necesidad de ir a verla antes de que fuera demasiado tarde.

Agarró su abrigo y salió a toda prisa.

–Mary, me tomo el resto del día libre. Estaré ilocalizable.

La secretaria lo miró atónita y asintió.

Nate se dirigió hacia el ascensor y en cuestión de minutos estuvo en la calle.

Esperaba que Kathryn no hubiera podido tomar un avión aún.

Llegó al hotel apresuradamente. Sentía una extraña urgencia de verla.

Recorrió el pasillo hasta su habitación a toda prisa y, finalmente, llamó a la puerta.

En el instante en que Kathryn abrió, él sintió que su corazón latía aliviado, como si acabara de recibir el necesario alimento del espíritu. Se había cambiado la ropa de trabajo, por una cómoda bata.

Ella no pudo disimular la sorpresa.

–Deduzco que no vas a tomar el avión hoy –dijo él.

–No hay nada disponible hasta mañana. ¿Qué haces aquí, Nate?

–¿Puedo pasar? Necesito aclarar algo antes de que te vayas.

Ella dudó pero, finalmente, abrió la puerta.

–Gracias –dijo él, dirigiéndose al sofá.

–¿Qué necesitas aclarar? –le preguntó sin darle mucho tiempo.

–¿A qué hora sale tu avión mañana?

–A mediodía. ¿Qué quieres, Nate?

¿Qué quería? Al salir de la oficina había pensado que quería pedir disculpas pero, al parecer, una vez allí, se había dado cuenta de que deseaba algo muy distinto.

–¿Por qué no te sientas aquí, a mi lado?

Estaba preciosa, con el pelo despeinado y aquel aspecto casero.

Ella dudó un momento. Finalmente se aproximó al sofá y se sentó en el borde.

–Habla –lo instó ella.

–Te debo una disculpa –comenzó él. Se pasó la mano nerviosamente por el pelo. Una pequeña voz interior le susurraba: «Pide perdón y márchate».

Ella lo miró con curiosidad.

–¿Perdón? ¿Por qué?

–Por acusarte injustamente de haber tratado de robarme el mérito. Te conozco demasiado bien y sé que jamás harías algo así. Soy un completo idiota.

–Sí, lo eres.

Él soltó una inesperada carcajada que llenó de felicidad su corazón. En ese instante, supo por qué realmente estaba allí y lo que quería.

–Kat, te amo –dijo inesperadamente.

Ella parpadeó confusa y los ojos se le llenaron de lágrimas.

–No me hagas esto, Nate. No podemos volver a pasar por lo mismo otra vez.

Se dio la vuelta para evitar que la viera llorando.

Él se levantó y le puso las manos sobre los hombros.

–Yo tampoco podría pasar por lo mismo una vez más. Ya fue suficientemente duro decirte adiós cinco años atrás.

Ella se apartó de él y se volvió a mirarlo.

–Entonces, ¿para qué has venido? Me marché de la reunión precisamente para no tener que pasar por esto –dijo ella con rabia.

–No lo entiendes –dijo él–. No he venido a decir adiós. He venido a decirte que te quiero, que no puedo vivir sin ti, que quiero que seas mi esposa.

Las palabras que salían de su boca lo sorprendieron a él mismo.

–Yo también te quiero, Nate, y querría pasar el resto de mi vida contigo. Pero ambos sabemos que yo no soy el tipo de esposa que tú necesitas.

—Quizás mis necesidades han cambiando —dijo él.

—¿Qué quieres decir?

—He recapacitado mucho sobre lo que me dijiste en nuestra discusión y he llegado a la conclusión de que tienes razón: no puedo basar mi vida personal en la búsqueda de lo que no tuve durante la niñez. Tengo que seguir hacia delante, crecer y madurar. Hace cinco años fui un necio por dejarte —continuó él—. No fui capaz de darme cuenta de que tu inteligencia, tu capacidad y tu ética en el trabajo son parte de lo que amo de ti. Esta vez te quiero como eres. Quiero que seas mi esposa. Dime que te casarás conmigo.

Consumida por la emoción, ella se lanzó a sus brazos.

—Sí, sí, claro que quiero ser tu esposa.

Los labios de él encontraron los de ella. Un beso apasionado selló el compromiso, y la sensación de estar en brazos de la persona adecuada los llenó por dentro.

—Me marcharé a California si hace falta —dijo él.

Ella lo miró sorprendida.

—¿Harías eso por mí?

La profundidad de su amor era real.

–Haré cualquier cosa que me pidas.

Kat no se había sentido jamás tan querida. Sabía cuánto amaba su trabajo en Wintersoft y lo que esa renuncia significaba.

–No tienes que dejar nada, Nate –dijo ella–. Yo trabajo desde casa y puedo trasladar mi centro de operaciones a cualquier lugar.

–¿Y tu madre?

–Mi madre está feliz y recuperada. Me echará de menos, pero puede vivir sin mí.

Kat miró aquellos hermosos ojos verdes y se sintió llena de amor.

–Quiero casarme contigo, darte hijos y ser una gran esposa. Te aseguro que podré compaginar todo eso con mi trabajo.

Él la abrazó.

–Te quiero, Kat. Adoro tu capacidad, tu inteligencia y tu belleza. Sé que si hay alguien que puede darle el amor y el cuidado que necesita a un bebé mientras programa con la otra mano, ésa eres tú.

Un nuevo beso capturó los labios sugerentes de ella. Aquel hombre maravilloso, sexy y brillante sería su esposo. Era afortunada. Sin duda el futuro se vislumbraba hermoso, lleno de alegría y pasión.

JAZMÍN™

ALICE SHARPE
BÚSCAME UNA CITA

La madre y la abuela de Lora Gifford no dejaban de intentar empa-
rejarla con todos los hombres solteros de la ciudad, no importaba
quiénes fueran o qué edad tuvieran. Para evitarlo, Lora pensó que
lo mejor sería buscarles pareja a ellas dos. Parecía el plan perfecto...
hasta que se quedó prendada de un recién llegado.

El doctor Jon Woods, un sexy veterinario que debía cubrir un puesto
temporalmente, no hacía el menor esfuerzo por ocultar la atracción
que sentía hacia ella. Pero ¿cómo podría Lora hacerle un hueco en
su corazón sabiendo que se lo rompería
cuando se marchara?

JESSICA STEELE
LOS PLANES DEL JEFE

Erin Tunnicliffe había decidido abandonar el aburrido pueblo inglés en el que
se había criado y empezar una carrera en
Londres. Su nuevo jefe era el guapísimo
y sofisticado ejecutivo Joshua Salsbury,
que parecía tener mucho interés en su
evolución profesional... y personal.

N.º 589

CARLA CASSIDY
REGLAS DE COMPROMISO

Nate Leeman era un lobo solitario con un corazón tan frío que ni
se inmutaría aunque Miss Universo entrara en su despacho. Pero
había una mujer capaz de derretir el iceberg que tenía por corazón:
Kat Sanderson, el amor que una vez dejó escapar. Y resultaba
que la bella Kat iba a trabajar con él para ayudarlo a atrapar a un
ladrón informático. Quizá trabajando hombro con hombro volvería
la pasión que los había unido en otro tiempo...

Las mejores novelas de...
FALSA IDENTIDAD

ANGIE RAY

Identidades ocultas

Todas las mujeres solteras de la ciudad se quedaron atónitas después de la increíble escena que habían presenciado algunos habitantes. Ellie Hernández, directora de una galería, había chocado con el importante ejecutivo Garek Wisnewski y el hielo que cubría la acera los había hecho caer al suelo... el uno en los brazos del otro.

Los testigos aseguraron que la chispa que surgió entre ellos de inmediato subió la temperatura de la ciudad. Y un observador especialmente atento se fijó en que habían intercambiado algún paquete por error, lo que quizá diera lugar a algún otro encuentro. ¿Conseguiría la bella latina derretir el helado corazón del magnate?

MERLINE LOVELACE

Madre sin identidad

El multimillonario Alex Dalton había tenido en su vida mujeres de sobra. Pero ahora necesitaba a una en concreto: a Julie Bartlett, la pelirroja salvaje con la que había pasado la noche más apasionada de su vida. ¿Era ella la que había dejado a un bebé en la puerta de la mansión Dalton? Las pruebas de paternidad no resultaron concluyentes, así que necesitaba el ADN de Julie para determinar si el padre de la niña era él o su hermano gemelo. Pero cuando Julie se negó a cooperar, Alex juró que la tentaría para que le diera todo lo que él quería.

N.º 94

BIANCA™

CAROLE MORTIMER
PASIONES DE CINE

Desde su último coche deportivo hasta la última rubia con la que había salido, las habladurías rodeaban al famoso actor y director hollywoodiense Jaxon Wilder. Fuentes desconocidas estaban especulando de manera escandalosa sobre una desconocida belleza a la que Jaxon estaba decidido a conocer… ¡íntimamente!

Pero Stazy no se parecía en nada a las habituales conquistas de Jaxon… Y, a pesar de la indignación de este, ¡iban a tener que trabajar juntos en su nuevo proyecto!

Jaxon accedió a trabajar con Stazy… consciente de que, por mucho que ella intentara resistirse, finalmente no podría evitar caer rendida a sus pies…

CHRISTINA HOLLIS
UN RETO PARA EL CONDE

Mientras se acercaba al magnífico castillo Di Sirena, la tímida Josie temblaba de anticipación… aquel castillo a las afueras de Florencia era el sueño de cualquier arqueólogo y no podía creer que le hubieran permitido no solo trabajar, sino alojarse allí. Recelosa

N.º 505

del famoso propietario, el conde Dario di Sirena, esperaba que estuviese demasiado ocupado yendo de fiesta en fiesta como para fijarse en ella. Intrigado, Dario esperaba la llegada de Josie con cierta curiosidad. Su inocencia era algo nuevo para un cínico como él y despertar a la mujer apasionada que había debajo de aquella ropa ancha e informe sería un reto delicioso.

¡YA EN TU PUNTO DE VENTA!

DESEO
SANDRA HYATT

EMBARAZADA DE UN MAGNATE

Chastity Stevens estaba embarazada de un Masters, pero no del que ella creía. Aunque la habían inseminado para que concibiera un hijo de su marido, la muestra usada pertenecía a su cuñado.

Al millonario Gabe Masters nunca le había interesado la mujer de su hermano, o eso era lo que siempre había querido creer. Cuando Chastity le anunció que estaba embarazada de su difunto marido, Gabe supo de inmediato que el bebé era suyo y que haría lo que fuera para ser reconocido como su padre.

LA PROMETIDA DE SU HERMANO

N.º 569

Se daba por sentado que el hermano del príncipe Rafael Marconi se casaría con Alexia Wyndham Jones, por lo que a Rafe le sorprendió que le encargaran que llevara a la heredera americana a su país. Sin embargo, le pareció la oportunidad perfecta para descubrir los verdaderos motivos por los que ella había aceptado aquel matrimonio.

Con lo que el príncipe no había contado era con la irresistible atracción que empezó a sentir por su futura cuñada. Alexia era más sorprendente y sensual de lo que había supuesto. Pero ¿se atrevería a poseer a la prometida de otro?

DESEO

MAUREEN CHILD
CONFLICTO AMOROSO

Un huracán obligó a Karen Beckett a refugiarse en la diminuta habitación de un motel con el sargento Sam Paretti, el hombre al que no quería volver a ver. Hacía unos meses había cortado la relación con el atractivo marine, pero los recuerdos agridulces del pasado compartido no la abandonaban. Ahora él la había rescatado de la tormenta y quería una recompensa a cambio.

COLLEEN COLLINS
PASIÓN DESNUDA

Cuando la ejecutiva Liney Reed, también conocida como la "dama dragón", contrató a Raven Doyle para hacer de modelo como "hombre duro" en su revista *Cooking Fantasies*, no podía imaginarse hasta qué punto sus fantasías sobre el rudo caballero llegarían a estar al rojo vivo.

N.º 570

SELINA SINCLAIR
UNA SITUACIÓN COMPROMETIDA

Lyon Mackenzie no podía permitirse perder a la señorita Hammond, pero su ayudante personal había dimitido. Cuando Liv vio que su jefe estaba en apuros, accedió a trabajar una semana más. Sin embargo, en ningún momento contó con que tendría que fingir ser su esposa después de que un cliente los sorprendiera en una situación de lo más comprometida...

LOUISE ALLEN

De la ruina a la riqueza

Con la reputación destrozada y huyendo, Julia Prior estaba completamente desesperada cuando conoció a un caballero que le hizo una proposición sorprendente. Convencido de hallarse a las puertas de la muerte, William Hadfield, lord Dereham, vio en Julia a la mujer perfecta para cuidar de su adorada propiedad cuando él ya no estuviera..., si antes accedía a ser su esposa.

El matrimonio era la salvación de Julia: como lady Dereham podría escapar por fin de sus pecados. Pero transcurrieron tres años y el marido que creía muerto volvió a casa, fuerte, sano y atractivo, decidido a reclamar la noche de bodas que nunca tuvieron...

El caballero pirata

Benedict Casper Chancellor, conde de Blakeney, era el tipo de caballero elegantemente conservador que Alessa despreciaba.

No quería tener nada que ver con él... aunque tuviera el cuerpo de una estatua griega. Sin embargo, él parecía empeñado en apartarla de la cómoda vida que llevaba en Corfú. Peor aún, quería devolverla al seno de su remilgada familia. El conde no había previsto la habilidad que tenía Alessa para meterse en líos. Para rescatarla, no iba a quedarle más remedio que convertirse en pirata...

No. 88

¡YA EN TU PUNTO DE VENTA!

BIANCA™

*Una noche de pasión
con una triple consecuencia...*

TORMENTA DE DESEO

LYNNE GRAHAM

N.º 3183

Cuando el multimillonario griego Nic Diamandis rescató a Lexy en un accidente de automóvil, la química que surgió entre ambos fue embriagadora y se hizo inevitable que acabaran juntos en una noche de pasión. Sin embargo, para el empedernido soltero, el único resultado posible era que ambos separaran sus caminos al día siguiente.

Unos meses después, volvió a encontrarse con Lexy y descubrió que ella había tenido trillizos y que los bebés eran hijos suyos... La independiente Lexy no esperaba nada de Nic y mucho menos que él le exigiera un matrimonio de conveniencia. Convertirse en la esposa del griego les daría a sus hijos la infancia que ella siempre había soñado. No obstante, el «sí quiero» suponía el riesgo de reavivar lo único que una unión solo en apariencia no podía satisfacer: el deseo.

¡YA EN TU PUNTO DE VENTA!

BIANCA™

Noticia de última hora:
¡Trip Winslow está prometido!

UN COMPROMISO MUY REAL

LOUISE FULLER

N.° 3185

La intensa conexión entre Lily Dempsey y el magnate Trip era innegable, al mismo tiempo que inexplicable. Ella, que solía ser reservada y cauta, se sentía indefensa ante aquella pasión. Pero entonces, Trip decidió embarcarse en una aventura en busca de emociones fuertes y desapareció...

Varias semanas después, Trip sorprendió a todo el mundo con su regreso, ¡y con la noticia de su compromiso! Para asegurar su puesto como director general, necesitaba con urgencia una esposa y estaba seguro de poder convencer a Lily de que su propuesta los beneficiaría a ambos, en especial por el deseo que sentían los dos, sobre todo después de que él regresase. Pero después de que Lily accediese a regañadientes, Trip no podría ignorar lo real que parecía su falso compromiso...

¡YA EN TU PUNTO DE VENTA!